FLEURS SANGLANTES

DU MÊME AUTEUR

Douze de trop, L'Archipel, 2011 ; Archipoche, 2012.
La Maison de l'Ange, coll. « Trio », L'Archipel, 2011.
Les Caprices de Miss Mary, L'Archipel, 2010.
Corps manquants, L'Archipel, 2007 ; Archipoche, 2008.
La Maison de l'Ange, L'Archipel, 2006 ; Archipoche, 2007.
Le Temps de l'amour, Presses de la Cité, 2004.
L'espoir est une terre lointaine, Presses de la Cité, 2002.
Le Cheval de Troie, L'Archipel, 1999.
Les Dames de Missalonghi, Belfond, 1987.
La Passion du Dr Christian, Belfond, 1985.
Un autre nom pour l'amour, Belfond, 1981.
Tim, Belfond, 1979.
Les oiseaux se cachent pour mourir, Belfond, 1977.

« Les Maîtres de Rome »
L'Archipel, 2009 ; Archipoche, 2010.

1. *Les Lauriers de Marius*, L'Archipel, 2002.
2. *La Revanche de Sylla*, L'Archipel, 2002.
3. *La Couronne d'herbe*, Belfond, 1992.
4. *Le Favori des dieux*, L'Archipel, 1996.
5. *La Colère de Spartacus*, L'Archipel, 1997.
6. *Jules César, la violence et la passion*, L'Archipel, 1998.
7. *Jules César, le glaive et la soie*, L'Archipel, 1999.
8. *La Conquête gauloise*, L'Archipel, 2000.
9. *César Imperator*, L'Archipel, 2001 ; Archipoche, 2006.
10. *César et Cléopâtre*, Presses de la Cité, 2004.
11. *Antoine et Cléopâtre : le serpent d'Alexandrie*, L'Archipel, 2009 ; Archipoche, 2010.
12. *Antoine et Cléopâtre : le festin des fauves*, L'Archipel, 2009 ; Archipoche, 2010.

COLLEEN McCULLOUGH

FLEURS SANGLANTES

traduit de l'anglais
par Sebastian Danchin

l'Archipel

Ce livre a été publié sous le titre
Naked Cruelty
par Simon & Schuster, New York, 2010.

www.editionsarchipel.com

Si vous désirez recevoir notre catalogue
et être tenu au courant de nos publications,
envoyez vos nom et adresse, en citant
ce livre, aux Éditions de l'Archipel,
34, rue des Bourdonnais 75001 Paris.
Et, pour le Canada, à Édipresse Inc.,
945, avenue Beaumont,
Montréal, Québec, H3N 1W3.

ISBN 978-2-8098-0721-9

1968

Mardi 24 septembre
lundi 14 octobre

Mardi 24 septembre

Didus ineptus laissa échapper un petit rire en remontant Persimmon Street, au cœur de Carew, mais il avait recouvré son sérieux lorsqu'il s'arrêta devant l'immeuble de deux appartements qu'il avait pris pour cible. Il n'était pas tout à fait 17 heures et le soleil brillait encore au-dessus des rues peu animées. D'ici à une demi-heure, les étudiants quitteraient en masse les salles de cours de Science Hill, des grappes de jeunes filles s'échapperaient des écoles de secrétariat, des nuées de coccinelles Volkswagen et des tas de ferraille en tous genres se bousculeraient le long des trottoirs.

Personne ne le vit longer le bâtiment et se glisser à l'intérieur par la porte de derrière, restée ouverte. Il s'arrêta devant l'appartement du rez-de-chaussée et tendit l'oreille. Des pleurs de gamin, la voix épuisée de la mère : rien à craindre de ce côté-là. Il monta silencieusement les marches habillées de caoutchouc et se retrouva sur le minuscule palier de Maggie. Elle avait bien une colocataire, mais Carole suivait un séminaire à Chicago et ne serait pas de retour avant quatre jours.

Il sortit ses outils, ouvrit la porte d'une main experte et se débarrassa avec soulagement du lourd sac à dos qui lui sciait les épaules. Il visita ensuite les lieux afin de s'assurer que rien n'avait bougé. En pénétrant dans l'appartement, elle poserait son attaché-case sur le bureau et se rendrait dans la salle de bains afin de faire pipi. Toutes ses proies refusaient d'utiliser les toilettes publiques.

Le mieux était de se dissimuler derrière la grande bergère du salon. Ce n'était pas le genre de fauteuil que l'on trouvait habituellement dans un meublé ; Maggie – ou Carole – l'avait probablement apporté dans ses bagages. Elle devait avoir de la valeur aux yeux de sa propriétaire.

Frémissant d'impatience, *Didus ineptus* emporta son sac à dos dans la chambre à coucher de Maggie, une pièce aux couleurs vibrantes. L'espace était impeccablement rangé, avec son lit au cordeau digne d'un jeune conscrit, chaque objet aligné sur la coiffeuse, les tiroirs et le placard soigneusement fermés. Une jeune femme très méticuleuse !

Le plateau nu de la commode lui conviendrait à merveille. Il y rangea ses outils en un tournemain, puis il découpa un morceau de gros scotch bleu d'une vingtaine de centimètres, ainsi qu'un mètre de corde épaisse. Sa tâche achevée, il regagna le salon où trônait un grand miroir devant lequel il s'apprêta longuement, puis il prit position derrière la bergère.

Il était 17 h 57 lorsque la clé tinta dans la serrure. Il sut qu'elle avait passé une bonne journée en s'apercevant qu'il n'avait pas entendu son pas dans l'escalier. Un mauvais jour, elle aurait gravi chaque marche pesamment. Elle poussa la porte, déposa sur le bureau l'attaché-case qu'elle tenait de la main gauche, en attendant de s'en resservir le soir même, puis elle se dirigea vers la salle de bains.

Le scotch placé sur l'arrondi arrière de la bergère recouvrit la bouche de la jeune femme avant qu'elle ait pu crier. D'un même mouvement, il lui lia les poignets dans le dos à l'aide de la corde, serrant si fort qu'elle grimaça de douleur. Elle était maintenant inoffensive.

Maggie fit alors volte-face et découvrit son agresseur. Grand, un corps superbe, il était entièrement nu et épilé, son pénis turgescent dressé devant lui ; le regard de la jeune femme reflétait sa détresse, mais elle n'avait pas dit son dernier mot et il fallut une bonne minute à *Didus ineptus* pour la maîtriser. Il la poussa vers la salle de bains où il la débarrassa de sa culotte avant de l'asseoir sur les toilettes. Sa vessie prête à éclater, elle laissa échapper un long jet d'urine, terrorisée en réalisant qu'il connaissait ses habitudes.

Il la tira ensuite brutalement à lui, l'entraîna vers la chambre en lui bottant les fesses de toutes ses forces, la jeta sur le lit, découpa ses vêtements avec de mauvais ciseaux de couture, lui enveloppa les pieds dans des chaussettes de coton blanc qu'il fixa à la cheville à l'aide de scotch. Il la roula sur le ventre, s'assit sur le bord du lit et lui coupa les ongles ras sans se soucier des gouttes de sang qui perlaient là où les ciseaux étaient allés trop loin. Du coin de l'œil, elle le vit rassembler les rognures d'ongle dans un petit sachet en plastique, les mains enserrées dans des gants de chirurgien.

Didus ineptus la retourna alors sur le dos. Paralysée par la peur, Maggie ne pouvait détacher son regard de ce visage dissimulé sous une capuche de soie noire attachée autour du cou. Impossible de distinguer la couleur de ses cheveux ! Il parvint à se glisser entre ses jambes et lui pinça méchamment les seins, le ventre, les cuisses. Elle voulut opposer une résistance, mais ses forces ne tardèrent pas à s'épuiser.

Elle sentit brusquement une corde lui enserrer le cou. Le monde se mit à tanguer, vira au noir et s'effaça avant de réapparaître à l'instant où il pénétrait brutalement son vagin desséché par la terreur. Il usait de la corde comme d'un instrument de musique, l'étranglant pour mieux la laisser reprendre sa respiration le temps de quelques bouffées d'air convulsives avant de resserrer son étreinte et la plonger dans un nouvel abîme. Après une éternité, incapable de savoir s'il avait joui, elle le sentit se relever, l'entendit aller et venir dans la cuisine, ouvrir la porte du réfrigérateur, traverser pesamment le salon. Il revint armé d'un livre, s'installa sur un fauteuil et entama sa lecture. Elle chercha le radio-réveil de ses yeux bouffis de larmes : 18 h 40. Dix minutes pour la maîtriser, une demi-heure pour la violer et l'asphyxier.

À 19 heures, il recommença. Une douleur insupportable.

Le troisième viol eut lieu à 20 heures, le quatrième à 21 heures.

À ce stade, Maggie avait sombré dans un état d'hébétude profonde. La corde qui enserrait son cou poursuivait son œuvre avec une efficacité démoniaque. C'était sûr, il avait décidé de la tuer ! *Mon Dieu, ne prolongez pas mon calvaire !*

Entre deux viols, il retrouvait le fauteuil et se replongeait dans la lecture de son livre – le livre de Maggie, plus exactement –, d'une nudité irréelle avec sa peau lisse et épilée. Pas une cicatrice, pas un grain de beauté, pas un bouton. *Carole, quel besoin avais-tu de te rendre à ce séminaire ? Il était au courant, forcément ! Il sait tout de moi !*

À 22 heures, il s'approcha du lit en posant sur elle un regard différent. Elle serra alors les paupières et se prépara à mourir en sentant monter en elle une vague de terreur. Au lieu de quoi il la roula sur le ventre et la viola analement, déclenchant une douleur d'autant plus insoutenable qu'il n'avait pas cru bon d'utiliser la corde, cette fois, et qu'elle conservait toute sa conscience.

À 23 heures, il recommença en se servant de ce qu'elle devina être son poing, à en juger par les déchirements atroces qu'il lui infligeait. Comment réussirait-elle jamais à affronter le monde, si jamais il la laissait en vie ?

Sa triste besogne enfin terminée, il la retourna sur le dos.

— Tuez-moi tout de suite, je vous en prie, marmonna-t-elle d'une voix indistincte. Arrêtez, je vous en supplie ! Je vous en supplie !

Il récupéra sur le lit un objet qu'il brandit devant elle. Une pancarte rédigée d'une écriture méticuleuse.

JE M'APPELLE DIDUS INEPTUS.
SI JAMAIS TU PARLES, JE TE TUE.

Puis il la reposa. Prostrée sur le lit, elle l'entendit se rhabiller, récupérer ses affaires et s'éclipser. Il était 23 h 40 et quelques passants circulaient encore sur Persimmon Street.

Maggie s'accorda cinq minutes avant de se relever et de tituber jusqu'à la porte d'entrée qu'elle entrouvrit tant bien que mal de ses mains attachées dans le dos. Cette épreuve franchie, elle tomba à genoux et rampa jusqu'à la gazinière, sachant que le conduit de la hotte était relié à la cuisine de ses voisins du rez-de-chaussée. Le temps de reprendre des forces, elle se releva, parvint à saisir le maillet à viande, se hissa sur la pointe des pieds et martela le conduit.

Lorsque Bob Simpson, intrigué par le bruit, découvrit la porte entrouverte et pénétra dans l'appartement, il la trouva frappant furieusement sur le tuyau avec son maillet en bois, bâillonnée, entravée, nue, le corps atrocement tuméfié. Maggie Drummond repensa à l'avertissement de son agresseur en voyant Bob s'emparer du téléphone et appeler la police, mais elle n'en avait cure. Elle voulait certes que la police arrête *Didus ineptus*, elle voulait surtout le voir mort.

Le capitaine Carmine Delmonico fit la connaissance de Maggie en se rendant aux urgences de l'hôpital Chubb.

— Ce type l'a battue, à moitié asphyxiée et violée à six reprises : quatre fois par le vagin, deux fois par l'anus, lui expliqua le médecin chef. Aucune pénétration à l'aide d'un quelconque objet, apparemment, à l'exception du poing lors du second viol anal, ce qui a provoqué des déchirements importants ayant nécessité une intervention chirurgicale. Sale histoire, capitaine, mais elle fait preuve d'une force de caractère peu commune, étant donné les circonstances.

— Dois-je la voir ? À vous entendre, je me demande si je ne ferais pas mieux de la laisser tranquille.

— Vous *devez* la voir, oui ! Sinon, elle ne nous laissera jamais en paix. Elle réclame la présence d'un enquêteur confirmé à cor et à cri.

Les traits de la jeune femme étaient encore bouffis de larmes. La marque rouge qui barrait son cou fit comprendre à Carmine que le violeur avait étranglé sa victime à l'aide d'une cordelette fine. Ses yeux gris clair éclairaient un visage que la plupart des hommes auraient trouvé agréable, en temps normal. À en juger par sa détermination, elle était faite d'un bois plus dur que la moyenne. À moins qu'elle ait choisi de laisser derrière elle l'épreuve monstrueuse qu'elle avait subie.

— Inutile de vous demander comment vous allez, mademoiselle Drummond, commença Carmine en s'asseyant. Vous faites preuve de beaucoup de courage.

— Ce n'est pas mon sentiment à l'heure qu'il est, soupira-t-elle en prenant un verre d'eau dont elle aspira le contenu à l'aide d'une paille. J'étais... j'étais pétrifiée. J'ai vraiment cru qu'il allait me tuer.

— Pour avoir autant insisté sur la présence de la police, j'imagine que vous devez posséder des informations importantes ?

— Je dois absolument raconter ce qui m'est arrivé tant que les faits sont encore frais dans ma mémoire, capitaine. J'ai perdu si souvent connaissance à cause de la cordelette, je ne voudrais pas que l'asphyxie provoque des effets secondaires en induisant une anoxie cérébrale.

Carmine haussa les sourcils.

— Vous êtes médecin?

— Non, physiologiste. Spécialisée dans l'étude des oiseaux. C'est l'une des raisons pour lesquelles je souhaitais vous parler ce soir. Mon agresseur se fait appeler *Didus ineptus.*

— Mais encore?

— Il s'agit de l'ancien nom savant donné à l'oiseau que l'on nomme le dodo, expliqua Maggie Drummond. L'appellation taxonomique actuelle du dodo est *Raphus cucullatus.* J'imagine que le monstre qui m'a violée se croit plus cultivé qu'il n'est. Il aura probablement dégoté son nom dans une encyclopédie antérieure à la Première Guerre mondiale.

— Faites-moi confiance, mademoiselle Drummond, ce monstre ne vous a nullement abîmé le cerveau en vous garrottant, réagit Carmine, surpris. Croyez-en un vieil enquêteur. Pourquoi une vieille encyclopédie?

— Une source ancienne, en tout cas. Le dodo porte le nom de *Raphus cucullatus* depuis très longtemps.

Carmine scruta le visage décidé de son interlocutrice. Elle paraissait plus apaisée, aussi s'enhardit-il à lui poser quelques questions additionnelles. Cette fille était décidément extraordinaire.

— *Didus ineptus* ou *Raphus cucullatus*, drôle de nom pour un violeur. Je veux dire, pour un dodo. Vous ne trouvez pas?

— Tout à fait d'accord, reconnut-elle aussitôt. J'ai beau creuser ma cervelle d'ornithologue à la recherche d'une explication, je n'en trouve aucune. Cet oiseau n'a pas usurpé sa réputation, il était parfaitement idiot.

Les animaux font spontanément confiance à l'homme lorsqu'ils croisent sa route pour la première fois, mais ne tardent pas à le fuir ou à le combattre en comprenant que tous les moyens sont bons pour préserver l'espèce. Pas le dodo ! Il s'est si docilement laissé dévorer que la race a fini par s'éteindre.

— Un oiseau originaire de l'île Maurice, c'est bien ça ?

— Exactement.

— Votre violeur revendique donc sa bêtise, mais pourquoi se trouve-t-il aussi bête ?

— Ce n'est pas à moi qu'il faut le demander. Je me contente d'étudier les oiseaux, répliqua-t-elle sèchement.

— Une dernière question. Comment était-il habillé ?

— Il portait une cagoule de soie noire sur la tête, et rien d'autre.

— Vous voulez dire qu'il était nu ? demanda Carmine, abasourdi.

— Et même plus que nu. Il était entièrement épilé, y compris au niveau du sexe, avec une peau parfaite. Pas un grain de beauté, pas une tache de rousseur, pas une cicatrice.

— Aucun petit défaut cutané ?

— Je n'en ai remarqué aucun. Ce qui lui donnait étrangement une allure obscène. Il m'a violée toutes les heures, chaque viol durait une demi-heure, et il lisait un livre dans l'intervalle.

— Avez-vous pu voir le titre ?

— Non, mais il s'agissait d'un des ouvrages de ma bibliothèque. Sans jaquette, avec mes initiales à l'effaceur blanc sur la tranche. Je me débarrasse toujours des jaquettes.

— À quoi ressemblait sa voix ?

— Il n'a pas prononcé une parole. Pas même émis un toussotement.

— Dans ce cas, comment pouvez-vous connaître son nom ?

— Il a brandi une pancarte sur laquelle il menaçait de me tuer si je prévenais quiconque. Son avertissement était signé *Didus ineptus*.

— Cette pancarte se trouve-t-elle toujours chez vous ?

— J'en doute. Ce type-là est très organisé.

— Ne vous croyez pas obligée de me répondre si vous ne le souhaitez pas : a-t-il joui ?

Elle fit la grimace.

— Honnêtement, capitaine, je n'en sais rien. Il n'émettait aucun son. J'ai cru comprendre que le personnel soignant n'avait découvert aucune trace de sperme.

Elle rougit brusquement.

— Je... je mourais d'envie d'uriner en arrivant chez moi. Après m'avoir maîtrisée et attachée, il m'a poussée dans les toilettes, m'a enlevé ma culotte et m'a obligée à m'asseoir sur le trône, comme s'il savait que j'avais envie. Il m'attendait chez moi quand je suis rentrée. Il m'a sauté dessus, j'ai tenté de me défendre, mais il ne m'a laissé aucune chance et j'ai définitivement perdu toute envie de me battre une fois qu'il m'a passé la cordelette au cou. C'était horrible !

— À vous entendre, tout semble indiquer que le Dodo – autant le baptiser ainsi – aura établi une surveillance étroite autour de vous avant de passer à l'acte.

Carmine se leva, un sourire aux lèvres.

— Mademoiselle Drummond, vous êtes ce que l'une de mes collaboratrices appelle « une brique ». Je rends hommage à votre force de caractère ! Essayez de vous reposer, et soyez rassurée quant à la possibilité d'une anoxie cérébrale. Votre cerveau est en pleine forme.

Maggie prolongea brièvement la discussion en multipliant les recommandations à son visiteur qui quitta l'hôpital quelques minutes plus tard en affichant un air morose. Seule consolation : Maggie Drummond était suffisamment pugnace pour accepter de témoigner contre ce type lors de son procès. Cela dit, le violeur n'en était pas à sa première victime, il procédait de façon trop méticuleuse pour en être à son coup d'essai. Combien de femmes terrifiées avaient préféré se taire ? Le Dodo ! Pourquoi diable avoir choisi un nom aussi curieux ?

— Combien de viols ont pu avoir lieu ? demanda-t-il à ses deux plus proches collaborateurs, Delia Carstairs et Nick Jefferson, le lendemain matin.

— Cette histoire a le mérite d'expliquer la création de cette nouvelle association, les Gentlemen Marcheurs, répondit Nick, le front barré d'un pli. La petite amie d'un citoyen de Carew n'aura pas osé porter plainte, et ces types auront décidé de réagir.

— Si c'est vrai, il faut impérativement convaincre les autres victimes de se manifester, suggéra Delia. Le mieux serait de recourir à des enquêtrices. Envoyez-moi Helen MacIntosh et je me fais fort d'apprendre à notre princesse à ne pas mettre ses jolis pieds dans le plat. Je pourrais passer un appel à témoins dans l'émission de Luke Corby en fin d'après-midi, et un autre dans la matinale de Mighty Mike, à 6 heures demain. Ça nous permettra de faire sortir les victimes du bois.

— Tu n'y penses pas, Del ! s'exclama Nick. Utiliser la grande Mlle MacIntosh comme assistante ? Autant te tirer une balle dans le pied.

— À chacun ses compétences, rétorqua Delia, très sûre d'elle.

— Calme-toi, Nick, le tempéra Carmine. Tu auras tout le loisir de t'attaquer à notre chère stagiaire chez Malvolio's pendant le déjeuner. Profites-en, c'est le département qui invite. Helen possède un appartement dans la tour Talisman depuis sa démission du NYPD il y a huit mois, elle doit commencer à bien connaître

Carew. Je ne serais pas surpris qu'elle soit amie avec certains des Gentlemen Marcheurs.

— *Didus ineptus!* Pas très flatteur, remarqua Delia. Quand on sait à quel point le dodo était bête, on se demande pourquoi il a choisi un surnom aussi peu glorieux. Peut-être souhaite-t-il mourir bêtement, abattu en plein viol.

— Il faudra attraper ce salopard pour répondre à cette question, réagit Carmine.

— Il s'agit d'une forme de provocation, reprit Nick. Une façon de dire: «Attrapez-moi, si vous êtes aussi malin que ça.» Cela dit, j'ai du mal à croire qu'il ait pu s'en prendre à d'autres filles sans qu'elles le dénoncent.

— Si tu veux mon avis, Nick, il se trouve dans une logique d'escalade, répliqua Carmine. Tant qu'on ne saura pas de quelle façon sa technique évolue, on ne pourra pas savoir comment il pense. Delia, dès que vous aurez une minute, vous devriez vous entretenir avec le Dr Liz Meyers de la cellule de viol de l'hôpital Chubb. Elle risque fort de devoir faire face à une augmentation du nombre de ses patientes.

— Un violeur entièrement nu! s'écria Delia. C'est très rare! Les violeurs qui surprennent leurs victimes chez elles gardent en général une partie de leurs vêtements au cas où quelqu'un les dérangerait. Un homme nu est forcément plus vulnérable, mais ça n'a pas l'air d'inquiéter notre bonhomme. Sait-on s'il portait des chaussures?

— Maggie Drummond m'assure que non.

— Ce type-là fait preuve d'une audace incroyable, insista Delia.

— Il fait très attention de ne pas se laisser griffer par ses victimes. Il protège leurs pieds avec des chaussettes et leur coupe les ongles des mains, d'après Mlle Drummond. Elle affirme qu'il a une peau parfaite, sans même une tache de rousseur, qu'il est grand et bien bâti. Comme Marlon Brando, m'a-t-elle expliqué.

— Aucun poil? Pas même au niveau du sexe? s'étonna Nick.

— C'est ce qu'elle dit.

— Dans ce cas, il se fait épiler, affirma Delia. À cet endroit précis, la peau est trop sensible pour les crèmes épilatoires, et trop délicate pour l'utilisation d'un rasoir.

— Qui propose des épilations de ce genre à Holloman? s'enquit Carmine. Ça ne manquerait pas de faire jaser, et je n'ai jamais entendu Netty Marciano, notre pipelette de service, évoquer la présence en ville d'un salon d'esthétique aussi osé.

— Le milieu homosexuel new-yorkais, répondit Delia. Certains homos commencent à s'afficher ouvertement. Si le Dodo se fait épiler depuis des années, ses poils ne repoussent quasiment plus. Il lui suffit de prendre rendez-vous épisodiquement pour des retouches, mais ce n'est pas le genre de milieu où l'on renseignera volontiers la police.

Carmine afficha une mine dégoûtée.

— Bah! cracha-t-il. Ce type n'est sûrement pas homosexuel. Il n'est pas davantage hétéro, c'est un monstre.

Il balaya l'argument d'un mouvement du menton avant de poursuivre :

— Profitez de ce matin pour mettre au point votre stratégie, on se retrouve chez Malvolio's à l'heure du déjeuner.

De son côté, Carmine passa la matinée en compagnie de ses deux lieutenants. Abe Goldberg refourguait à contrecœur le dossier de l'attaque à main armée du relais routier de Tinnequa à la police de Boston, et s'apprêtait à enquêter sur une série de hold-up commis dans des stations-service, qui avaient coûté la vie à deux victimes. Abe et ses deux adjoints,

Liam Connor et Tony Cerutti, formaient une équipe soudée dont Carmine ne s'inquiétait guère, sinon pour sa témérité.

Le cas du lieutenant Corey Marshall était tout autre. Abe et Corey avaient longtemps été les collaborateurs de Carmine, à l'époque où ils étaient sergents, avant de monter en grade neuf mois plus tôt. Autant cette promotion s'était déroulée sans heurt dans le cas d'Abe, autant Corey posait problème. Son prédécesseur lui avait légué le sergent Morty Jones, et ce dernier avait constitué un handicap dès le début. De plus, lorsque le coéquipier de Jones était mort brutalement à l'âge de 41 ans, c'était Buzz Genovese qui avait repris son poste ; un type bien, mais que Corey n'appréciait guère. Aussi le lieutenant s'évertuait-il à traiter ses dossiers en solitaire, ce qui tenait de la gageure.

— J'ai cru comprendre que Morty Jones était dépressif et qu'il picolait, déclara Carmine à Corey en le rejoignant dans son bureau.

— Je serais curieux de savoir qui te sert de mouchard dans le service, rétorqua ce dernier, le visage fermé. Je me ferais un plaisir de lui expliquer qu'il a tort. Tu sais comme moi qu'Ava Jones est une traînée qui couche avec tous les flics d'Holloman depuis quinze ans, mais Morty le sait depuis encore plus longtemps.

— Leur couple ne tourne pas rond, Cor, insista Carmine.

— N'importe quoi ! s'énerva Corey. J'en ai discuté avec Larry Pisano avant qu'il ne prenne sa retraite, il m'a confirmé que Morty et Ava avaient une relation en dents de scie. Ils traversent le creux de la vague en ce moment, c'est tout. Ils finiront par remonter. Et si Morty boit en dehors du boulot, ça le regarde tant qu'il ne picole pas pendant le service.

— Tu en es sûr ?

— Bien sûr que j'en suis sûr !

— Je fais le point sur les enquêtes en cours tous les jeudis matin avec Abe et toi, Cor, mais je m'aperçois que ça ne sert à rien. Morty est en train de se noyer, ça ne peut pas t'avoir échappé. Ou alors tu ne fais pas ton boulot.

Son interlocuteur baissa les yeux sans un mot.

— J'essaye d'avoir avec toi une discussion digne de ce nom depuis ton retour de vacances à la fin du mois de juillet, mais tu t'arranges systématiquement pour m'éviter, poursuivit Carmine. Pour quelle raison?

Corey émit un ricanement.

— Pourquoi ne vides-tu pas ton sac, Carmine?

— Quel sac? répondit calmement le capitaine.

— Tu n'as qu'à me dire en face que je n'arrive pas à la cheville d'Abe!

— *Quoi?*

— Tu m'as très bien entendu! Je suis prêt à parier que tu ne harcèles pas Abe autant que moi. Mes rapports sont approximatifs, mes hommes picolent, je remets les feuilles d'heures supplémentaires en retard. Je sais très bien ce que tu penses.

Il rentra la tête dans les épaules.

— Je préfère oublier ce que je viens d'entendre, mon vieux, réagit Carmine d'une voix égale. Mais je te conseille tout de même de te souvenir de mes recommandations. Garde un œil sur Morty Jones, il va mal. Et arrange-toi pour mieux gérer ton équipe. Tes rapports sont lamentables et la compta réclame le compte des heures sup' à tout bout de champ. Tu préfères que j'en parle au préfet?

— Qu'est-ce qui t'en empêche? rétorqua Corey sur un ton acide. Rien de plus facile, puisque c'est l'un de tes cousins éloignés.

Carmine se leva et quitta la pièce, piqué au vif que l'on puisse l'accuser de favoriser Abe. *N'importe quoi!* Lui et Corey possédaient leurs qualités et leurs défauts, mais il fallait bien reconnaître que le premier s'était parfaitement mis au diapason de son rang de lieutenant, contrairement à son collègue. *Je n'ai jamais fait de favoritisme ! Jamais !*

Tout ça venait de Maureen. La femme de Corey était la cause de tous ses problèmes, et l'intéressé était d'ailleurs le premier à l'admettre chaque fois qu'il avait un coup dans le nez. Une femme aigrie, ambitieuse et envieuse, une coupeuse de cheveux en quatre, toujours prête à déverser sa bile. La situation était facilement gérable à l'époque où les deux hommes étaient sergents sous ses ordres, mais à présent que Corey avait pris une certaine indépendance en devenant lieutenant, Maureen laissait libre cours à l'hostilité qu'elle entretenait à l'endroit du patron de son mari. Et personne n'y pouvait rien.

De retour dans son bureau, Carmine se trouva confronté à un autre casse-tête féminin.

Le préfet John Silvestri rêvait depuis toujours d'initier un programme de formation dans le but d'injecter du sang nouveau au sein de la brigade criminelle. Des critères très stricts encadraient jusqu'à présent l'accession des agents en uniformes au grade d'inspecteur. Ils devaient avoir au moins trente ans et l'on exigeait d'eux l'obtention de l'examen de sergent avec les honneurs. Silvestri, convaincu que la Criminelle bénéficierait grandement de l'arrivée de recrues plus jeunes, harcelait de longue date sa hiérarchie à Hartford afin d'obtenir le recrutement, au sein de la brigade, d'un jeune diplômé de l'université possédant au moins deux années d'expérience sous l'uniforme ; à charge pour le service de lui aménager un cursus théorique tout en le faisant bénéficier d'une véritable expérience de terrain. Comme la requête de Silvestri n'avait jamais abouti depuis vingt ans, tout le monde était persuadé que l'expérience tournerait court, mais le destin en avait décidé autrement...

Dans une bourgade aussi modeste qu'Holloman, tout le monde connaissait Mawson MacIntosh, son citoyen le plus éminent, président de l'institution mondialement connue qu'était la Chubb University. MM, comme on le surnommait couramment, était l'heureux père d'un fils aussi brillant qu'infaillible, Mansfield. Ce dernier travaillait au sein d'un cabinet d'avocats de Washington dont étaient sortis plusieurs hommes politiques, et MM ne doutait pas que son fils imitât un jour son exemple en devenant président. Des États-Unis, bien sûr.

Malheureusement pour MM, sa fille Helen n'était pas de la même eau. Si elle avait hérité de l'intelligence et de l'allure propres à son clan, elle était têtue, fantasque et ingérable. Diplômée de Harvard avec mention, elle avait intégré l'école de police de New York dont elle était sortie major de promo avant de se retrouver simple agent de la circulation à Queens. Elle avait accepté son sort deux ans durant avant de donner sa démission en accusant sa hiérarchie de discrimination sexuelle. Son erreur avait été de s'éloigner du Connecticut ; loin du cercle d'influence de son père, elle n'était rien, surtout dans une ville telle que New York.

Helen avait posé sa candidature à la brigade criminelle d'Holloman et s'était fait éconduire poliment, mais fermement. Elle avait alors sollicité son père et celui-ci avait fait jouer ses relations, en commençant par le gouverneur.

Au terme d'un entretien avec MM au cours duquel John Silvestri s'était employé à décrire les dangers que courrait sa fille, du fait de sa jeunesse et de son manque d'expérience, si elle arpentait un jour les rues de ghetto d'Holloman, les deux hommes avaient concocté un plan présentant l'avantage de donner corps au vieux rêve du préfet : Helen MacIntosh serait la toute première recrue de son fameux programme de formation. MM s'était chargé d'extorquer à Hartford le financement nécessaire, tout en garantissant la pérennité du programme une fois qu'Helen en serait sortie. En échange, Silvestri avait donné à MM l'assurance que Carmine Delmonico et ses hommes feraient bénéficier la jeune fille d'une formation exemplaire pendant trois, six, voire douze mois. En un mot, le temps qu'il faudrait.

Mademoiselle n'avait pas fait mystère de son mécontentement, mais lorsque son père lui avait expliqué que ce programme de formation était son unique chance d'intégrer la Criminelle, elle avait fini par descendre de ses grands chevaux.

Après trois semaines passées aux côtés des agents en uniforme, et tout en suivant des cours de pathologie, de droit et de médecine criminelle, Helen MacIntosh commençait à s'habituer à son sort. Non sans mal. Nick Jefferson, le seul fonctionnaire noir de la police d'Holloman, la détestait presque autant que le lieutenant Corey Marshall et ses deux sergents. Delia Carstairs, d'origine anglaise et nièce du préfet, avait accepté avec bienveillance de prendre Helen sous son aile, une tutelle que la jeune femme vivait fort mal. Quant au capitaine Carmine Delmonico, Helen ne savait trop quoi en penser, tout en le soupçonnant d'être un clone de son père.

En poussant à midi tapant la porte de Malvolio's, le petit restaurant situé à côté de l'immeuble de Cedar Street abritant les services municipaux, Carmine constata avec satisfaction la présence d'Helen dans l'un des box du fond. Il restait à espérer qu'elle n'ait pas passé la matinée à affronter le juge Douglas Wilbur Thwaites, terreur du tribunal de la ville.

Carmine aurait aimé pouvoir dire qu'il aimait Helen, mais cette dernière ne faisait rien pour se rendre sympathique. Comment oublier son arrivée le premier jour, habillée comme Brigitte Bardot ? Il s'était vu contraint de lui remettre les idées en place en lui conseillant de mettre des chaussures adaptées, au cas où elle devrait se lancer à la poursuite d'un malfaiteur, et d'enfiler une jupe qui ne risque pas de rendre folle la gent masculine. Elle s'était conformée à ses instructions depuis, mais l'incident n'annonçait rien de bon. Elle n'avait jamais compris la nécessité de s'intéresser aux activités des agents en uniforme, histoire de voir comment fonctionnait le service, et piaffait d'impatience à l'idée de participer à sa première enquête, ce que lui interdisait Carmine tant qu'elle ne serait pas prête. Le pire était sa propension à horripiler ses collègues. Ainsi, depuis trois semaines qu'elle était là, Carmine était au bord du désespoir.

La jeune femme était occupée à prendre des notes dans son « journal », un terme désignant un simple cahier.

— Comment s'est passée votre matinée ? lui demanda Carmine en se glissant sur la banquette en face d'elle tout en adressant un signe de tête à Merele qui lui servit un mug de café avec le sourire.

— Difficile, mais intéressante. Le juge est un personnage fascinant. Je le connais depuis toute petite, mais le voir appliquer la loi est une révélation.

— C'est un cauchemar pour les criminels. N'oubliez jamais ça.

Elle éclata d'un rire franc.

— Il m'a fallu du temps pour m'habituer à lui, mais j'ai fini par y arriver. Si seulement tous les profs de droit à l'école de police étaient de la même trempe !

— Il connaît plus de finasseries légales que n'importe lequel d'entre eux.

Delia s'approcha ; Carmine lui fit signe de s'installer à côté de lui. *Je crois toujours qu'elle ne trouvera jamais le moyen de s'habiller plus mal*, pensa-t-il, *mais il me suffit d'attendre le jour suivant pour m'apercevoir que je me suis trompé*. Elle arborait ce jour-là un mélange d'orange, de vert, de rose et de jaune vif à carreaux sous un manteau d'un violet agressif. Sa jupe s'arrêtait bien au-dessus du genou, comme d'habitude, dévoilant deux pattes que n'aurait pas reniées un piano à queue. Ses cheveux, passés du mauve au vert méché et au blond platine, laissaient filtrer deux yeux bruns étincelants. Le principal débat, au sein de la police d'Holloman, consistait à savoir où Delia pouvait bien s'approvisionner en vêtements ; même Netty Marciano, la reine des potins, n'avait jamais réussi à éclaircir ce mystère. Carmine penchait personnellement pour le quartier des confectionneurs à New York.

Depuis trois semaines qu'Helen se trouvait là, il s'attendait à ce qu'elle se plaigne de la dégaine de Delia, mais elle n'avait pas laissé échapper une parole à ce sujet, se contentant d'ouvrir de grands yeux la première fois qu'elle l'avait vue. En dépit de sa supériorité atavique, peut-être avait-elle reconnu en cette femme une véritable excentrique. Il avait suffi que cette dernière ouvre la bouche et prononce d'une voix melliflue son lot de voyelles élégantes et de consonnes savamment articulées pour qu'elle sache qu'elle était issue d'un milieu huppé.

Nick les rejoignit quelques minutes plus tard et s'assit à côté de Delia. Ils étaient désormais trois à fixer Helen dans le vaste box.

La jeune fille écarta ses lèvres rose nacré en les dévisageant de son regard bleu vif.

— Que me vaut l'honneur d'être sur la sellette ? demanda-t-elle.

— Tu vis à Carew, dans la tour Talisman, c'est bien ça ? s'enquit Nick.

— Oui, je suis propriétaire du duplex en terrasse.

— J'aurais dû m'en douter, répliqua Nick d'un air mauvais. Un truc de luxe, je suppose, avec son ascenseur particulier et tout le tremblement.

— Pas si luxueux que ça. Je me sers des deux mêmes ascenseurs que tout le monde. Des ascenseurs à clé.

— Entretiens-tu des rapports avec les autres occupants ? enchaîna Delia.

— J'en connais quelques-uns, mais le seul avec lequel je suis amie est Mark Sugarman. Il vit au huitième, trois étages plus bas. Sa petite amie, Léonie Coustain, vit au dixième. Une Française.

Helen ponctua sa phrase d'une grimace avant de poursuivre :

— C'était une fille vive et extravertie, mais elle est entrée en dépression il y a trois mois. Plus personne ne la voit. Elle est rentrée dans sa coquille. D'après Mark, elle refuse qu'on l'aide. Il est très amoureux d'elle, et j'ai toujours pensé qu'ils étaient faits l'un pour l'autre. Aujourd'hui, je ne sais plus. Léonie n'aime plus Mark, c'est sûr, et il jure qu'il ne comprend pas pourquoi.

Elle rougit.

— Je m'égare, excusez-moi.

— Il est parfois utile de s'égarer, remarqua Carmine. Je ne crois pas que Léonie ait cessé d'aimer Mark. Je crois qu'elle a été violée.

Helen devint livide.

— *Violée ?*

— Oui, sans aucun doute, affirma Carmine qui ne souhaitait pas évoquer l'existence du Dodo à ce stade. Que savez-vous des Gentlemen Marcheurs de Carew ?

— Les Gentlemen Marcheurs ? s'étonna la jeune femme. Ils marchent, poursuivit-elle en riant. Ils font des rondes à travers Carew. Une amicale de types très bien.

— Tu les connais personnellement ? s'enquit Nick.

— Certains, oui. Pas tous. Mark, qui est leur seigneur et maître, prétend qu'ils sont plus de cent quarante.

— C'est bien de pouvoir mettre un nom sur certains d'entre eux, approuva Carmine. Je craignais d'avoir affaire à une bande de justiciers. Jusqu'à présent, ils sont restés dans le cadre de la loi, y compris lorsqu'ils ont appréhendé deux ou trois voyeurs et un voleur de sous-vêtements féminins. La nuit dernière, une jeune femme du nom de Maggie Drummond a été brutalement attaquée et violée dans son appartement de Carew. Elle nous a prévenus dans la foulée et nous allons pouvoir agir. Notamment en ciblant les Gentlemen Marcheurs.

Helen restait pétrifiée, un mélange d'horreur et de curiosité sur son visage.

— Je connais Maggie Drummond ! s'écria-t-elle. Elle vient à toutes les fêtes qu'organise Mark. Une fille très intelligente ! Tout le monde ne sort pas de Chubb avec un diplôme de physiologie aviaire. Elle prépare une thèse sur les oiseaux migrateurs sous la direction du plus grand spécialiste au monde, le professeur Hart.

Ses traits s'adoucirent.

— Pauvre Maggie ! Vous croyez qu'elle parviendra à s'en tirer ?

— Elle n'en sortira pas indemne, c'est certain, mais elle possède une capacité de résistance peu commune. Elle a insisté pour me rencontrer dès hier soir, tant que le drame était encore frais dans sa mémoire. Son agresseur l'a partiellement asphyxiée à plusieurs reprises, elle avait peur d'oublier certains détails. Elle nous a même indiqué le nom du violeur : *Didus ineptus.* L'ancien nom scientifique du dodo, remplacé depuis par celui de *Raphus cucullatus.*

— En quoi puis-je vous être utile, à part vous indiquer le nom de Mark Sugarman ? demanda Helen.

— Tu peux nous aider, intervint Delia, à condition d'agir sous mon autorité et de respecter mes instructions à la lettre. D'accord ?

— Bien sûr, approuva Helen dont le visage s'était illuminé.

— Bien. Nous devons commencer par retrouver les autres victimes du Dodo, et il est essentiel que l'enquête soit menée par des femmes. Les victimes seraient incapables de réagir normalement face à des enquêteurs masculins, si bienveillants soient-ils. Toi et moi allons devoir toutes les contacter afin de les persuader de consulter le Dr Liz Meyers, qui dirige la cellule de viol de l'hôpital. En clair, cela signifie que nous allons passer le plus clair de l'après-midi à te préparer aux techniques de questionnement et à la mise en confiance des témoins féminins. J'espère que nous recevrons des appels demain, à la suite de la matinale de Mighty Mike, mais il n'est pas impossible que nous en ayons dès aujourd'hui, à la suite de l'émission de Luke Corby. Je te demanderai de me suivre comme une ombre, Helen. Compris?

— Oui! répondit la jeune femme avec ferveur.

Ravie de tenir enfin sa première affaire, elle comptait bien s'assurer que le travail de Delia se trouvât mis en valeur. Elle-même en serait la première bénéficiaire.

Carmine prit la direction de la tour Talisman, le seul immeuble résidentiel de luxe d'un quartier essentiellement connu pour son charme, son calme, et le nombre d'étudiantes qui y résidaient. Il trouva comme prévu Mark Sugarman chez lui; Helen lui avait expliqué qu'il travaillait à la maison.

— Je suis propriétaire, comme Helen, lui expliqua le dessinateur en conduisant son visiteur dans un vaste salon transformé en atelier.

Il fit signe à Carmine de prendre place sur l'une des chaises installées autour de la table et se rendit à la cuisine chercher des mugs, une cafetière, du lait et du sucre.

Sur le plan physique, Sugarman était l'archétype de l'individu moyen : taille légèrement inférieure à un mètre quatre-vingts, traits ordinaires, allure banale. Seuls ses grands yeux d'un vert éclatant, soulignés par de longs cils, le sauvaient de l'anonymat. Il avait enfilé un vieux jean trop large et une chemisette dont les poches débordaient d'objets divers : crayons, cigarettes, et même une règle en métal. Il dérogeait pourtant à la règle de l'artiste bohème car la pièce était méticuleusement rangée. Peinte en blanc, elle bénéficiait de la lumière naturelle d'une baie vitrée qui dominait, par-delà des arbres, le détroit de Long Island dont les eaux bleues scintillaient sous le soleil de cette magnifique journée d'été indien. Il avait délaissé le chevalet au profit d'une planche à dessin devant laquelle était planté un tabouret de bar. Sur des dessertes encadrant la planche étaient rangés encres, stylos, crayons, un taille-crayon électrique, une série de rapporteurs et de tés, une pile de chiffons et un bocal rempli d'eau. Carmine constata avec amusement que son hôte travaillait sur un dessin à l'encre de Chine d'une famille de ratons laveurs d'allure loufoque, leurs caractéristiques humaines habilement suggérées.

— Je suis illustrateur de livres, lui expliqua Sugarman en remplissant les mugs. Mes dessins s'adressent à un public très large et mon éditeur me commande des œuvres léchées, soigneusement exécutées. Peu d'écoles des beaux-arts enseignent le dessin à l'encre traditionnel, mais j'ai appris mon métier à Londres et Anvers.

— J'aurais aimé savoir quand a été créé le groupe de surveillance du quartier que vous dirigez, s'enquit Carmine en ajoutant du lait et du sucre à son café réchauffé. Je me dois de vous avertir que Maggie Drummond a été violée hier soir. Malgré sa peur, elle a choisi de nous avertir. Elle a subi des sévices atroces, d'une brutalité inouïe. En son nom, je vous demande de me dire tout ce que vous savez. Maggie veut qu'on attrape ce monstre.

Les yeux émeraude de Sugarman s'agrandirent et un voile humide les recouvrit.

— Mon Dieu, balbutia-t-il en manquant de laisser échapper son mug.

— Il est grand temps de nous parler de l'origine des Gentlemen Marcheurs.

— Ce sera un soulagement pour moi, capitaine.

Il prit sa respiration et ramassa machinalement une poignée de mouchoirs en papier afin d'éponger le café qui s'était renversé.

— Le premier viol dont nous avons eu vent était celui de Léonie. Ma pauvre Léonie chérie! Un jour où je montais chez elle lui proposer d'aller nous promener, je l'ai découverte dans un état... épouvantable. Pas blessée à proprement parler, mais tuméfiée et salie. Il l'avait violée à trois reprises, la dernière fois avec une sauvagerie perverse. J'ai voulu vous appeler, mais elle a refusé en disant qu'elle nierait tout en bloc. Pour éviter le scandale que cela provoquerait dans sa famille, en France.

Il serra les dents.

— Je n'ai pas réussi à lui faire changer d'avis.

— Avez-vous pensé que Léonie était sa première victime?

— Je le croyais, et puis Mason Novak, mon meilleur ami, m'a raconté que sa copine, Shirley Constable, avait un comportement comparable à celui de Léonie, ce qui avait éveillé ses soupçons. Il avait d'abord cru que Shirley souffrait d'une dépression à cause de son travail, mais, après ce qui était arrivé à Léonie, il se demandait si elle n'avait pas été violée. Aujourd'hui encore, elle refuse de se trouver dans la même pièce que lui.

Carmine reposa son mug.

— Monsieur Sugarman, quand bien même ces jeunes femmes refusaient de coopérer, vous auriez dû parler de vos soupçons à la police au lieu de mettre en place un groupe de surveillance.

— J'en suis conscient à présent, capitaine, mais ni Mason ni moi n'y avons pensé, sur le moment. J'ai fait passer une annonce dans le *Holloman Post* sous prétexte de monter un club de marche à l'intention des habitants de Carew. J'ai été inondé de requêtes! Les Gentlemen Marcheurs ont connu un succès immédiat.

— À la suite d'un viol dont vous n'avez sans doute jamais parlé aux autres membres? Permettez-moi de trouver cette démarche étrange, monsieur.

Sugarman laissa échapper un rire moqueur.

— La vanité, capitaine. La marche est un excellent moyen de conserver la ligne, mais la plupart des amateurs finissent par renoncer parce que c'est un sport solitaire. Nous avons donc constitué des groupes de trois personnes, toujours les mêmes, et nous changeons de circuit à chaque fois. Les membres de l'association se regroupent par affinité et se retrouvent un jour sur deux. C'est suffisant pour garder la forme tout en étant excellent pour le cœur.

— Aucun membre de l'association n'a jamais croisé la route de quelqu'un qui pourrait avoir le profil du violeur?

— Hélas non. C'est tout juste si nous avons surpris quelques voyeurs.

— Ce qui s'est révélé fort utile, je le reconnais. À moins d'être mis hors d'état de nuire très tôt, les voyeurs finissent souvent par violer.

Carmine s'éclaircit la gorge.

— Il me faudrait la liste de vos membres, monsieur Sugarman.

Le dessinateur jaillit de sa chaise.

— Bien sûr. Je vais vous la chercher. Nous disposons d'une fiche complète sur chacun des Gentlemen

Marcheurs, c'est l'une des conditions d'admission à notre club.

Quelques instants plus tard, Carmine découvrait avec des yeux ébahis la liste méticuleusement tapée que lui tendait son hôte. On y trouvait le nom, l'âge, l'adresse, le numéro de téléphone et la profession de tous les membres, ainsi que le planning des sorties, soigneusement calculé. On trouvait de tout chez les Gentlemen Marcheurs : des instituteurs, des physiciens, des chimistes, des artisans, des médecins, des dentistes, des ouvriers, des fonctionnaires municipaux, des techniciens, des biologistes... un total de cent vingt-six personnes allant de vingt et un à soixante-huit ans.

— Vous êtes un recruteur de premier ordre.

Sugarman balaya la remarque d'un petit rire.

— Je laisse la démagogie à d'autres, je me contente de la logistique. Il vous faudra rencontrer Mason Novak. C'est lui l'âme des Gentlemen Marcheurs, notre inspiration à tous. C'est d'ailleurs lui qui a repris le flambeau à ma suite.

Carmine chercha son nom sur la liste.

— Mason Novak, trente-cinq ans, chimiste et analyste à la Chubb University. Il travaille dans la tour Susskind ou la tour Burke ? Département des sciences ou département de biologie ?

— La tour Susskind, département des sciences. Il ne s'occupe pas de chimie organique.

— Quel est votre quartier général habituel ?

— Un petit amphi de Susskind, réquisitionné par les soins de Mason.

— Nous sommes aujourd'hui mercredi. Je vous propose de nous retrouver vendredi, à 18 heures.

— Pour quelle raison ? s'étonna Mark Sugarman.

— Allons, monsieur ! Mes inspecteurs ont besoin de rencontrer les Gentlemen Marcheurs. Convoquez vos membres et précisez-leur bien qu'aucune absence ne sera tolérée. Compris?

— Très bien.

— Vous ne devriez pas éprouver trop de difficultés à réunir vos troupes. Et jetez une oreille à l'émission de Mighty Mike, demain matin. Je suis prêt à parier que vos troupes n'en reviendront pas en apprenant ce qui s'est passé.

C'est curieux comme les ennuis volent en escadrilles, pensa Carmine en regagnant son domicile au volant de sa chère Ford Fairlane. *Me voilà obligé de transformer Helen MacIntosh en inspecteur aguerri alors que je ne sais même pas si elle est capable d'obéir à un ordre. Dans le même temps, Corey Marshall ne passe pas la rampe en tant que lieutenant, ce que je n'aurais jamais cru, et j'apprends aujourd'hui que notre banlieue la plus paisible, Carew, abrite un violeur particulièrement dangereux. Quant à ma formidable épouse d'un mètre quatre-vingt-dix, elle se laisse malmener par un enfant de vingt-deux mois. Desdemona! Elle qui a mis en échec des tueurs à deux reprises, la voilà minée par un gamin tyrannique à peine capable de marcher, constamment au bord des larmes. Je voudrais ne pas y penser, mais je n'ai guère le choix. Il me faut agir, et vite, si je ne veux pas perdre ma chère femme.*

Il rangea la Fairlane dans le seul des quatre emplacements encore libre, sortit du garage et remonta l'allée jusqu'à sa porte, conscient que ses derniers rendez-vous de la journée lui avaient fait prendre un retard que Desdemona risquait fort de mal supporter. La maison, une immense bâtisse de style colonial avec une tourelle de deux étages et un belvédère, était plantée au milieu d'un jardin de près d'un hectare donnant sur les eaux du port d'Holloman. Cela faisait plus de deux ans que les Delmonico vivaient dans cet endroit dont ils aimaient l'atmosphère en toutes saisons : l'été avec ses journées idylliques, par gros temps comme au plus fort de l'hiver, lorsqu'un épais manteau de glace recouvrait tout. L'âme de la maison fluctuait pourtant au gré de l'humeur de sa maîtresse, et Desdemona n'était pas au mieux de sa forme.

Aucun des arguments avancés par Carmine n'avait pu la dissuader de tomber enceinte après la naissance de leur aîné, et Julian était tout juste âgé de seize mois lorsque Alex était né. Carmine avait transmis à ses fils sa carrure et un charisme évident, Desdemona leur léguant une ossature qui les destinait naturellement à briller sur les terrains de basket. Des deux, ils tenaient surtout une grande intelligence qui risquait fort de mettre en péril la tranquillité familiale. Si Julian faisait déjà des siennes, quel enfer vivraient-ils lorsque le petit Alex se mettrait à marcher et à parler ?

Cette femme qui avait dirigé avec talent un laboratoire de recherche s'était enfermée depuis dans son univers domestique où elle faisait des prouesses. Mais depuis la naissance d'Alex, cinq mois plus tôt, Desdemona s'étiolait, avec la complicité active de Julian, passé maître dans l'art de la contestation, de l'obstacle et de l'exhortation.

Allons, courage ! pensa Carmine en poussant la porte de son royaume, bien décidé à tout entreprendre pour tirer sa femme de son abîme.

— C'est bon de te voir, et meilleur encore de te toucher, lui murmura-t-il à l'oreille en la serrant contre lui à l'étouffer avant de l'embrasser tendrement.

Comprenant qu'il ne s'agissait pas de sacrifier à la passion, Desdemona poussa son mari dans un fauteuil et lui servit un apéritif.

— Julian est couché ? demanda-t-il.

— Oui, tu as réussi à le piéger, pour une fois. Il comptait bien t'attendre, mais il a fini par s'endormir en constatant que tu ne rentrais pas.

Elle laissa échapper un soupir.

— Il a piqué une colère terrible aujourd'hui, au beau milieu du déjeuner de Maria. Je l'avais pourtant prévenue que je ne voulais pas venir !

Une larme tiède s'écrasa sur la main de Carmine.

— Ma mère ne fait pas toujours preuve de finesse, Desdemona. Si je comprends bien, notre fils a gâché la fête ?

— Il s'en serait chargé si Maria ne l'avait pas frappé. Et frappé fort. Tu sais ce que je pense de ce genre de méthode, Carmine. Il doit exister des moyens plus efficaces de calmer les petits.

Ne dis rien, Carmine, ne dis surtout rien !

— S'il existe une solution, ma chérie, tu ne l'as pas encore trouvée avec Julian, répondit-il en mesurant son propos. Les crises sont une forme d'hystérie et les enfants n'en veulent pas aux adultes quand on les rappelle à la raison.

Autrefois, elle lui aurait volé dans les plumes, mais cette époque était révolue. Elle donna l'impression de se ratatiner sur elle-même.

— En tout cas, il était épuisé en rentrant. C'est pour cette raison qu'il dort.

— Bien. Je ne suis pas mécontent de pouvoir être un peu tranquille.

— Tu étais sérieux quand tu l'as menacé d'une nounou, l'autre jour ? Nous n'avons pas les moyens de nous payer une nounou, Carmine. Et la présence d'une étrangère chez nous ne ferait qu'aggraver le problème.

— D'abord, ma chère femme, c'est moi le ministre des finances de cette maison. Tu es déjà assez occupée avec nos petits. Maintenant, deux précisions : nous avons les moyens d'engager une nounou, et je n'ai pas *menacé* Julian. Je me suis contenté de l'avertir. Nous n'y échapperons pas, mon bel amour, et pas pour les raisons que tu imagines. Je ne le fais pas pour Julian, mais pour *toi.* Tu es fatiguée en permanence, Desdemona. Tu pleures dès que personne ne te regarde, et je ne vois aucune issue à tes difficultés. J'ai rencontré le Dr Santini cet après-midi ; chaque fois que je te suggère d'aller lui rendre visite, tu te précipites à son cabinet en prétendant que Julian ou Alex est malade. Enfin, Desdemona ! Ce type est tout sauf un idiot. Il a très bien compris que c'est toi la malade. Il est persuadé que tu souffres de dépression postpartum, mon amour.

Elle se jeta dans une chaise d'un air rebelle, mais sa colère ne tarda pas à retomber : il lui fallait bien reconnaître qu'elle ne tournait pas rond. Mais si elle savait son mal incurable, ces messieurs étaient persuadés d'une simple défaillance physique. Que connaissent les hommes à ce genre de maladie ?

— J'ai cru comprendre que les médecins font constamment de nouvelles découvertes sur les femmes qui dépriment à la suite d'une naissance. Il n'y a rien de freudien là-dedans, il s'agit d'un simple déséquilibre hormonal qu'il faut prendre le temps de régler. Tu iras chez le médecin demain matin, sous escorte policière s'il le faut. Ma mère viendra garder les enfants pendant…

— Elle va encore frapper Julian ! s'écria Desdemona.

— Une petite claque ne lui fera pas de mal. Ce n'est pas parce que ton père te battait quand tu étais petite, Desdemona, qu'une fessée méritée entre dans la catégorie des sévices corporels. C'est souvent une question de bon sens. Mais ne parlons pas de Julian, parlons plutôt de toi.

Les larmes couraient silencieusement sur les joues de sa femme, mais au moins le regardait-elle.

— Le Dr Santini n'a pas l'intention de te mettre sous traitement. Tu présentes des symptômes bénins et il suffit que tu souffles un peu pour aller mieux. Ton problème, c'est Julian, et je suis d'accord avec toi que ce n'est pas une claque qui le calmera. Que penses-tu de mon diagnostic jusqu'à présent?

— Parfait, grommela-t-elle. Oh, Carmine! Moi qui croyais que c'était ton travail qui te minait... Mais je m'aperçois que c'est moi. *Moi!* Si tu savais à quel point je m'en veux. Que veux-tu que je fasse? J'ai bien conscience d'être un fardeau pour toi.

— Ne pleure pas, je t'en prie. Je cherche à apporter des réponses à tes difficultés, et non à en disséquer les raisons. Tu ne seras jamais un fardeau pour moi. Je pourrais très bien me retrouver dans une situation analogue un jour ou l'autre. En attendant, j'ai engagé une jeune femme sur les conseils du Dr Santini. Elle s'appelle Prunella Balducci, du clan des Balducci d'East Holloman. C'est donc l'une de mes cousines éloignées. Elle gagnait très bien sa vie à New York, dans l'Upper East Side, mais elle a récemment décidé de rentrer car elle en avait assez. Son bas de laine est suffisamment rempli pour le moment, elle se fiche de gagner moins tant qu'elle peut vivre près de chez papa et maman. À la première occasion, elle compte s'envoler pour L.A. où l'attendent d'autres handicapés de la vie que ceux qu'elle a connus à New York: des familles perturbées affectivement qu'elle se charge de remettre sur les rails.

Il prit longuement sa respiration.

— Avant de rentrer à la maison, j'ai fait un saut chez Jake Balducci et rencontré Prunella. Elle accepte de venir chez nous jusqu'à Noël. Elle me dit que tes problèmes ne seront plus qu'un mauvais souvenir à ce moment-là. L'argent n'est pas un souci, nous avons les moyens de lui verser ce qu'elle demande.

— Je ne veux pas... je ne peux pas...

— Mais si, tu peux, ma chérie! Je sais que tu fais le ménage à la maison chaque fois que Caroline vient, ce qui est absurde, mais tu ne pourras plus continuer quand nous aurons quelqu'un qui vit ici, prend ses repas avec nous et fait partie de la famille. Même temporairement.

Desdemona manqua de s'étrangler.

— Vivre *ici* ? Où ça? Dans quelle chambre? Carmine, tu m'en demandes trop!

— J'ai également téléphoné à mon ingrate de fille à Paracelsus. Elle n'a pas donné signe de vie depuis trois semaines, mais je sais maintenant pourquoi. Elle me l'a expliqué au téléphone et je ne lui en veux pas. Elle a accepté de participer à ta guérison en ne dormant pas à la maison jusqu'à Noël. Prunella occupera donc la chambre de Sophia. Caroline n'aura qu'à la nettoyer, je lui ai demandé de venir demain. Prunella arrive la semaine prochaine.

Desdemona, abattue, sombra sur sa chaise.

— Je constate que tu as tout prévu, déclara-t-elle d'une voix sèche.

— En effet. La mission de Prunella est de métamorphoser Julian en un petit garçon que je serai heureux de retrouver le soir en rentrant à la maison, et non un monstre que j'étranglerais volontiers pour ce qu'il te fait subir. Il profite de son pouvoir sur nous en se montrant autoritaire, manipulateur et méchant. S'il continue sur cette lancée, il finira avocat d'assises. Je te préviens tout de suite, Desdemona, précisa Carmine, à moitié sérieux: je ne veux pas d'un fils qui défende les tueurs en série. Je préférerais encore qu'il vive de l'aide sociale. Derrière sa forfanterie, Julian dissimule une personnalité attachante, il est grand temps de veiller à ce que l'ange l'emporte sur le démon. Tu m'entends?

— Oui, oui, approuva-t-elle avec une ébauche de sourire. Ce n'est pas Shakespeare qui proposait de tuer tous les avocats? Mais je te suis sur ce point, pas question de le transformer en défenseur d'assassins. Et je ne voudrais pas davantage d'un procureur.

— Dans ce cas, nous sommes d'accord.

— Je suppose, mais entendons-nous bien : Prunella ne vient pas pour moi, mais pour Julian.

Elle afficha brusquement une expression horrifiée.

— Et si jamais elle me déplaît ?

— Ça ne risque pas d'arriver. Tu vas l'adorer.

— Est-elle capable de frapper Julian ?

— Je suis convaincu qu'elle dispose de munitions autrement plus efficaces dans son arsenal, mon bel amour. Oublie un peu ta propre enfance et essaye de voir Julian tel qu'il est, au lieu de le voir tel que tu étais à son âge. La moitié du sang qui coule dans ses veines est italo-américain, avec toute la dureté que ça implique.

Elle quitta péniblement sa chaise.

— Le dîner est prêt.

Quelle que fût son humeur, et même lorsqu'il s'agissait, comme ce soir-là, d'un simple steak accompagné de frites et de salade, Desdemona était une cuisinière émérite. Elle frottait la viande d'un sel spécial avant de la griller et ses frites étaient divines : croustillantes à l'extérieur, fondantes à l'intérieur.

— Raconte-moi ta journée, demanda-t-elle, leur repas achevé. J'ai entendu Delia dans l'émission de Luke Corby, tout à l'heure.

— Il est encore trop tôt pour savoir qui est le Dodo. C'est le surnom que nous lui avons donné, même s'il préfère l'appellation latine, *Didus ineptus*. Tu aurais une idée des raisons qui le poussent à choisir un tel sobriquet ?

— Oui. Ce type est un poseur.

— Ce qui ne l'a pas empêché de se tromper. Ce nom latin a été abandonné il y a longtemps au profit d'un autre.

— Je doute que ça l'empêche de dormir. Cette expression a fait tilt dans sa tête, rien de plus. Mais tu n'es pas uniquement inquiet à cause du Dodo, ajouta-t-elle entre deux gorgées de thé.

Depuis qu'elle avait convaincu Carmine de renoncer au café et de boire un thé après le dîner, il dormait mieux.

— Je t'écoute, mon amour.

— Morty Jones boit et Corey ferme les yeux.

— Je croyais que c'était un cas de renvoi?

— S'ils boivent pendant le service, oui. Renvoi immédiat et tout le tralala, ça figure en toutes lettres dans notre contrat de travail. John Silvestri ne plaisante pas avec l'alcool et la police d'Holloman est connue pour son intransigeance à ce sujet. Ivrognes, passez votre chemin.

— Morty? Je sais bien que c'est un faible, mais tout de même...

Le visage de Desdemona se ferma, et son regard d'un bleu pâle, que Carmine comparait toujours au bleu glacé, irréel et étrange, de la banquise, se voila.

— Je suppose que c'est à cause de sa femme?

— Quoi d'autre? Je l'ai chopé lundi à son arrivée au boulot et nous avons eu une discussion. J'ai cru comprendre que leur histoire avait basculé samedi soir, quand Morty a vu Ava se glisser dans la chambre d'amis à 3 heures du matin. Quand il lui a dit qu'il en avait assez, elle lui a répondu que leurs enfants n'étaient pas de lui. Là, il lui a envoyé son poing à la figure. Le nez cassé, du sang partout. Ava a bouclé ses valises en laissant Morty aux bons soins de sa mère.

Carmine leva les mains au ciel.

— Il a passé son dimanche au Shamrock! Je te laisse imaginer dans quel état il se trouvait lundi matin, sans même te parler de son haleine.

— Carmine, c'est horrible! D'après Netty Marciano, leur garçon – Bobby, je crois – serait le fils de Danny Morski, et Gidget serait la fille de ce flic d'Holloman qui s'appelle Harpo Marx. La ressemblance est frappante, dans les deux cas. Et tu dis que Morty n'était au courant de rien?

— Il ne voulait rien savoir, en tout cas. Il est dans le déni, c'est bien pour cette raison qu'il boit, et Corey joue à l'autruche en enfouissant sa tête dans le sable. La mère de Morty a accepté de s'occuper des enfants provisoirement, mais elle lui a demandé de trouver une gouvernante.

— Seigneur !

L'accent anglais de Desdemona, pas aussi affecté que celui de Delia, ressortait lors d'exclamations de ce genre. Finalement, les déboires de Morty Jones avaient le mérite de la détourner de ses propres problèmes avec Julian.

— Que suggères-tu, Carmine ?

— Continuer à discuter avec Morty en espérant qu'Ava revienne au bercail. En dehors du lit, je ne connais aucun autre flic capable de la supporter.

— Au son de ta voix, tu as d'autres soucis avec Corey. Je me trompe ?

— Petite maligne ! En effet : Corey est jaloux d'Abe et m'accuse de favoritisme. Je t'avoue avoir du mal à l'encaisser.

Pourquoi ne lui fichent-ils pas la paix ? se demanda Desdemona, toute trace de dépression brusquement incinérée au contact de sa rage à voir Corey, Ava, Morty et les autres refuser de reconnaître les qualités humaines de son mari. *Je dois impérativement aller mieux ! Avec tous ses soucis, Carmine n'a pas besoin d'une pleureuse à la maison.* Mais tous les discours de son cœur ne suffisaient pas à la pousser à réagir. Prostrée sur sa chaise, elle ne trouvait pas la force de le réconforter. Les larmes qui lui montaient aux yeux étaient la seule soupape de sa colère. Elle tenta de les repousser, en vain, et Carmine, une fois de plus, fut contraint de la consoler.

Jeudi 26 septembre

Le lendemain midi, Delia Carstairs était en mesure d'établir un premier bilan de son enquête sur le Dodo. Elle avait pu identifier six victimes probables du violeur, en dehors de Maggie Drummond. Présentées sous forme d'un talk-show, les émissions de radio avaient formidablement bien fonctionné. Les six personnes concernées avaient apparemment sauté sur l'occasion de se confier à une femme, faute de savoir que l'hôpital Chubb disposait d'une cellule de viol. Jouant de son accent aristocratique, Delia s'était efforcée de présenter à l'antenne le visage d'une personne distinguée, fermement décidée à s'entretenir avec les victimes en privé, loin de toute figure masculine.

Voyant Helen ravie de participer à l'opération, Delia l'avait mise en garde.

— As-tu déjà été violée?

— Non, ni de près, ni de loin.

— Dans ce cas, tu es aussi ignare en la matière que n'importe quel homme. Ton seul atout, face à ces femmes traumatisées, est ton sexe. Tu dois te servir de ta féminité pour les rassurer. Évite surtout de te montrer indifférente.

— Vous voulez dire que les hommes considèrent le viol comme une invention?

— Une minorité seulement. Quelques-uns ont été accusés injustement de viol, tu n'arriveras jamais à les convertir. D'autres ont été élevés dans l'idée que les femmes sont toutes des menteuses qui trompent leurs maris. L'ignorance constitue un facteur important. Le récit de Samson et Dalila est caractéristique à cet égard: on y présente la femme comme une castratrice. Nous sommes souvent accusées de saper l'autorité des hommes.

— Pourquoi me raconter tout ça? Je le sais.

Delia soupira.

— Je te raconte tout ça, expliqua-t-elle patiemment, parce que rares sont les hommes capables de manifester de l'empathie face à la victime d'un viol. C'est pourtant le cas du capitaine Delmonico. Tu peux être certaine qu'il fera tout pour qu'aboutisse cette enquête, et pas uniquement parce que le Dodo est passé à la vitesse supérieure.

— Pourquoi réagit-il ainsi? s'enquit Helen, les yeux brillants d'excitation.

— Évite de te lancer sur une fausse piste, Helen! la rappela à l'ordre Delia. Inutile d'aller chercher des raisons personnelles derrière son attitude, de croire que l'une de ses petites amies a été violée un jour. Ce que je veux faire entrer dans ta petite tête d'apprentie enquêtrice, c'est que tu as de la chance d'effectuer tes classes dans ce service.

— Je sais, Delia, répondit Helen avec une petite voix. Qu'attendez-vous de moi?

— Nous interrogerons ensemble les victimes qui sont disposées à venir ici. Quant à celles qui préfèrent nous recevoir chez elles, tu te contenteras d'assister à l'entretien en simple témoin. Pas un mot, sauf si je te fais signe d'intervenir. Évite de te montrer trop curieuse, même si tu penses qu'une réponse à ta question suffirait à résoudre l'enquête. Tu l'écris sur une feuille de papier, tu me la donnes et je décide. Le fait que nous soyons des femmes est notre principal atout, pas question de le gâcher. Compris?

— Dois-je prendre des notes?

— Le plus discrètement possible. Aucune des victimes n'acceptera que l'on enregistre son témoignage, hélas.

Le violeur avait laissé sept victimes dans son sillage : Shirley Constable le 3 mars, Mercedes Mendes le 13 mai, Léonie Coustain le 25 juin, Esther Dubrowski le 16 juillet, Marilyn Smith le 6 août, Nathalie Goldfarb le 30 août, et Maggie Drummond le 24 septembre.

Helen ayant offert aux six premières de les emmener et de les reconduire à bord de sa propre voiture, toutes s'étaient laissé convaincre de témoigner dans les locaux de la police. En voyant Helen arriver avec Shirley Constable, la plus meurtrie des proies du Dodo, Delia comprit que sa jeune stagiaire avait su créer un rapport de confiance avec la jeune femme en jouant sur l'exotisme de sa Lamborghini verte, tout en évitant de parler en chemin de l'entretien à venir.

La malheureuse s'était réfugiée si loin dans sa coquille qu'il fallut à Delia plus d'une heure pour lui soutirer une parole. Le robinet enfin débloqué, son témoignage se déversa brutalement. Vierge au moment des faits, par conviction religieuse, elle se considérait comme définitivement perdue. Rien que ne puisse régler à terme la cellule du Dr Meyers, une brillante psychiatre, spécialiste du viol, que Delia avait pris soin de contacter.

Shirley n'arrivait pas à ôter de son esprit que le Dodo finirait par revenir la tuer, et une partie d'elle-même estimait qu'elle méritait de mourir. *Il est grand temps que les femmes sortent de cette logique de culpabilité*, pensa Delia. *L'insistance de la société à prôner la virginité des femmes est un simple moyen de convaincre les hommes qu'ils sont bien les géniteurs de leurs enfants, mais regarde ce pauvre Morty Jones !*

Delia rassura Shirley en lui expliquant que le Dodo avait un agenda trop bien rempli pour trouver le temps de retourner tuer ses premières victimes, puis elle l'envoya chez le Dr Meyers en compagnie d'Helen.

— Plus le temps passe et plus ce type se montre violent, expliqua Delia à Carmine et Nick, un peu plus tard. Il agit en revanche avec régularité, par cycles de trois semaines. Dix semaines se sont écoulées entre Shirley et Mercedes, puis six semaines entre Mercedes et Léonie, mais il a trouvé sa vitesse de croisière depuis en se manifestant toutes les trois semaines, avec une préférence pour les mardis et les mercredis.

Carmine fronça les sourcils.

— Si je comprends bien, Del, il ne tient pas compte du calendrier lunaire ou solaire. S'il n'est pas sensible aux planètes, tu peux être certaine qu'il va nous donner du fil à retordre.

— À moins qu'il ne suive l'évolution de Mars ou de Vénus. Il faudrait vérifier les éphémérides astronomiques, je m'en occupe, proposa Delia. Cela dit, s'il reste fidèle au cycle des trois semaines, il devrait récidiver aux alentours du 16 octobre, un mercredi. Lune ou soleil, nous devons nous préparer, Carmine.

— Ses victimes possèdent-elles des caractéristiques physiques communes ?

— Non. Il n'a aucune préférence communautaire ou religieuse. On trouve chez ses victimes toutes les couleurs de cheveux et d'yeux, tous les types de peau. Des juives, des Anglo-Saxonnes, des Latino-Américaines, des filles originaires d'Europe orientale. Peut-être découvrirons-nous un lien entre elles après les entretiens. À part Shirley, nous nous sommes contentées de les rencontrer brièvement.

Helen, qui venait de les rejoindre, prit place sur une chaise.

— Vos impressions ? lui demanda Carmine.

— Nous ne sommes pas restées longtemps avec elles. Nous en saurons davantage lors des entretiens.

Tout ce que nous savons, c'est que la description du Dodo ne varie pas d'une victime à l'autre. N'est-ce pas, Delia ?

— C'est vrai.

— Un peu moins d'un mètre quatre-vingts, très bien bâti. Elles ont toutes évoqué Marlon Brando. Entièrement nu et complètement épilé. Ni cicatrice, ni tache, ni grain de beauté. Une cagoule de soie noire sur le visage. Il ne prononce jamais un mot, se contente d'indiquer son nom, écrit au feutre noir sur une ardoise blanche, avec son message d'avertissement.

— Merci, approuva Carmine. Delia ?

— Shirley a été violée à deux reprises, vaginalement les deux fois. Mercedes aussi, mais analement la seconde fois. Ensuite, c'est l'escalade, et je dirais que l'usage d'une cordelette, dans le cas de Maggie Drummond, nous montre que le Dodo ne tardera pas à tuer. Il est impératif de l'attraper au plus vite.

— Entièrement d'accord, approuva Carmine.

— Vous avez votre petite idée sur le violeur, capitaine ? s'enquit Nick.

— Je crois tout d'abord que nous avons affaire à un personnage assez unique. Il a violé à six reprises en un peu moins de sept mois tout en restant invisible. Sans les Gentlemen Marcheurs, on aurait pu croire qu'il en était à son coup d'essai avec Maggie. Aucune de ses victimes précédentes ne s'est manifestée. Il s'agit d'un prédateur qui connaît très bien ses victimes. Je ne serais pas surpris qu'il ait établi une liste, peut-être d'une centaine de noms, précisa-t-il, l'air sombre.

— Vous le croyez vraiment capable de tuer ? demanda Helen.

— Tous les violeurs de cet acabit finissent par tuer, Helen. La cordelette dont il s'est servi pour asphyxier Maggie en est la preuve. Lors de vos entretiens avec ces femmes, soyez très attentives à tout ce qui pourrait évoquer une forme d'étranglement. Contentez-vous d'écouter, mademoiselle la stagiaire. Pas question de laisser les victimes deviner ce que nous recherchons, au risque de leur donner des idées.

Les yeux bleus d'Helen étincelèrent, mais elle avait appris à contrôler ses émotions à l'école de police et ne laissa rien transparaître. *Marre d'être prise pour une gamine ! Madame la stagiaire ! Mademoiselle la stagiaire !* Ils cherchaient visiblement à la titiller, pas question de tomber dans le panneau.

— Très bien, acquiesça-t-elle d'une voix sonore.

— Le fait de se montrer nu trahit clairement sa vanité. Il se croit capable de gérer toutes les situations, l'arrivée inopinée d'une colocataire, par exemple. Sa technique nous indique qu'il n'est pas homme à se servir d'une arme blanche. Ni coupure, ni mutilation, pas même une brûlure de cigarette. Il frappe et pince ses victimes, et il leur donne des coups de pied en s'attaquant aux zones érogènes : les seins, les fesses, le ventre, le pubis. Curieusement, c'est un signe d'immaturité. D'après Maggie, il est capable de rester longtemps en érection, mais il n'arrive pas à jouir. Il aurait donc des principes.

— Vous nous décrivez un type anormalement calme et maître de lui-même, intervint timidement Nick.

— Je n'emploierais pas l'adverbe « anormalement ». Je dirais qu'il est extrêmement instinctif. Delia, l'une des victimes l'a-t-elle jamais vu en possession d'une arme ?

— Pas jusqu'à présent.

— Il doit pourtant en avoir une, qu'il conserve à portée de main, suggéra Carmine.

Allez, Helen ! N'hésite pas à poser des questions, pensa la stagiaire. *Elles leur sembleront peut-être bêtes, mais tu es là pour apprendre et ils peuvent très bien oublier les indices les plus élémentaires à force d'être la tête dans le guidon.*

— Pourquoi les obsédés sexuels étranglent-ils le plus souvent quand ils décident de tuer? demanda-t-elle en posant sur ses interlocuteurs un regard curieux.

Carmine afficha une mine ravie.

— Par opposition aux assassins qui mutilent leurs victimes?

— Oui.

— Je ne crois pas que nous disposions d'une réponse très précise en la matière, mais on considère généralement que la strangulation – à mains nues, à l'aide d'une corde ou d'un foulard – permet au meurtrier de voir mourir sa victime. Succomber ainsi peut prendre de longues minutes, surtout s'il maîtrise le maniement de la corde suffisamment bien pour amener sa victime au bord du précipice une dizaine de fois avant de lui asséner le coup de grâce. La mort par strangulation se fait également sans effusion de sang, et l'on sait que la plupart des obsédés sexuels ont une aversion profonde pour ce fluide, difficilement contrôlable, sale, à moins que le meurtre soit bien préparé. Il suffit d'une goutte pour obtenir la condamnation d'un coupable, surtout si la victime possède un groupe sanguin rare, poursuivit Carmine en multipliant les gestes de ses grandes mains. Tout ce que je peux vous dire, Helen, c'est que le Dodo n'aime pas le sang. Il tire son plaisir de la souffrance des femmes.

La pièce avait beau être aveugle, Helen crut un instant qu'un rayon de soleil la pénétrait. Elle fut parcourue d'un frisson. La souffrance. Quel mot horrible. Elle s'aperçut soudain qu'en vingt-quatre ans d'existence, elle n'avait jamais été confrontée de près à la souffrance ; uniquement à la télévision ou dans les journaux.

— Comment le Dodo procède-t-il pour effectuer des recherches aussi méticuleuses sur des victimes si variées? s'enquit-elle. Shirley est archiviste, Mercedes créatrice de mode, Léonie mathématicienne, Esther donne des cours de commerce, Marilyn est spécialiste des dinosaures, Nathalie acheteuse de vêtements pour femmes dans un grand magasin, et Maggie ornithologue. Quel est leur point commun, à part le fait qu'elles vivent toutes à Carew?

— Je doute qu'elles en aient un, intervint Nick en pensant que cette enquête était avant tout une affaire de femmes. Sans craindre de se tromper, on peut supposer que le Dodo vit à Carew et que derrière ce masque noir se dissimule un visage bien connu des habitants du quartier. Le visage d'un personnage de confiance, peut-être même digne d'admiration. Qui sait s'il ne fait pas partie des Gentlemen Marcheurs? Il pourrait très bien s'agir de ce beau gosse aux allures d'acteur avec lequel tu sors, Helen.

Elle pouffa de rire.

— Kurt? J'en doute, mon cher Watson! Il figure sur la liste des physiciens susceptibles de recevoir un prix Nobel.

— Peut-être, mais tu vois ce que je veux dire. Le Dodo mène une double vie. Je serais prêt à parier qu'il est invité aux fêtes de Mark Sugarman, qui sont d'ailleurs le point commun de toutes les victimes.

Delia fit la grimace.

— Nick! grinça-t-elle. Tu viens de me souffler mon scoop!

— Désolé, Del. Je ne savais pas.

— Aucune importance, les tempéra Carmine. L'important, c'est que vous ayez établi le lien tous les deux entre les victimes et ces fêtes. Dites-moi, Delia, j'ai comme l'impression que vous ne vous êtes pas contentée de bavarder innocemment avec les six autres filles violées.

Le visage de la jeune femme prit une teinte rosée qui éclipsa presque l'orange vif de son foulard.

— Euh... c'est vrai. Elles mouraient d'envie de se confier, surtout depuis que le viol de Maggie avait été rendu public et qu'elles ne couraient plus aucun risque. Ce sont toutes des femmes très intelligentes.

— Vous ne croyez pas à la thèse selon laquelle le Dodo se protégerait le visage parce qu'il est défiguré ?

— Non, répondit Helen. Ce type-là n'a ni bec-de-lièvre, ni tache de vin, capitaine. Nick m'a chambrée tout à l'heure à propos de mon petit ami, mais je comprends pourquoi il a évoqué son nom. Kurt von Fahlendorf est effectivement un très beau garçon qui se trouve être un physicien de génie. Avec Mason Novak et Mark Sugarman, ils sont inséparables. Ils sont également amis avec un type plus âgé, Dave Feinman, et deux garçons plus jeunes, Bill Mitski et Greg Pendleton, mais je peux vous garantir qu'aucun d'eux n'a l'âme d'un Mr. Hyde derrière son costume de Dr Jekyll.

— Nous vous croirons sur parole une fois que nous aurons mené sur eux une petite enquête, répliqua Carmine, l'air grave. Combien d'autres Gentlemen Marcheurs connaissez-vous, Helen ?

— Vous voulez dire qu'ils en font partie ? Je les ai rencontrés lors des fêtes de Mark.

— Oui, ils sont tous affiliés à l'association. Les Marcheurs sont au nombre de cent vingt-six.

— Waouh ! Possèdent-ils un uniforme ?

— Pas à ma connaissance, répondit Carmine en fixant Helen. M. von Fahlendorf est-il l'un de vos voisins ?

— Il s'agit du *professeur* von Fahlendorf. Non, il n'habite pas la tour Talisman. Il vit tout près de là, sur Curzon Close, la plus belle maison de Carew.

— Il est surtout joli garçon, la railla Nick.

— Il est surtout très intelligent, riposta la jeune fille. Il détient une chaire de professeur dans l'un des domaines les plus pointus, la physique des particules.

— Hourra.

— Je te demanderai de te calmer, Nick, le réprimanda Carmine sur un ton qui fit lever les yeux de surprise à Delia. Ce professeur est-il citoyen allemand, Helen?

— Oui, il possède une carte verte. Il consacre ses recherches aux sous-particules. Le doyen Gulrajani et plusieurs autres sommités le tiennent en très haute estime, même si son étoile a pâli depuis l'arrivée dans son laboratoire de Jane Trefusis. Il ne prise pas particulièrement l'Amérique, mais c'est ici qu'il peut mener ses recherches. Les sous-particules représentent tout pour Kurt.

— Que reproche-t-il à l'Amérique? réagit Nick sur un ton agressif. C'est curieux, tous ces gens qui n'ont que des reproches à nous adresser et qui viennent prendre notre fric et nos boulots.

— Je suis d'accord avec toi, Nick, approuva Carmine d'une voix calme. Ils sont envieux depuis qu'ils ont vu leur propre culture disparaître sous les assauts du cinéma américain et de la télévision. Les Allemands sont bien les premiers à vanter les vertus de la culture américaine. Les ados et les magnats en particulier.

— Est-il originaire d'Allemagne de l'Est ou de l'Ouest? insista Nick.

— Vous voulez parler de ses origines familiales? Les Fahlendorf appartiennent à la vieille noblesse prussienne, ils possédaient des terres près de la frontière polonaise. Le père de Kurt s'est échappé d'Allemagne de l'Est en 1945 et il a bâti un empire industriel considérable.

— Et le professeur von Fahlendorf? s'enquit Carmine.

— Disons qu'il ne manque de rien, capitaine. Il roule en Porsche et possède une propriété ravissante. Kurt est raide comme la justice et à peu près aussi fantaisiste que Parsifal, mais je l'aime beaucoup. C'est un garçon très bien élevé, il faut qu'il soit retenu par un muon particulièrement récalcitrant pour arriver en retard quand nous avons prévu une sortie ensemble.

C'est un gentleman, une race en voie de disparition au cas où vous ne l'auriez pas remarqué.

— Plus tu en parles, plus il correspond au portrait-robot du Dodo, remarqua Nick.

— Assez ! le tança vertement Carmine. Que savez-vous de Mark Sugarman, Helen ?

— Encore un qui appartient à une race en voie de disparition, répondit-elle d'un ton sarcastique. Un personnage très organisé, propriétaire de son appartement, comme moi. Le type le plus maniaque que je connaisse dans l'organisation de son travail, et de sa vie en général. Kurt est un amateur à côté de lui. Il organisait les fêtes les plus réussies de Carew, jusqu'à ce que Léonie Coustain tombe malade. À la suite d'un viol, ce que nous ne savions pas jusqu'ici.

Elle fut parcourue d'un frisson.

— Quand je pense que le Dodo a sévi dans mon immeuble ! Mais je peux vous assurer qu'il ne s'agit pas de Mark, capitaine. Il fréquente la piscine pendant l'été et il a du poil sur la poitrine. Kurt aussi.

— Tu ne sais pas qu'on vend des postiches ? intervint Delia.

Helen ouvrit la bouche de surprise.

— Vous plaisantez ?

— Pas le moins du monde. Les torses velus sont un symbole de virilité, et certains hommes qui manquent de poil à la poitrine ont recours à des postiches.

— Merci, Delia, approuva Carmine, un pétillement dans les yeux. Tant que vous y êtes, essayez de nous expliquer comment un homme entièrement nu a pu ne laisser aucune trace de son passage dans l'appartement de Maggie Drummond. Maggie nous a précisé qu'il portait des gants de chirurgien, mais elle n'a pas su nous dire pourquoi il n'avait aucun signe particulier sur la peau.

— Il se maquille.

— Il se *maquille* ? réagit Nick.

— Réfléchis un instant, répliqua Delia. Le Dodo a peut-être une très belle peau, mais tous les êtres humains ont des défauts. Les roux et les blonds ont des taches de rousseur, les hommes à la peau mate des grains de beauté, et rares sont ceux qui n'ont aucun bouton. Le Dodo les dissimule car il est vaniteux.

— Bien vu ! la félicita Carmine. Trois bons points pour vous, Delia. En plus de s'épiler, notre homme se maquille.

— Le maquillage ne laisse pas de trace ? s'étonna Nick.

— Rarement, s'il s'agit de produits de qualité. Et rien ne nous dit que les parties de son corps maquillées entrent en contact avec ses victimes. Sans compter qu'il peut très bien en effacer les traces avec du dissolvant : de l'alcool, du xylène, du chloroforme…

— Nous en savons assez pour mettre au point un questionnaire à l'intention des victimes, conclut Carmine, satisfait du résultat de la réunion. Mesdemoiselles, demandez-leur bien si elles se souviennent d'odeurs particulières, d'endroits particuliers que le Dodo aurait essuyés. Cela pourrait nous aider à découvrir les parties de son corps qu'il maquille.

Ce jeudi-là, Fernando Vasquez succédait à Danny Marciano à la tête de la brigade des agents en uniforme, mais ce n'était pas à lui que Carmine pensait en se rendant à la passation de pouvoir organisée dans le bureau du préfet.

Comment s'y prendre avec Corey Marshall ? Il n'avait même pas cru bon d'assister à la réunion du matin. Abe commençait à soupçonner un loup. Il lui fallait du temps pour identifier le mode opératoire dans les hold-up des stations-service et il était suffisamment malin pour ne pas presser le mouvement. Laissant à Liam et

Tony le soin de renifler sur le terrain, il réfléchissait, ce qui lui avait laissé le temps de percevoir un malaise entre Carmine et Corey.

— J'ai pris l'ascenseur avec lui hier, lui avait expliqué Abe à la fin de la réunion, et il m'a snobé. Je ne m'en serais pas inquiété s'il ne disait des trucs désagréables sur ton compte, Carmine.

— Il est persuadé que la terre entière lui en veut, avait répliqué celui-ci, conscient qu'il ne pourrait pas apaiser les inquiétudes de son ami en accumulant les platitudes.

Abe avait un don quasi surnaturel dès qu'il s'agissait de percevoir un problème; il n'était jamais dupe lorsque l'on tentait de noyer le poisson.

— D'abord, il a hérité de Morty quand tu intégrais Liam et Tony à ton équipe. Là-dessus, comble de malchance, Wes Cooper meurt brutalement. Dans le même temps, la plupart de ses enquêtes ne débouchent sur rien. Tu connais Corey, il prend tout à cœur, sans toujours trouver de solution à ses difficultés.

— Inutile de poursuivre, l'avait coupé Abe avec un sourire amer avant de quitter la pièce.

Comment agir avec Corey? se demanda Carmine en arrivant en haut des marches.

Ce gars avait intégré la police d'Holloman à la sortie du lycée. Il était flic depuis dix-sept ans, dont cinq au sein de la Criminelle. Il avait beau être rompu aux ficelles du métier, comme lieutenant, il n'était pas à la hauteur. La paperasse est le cauchemar de tous les flics qui oublient trop souvent que ce pensum est aussi une chance, car c'est là que l'on trouve le plus souvent la clé d'une enquête. Lorsqu'une affaire n'avait pu être résolue, les témoignages écrits restaient le seul espoir des enquêteurs. Le triple meurtre de la gare d'Holloman, commis en 1930, constituait un parfait exemple: faute de rapports dignes de ce nom, Carmine n'aurait jamais réussi à démêler l'écheveau s'il n'avait pas eu la chance de dénicher un indice ailleurs. Les rapports de Morty Jones étaient rudimentaires, ceux de Corey l'étaient à peine moins, mais ce dernier n'avait pas l'excuse d'avoir travaillé sous les ordres de Larry Pisano pendant neuf ans, comme Morty. Il avait appris le métier avec Carmine, le parangon de la rigueur. En rassemblant ses souvenirs, le capitaine s'apercevait que, même s'il était arrivé à Corey de mettre la main à la pâte, les rapports étaient surtout rédigés par Abe, à l'époque. Mais celui-ci n'avait jamais songé à s'en plaindre, il était incapable de la moindre bassesse.

Les notes rédigées par Corey au sujet du trafic d'héroïne de Ziggy Taylor se résumaient à trois lignes ! C'était inacceptable ! S'agissait-il d'un tuyau fourni par un indic, ou bien Corey avait-il voulu épater la galerie en inventant une histoire plus glorieuse que des vols de sacs à main et des cambriolages ? La lutte contre le trafic de drogue était devenue son pré carré depuis qu'il se l'était appropriée en mettant sur pied tout un réseau d'indicateurs. Carmine le savait, c'était l'un des secteurs les plus difficiles à contrôler pour un lieutenant. *Ce type est en train de me rouler dans la farine*, conclut-il intérieurement. *Tout ça parce qu'il refuse de lâcher un job pour lequel il n'est pas taillé.*

Que faire ?

Arrivé devant le bureau de Silvestri, le capitaine Delmonico redressa la tête et poussa la porte.

Fernando Vasquez piaffait d'impatience au moment de prendre la tête de la brigade en uniforme. Personne ne savait que penser de ce chef de service portoricain depuis que le préfet avait annoncé sa nomination. Les agents en uniforme, sous le choc, ne savaient pas à qui en vouloir, auprès de qui se plaindre le jour venu, ce qui ne manquerait pas de se produire. Le juge Thwaites avait porté le chapeau de cette étrange décision et le préfet Silvestri n'avait rien tenté pour détromper ses troupes. Les sergents Joey Tasco et Mike Cerutti avaient scruté à la loupe le parcours de Vasquez, à la recherche d'une faille ; les mécontents rassemblaient leurs troupes et le service tout entier se préparait à entrer en guerre.

Lors d'un entretien avec l'intéressé, quelques mois plus tôt, Carmine avait été agréablement surpris par la personnalité de Vasquez. Il savait Silvestri décidé à renouveler les cadres du service ; depuis son bureau du dernier étage, le préfet surveillait son monde d'un œil aiguisé et sa religion était faite : Fernando Vasquez était l'homme de la situation.

Cette nouvelle rencontre avec le nouveau chef acheva de convaincre Carmine qu'il n'était pas homme à se laisser marcher sur les pieds, encore moins à perdre la guerre. Il ressemblait en tous points aux majors de l'armée dont il avait pu croiser la route : plutôt petit, solidement charpenté, le torse raide, il émanait de lui une force relevant davantage de la détermination que de l'assurance. Des traits sombres bien dessinés, comme ceux de Silvestri, un nez aquilin, une bouche décidée et des yeux noirs qui transperçaient ceux qui se trouvaient sous leur feu. Pas le genre de type à qui il était recommandé de mentir. Ceux qui provoqueraient son ire risquaient fort de le regretter. Carmine éprouvait de la sympathie pour ce nouveau capitaine, espérant qu'il se montrerait suffisamment souple pour tenir les moutons à l'écart des loups en évitant les morsures. Vasquez n'avait pas le droit à l'erreur : il s'agissait de son premier poste de commandement, et sa carrière en souffrirait s'il échouait.

Il ne fit pas mystère des changements radicaux qu'il comptait mettre en œuvre immédiatement. À commencer par la suppression des salles de repos réservées aux sergents. À l'avenir, les pauses prévues en dehors des repas seraient prises sur place. Plus question de pérenniser le système des postes à vie qui faisait jusque-là office de règle. Chaque agent, sans exception, serait amené à changer de fonction régulièrement. Tout le monde, même les plus anciens, alternerait à l'accueil, aux archives, à la surveillance des cellules, en patrouille, à la circulation. Joey Tasco était déjà relevé de son poste à l'accueil et Mike Cerutti privé de patrouille alors que la révolution venait à peine de commencer. Les deux hommes avaient été nommés à des postes où il leur faudrait se battre pour ne pas perdre la face. À l'inverse, et de façon habile, certaines jeunes recrues se voyaient assignées à des tâches auxquelles elles n'auraient jamais pu accéder auparavant. Par le principe des vases communicants, chaque vétéran qui descendait d'un cran voyait un jeune prometteur se hisser sur la marche supérieure. Le nouveau capitaine avait demandé à consulter les dossiers du personnel et connaissait chacun de ses deux cents hommes le jour même de sa prise de fonction. Mais il reconnaissait sans complexe qu'il n'était pas à l'abri d'une erreur.

— Pas tant avec les vieux de la vieille qui ont besoin d'être secoués. Plus sûrement avec les éléments en devenir. Les faits me diront si je me suis trompé sur leur compte.

Après avoir écouté Vasquez pendant une heure, Carmine se sentait ragaillardi. Ses problèmes faisaient figure de broutilles en comparaison de ceux d'un collègue qui dirigeait autant d'hommes.

— Qu'est-ce qui vous tracasse, Delmonico? lui demanda Silvestri à brûle-pourpoint.

Celui-ci battit des paupières.

— Je ne pensais pas être aussi transparent, John.

— Je vous connais depuis longtemps. Allez, crachez le morceau.

— Corey Marshall n'est pas à la hauteur du poste qu'on lui a confié.

— Je le regrette, sans en être surpris.

— Je m'y suis mal pris quand j'ai voulu les installer, lui et Abe, dans leurs nouvelles fonctions, expliqua Carmine, la mine grave. J'étais persuadé qu'au sortir de la formation le mieux était de les laisser prendre leurs marques. La formule a fonctionné avec Abe, pas avec Corey.

— Mais encore? intervint Fernando, que la discussion intéressait visiblement.

— Corey ne sait pas s'organiser, encore moins gérer ses dossiers. À l'exception de Buzz Genovese, tous ses hommes sont incapables de rédiger un rapport. Je ne prendrai qu'un exemple : le meurtre d'une prostituée derrière la mairie il y a un mois, pour des histoires de drogue. Buzz n'était pas encore en poste et c'est Corey qui s'est occupé du rapport. Si je n'y comprends rien aujourd'hui, ce sera du chinois pour le flic qui le lira dans trente ans. Le dossier manquait de photos et sa description de la scène de crime était pitoyable. Je lui ai passé un savon, mais il n'a pas modifié son rapport pour autant, et c'est un simple exemple parmi d'autres.

— Il invoque une raison? s'enquit Silvestri.

— Il juge que l'enquête ne méritait pas d'y consacrer davantage de temps.

Fernando laissa échapper un soupir.

— Ah ! Un enquêteur chic.

— Je vous demande pardon?

— Votre lieutenant n'aime pas les enquêtes ordinaires. Il préfère les paillettes.

— Exactement, acquiesça Carmine. Il déteste la routine, d'où sa hantise des relevés d'heures supplémentaires et les mauvaises relations qu'il entretient avec ses équipes.

— Je ne crois pas. Depuis quand travaille-t-il sous vos ordres?

— Cinq ans.

— Ce n'est donc pas la routine qui le gêne, sinon vous ne l'auriez pas supporté plus de cinq minutes. Non, il veut des affaires valorisantes, et non des enquêtes ordinaires. Je parierais qu'il juge les vôtres infiniment plus intéressantes que les siennes. Qui serait susceptible de le ramener à la raison? demanda Fernando.

— Sa femme, répondirent Carmine et Silvestri d'une même voix.

— Le problème est délicat.

— Bienvenue à la police d'Holloman, plaisanta Silvestri avec un large sourire. C'est toujours pareil, dans les petites villes: personne ne sait garder un secret. D'ici à six mois, on saura tout de vous grâce à Netty Marciano, Fernando.

Carmine attendit d'avoir recouvré son sérieux pour poser une question.

— Tu comptes vraiment réorganiser l'encadrement de ton département?

— Avec le temps, oui, répondit Fernando sans ambages. Il y a trop de sergents parmi les hommes en uniforme, ce qui prête à confusion, notamment autour de questions d'ancienneté. Il n'y a pas d'urgence, je m'y attellerai quand je serai prêt.

Il s'étira longuement.

— Vous avez également trop de chefs à la Criminelle. Si la police d'Holloman a un défaut, c'est son manque de fantassins. Vos lieutenants font à peu près le même boulot que leurs hommes, Carmine. Votre département a été mis sur pied par quelqu'un qui détestait la paperasse.

— Johnny Catano, intervint Silvestri. Il a dirigé la brigade pendant des années, sans jamais obtenir le grade de capitaine. Il souhaitait que chaque équipe de trois hommes soit placée sous la responsabilité d'un lieutenant. Carmine a été nommé capitaine en 1966, davantage en reconnaissance des services rendus que pour bouleverser la structure du service.

— Monsieur le préfet et moi sommes bien conscients que nous avons trop de gradés, mais la question est délicate, enchaîna Carmine. Dis-moi un peu comment tu entends procéder, Fernando.

— Je compte créer trois postes de lieutenant en recrutant au niveau des sergents. J'ai besoin d'un responsable de façon à ne pas me noyer dans la paperasse. On m'a demandé de dépoussiérer le service en prévision d'un avenir difficile. Deux meurtres en l'espace de trois mois, c'est intolérable.

— D'où ta décision de muter Joey Tasco et Mike Cerutti. Dans l'ancien système, ils auraient automatiquement été nommés lieutenants, alors que Joe n'a pas quitté son bureau depuis des années et que Mike passe son temps en patrouille. Bravo. Le jour où tu nommeras tes lieutenants, tu sauras qui sont tes meilleurs éléments.

— C'est ce que je crois.

— Tu as raison de dire que l'avenir s'annonce difficile, poursuivit Carmine. J'ai confié à Corey et ses hommes une enquête que j'aurais aimé pouvoir prendre en main moi-même. En disant ça, je ne sais pas si c'est une pierre dans mon jardin ou dans celui de Corey. Mais je penche plutôt pour la seconde solution. Le proviseur du lycée Taft a découvert une cache d'armes dans le gymnase de son établissement. Nous les avons confisquées, mais les gamins refusent de parler et nous ne savons pas à quoi servait cette cache. Les deux lycées de la ville, Taft et Travis, comptent des disciples des Brigades noires de Mohammed El-Nesr, mais ce dernier nie toute implication dans cette histoire.

— Le lieutenant Marshall devrait pouvoir s'en occuper, jugea Fernando. Ce n'est pas une petite enquête. Qu'a-t-on découvert dans cette cache?

— Rien de très rassurant. Vingt pistolets de calibre .45 et dix semi-automatiques de calibre .22, avec des chargeurs de rechange. De quoi provoquer un carnage.

Silvestri se signa.

— Heureusement pour nous que les proviseurs des établissements concernés jouent le jeu. Je vois mal qui d'autre que les Brigades noires pourrait être impliqué. Il s'agit clairement d'un arsenal et non d'une collection, puisque les pistolets sont tous du même modèle.

— Et des automatiques, de surcroît, ce qui est particulièrement préoccupant, ajouta Delmonico.

— Pas de quartier, Carmine. Y compris avec Corey.

— J'espère qu'il se montrera à la hauteur de la situation et respectera la procédure. Reste à savoir ce qu'il *oublie* de préciser dans son rapport.

Vendredi 27 septembre

Ce matin-là, le capitaine Delmonico prit le temps d'effectuer un tour à Carew en s'intéressant aux domiciles des femmes violées et des Gentlemen Marcheurs.

Pourquoi diable Nick détestait-il autant Helen ? Il ne manquait pas une occasion de l'asticoter. En tout cas, la jeune femme ne s'était pas trompée en affirmant que la maison de Kurt von Fahlendorf était la plus belle du quartier. Une bâtisse ancienne dotée d'un porche à colonnade, plantée au milieu d'un parc d'un demi-hectare soigneusement entretenu. Une inspection rapide de l'arrière de la propriété révéla la présence d'un passage couvert reliant le bâtiment principal à ce qui avait dû être un office. Cette annexe avait été transformée en maison d'amis, ce qui semblait logique si l'Allemand logeait les membres de sa famille lorsqu'ils lui rendaient visite. Le physicien disposait d'une jolie fortune, à en juger par la valeur de la propriété et le coût d'entretien du jardin.

Dave Feinman, l'ami de Fahlendorf auquel Helen avait fait allusion, vivait dans un petit cottage de Curzon Close, à deux pas de la maison du physicien. Statisticien à la retraite et veuf, il continuait de réaliser des missions occasionnelles. Le chimiste Mason Novak, l'âme des Marcheurs à en croire Mark Sugarman, vivait quant à lui dans un autre cottage de Curzon Close, à un jet de pierre de Spruce Street.

Aucun des Gentlemen Marcheurs ne paraissait pauvre, et rares étaient ceux qui vivaient en couple. Nulle épouse n'avait sans doute envie de voir son mari arpenter les rues de Carew dans le seul but de protéger des inconnues. La présence dans la ville de hordes de jeunes femmes expliquait probablement celle d'un si grand nombre de célibataires. Carew était le terrain de chasse rêvé pour un gentleman.

Arnold Hedberg, un professeur d'histoire de l'université d'East Holloman, vivait au rez-de-chaussée d'une maison de deux étages d'Oak Lane dont il était le propriétaire, alors qu'il n'avait pas quarante ans. Mike Donahue, le patron d'une entreprise de plomberie florissante, avait à trente et un ans les moyens de vivre dans un immeuble d'appartements qui lui appartenait, même s'il lui restait un crédit à payer. Plusieurs de ses locataires étaient des femmes, mais aucune d'entre elles n'avait été victime du Dodo. À quarante-cinq ans, Gregory Pendleton était adjoint du procureur local ; il occupait le sixième et dernier étage d'un immeuble de State Street dont il était propriétaire. Bill Mitski, directeur d'une agence comptable, vivait lui aussi dans sa propre maison, et la liste ne s'arrêtait pas là… Peu de Gentlemen Marcheurs étaient de vrais célibataires, beaucoup ayant renoncé à vivre en couple à la suite d'un divorce difficile. Chat échaudé craint l'eau froide. Sugarman, Mitski, Novak et Fahlendorf affirmaient vivre seuls, mais rien ne les empêchait de dissimuler dans leurs placards autant de femmes que Barbe-Bleue, puisqu'un homme divorcé était officiellement déclaré célibataire.

Après mûre réflexion, Carmine estima préférable d'emmener son équipe, Helen comprise, à la réunion des Gentlemen Marcheurs prévue à 18 heures au sixième étage de la tour Susskind, au cœur de la Chubb

University. Cette partie du campus était le bébé d'Henry Blackburn. À l'époque où il présidait aux destinées du département scientifique, au lendemain de la Seconde Guerre mondiale, cet homme avait réquisitionné un peu plus de dix hectares de terrain appartenant à l'université en demandant aux responsables de l'école d'architecture de Chubb de les transformer en campus. Si les tours Susskind et Burke n'avaient été ajoutées qu'en 1960, de nombreux bâtiments de moindre importance avaient poussé dans l'intervalle, de même que la grande pyramide coupée recouverte d'herbe abritant le bunker réservé aux laboratoires de physique. Cette façade de verdure alimentait les frustrations des partisans du désarmement nucléaire qui se trouvaient dans l'incapacité de peindre le symbole de leur organisation sur le moindre mur et devaient se contenter de parader autour du bâtiment en agitant des pancartes « NON À LA BOMBE ».

À l'annonce du viol de Maggie Drummond, les Gentlemen Marcheurs avaient tous répondu à l'appel. Installé à la tribune, Carmine n'aurait pu rêver meilleur poste d'observation, puisqu'il avait tout le loisir de dévisager chacun des membres de l'assistance, assis sur les gradins de l'amphithéâtre.

Assis au centre, Mark Sugarman était encadré par Delia et Helen d'un côté, Carmine et Nick de l'autre. Tous les regards étaient braqués sur eux, et plus particulièrement sur Helen, que la plupart des présents semblaient connaître. *Deux femmes et un Noir*, pensa Delia. Pas vraiment la brochette de flics habituelle.

Mark Sugarman prit la parole en premier.

— Vous n'êtes pas sans savoir que Maggie Drummond a été violée. Ce que vous ne savez pas, en revanche, c'est que six autres jeunes femmes se sont manifestées depuis. Je tairai leurs noms, mais certains d'entre vous auront leur petite idée à ce sujet, j'en suis convaincu. Nous sommes réunis ici ce soir afin de rencontrer les enquêteurs chargés de l'affaire, répondre à leurs questions et leur poser les nôtres.

Tandis que Sugarman présentait son équipe, Carmine scrutait les visages qui lui faisaient face. Il n'eut aucun mal à repérer Mason Novak et Kurt von Fahlendorf, installés au premier rang en compagnie d'un personnage âgé appartenant à la catégorie de ceux que Carmine surnommait les «vieux beaux», en référence à leur élégance désuète, évocatrice de la silhouette à fine moustache de l'acteur William Powell.

Kurt von Fahlendorf possédait un charme universel: un mètre quatre-vingts, une stature élancée et une allure nordique que les connaisseurs du mythe teutonique auraient spontanément comparée à celle de Siegfried. Ses cheveux en brosse étaient si clairs qu'on aurait pu croire son crâne couronné de givre. Ses yeux étaient du même bleu glacé que ceux de Desdemona et son visage, finement dessiné, était rehaussé par des pommettes saillantes qui donnaient l'envie de l'affubler d'une casquette de général de la Wehrmacht. Il émanait de lui une froideur toute scientifique, et si son regard trahissait une grande intelligence, ses yeux ne se montraient pas aussi curieux que ceux de son voisin, Mason Novak. À l'inverse de Fahlendorf dont il partageait la taille et la silhouette, ce dernier respirait la passion, avec son teint cuivré et son visage que la plupart des femmes préféraient sans doute à celui de l'Allemand. Mason était très séduisant, malgré ses traits irréguliers. L'âme des Gentlemen Marcheurs. Sugarman n'avait pas tort, il en possédait toutes les qualités. La façon dont Mason et Kurt se tenaient en disait long sur l'amitié et la confiance qui les unissaient, sur leurs personnalités respectives.

Sugarman demanda à chacun des membres de l'association de se lever et de décliner son nom, simplifiant la tâche de Carmine qui avait prévu de vérifier l'identité de tous les participants au terme de la réunion, au risque de donner de son équipe une image négative. Le leader de ces Marcheurs était un type bien.

Feinman, encore séduisant, ne faisait pas ses soixante-huit ans et ne devait guère éprouver de difficultés à attirer les femmes. Arnold Hedberg avait un air studieux et Mike Donahue donnait l'impression de pratiquer l'alpinisme par plaisir. Gregory Pendleton appartenait à la catégorie des beaux ténébreux, Bill Mitski était le type même du « doré adoré » : cheveux dorés, yeux dorés, teint doré.

Tous se trouvaient dans une forme physique exceptionnelle, aucun n'était modeste par la taille, sans doute parce qu'il aurait été difficile pour un petit homme de suivre des compagnons dotés de longues jambes.

— Nos rondes se déroulent dans un esprit convivial, tout simplement parce que les équipes que nous formons ne changent pas, expliqua l'élégant Feinman.

— Vous conformez-vous à un planning précis ? s'enquit Delia.

— Nous marchons un soir sur deux, qu'il pleuve ou qu'il vente, répondit Sugarman. En tout, vingt-quatre trios parcourent les rues chaque soir, avec deux membres de l'association en réserve. Comme le disait Dave, la composition de nos trios ne change jamais. L'amitié aidant, ils se sont trouvés au cours des six premières semaines et n'ont pas changé depuis. Nous écumons donc le quartier tous les soirs, et nous avons du mal à comprendre comment il a pu nous échapper jusqu'à présent.

— C'est simple, vous n'avez pas les mêmes horaires que lui, monsieur Sugarman, répliqua Nick. Il sort avant le début de vos rondes et se trouve déjà chez ses victimes lorsque vous arpentez les rues.

— Soit, mais il faut bien qu'il en ressorte !

— Vous auriez raison s'il s'agissait d'un violeur habituel, monsieur. Hélas, il passe plusieurs heures chez ses victimes. Au lieu de les attaquer et de les abandonner dans la foulée, il s'installe sur place et les viole à plusieurs reprises pendant quatre heures. Il pénètre chez elles avant le début de vos rondes et ressort quand vous avez terminé.

— Mais alors, nous ne servons à *rien*! s'écria Mason Novak, désolé.

— Pas du tout, le rassura Carmine d'une voix ferme. Les femmes de Carew savent qu'elles sont en sécurité à l'heure où vous parcourez les rues de la ville. Vous avez même appréhendé trois violeurs potentiels. Je vous engage à poursuivre tant que vous en éprouverez l'envie. Vos activités ne dérangent sans doute pas le Dodo, mais elles contribuent à rendre plus sûres les rues de Carew.

Les propos de Carmine apportèrent un peu de réconfort aux Marcheurs qui se redressèrent sur leurs bancs dans un brouhaha de murmures.

— Le quartier est soigneusement quadrillé entre 18 heures et 19 h 30, reprit Delia, ce qui est essentiel à présent que les journées commencent à raccourcir. Certaines femmes vous demandent-elles de les raccompagner jusque chez elles?

— Ces jours derniers, oui, affirma Gregory Pendleton.

— La tendance ira en s'accentuant, prédit Carmine. Croyez-moi, les femmes de Carew sont reconnaissantes aux Gentlemen Marcheurs de leurs efforts.

— De quelle façon pourrions-nous améliorer notre technique? s'inquiéta Mark Sugarman.

— Vous pourriez vous scinder en deux groupes, le second effectuant ses rondes de 19 h 30 à 21 heures. Cela dit, cela ne changera rien pour le Dodo.

— C'est le nom que la police lui a donné? demanda Bill Mitski.

— Il s'est lui-même baptisé *Didus ineptus*, l'ancien nom latin de cet oiseau. Nous préférons l'appellation courante.

Un pli barra le front de Mason Novak.

— Les médias vont s'en donner à cœur joie.

— C'est vrai, mais cela n'a pas que des inconvénients, monsieur Novak. Un nom accrocheur nous garantit la publicité dont nous pouvons avoir besoin. C'était peut-être même l'intention du Dodo en choisissant ce surnom.

— Il va bénéficier de cette publicité, remarqua Arnold Hedberg.

— Si vous sous-entendez que le Dodo est avide de notoriété, monsieur, vous vous trompez, répliqua Carmine en tentant de se souvenir du nom de son interlocuteur. Il s'est efforcé d'agir dans le plus grand secret depuis bientôt sept mois, ce qui trahit clairement son envie de discrétion. Il a commis une erreur en s'attaquant à Maggie Drummond, professeur Hedberg, mais il ne pouvait pas se douter qu'il tomberait sur une femme aussi courageuse. Elle ne s'est pas laissé intimider. La police est désormais au courant de ses activités et ses anciennes victimes ont trouvé le courage de s'exprimer. La vie du violeur va s'en trouver compliquée.

— Devrions-nous dissoudre l'association ? demanda Mason Novak, totalement découragé.

Carmine posa sur lui un regard étonné.

— Pourquoi voudriez-vous que la police demande la dissolution de votre association ? J'insistais il y a quelques instants sur le travail remarquable que vous effectuez. Il n'est pas question que vous arrêtiez, le rassura-t-il.

Ce Novak est d'humeur versatile, mais Sugarman en est conscient et veille au grain.

Le capitaine reprit la parole, s'exprimant cette fois sur un ton autoritaire, presque sévère :

— Messieurs, j'insisterai sur un point précis : le Dodo n'est ni un voyeur, ni un voleur de petites culottes, ni un simple rôdeur. C'est un prédateur sexuel de la pire espèce, rusé et alerte, imaginatif et silencieux. Il est doté d'une personnalité infiniment plus complexe qu'il n'y paraît. Ses collègues, ses amis et ses connaissances ne l'imaginent pas un instant dans la peau d'un violeur, d'un sadique et d'un assassin. Je ne vous engage pas pour autant à vous méfier de votre entourage : vous pouvez être sûrs que cet oiseau de mauvais augure finira par commettre la petite erreur qui lui sera fatale. Cela dit, si vous croyez détecter chez l'un de vos proches un comportement anormal, n'hésitez pas à nous alerter.

— Quand pourrons-nous voir Maggie ? s'inquiéta Arnold Hedberg.

— Pas tout de suite. Elle se trouve actuellement sous notre protection, répondit Delia dont la tenue évoquait un sucre d'orge géant, avec ses torsades rouges et blanches. Nous ne pensons pas qu'elle coure de danger réel, mais nous ne souhaitons pas prendre de risques inutiles.

— L'une des meilleures spécialistes en matière de viol, la psychiatre Liz Meyers, travaille à la faculté de médecine de Chubb, précisa Carmine en guise de conclusion. Sachez qu'elle a mis en place une cellule d'aide psychologique spécialement destinée aux victimes du Dodo.

Kurt aborda Helen au moment où elle quittait la tribune.

— Je ne m'attendais pas à te voir ici, lui confia-t-il en l'accompagnant vers la sortie.

— Rien de plus normal, puisque je fais désormais partie de l'équipe du capitaine, répliqua-t-elle froidement, mécontente que l'Allemand fasse valoir ses droits sur elle de la sorte, en présence d'un tel parterre masculin.

Kurt était un bon gros matou bien élevé dont la gentillesse n'était plus à prouver, depuis huit mois qu'ils sortaient ensemble, mais la jeune femme peinait à s'avouer qu'elle appréciait le respect dont il faisait preuve à son égard. Elle ne l'avait pas invité dans son lit et Kurt lui en était reconnaissant. Pourquoi ? Tout simplement parce qu'il était à la recherche d'une épouse, et non d'une maîtresse. Chacune de leurs rencontres s'achevait inévitablement sur des baisers et des caresses dont la chasteté les comblait tous les deux. Il appréciait sa pudeur, et elle trouvait fort commode cette quête de vertu. Repousser les petits amis trop pressants n'avait jamais été le passe-temps préféré d'Helen.

— Tu as tort de participer à cette enquête, reprit Kurt sur un ton de reproche. Le Dodo pourrait bien s'intéresser à toi.

— Oh, je t'en prie ! J'habite un duplex soigneusement gardé, pas un appartement à l'étage d'une petite maison, répliqua-t-elle avec agacement. Et je suis flic ! Qui plus est, je suis sortie major de l'école de police de New York. Le Dodo n'est pas fou. Comme tous les prédateurs, il s'attaque exclusivement aux proies qui sont à sa portée. Je peux te jurer sur la tête de ton cher dieu luthérien qu'il n'aurait pas une chance avec moi.

— On n'invoque pas le nom de Dieu de cette façon-là ! s'exclama-t-il, horrifié.

— N'importe quoi ! rétorqua-t-elle en riant.

Derrière eux, Carmine et Nick s'entretenaient avec Mason Novak, suivis de Bill Mitski, Mark Sugarman et Greg Pendleton.

— J'ai cru comprendre que vous étiez l'ami de Shirley Constable, demanda Nick à Novak.

— Oui.

— Je vous suggère d'aller voir Delia Carstairs d'ici quelques jours. Elle devrait être en mesure de vous donner des conseils.

— J'ai peur que Shirley se soit définitivement enfermée dans sa coquille, répondit Mason d'une voix défaite. Elle ne supporte même plus ma présence dans la même pièce qu'elle.

Didus ineptus, qui n'avait pas perdu un mot de cette conversation ni des propos échangés autour de lui, serra les dents. Pourquoi appartenir aux Gentlemen Marcheurs, sinon en profitant de ce qu'il pouvait y apprendre? Sans être l'un des premiers membres de l'association, il n'avait pas été le dernier à s'y inscrire, fidèle à son habitude de se perdre au milieu de la foule.

J'aurais dû tuer Maggie Drummond, se dit-il. *Cette idiote s'est montrée incapable de tenir sa langue et ça pourrait me coûter cher, mais il est trop tard. Si je ne l'avais pas laissée en vie, les flics ne seraient pas au courant de mon existence et de mes méthodes. Maintenant qu'elle est protégée par la police, il est trop tard pour agir. Allons,* Didus ineptus! *Oublie-la*. Cette femme avait immédiatement identifié l'ancien nom savant du dodo. Les flics devaient le prendre pour un inculte, au prétexte qu'il n'avait pas employé le nom de *Raphus cucullatus*. Ce flic rital avait l'air cultivé et intelligent, mais il lui faudrait beaucoup de finesse s'il comptait démêler l'écheveau des pulsions du Dodo.

Au fond de lui, il avait toujours su que Maggie Drummond ne serait pas une proie facile, mais il avait trop envie d'elle. Un cou ravissant, aussi long et délicat que celui d'un cygne. La seule de sa liste qu'il s'était autorisé à étrangler. Aucune des autres ne lui arrivait à la cheville. Oui, elle était dangereuse! Mais la laisser en vie lui offrait la possibilité de retourner la voir et de l'étrangler pour de bon, cette fois.

Il l'avait trouvée profondément antipathique à chacune de leurs rencontres, et leurs conversations lui avaient apporté la preuve que ce sentiment était réciproque. Il lui avait fallu lutter avec le dodo qui sommeillait en lui. La bataille avait été rude, mais le volatile avait gagné, et voilà que les flics savaient tout de lui. Enfin, peut-être pas tout, mais trop.

Le temps de saluer ses compagnons, il monta dans sa voiture et s'éloigna sur Cedar Street en direction de Carew.

Mécontent et déçu, Kurt von Fahlendorf s'engagea sur Curzon Close et rangea sa Porsche noire au garage. Il s'assura que le volet électrique était entièrement retombé mais, au lieu de se diriger vers la maison, il regagna la rue où une trouée entre les arbres permettait d'admirer le ciel étoilé. Un spectacle magique, mais pas aussi beau que la voûte céleste telle qu'on pouvait l'observer depuis l'hémisphère Sud, loin de la pollution lumineuse des villes. La traîne de gaze de la Voie lactée s'y étendait dans toute sa grâce. Au lendemain de son premier diplôme, Kurt avait longuement hésité entre l'astrophysique et la physique des particules.

Il avait proposé à Helen d'aller prendre un verre et danser au Motown Café, mais elle avait refusé. Son boulot de flic commençait à dévorer ses moments de liberté, mais Kurt savait pouvoir lui pardonner s'il prenait le temps de contempler les étoiles dans le silence de la nuit. Il lui pardonnait toujours.

— Alors, perdu dans les étoiles? s'éleva une voix dans l'obscurité.

Seigneur! Pas les Warburton!

— Après avoir passé ma journée et ma soirée enfermé dans un bunker, le ballet des étoiles vaut tous les verres de champagne, rétorqua-t-il en veillant à ne pas laisser percer son agacement.

Il suffisait que les jumeaux Warburton comprennent qu'ils l'énervaient pour s'incruster.

— Pas de ronde, ce soir?

— À cette heure-ci? Non, mais je sors d'une réunion des Marcheurs. Pourquoi ne pas te joindre à nous, Robbie?

Un rire aigu lui répondit, accompagné d'un étrange écho.

— Chériiiiii! s'exclama Gordie en s'avançant dans la lumière du réverbère. Tu ne te départiras donc jamais de ton sérieux tout germanique? Robbie et moi serions à peu près aussi utiles aux Gentlemen Marcheurs que Dame Margot Fonteyn.

Kurt ne put s'empêcher d'esquisser une moue de dédain.

— Tu as raison, reconnut-il, son accent à peine perceptible. Je téléphonerai à Dame Margot demain.

— Et Helen? s'enquit Robbie avec malice.

— Elle travaille dans la police, elle est de service ce soir.

— Seigneur! lâcha Gordie. Comment peut-on avoir autant de sang bleu dans les veines et se passionner pour la fange d'Holloman?

— Retire ça immédiatement, espèce de larve, lança Kurt en serrant les poings, sinon j'arrache la tête de ton frère et je te l'enfonce dans le cul.

Puis il tourna les talons et s'éloigna, sous le regard ravi des jumeaux.

— C'est tellement facile de le chambrer, remarqua Robbie en prenant son frère par la taille.

— Je n'ai jamais eu un faible pour les Prussiens, ajouta Gordie.

— Tu en connais donc beaucoup, mon chou?

— À part lui, non.

— Il paraît qu'il est plein aux as. Tu as vu comme il est beau? Il a un visage à se damner. Pourquoi Dame Nature ne nous a-t-elle pas donné la même tête?

— Nos têtes sont très bien comme elles sont, elles nous correspondent parfaitement, répliqua Gordie.

Elles sont vivantes, alors que celle de Kurt est aussi figée qu'une statue de marbre.

— Tu as raison. On dit que Papa von Fahlendorf possède une énorme usine.

— C'est un petit oiseau qui te l'a murmuré à l'oreille?

— Non, c'est Babs, la serveuse de chez Joey's.

— Comment Babs fait-elle pour être au courant de tout?

— Elle ne sait pas tout. Elle ignore l'identité de celui que l'on surnomme le Dodo à la radio.

— Un oiseau de mauvais augure, précisa Gordie en frissonnant.

Les deux frères franchirent d'un même pas la porte laquée de rouge de leur domicile et se débarrassèrent de leurs vestes : celle de Robbie était gris foncé, celle de Gordie écrue.

— Noir, blanc, noir, blanc, noir, blanc, chantonna ce dernier en sautillant d'une dalle à l'autre du carrelage en mosaïque dessinant la silhouette géante d'un enfant.

— À toi les blancs, s'écria Robbie en sautant sur une dalle noire.

— Blanc!

— Noir!

— Blanc!

— Noir!

— Blanc!

Leur danse s'arrêta aux portes du salon où les attendaient les motifs géométriques noirs et blancs de la moquette. Essoufflés et heureux, ils se jetèrent en riant sur leurs fauteuils: le blanc pour Gordie, le noir pour Robbie.

— Tu ne crois pas qu'il serait temps de dire à tante Amanda que nous vivons ici? demanda Gordie.

— Patience, gentil jumeau, patience.

« Le gentil professeur Kurt
Portait une chemise de plutonium courte.
Un champignon atomique
Le rendit extatique
Sa chemise était électrique. »

— Bravo Robbie ! Tu es le roi des comptines !

Lundi 30 septembre

— Les victimes du Dodo possèdent toutes un élément en commun, déclara Delia.

— Je vous écoute, répondit Carmine.

— Aucune d'elles n'occupe un emploi subalterne, alors que Carew compte plusieurs milliers de résidentes disposant de boulots modestes. Shirley est une archiviste particulièrement compétente. Mercedes une créatrice de mode confirmée, responsable de la création au sein de la chaîne de magasin Cobweb. Léonie est l'une des plus brillantes mathématiciennes de Chubb où elle travaille aux côtés de collègues masculins qui ont le plus grand respect pour elle. Esther est l'une des stars montantes de l'école de commerce d'East Holloman, tout le monde affirme qu'elle était une enseignante hors pair. Marilyn a joué de malchance, elle était censée effectuer des fouilles dans l'État d'Alberta, mais elle est rentrée ici plus tôt que prévu à la suite d'une urgence. Au cas où vous poseriez la question, le Dodo ne lui a pas envoyé de faux message, il s'agissait d'une urgence bien réelle. Nathalie est acheteuse de prêt-à-porter féminin pour le compte des grands magasins Huxley; elle possède un instinct infaillible et son employeur regrette amèrement son absence. Quant à Maggie, comme nous le savons tous, elle est spécialiste de physiologie des oiseaux à l'université de Chubb.

— La liste de leurs mérites n'est pas banale, même en cette année 1968, remarqua Helen en prenant le relais de Delia. En clair, cela signifie que le Dodo sait très bien à qui il a affaire. Nous pouvons en déduire qu'il est à la fois intellectuel et snob, et que les employées de bureau, les serveuses et les femmes de ménage n'ont rien à craindre de lui. Ni même les filles qui viennent d'entamer des études. Toutes ses victimes sont diplômées.

— Comment peut-il connaître leur profession? demanda Carmine en fronçant les sourcils. La liste des Gentlemen Marcheurs fournit le détail de leurs occupations, mais les seules listes sur lesquelles figurent des femmes sont celles des fêtes de Sugarman. Helen, veuillez vérifier combien des victimes y ont été conviées. N'attendez rien de Mason Novak, il est bien trop brouillon. Les Marcheurs peuvent difficilement deviner si les femmes qu'ils croisent dans les rues de Carew sont médecins ou employées de bureau. Le Dodo s'y prend donc autrement: je le soupçonne de pénétrer chez elles par effraction avant le jour fatidique. L'univers qu'il y découvre suffit à lui donner toutes les indications dont il a besoin. D'un autre côté, il court un risque supplémentaire.

— Je suis convaincue que le Dodo dispose d'une source d'information plus fiable, rétorqua Delia. Cela dit, je reste perplexe au sujet des deux victimes qui ne sont pas universitaires: une styliste et une acheteuse. Toutes les deux travaillent dans la mode, à des niveaux différents. Comment s'est-il renseigné sur leur compte?

— Il a très bien pu les aborder dans une boutique et leur poser la question avec un grand sourire, suggéra Nick en plaisantant à moitié.

— Il est bien trop snob, réagit Helen que ce type agaçait. Il n'utilise aucun accessoire lors des viols, si ce n'est son poing qui est aussi une partie du corps. Tout comme Delia, je m'étonne qu'il enfile des chaussettes à ses victimes et leur coupe les ongles *après* les avoir maîtrisées. Nous pensons qu'il s'agit de mesures de précaution au cas où son énergie faiblirait en fin de soirée. Ces longues érections le fatiguent forcément. Je sais bien que le sexe est un plaisir, mais un plaisir fatigant, surtout pour l'homme.

— Avez-vous pu en apprendre davantage sur ses lectures? Je trouve étrange que ses victimes n'aient gardé aucun souvenir des livres qu'il lit, s'étonna Carmine.

Belle façon de changer de sujet de conversation, pensa Helen. *Le patron a bien vu que ma candeur mettait Nick mal à l'aise, il s'est empressé de botter en touche. Bel exemple de solidarité masculine.*

Delia reprit la parole.

— La bibliothèque la moins fournie comptait trois cents ouvrages. Toutes les victimes possèdent une centaine de romans au minimum, qu'elles n'ont pas lus pour la plupart depuis des années. Elles auraient remarqué la disparition d'un manuel, pas celle d'un vieux roman dont elles savent qu'il leur a été volé uniquement parce qu'elles ont aperçu un espace vide sur un rayonnage.

— Cela nous indique toutefois qu'il ne s'agissait pas d'un de leurs romans préférés, dont elles auraient aussitôt constaté l'absence, ajouta Helen. *Les Quatre Filles du docteur March*, par exemple.

Carmine, voyant briller un éclair d'agacement dans les yeux de Nick, s'empressa d'intervenir.

— Nous disposons d'un peu plus de deux semaines avant que le Dodo ne récidive. S'il s'en tient à son cycle de vingt et un jours, bien évidemment.

La nouvelle recrue jaillit de son siège, au comble de l'excitation.

— Capitaine, et si je lui servais d'appât? Il serait capable de tomber dans le panneau.

Carmine fit non de la tête d'un geste emphatique.

— Réfléchissez un peu: ce type ne choisit pas des femmes au hasard, il puise ses victimes dans une liste préétablie. Il n'est pas impossible que votre nom y figure, mais rien ne nous permet de l'affirmer. Il sait forcément que vous êtes flic et je ne suis pas certain qu'il daigne s'intéresser à quelqu'un de notre profession. Désolé, mais c'est la réalité, ajouta-t-il avec un sourire moqueur.

— Vous avez raison, céda la jeune femme.

— Si le Dodo est l'un des Gentlemen Marcheurs, s'interposa Delia, il n'est pas en mesure d'agir les soirs où il effectue sa ronde. J'ai donc demandé à Mark Sugarman de me fournir les plannings de ses équipes et je les ai examinés.

Elle ponctua sa phrase par une grimace, révélant des traces de rouge à lèvres sur ses dents.

— Aucune corrélation, Carmine. Rien de rien. J'en aurais eu pour moins d'une demi-heure si Mason Novak n'avait pas rédigé une partie des plannings. Quel souillon, celui-là! Je n'ai rien trouvé, à moins de considérer que rien représente déjà quelque chose.

Carmine sourit en haussant ses sourcils noirs.

— En quoi un rien peut-il représenter quelque chose, Delia?

— Soixante et un des Gentlemen Marcheurs n'effectuaient pas de ronde les soirs de viol. Rien de précis, mais une indication tout de même, ajouta Delia avec un sourire. Nous avons quelques absents de marque, à commencer par Mark Sugarman et les deux autres membres de son trio... voyons... Arnold Hedberg et Gregory Pendleton, ainsi que Kurt von Fahlendorf et ses acolytes, Dave Feinman et Bill Mitski. Vous avez la liste devant vous. Souhaitez-vous que je me mette en quête d'alibis?

— Par pour le moment. Les seuls alibis vraiment recevables sont ceux des Marcheurs qui effectuaient leur ronde les soirs en question. Je préfère que vous continuiez de travailler avec les victimes, puisqu'elles vous font confiance.

— Et moi? s'enquit Helen.

— Vous êtes censée bosser sur cette série de hold-up, réagit Carmine d'une voix ferme. L'affaire s'étend à tout l'État et Hartford a confié la direction des opérations au lieutenant Goldberg, vous serez à bonne école.

— Parce que je ne serais pas à bonne école avec vous?

Elle se mordit aussitôt la lèvre, n'ayant pas voulu se montrer insolente. Ah, ces flics avec leur vacherie de code hiérarchique! Il était tellement plus simple de poser une question chaque fois qu'on en éprouvait l'envie…

Carmine ne laissa rien paraître, contrairement à Nick qui affichait un air agacé.

— Je compte m'occuper du trio de tête, déclara le capitaine d'une voix égale. Sugarman, Novak et Fahlendorf.

— Kurt n'a rien à se reprocher, réagit la jeune femme avec désinvolture.

— Ils ont tous quelque chose à se reprocher tant que je n'aurai pas décrété le contraire, mademoiselle MacIntosh.

— Pan! s'exclama Nick en pouffant de rire.

Bien fait pour toi, espèce de petite peste prétentieuse, pensa-t-il en son for intérieur.

Mardi 1er octobre

Le Nounours de Verre était particulièrement à son avantage lorsque les portes du centre commercial de Busquash avaient fermé leurs portes, avant que le minuteur automatique se soit chargé d'éteindre les lumières de la petite boutique. Les ravissants verres à eau et à vin, les vases de cristal taillé, les assiettes, les tasses, soucoupes, décorations et autres presse-papiers se mettaient alors à briller de mille feux. Des points de lumière invisibles ajoutaient à l'atmosphère mystérieuse de cette grotte aux trésors dont les murs et les meubles étaient habillés de noir. Pourtant, aucun des objets exposés ne pouvait rivaliser avec l'ours qui avait donné son nom à ce lieu magique. Installé dans la vitrine, sur la boîte recouverte de velours noir qui lui servait de trône, il brillait dans la pénombre à la façon d'une créature aquatique phosphorescente. Son corps potelé, ses membres et sa tête étaient faits d'un verre clair si parfait qu'on n'y décelait pas une bulle d'air. Ses pattes, tendues en avant, se terminaient par des coussinets d'un bleu métallique satiné, ourlés sur leur pourtour de gros fils de verre d'un bleu plus foncé. L'un des bras du nounours s'avançait timidement tandis que l'autre lançait un appel muet à ceux qui le regardaient. Des coussinets du même bleu que celui des pieds apportaient aux mains de l'animal une touche de couleur que l'on retrouvait au niveau de ses jolies oreilles rondes. Deux immenses yeux d'un bleu plus soutenu éclairaient la face qu'animait un sourire joyeux. Mises en valeur par le verre transparent du corps, ces quelques taches de couleur faisaient briller l'ensemble d'une flamme d'un bleu incandescent.

Le plus surprenant était encore la taille de ce véritable objet d'art, qui aurait aisément rivalisé avec un enfant de trois ou quatre ans.

L'intérieur de la boutique, à peine éclairé par les lumières du centre commercial, était plongé dans la pénombre depuis plus de cinq heures lorsque s'animèrent les reflets des objets exposés. La porte de l'arrière-boutique s'entrouvrit et laissa passer une silhouette furtive traînant des sacs-poubelles dans son sillage. Le battant se referma et une lampe de poche s'alluma. Posée en haut d'une vitrine, son faisceau éclairait le rideau de billes de verre qui montait la garde, telle une cascade gelée, à l'entrée de la boutique. Une main écarta les billes dont elle coinça les fils le long du chambranle. Un bruit de cannettes en aluminium, de bouteilles de verre, de vieux cartons et de détritus moisis qu'on bouscule retentit alors dans le silence. Le premier sac-poubelle vidé, la silhouette s'empara d'un deuxième dont elle déversa le contenu dans un autre coin de la pièce. Dix sacs au total furent ainsi répandus. Plus qu'il n'en fallait.

Une odeur d'ordures avait envahi la boutique lorsque la silhouette sombre s'approcha de la vitrine où patientait paisiblement le corps luisant de l'ours de verre sur son trône de velours. *Pouf!* Un nuage de poussière et de débris divers s'échappa du plus petit sac en plastique que l'inconnu tenait à la main, et l'animal disparut sous une épaisse couche de crasse.

Plusieurs autres *poufs* s'élevèrent à travers la boutique, puis l'intrus libéra le rideau de billes de verre qui retomba dans un cliquetis cristallin. La lame d'un couteau brilla dans l'obscurité, mais la main qui le tenait se figea avant d'avoir coupé les fils, épargnant le rideau.

Le vandale regagna l'arrière-boutique, récupéra la lampe de poche et s'éclipsa par la petite porte. Un bon entraînement ! Cet idiot de Charlie, l'unique veilleur de nuit employé par les propriétaires du centre, prenait sa pause-café avec une régularité de métronome. Comment pouvait-on dépenser autant d'argent dans un lieu pareil et lésiner sur le salaire des veilleurs de nuit ? Les propriétaires n'avaient que ce qu'ils méritaient. Tout bien considéré, une autre petite visite s'imposait.

L'inconnu s'éloigna du Nounours de Verre et se rendit à la Third Holloman Bank dont les locaux, situés dans la galerie commerçante, ne disposaient même pas d'un coffre à ouverture horaire programmée. À quoi bon, dans un lieu essentiellement fréquenté par des clients venus chercher de l'argent liquide ou déposer des chèques ? Il désactiva l'alarme de l'entrée de service, pénétra dans la banque et se dirigea tout droit vers le local grillagé où Percy Lambert avait déjà préparé la réserve de liquide du lendemain matin. Ces clés étaient décidément bien pratiques. Comment pouvait-on se montrer aussi négligent ? La serrure grinça et la porte de la cage s'ouvrit. Le vandale s'avança et s'empara des cinquante mille dollars qui attendaient sur la table que le caissier veuille bien les ranger dans les tiroirs appropriés.

Vers 4 heures du matin, à l'instant où Charlie entamait sa ronde, le vandale s'éloigna au volant de sa voiture, prêt à jurer que le veilleur de nuit ne remarquerait rien. Il faudrait attendre l'arrivée d'Amanda Warburton et de Percy Lambert, quatre heures plus tard, pour que l'alarme soit donnée.

Amanda fut alertée par l'odeur avant même de découvrir le spectacle de désolation qui l'attendait. Frappée de stupeur, elle lâcha les deux laisses qu'elle tenait de la main gauche et se précipita à l'intérieur de la boutique. Le souffle coupé, elle découvrit l'ampleur des dégâts, trop abasourdie pour trouver la force de crier. Elle s'empara du téléphone de l'arrière-boutique et appela aussitôt le gérant du centre commercial, Hank Murray. Ce dernier se rua au secours de sa locataire, armé de la bouteille de cognac et des gobelets en carton réservés aux cas d'urgence.

— Oh, mademoiselle Warburton, c'est épouvantable ! s'écria-t-il en contemplant, horrifié, la boutique dévastée. Tenez, buvez une gorgée de ceci, vous vous sentirez mieux.

Murray était un quarantenaire avenant qu'Amanda avait eu l'occasion d'apprécier les quelques fois où elle l'avait rencontré. Elle avala sans regimber le contenu du gobelet. Le cognac lui fouetta instantanément les sangs.

— A-t-il touché à mon nounours en verre ? gémit-elle, les yeux remplis de larmes. Je suis prête à entendre le pire !

Après s'être assuré que son interlocutrice n'allait pas tourner de l'œil, Murray fit le tour de la boutique, plus étonné qu'horrifié de ce qu'il découvrait. Qui avait pu commettre un tel méfait ?

— Il y a des détritus partout, mademoiselle Warburton, déclara-t-il en regagnant l'arrière-boutique, mais rien ne semble avoir été abîmé. Absolument rien. Le nounours en verre est couvert de poussière, mais il n'a pas une égratignure.

— Mais alors, pourquoi ? Comment ?

— Je n'en ai aucune idée. Il s'agit de vandalisme pur et simple, répondit Hank Murray d'une voix qu'il voulait rassurante. Votre marchandise est en verre, il suffira de tout nettoyer. Je peux vous indiquer les coordonnées d'une entreprise qui remettra votre boutique dans l'état où elle se trouvait auparavant. Reste à attraper le vandale qui a fait ça. Il n'aurait pas pu agir si nous avions une équipe de sécurité de nuit renforcée.

Il roula des épaules.

— Mais c'est mon problème, pas le vôtre. Vous me donnez votre feu vert, mademoiselle Warburton?

— Oui, bien sûr, monsieur Murray.

— Appelez-moi Hank. Vous avez une assurance, je suppose?

— Bien sûr.

— Dans ce cas, rien de plus simple. Auriez-vous les coordonnées de votre assureur? Je vais devoir le contacter afin qu'il vienne constater les dégâts.

Il laissa échapper un rire grave.

— Je ne voudrais pas vous donner l'impression d'être terre à terre, mais autant aller vite, surtout si la rumeur dit vrai.

— La rumeur?

— On murmure que vous êtes seule au monde.

— À part deux neveux insupportables, les gens n'ont pas tort, avoua-t-elle.

— Vos neveux habitent-ils la région? Souhaitez-vous que je les appelle?

— Non, ils vivent à San Diego. J'aimerais autant que vous appeliez Marcia Boyce, ma meilleure amie. Elle est aussi ma voisine.

Murray, son beau visage empreint de gravité, posa sur Amanda deux yeux noisette.

— Je vais être obligé d'appeler la police. C'est plus inquiétant qu'un simple acte de malveillance. De vrais vandales auraient tout cassé.

— Je suis d'accord avec vous. Oui, appelez la police.

Le téléphone de la boutique se mit à sonner. Murray décrocha et écouta son interlocuteur, le corps raide.

Quelques instants plus tard, il raccrochait et tournait vers Amanda un visage épouvanté.

— La Third Holloman Bank a été cambriolée. Puis-je vous laisser seule en attendant l'arrivée de mademoiselle... de madame Boyce ?

— Oui, Hank. Le plus dur est passé. Allez-y. J'appellerai Mlle Boyce moi-même. Tout va bien, je vous assure.

Le chat attendit que Murray soit reparti pour manifester son mécontentement en miaulant longuement.

— Winston ! cria Amanda. Frankie ! Où êtes-vous ?

Un feulement retentit derrière un classeur métallique. Deux paires d'yeux observaient leur maîtresse avec reproche, mais les deux animaux refusèrent de sortir de leur cachette à son appel, très perturbés. Elle s'empressa de retirer les harnais qui lui permettaient de les tenir en laisse.

Winston, un chat aux yeux verts et au pelage d'un orange magnifique, armé de pattes aussi grosses que celles d'un lion, propulsa ses dix kilos sur le dessus du classeur métallique où il se percha en position assise. Quant à Frankie, un chien noir et blanc que tout le monde évitait soigneusement en le prenant pour un pitbull, il avait une vilaine tête, l'œil droit cerclé de noir. C'était pourtant une bête sensible qui se laissait dominer par le chat auquel elle était passionnément attachée. L'un comme l'autre étaient des mâles castrés.

Au terme de dix minutes de bouderie, le félin accorda la permission au chien d'approcher Amanda qui s'accrocha à son dos musclé comme à une bouée de sauvetage. Qui pouvait lui en vouloir à ce point ? L'odeur lui soulevait le cœur, mais elle ne pouvait quitter les lieux avant l'arrivée de la police ; de plus, elle avait besoin que Marcia la raccompagne chez elle, faute de se sentir assez vaillante pour prendre elle-même le volant.

Les premiers agents dépêchés sur les lieux furent le sergent Ike Masotti et son coéquipier Muley Evans. Sans qu'elle s'en doute, Amanda avait affaire à la meilleure patrouille d'Holloman.

— Curieux, confia Ike à son collègue après avoir effectué un petit tour de la boutique. Et même très curieux. Ce ne sont pas des gamins qui ont fait ça.

— Non, approuva Muley qui donnait systématiquement raison à son collègue.

— Vous avez des ennemis, mademoiselle Warburton? s'enquit Ike.

— Pas à ma connaissance, monsieur l'agent.

— Peut-être que c'est tout ce verre. Un type qui aura fait le rapprochement entre votre boutique et la vitrine dans laquelle sa mère range sa vaisselle en porcelaine. Il déteste sa mère, mais il a trop peur d'elle pour casser quoi que ce soit, alors il salit tout.

— Sûr, acquiesça Muley.

— Sauf que je ne vois pas le rapport avec le cambriolage de la banque, reprit Ike en se tournant vers son collègue. Cinquante mille tickets! Il s'est servi avant de repartir tranquillement en verrouillant sagement derrière lui. Il a même remis l'alarme. Tu veux que je te dise, Muley?

— Ouais.

— Les deux affaires n'ont aucun rapport. Le type qui a fait ça et le type de la banque sont différents.

— Huh, huh, répondit son collègue sans se mouiller.

— Vous avez un chat et un chien magnifiques, mademoiselle Warburton, poursuivit Ike en s'approchant de Frankie sans peur. Quelle bête formidable! ajouta-t-il en caressant les oreilles du chien qui grogna de plaisir. Tu t'appelles Frankie, c'est ça? poursuivit-il en lisant son nom sur le collier. Et comment s'appelle ton petit copain?

— Winston, répondit Amanda qui fondait devant Masotti.

Ils s'interrompirent en voyant le sergent Morty Jones pousser la porte de l'arrière-boutique. Son haleine empestait l'alcool. Les deux flics en uniforme échangèrent un regard gêné.

— Un coup des élèves du lycée Taft, décréta Jones après une rapide inspection des lieux.

— Je ne crois pas, Morty, le contredit Ike. Je vois mal des ados se donner autant de mal pour salir cette boutique alors qu'ils auraient pu tout casser. Tu sais si d'autres enseignes ont été vandalisées?

— M. Murray affirme que non, intervint Amanda.

— Alors, il s'agit d'une vengeance personnelle. Pas vrai, Muley?

— Tout à fait.

— C'est toi qui le dis, Ike, bougonna Jones en posant la main sur la poignée de porte, pressé de respirer un air plus sain.

— J'expliquerai la façon dont je vois la situation dans mon rapport, Morty.

— Tu écriras ce que tu veux, Ike. Je dirai dans le mien que ce sont des gamins de Taft qui ont fait le coup.

Sur ces paroles, il adressa un vague signe de tête à Amanda et s'éclipsa.

— Nous allons également devoir vous quitter, mademoiselle Warburton. Je suis sincèrement désolé, déclara Ike. Vous êtes sûre qu'on peut vous laisser ici toute seule?

— Je vous remercie, ça ira très bien.

— Une dame drôlement gentille, remarqua le policier dans le couloir de service. C'est bien notre chance d'être tombés sur Morty Jones. Il puait l'alcool, et son haleine ne datait pas d'hier soir. Si jamais le préfet croise sa route, il peut dire adieu à sa carrière et Ava ne sera pas contente. J'ai entendu dire qu'elle faisait les yeux doux au petit Joey Donaldson.

— Moi aussi, approuva Muley. Tu sais, Ike, ajouta-t-il en donnant pour une fois son opinion, je sais bien qu'on n'est pas des balances, mais quelqu'un finira bien par cracher le morceau au préfet au sujet de Morty.

— Le pire, c'est que je me souviens de lui avant qu'il soit recruté à la Criminelle par Larry Pisano. C'était un bon flic. C'est la faute d'Ava. Je me demande quelle mouche l'a piquée d'aller raconter à son homme que ses gosses n'étaient pas les siens. Il les aime, bon sang ! On se fiche de savoir qui les a faits, c'est les gamins de Morty, un point c'est tout. Vacherie d'Ava !

— Que le diable l'emporte, maugréa Muley.

Morty Jones n'établit aucun rapport digne de ce nom concernant le vandale du Nounours de Verre et le cambrioleur de la Third Holloman Bank. Les deux incidents auraient pourtant intéressé Carmine, malgré le temps qu'il consacrait au Dodo.

Le même jour, une Helen MacIntosh de fort mauvaise humeur se rendit à Hartford où elle retrouva Abe Goldberg, Liam et Tony à l'heure du petit-déjeuner dans un motel. Abe leur annonça tout de go qu'ils y séjourneraient afin de perdre moins de temps en allers et retours, une décision qui eut le don d'agacer la propriétaire de la Lamborghini. En avalant les kilomètres, ce matin-là, elle regrettait d'avoir appelé Goldberg la veille afin de l'interroger sur la présence éventuelle d'autres femmes au sein de l'équipe. Le lieutenant lui avait répondu sèchement qu'elle serait la seule et qu'elle n'avait pas besoin de le déranger pour si peu. *Ce petit con m'a jetée comme une vraie merde*, s'énervait-elle intérieurement. *Comment un nain pareil a-t-il pu devenir flic ? Mon cher lieutenant, je vais te montrer qu'une MacIntosh ne se laisse pas traiter comme ça, surtout par un pouilleux dans ton genre. Je vais te pourrir la vie à tel point que tu seras heureux de me renvoyer à Holloman où je pourrai m'atteler à une tâche digne de moi : attraper le Dodo.*

Marcia Boyce reconduisit Amanda Warburton chez elle, Winston et Frankie royalement installés sur la banquette arrière de la Cadillac, leur laisse autour du cou. Marcia connaissait suffisamment bien les compagnons de son amie pour savoir qu'il n'y aurait pas d'« accident » en route.

Les deux femmes adoraient la résidence dont elles partageaient le septième étage, juste en dessous du duplex de toit. Elles avaient acheté leur appartement sur plan, ce qui leur avait permis de configurer à leur convenance la cuisine et les salles de bains : une par chambre, sans compter les toilettes dans le hall d'entrée. Le luxe et la volupté !

La tour de verre à peine terminée, les résidents de Busquash, horrifiés par la présence de cette verrue urbaine au cœur de leur cher quartier, avaient obligé les édiles municipaux à voter une ordonnance interdisant à l'avenir la construction de bâtiments de plus de deux étages. Les appartements de la résidence, très recherchés pour leur confort, avaient vu leur prix atteindre des sommets, passant de cent mille à un million de dollars. Et la tendance ne semblait pas devoir s'inverser.

Marcia prépara deux tasses de thé anglais qu'elle arrosa généreusement de cognac.

— Qui a pu commettre une horreur pareille ? demanda Amanda en trempant prudemment les lèvres dans son thé brûlant.

— Ce ne sont pas des potaches, en tout cas, affirma son amie. Bois, ma chérie. Cet inspecteur était un âne.

— Tu ne crois vraiment pas qu'il pourrait s'agir d'élèves du lycée ?

— L'opération était trop bien planifiée. Et les autres boutiques ont été épargnées.

Elle avala une gorgée de thé au cognac avec délectation.

— Il va falloir que tu te fasses à cette idée, ma chérie, reprit-elle. Hank pense comme moi qu'il s'agit d'une vengeance personnelle contre le Nounours de Verre et toi.

Elle posa sur son amie un regard affectueux. Quel amour, cette Amanda ! Jolie comme un cœur, avec ses mèches blondes et ses grands yeux bleus. Pour quelle raison ne s'était-elle jamais mariée ? Elle avait une silhouette fine, plantée sur des jambes qui supportaient sans peine les jupes au-dessus du genou, contrairement à beaucoup de femmes de son âge. Marcia, divorcée et sans enfants, vivait confortablement, mais ses chances de trouver un mari pour meubler ses vieux jours étaient plus minces que celles d'Amanda : elle avait un visage ingrat et se trouvait trop grosse.

— Cette histoire vient gâcher mon bonheur, gémit Amanda.

— Comment ça ?

— Le Nounours de Verre était la réalisation d'un rêve, mais après ce qui s'est passé, je me sens... je me sens comme violée. J'ai placé toutes mes économies dans ce commerce, entre la boutique et la vente par correspondance. Après tout, je me débrouillais convenablement à l'époque où j'avais un magasin en ville, même si je n'avais pas la place d'exposer mes plus belles pièces. Je me suis endettée pour m'installer dans cette galerie commerciale et j'ai eu raison. Mon commerce marchait très bien. Jusqu'à aujourd'hui ! Pourquoi s'en prendre à moi ?

Les deux femmes étaient amies depuis qu'elles s'étaient installées à Busquash deux ans plus tôt, mais c'était la première fois qu'Amanda se confiait ainsi à sa voisine.

— Tu as de la famille, Amanda ? s'enhardit cette dernière.

Le visage de celle-ci se figea, puis ses lèvres esquissèrent un sourire et sa langue se délia sous l'effet du cognac.

— J'ai deux neveux, Robert et Gordon. Les fils de feu mon frère. Ils vivent à San Diego.

Elle fronça les sourcils.

— J'ai du mal avec eux, ils ont la folie des grandeurs.

Elle frissonna.

— De vrais poseurs ! Je ne les aime pas du tout.

— Oh, ma pauvre Amanda ! s'écria Marcia, émue. Tu dois te sentir si seule !

Son visage s'éclaira.

— Allons, ma chérie ! Haut les cœurs ! Dès vendredi, tu pourras retourner au Nounours de Verre avec Frankie et Winston, tu retrouveras ta boutique exactement comme avant. Un refuge de beauté et de bonheur.

En entendant leur nom, le chien et le chat sortirent brièvement de leur torpeur avant de replonger dans leurs rêves. Après une journée mouvementée, le sommeil était un remède souverain.

Amanda se fit violence pour sourire.

— Espérons que tu aies raison, soupira-t-elle avec une moue dubitative. Quand je pense à toute cette saleté ! À l'odeur qui régnait dans la boutique !

Il était temps de changer de sujet de conversation.

— Hank Murray en pince pour toi.

La remarque de Marcia n'eut pas l'effet escompté. Loin de rougir ou de manifester son plaisir, Amanda se renfrogna.

— J'espère bien que non, réagit-elle après un court silence. Il me connaît à peine. Tu as pris sa gentillesse pour de l'intérêt, Marcia. Je l'espère, en tout cas. Je ne suis pas en quête d'un bon ami, et encore moins d'un mari.

— Mais je ne te parlais pas d'amour ou de mariage ! s'exclama Marcia, très étonnée. Je disais simplement que Hank est un gentil garçon et qu'il ne demandait visiblement pas mieux que de te connaître. Ça ne t'amuserait donc pas de dîner avec un bel homme au Sea Foam au lieu de te retrouver avec moi au Losbter Pot?

— Ça ne m'amuserait pas du tout, tu veux dire! répliqua sèchement Amanda.

— Mais…

— Je t'en prie, Marcia!

Cette dernière se garda bien d'insister.

Carmine fixait durement Helen MacIntosh. Assise face à lui, de l'autre côté de la table de cuisine en Formica qui lui servait de bureau, elle ne semblait nullement repentante, légèrement avachie sur sa chaise dans une pose insolente, un pied battant la mesure dans un mocassin Ferragamo, les jambes négligemment croisées. Le capitaine ne lui avait jamais vu une minijupe aussi courte. Sa crinière pendait librement dans son dos et son maquillage battait tous les records précédemment établis par Delia. Quant à son décolleté, il lui dévoilait presque le nombril. La tenue d'Helen avait dû lui coûter la bagatelle de trois mille dollars.

— Pourquoi vous être rendue à Hartford avec le genre de tenue que je vous avais expressément demandé de ne pas porter? lui demanda Carmine d'une voix dure.

— Comme j'avais au bas mot soixante-dix flics autour de moi, capitaine, je me suis dit que je ne risquais pas de me lancer aux trousses d'un malfaiteur et j'ai décidé d'enfiler des chaussures de ville. Et rien ne m'empêchait d'y ajouter une minijupe puisque je n'étais pas au contact du public, répliqua-t-elle nonchalamment en continuant de balancer le pied.

— Vous ne vous rendiez pas à Hartford uniquement en qualité d'assistante du lieutenant Goldberg, mademoiselle MacIntosh. Vous représentiez la police d'Holloman en tant que stagiaire, dans le cadre d'un programme expérimental que tous les services de police de l'État observent avec attention. Je ne vous ai pas envoyée là-bas assurer la publicité de Mary Quant. Au lieu d'afficher votre professionnalisme en restant discrète, vous avez enfilé une tenue de catin, comme si votre fonction au sein de la police d'Holloman consistait à aguicher les hommes, à défaut de satisfaire leurs instincts les plus bas. Qui comptiez-vous impressionner? Plutôt, à qui vouliez-vous faire mauvaise impression?

Elle pinça les lèvres, les joues cramoisies.

— J'étais sûre qu'ils me regarderaient tous comme si j'étais un mannequin dans une vitrine, alors j'ai voulu leur en donner pour leur argent.

— Quand comprendrez-vous qu'on n'entre pas dans la police pour flatter son ego, mademoiselle? Avez-vous réfléchi une seconde à ce que ses collègues allaient penser du lieutenant Goldberg en découvrant que son assistante était une poupée Barbie? Dans la vraie vie, mademoiselle, un homme de quarante ans ne choisit une potiche comme assistante que pour une seule raison. Si vous vous trouviez dans ce service depuis plus longtemps, j'aurais laissé le soin au lieutenant Goldberg de vous déshabiller virtuellement devant ses soixante-dix collègues. Mais je suis au regret de vous annoncer que vous n'aurez jamais l'occasion de le connaître suffisamment, puisqu'il vous a renvoyée à Holloman avant de s'excuser en votre nom auprès de ses collègues.

Les yeux de Carmine lançaient des éclairs.

— À quel jeu jouez-vous, mademoiselle MacIntosh? Je vous offre une occasion unique de croiser les meilleurs enquêteurs de l'État et vous la laissez échapper dans le seul but de satisfaire vos ambitions personnelles. Je ne suis pas surpris que vous n'ayez pas fait carrière au NYPD. Combien de temps leur a-t-il fallu pour s'apercevoir que vous avez à peu près autant de cervelle qu'une gamine de huit ans?

Les mains tremblantes, la jeune femme s'était raidie sur son siège. Son joli visage exprimait ce qui aurait pu passer aussi bien pour de la rage que de la honte.

— Dois-je en déduire que nous n'avez pas compris les raisons pour lesquelles il est impératif d'adopter une tenue normale pendant les heures de service? Votre féminisme mal placé continue-t-il de vous laisser penser que mon seul but est de vous humilier afin de gratifier mon ego masculin?

— Non, capitaine. J'ai compris le message, répondit-elle, les yeux brillants, retenant ses larmes. Il s'agissait de ma protection et de ma sécurité.

— Vous vous excuserez auprès du lieutenant Goldberg. Par écrit, et en personne.

— Je repars pour Hartford d'ici une heure avec une tenue appropriée.

— Non. Le lieutenant ne vous fait plus confiance. Vous avez ce que vous vouliez, mademoiselle MacIntosh: vous restez à Holloman, mais pas question d'enquêter sur le Dodo. En attendant, Nick Jefferson prendra votre place à Hartford.

Elle blêmit sous le choc.

— Je vous en prie, capitaine!

— Non. Le sujet est clos, nous n'y reviendrons plus.

— Entendu, acquiesça-t-elle en redressant les épaules.

— J'ai une question que je ne vous ai pas posée lors de notre entretien initial: pour quelle raison avez-vous choisi la police?

La jeune femme se releva.

— C'est en effet une question que j'ai évitée lors de cet entretien. Je suis attirée par l'armée, mais l'idée de tenter ma chance à West Point ou Annapolis me fait frémir, avoua-t-elle, parcourue d'un frisson. Ces institutions ont été conçues pour des hommes, et je ne possède pas assez la fibre féministe pour affronter de telles forteresses. En outre, j'ai la curieuse impression que le métier de flic est plus intéressant. J'ai un faible pour les mystères à résoudre, je crois.

— Je vois, conclut Carmine en se levant, déployant une carcasse dont les muscles atténuaient la taille.

Quelle mouche m'a piquée de faire un cinéma pareil? se demanda Helen en quittant le bureau de Carmine Delmonico. *La même raison qui pousse un enfant à chatouiller un tigre avec un bâton*, conclut-elle en montant l'escalier.

— Exactement, reconnut Delia, attifée d'une tenue jaune vif et moutarde agrémentée de nœuds d'un bleu électrique. À l'avenir, ma chérie, souviens-toi qu'on ne chatouille pas un tigre avec un bâton sans risquer de finir broyé par l'une de ses pattes.

— Je ne peux vraiment pas vous aider dans l'enquête du Dodo? la supplia Helen.

— Non, ma chérie, pour la bonne raison que je n'ai pas la moindre envie de finir ma vie sous la patte d'un tigre. Tu étudieras les arcanes de l'identité judiciaire avec Paul Bachman pendant quelques jours.

Elle poussa un soupir nostalgique.

— Je suis entrée à la Criminelle par la petite porte, en profitant du fait que j'étais la nièce du préfet et sa secrétaire. Auparavant, j'avais passé dix ans au NYPD dans le service des fraudes et des délits en col blanc. De quoi te plains-tu? On t'a concocté un programme formidable. On t'enseigne tout ce que nous avons dû apprendre sur le tas. Je te conseille de ne pas décevoir mon oncle John si tu ne veux pas tâter de ma patte.

Vendredi 4 octobre

— Les équipes de nettoyage ont effectué un travail formidable, s'écria Hank Murray en sortant de l'ascenseur de service, Amanda Warburton à ses côtés. Vous allez pouvoir ouvrir ce week-end.

Il sortit son trousseau de clés, déverrouilla la porte de l'arrière-boutique, puis s'avança dans la pièce, suivi d'Amanda, humant l'air avec un sourire.

— Sentez, mademoiselle Warburton, ce parfum d'herbes légèrement sucré. J'espère que vous approuverez ce choix. Qui pourrait se douter que cet endroit était un vrai dépotoir ?

— Personne, reconnut Amanda en laissant échapper un soupir de soulagement.

— Venez jeter un coup d'œil à la boutique, l'encouragea Hank en l'entraînant vers le rideau de perles de verre.

Il s'arrêta si brusquement que sa locataire se heurta à son dos.

— Mon Dieu !

Amanda ne put se retenir. Écartant le gérant du centre commercial d'une bourrade, elle se rua à l'intérieur du magasin.

Toutes ses marchandises formaient un énorme tas au centre du magasin, à l'endroit précis où se trouvait normalement le comptoir, repoussé avec la caisse le long du mur sur lequel étaient accrochés en temps ordinaire ses cadres Lalique. Elle retrouva ceux-ci sauvagement empilés dans un coin. Seul le yard servant à mesurer la bière dans les pubs se trouvait à sa place, en haut du mur, au-dessus du demi-yard décoratif de cristal plein.

Incapable de ravaler ses larmes, Amanda se précipita vers la vitrine afin de vérifier l'état de son ours de verre. Dieu soit loué, il n'avait pas bougé de son trône de velours.

Elle n'aurait pas su dire quelle prémonition l'avait poussée à laisser ses compagnons à quatre pattes chez elle, ce matin-là. Tout en récupérant le mouchoir qu'elle cachait dans sa manche, Amanda Warburton comprit au fond d'elle-même qu'elle s'attendait à ce nouveau coup du sort. Les ordures et les amas de poussière du mardi précédent lui avaient laissé une impression de… d'inachevé. Ce nouvel épisode était la suite logique de la première effraction.

Après avoir prévenu la police et s'être assuré qu'aucune autre boutique n'avait été vandalisée, Hank Murray se fit confirmer que les trois agences bancaires de la galerie commerciale de Busquash n'avaient pas été visitées. À genoux près du monceau de verreries, il observa les dégâts sans toucher à rien.

— C'est étrange ! s'exclama-t-il. Mademoiselle Warburton… je veux dire, Amanda ! Vous ne trouvez pas ça bizarre ? Apparemment, rien n'a été cassé, ni même abîmé. Regardez vous-même. À condition de demander à la même équipe de nettoyage de tout ramasser en portant des gants, vous ne devriez pas perdre de marchandise. Je vous en prie, ne pleurez pas ! ajouta-t-il précipitamment en la serrant contre lui afin de la réconforter du mieux qu'il le pouvait.

Qui pouvait en vouloir autant à cette pauvre Mlle Warburton ?

Lorsque Muley Evans et Ike Masotti déboulèrent dans l'arrière-boutique quelques minutes plus tard,

Hank Murray cherchait à persuader Amanda d'avaler quelques gouttes de son précieux cognac.

— Je vais prévenir la brigade criminelle, déclara Ike en posant les yeux sur le tas de verreries. Puis-je me servir de votre téléphone, mademoiselle? J'ai peur d'être entendu par des oreilles indiscrètes si je me sers de ma radio.

— Je vous en prie.

— Nous sommes en présence d'une affaire très bizarre, déclara-t-il dans le combiné. Tu devrais venir voir, Morty. Ce ne sont pas des ados qui ont fait un truc pareil.

Une heure plus tard, son collègue n'était pas encore arrivé.

Il n'avait pas pu s'en empêcher, il lui avait fallu s'arrêter au Shamrock Bar sur le chemin du centre commercial où l'attendait cet emmerdeur d'Ike Masotti.

La situation ne s'améliorait pas, en dépit de tout ce que lui affirmait Delia Carstairs. Elle lui avait déniché une perle pour tenir la maison, mais ce n'était pas une gouvernante dont lui et les enfants avaient besoin. *Ses* enfants. Ils avaient besoin d'Ava. Bobby et Gidget, le bonheur de sa vie, pas ses gosses? Encore une entourloupe de cette bonne femme. Il avait eu tort de la frapper, c'était vrai. Depuis le temps qu'elle le trompait, pourquoi avait-il craqué, ce samedi-là? La réponse était simple : il avait perdu toute contenance lorsqu'elle lui avait sorti cette horreur au sujet des enfants.

Depuis, ceux-ci pleuraient en permanence, et lui aussi chaque fois qu'il parvenait à s'isoler dans l'une des cellules du commissariat. Et voilà qu'il pleurait à nouveau dans son Jameson's. Il allait devoir transiter par les toilettes du Shamrock, histoire d'effacer toute trace de sa détresse avant de trouver la force de rejoindre le centre commercial où l'attendait Ike Masotti. La tête lui tournait, il avait besoin de quelques minutes pour se reprendre... *Tu dis n'importe quoi, Ava! Bobby et Gidget sont* mes *enfants!*

Ses deux collègues en uniforme échangèrent un coup d'œil entendu en le voyant pénétrer dans le Nounours de Verre d'un pas hésitant. Il puait l'alcool à plein nez, pire que le mardi précédent.

Morty examina rapidement l'énorme tas de verre et regagna l'arrière-boutique.

— Une blague de potaches, affirma-t-il en haussant les épaules. Tu me fais perdre mon temps, Ike.

— Ton temps passé à lever le coude, Morty? demanda Muley qui ne supportait pas de voir son coéquipier accusé injustement.

— Je vous dis que c'est une blague de gamins, insista Morty.

— Bien sûr que non! s'énerva Ike, exaspéré. Nous sommes en présence d'une sale histoire, sergent Jones. Des ados n'auraient jamais entassé autant de marchandise fragile sans la casser. Pas une pièce n'est abîmée... pas une fêlure! Cette histoire pue la vendetta.

— Je me fiche de son odeur, Ike. Faute de dégâts, on ne pourra jamais rien contre le coupable. Bon, je dois y aller, conclut Morty en passant la langue sur ses lèvres sèches.

Amanda avait assisté à la conversation dans un état proche de la stupeur. Elle comprit que l'indifférence du sergent Jones déclenchait la colère de Hank en sentant les doigts de ce dernier se crisper sur son épaule. Jones disparu, elle tapota gentiment la main du gérant.

Ike et Muley, coupés dans leur élan, suivirent leur supérieur en gratifiant Amanda d'un regard désolé.

— Cela vous dérangerait d'appeler la firme de nettoyage pour moi, Hank? demanda-t-elle. Je vais rester ici pour les surveiller. Ils ne se souviendront pas de la place de chaque objet, j'ai déchiré le plan que je leur avais fourni.

Elle laissa échapper un petit cri.

— Quand je pense que j'ai dû le dessiner moi-même ! Et voilà que je dois recommencer.

— Commençons par contacter votre assurance, l'interrompit Hank d'une voix ferme. Ce sergent à la noix n'a même pas pris de photos, il faut que quelqu'un s'en charge. Vous aurez besoin de preuves au cas où certains objets seraient abîmés.

Il serra doucement la main d'Amanda entre ses doigts. À compter d'aujourd'hui, la galerie commerciale serait placée sous la protection d'une entreprise de gardiennage professionnelle, comme il se tuait à le réclamer depuis l'ouverture du centre. Les propriétaires n'auraient plus le choix, après le cambriolage d'une banque et cet acharnement contre une commerçante. Que se serait-il passé si le vandale avait décidé de s'attaquer au magasin Quattrocento, au rez-de-chaussée? *On peut encore nettoyer des bibelots de verre recouverts de détritus, mais pas une crédence du XVe siècle.*

— Qui donc est capable d'une horreur pareille? répéta Amanda pour la dixième fois, impuissante à surmonter le choc.

— Je n'en ai aucune idée.

Hank laissa s'écouler un silence avant de reprendre d'une voix douce :

— Une longue journée vous attend, mademoiselle Warburton, vous ne devriez pas rester toute seule ce soir. Puis-je vous inviter à dîner?

— Avec plaisir, répondit-elle d'une voix étonnée.

Samedi 5 octobre

Le dîner au Lobster Pot s'était si bien déroulé que Hank Murray l'invitait ce soir-là au Sea Foam.

Tout en reconnaissant que cet homme était un compagnon idéal pour une vieille fille de quarante ans, Amanda n'avait aucunement l'intention de le laisser s'installer chez elle. Quelques compagnons avaient eu ce privilège, mais un seul avait compté, et il était mort depuis longtemps. Elle jouissait de revenus confortables et n'avait nul besoin qu'on l'entretienne. Elle eut d'ailleurs l'intuition que Hank n'était pas aussi riche qu'on aurait pu le croire. Il avait réglé la note du Sea Foam sans ciller, certes, mais Amanda avait cru déceler chez lui un certain soulagement lorsqu'elle lui avait déclaré la veille qu'elle préférait un petit restaurant de qualité à un établissement gastronomique.

L'achat de Frankie et Winston, trois ans plus tôt, procédait d'un calcul : deux animaux domestiques aussi charmants dans sa vitrine ne pouvaient que séduire les visiteurs de la galerie marchande. Aucun commerçant n'avait l'autorisation d'avoir des animaux, mais Amanda avait obtenu gain de cause auprès des propriétaires du centre, d'horribles grigous qui s'étaient laissé convaincre par des Frankie et Winston particulièrement bien élevés. Le chat et le chien étaient d'excellents compagnons à la maison, même si Amanda prenait conscience, depuis l'arrivée de Hank dans son quotidien, que des animaux de compagnie ne compenseraient jamais la présence d'un homme. Et cette pauvre Marcia, qu'elle avait rabrouée pour le lui avoir dit ! Cette nouvelle relation fonctionnait bien parce que cet homme ne cherchait pas à frapper à la porte de son intimité, se contentant de rester à distance respectable sans prendre le risque de se brûler.

Dimanche 6 octobre

Amanda décida de travailler tard sans en parler à Hank. Ils n'avaient rien prévu ce soir-là car il était pris par l'aménagement d'une nouvelle boutique à quelques portes de celle du Nounours de Verre. Un ancien magasin d'aspirateurs qui n'avait jamais attiré le chaland, tout simplement parce que ce n'était pas le genre d'article recherché par la clientèle du centre commercial. Le nouveau locataire de la boutique comptait proposer de l'artisanat amérindien : couvertures, poteries, tableaux, bijoux en argent et turquoise. Hank croyait beaucoup à ce projet, et Amanda ne pouvait lui donner tort. Dénicher des produits amérindiens à l'est des Rocheuses n'était pas aisé.

Il était 23 heures lorsqu'elle ferma boutique. En remontant le couloir de service, elle passa la tête dans l'arrière-boutique du nouveau magasin indien afin de saluer Hank, mais l'endroit ressemblait à une ruche avec sa nuée d'ouvriers maniant leurs outils dans un brouhaha indescriptible.

En regagnant sa petite Mercedes noire, elle s'aperçut qu'elle avait oublié ses clés de voiture sur le petit bureau de l'arrière-boutique. *Flûte !* Comment pouvait-on être aussi bête ? Tout ça à cause de cette satanée boîte en carton qu'elle avait voulu mettre dans son sac à main avant de s'apercevoir que ses clés de voiture la gênaient.

La nouvelle société de gardiennage n'entamait son contrat avec le centre commercial que le lendemain soir, mais il y avait suffisamment de lumière et de bruit dans la boutique indienne pour qu'elle ne se sente pas effrayée à l'idée de remonter à sa boutique. Le plus périlleux était encore d'enjamber les caisses, les outils et autres câbles électriques qui jonchaient le sol du couloir de service.

Elle trouva les clés là où elle les avait laissées. Ce fut à ce moment qu'un bruit de verre cassé lui parvint depuis l'intérieur de la boutique. Prise de fureur, sans même réfléchir, elle lâcha son sac de cuir bleu et fonça sur le rideau de perles en poussant un hurlement afin d'attirer l'attention des ouvriers qui travaillaient dans le magasin voisin. Elle découvrit alors de l'autre côté du comptoir un inconnu tout en noir, la tête recouverte d'une cagoule de ski, foulant aux pieds les débris d'une pièce unique, un bol dessiné par Bjørn Wiinblad. Il tenait à bout de bras un vase Kosta Boda en forme de chat.

Retenue par la présence du comptoir, Amanda tenta de le contourner. Son adversaire, au lieu de jeter le vase à terre, le lança alors dans sa direction ; les hurlements de fureur d'Amanda se transformèrent en cris de douleur à l'instant où la lourde pièce de verrerie l'atteignait à la hanche. Elle s'écroula, laissant la silhouette noire s'échapper par la porte coulissante de la boutique avant de s'évanouir dans l'allée du centre commercial au moment où les premiers ouvriers pénétraient dans l'arrière-boutique.

— Amanda ! Me voici ! lança presque aussitôt le gérant. Que faites-vous ici à une heure pareille ?

— J'avais du travail à terminer, répliqua-t-elle, tout essoufflée. Oh, il m'a fait mal ! Où étiez-vous ?

— Parti chercher des plans dans mon bureau.

Quelqu'un avait allumé les lumières de la boutique ; Amanda comprit que sa précieuse marchandise avait plus à craindre de ses sauveteurs que du vandale.

— Je vous en prie ! s'écria-t-elle en se relevant avec l'aide de Hank. M. Murray est là pour m'aider, à présent. Merci, merci d'être venus.

Voilà que je m'exprime comme une maîtresse de maison à la fin d'un dîner, pensa-t-elle. Lorsqu'elle poussa un cri de douleur, une main secourable glissa une chaise à roulettes sous elle, sur laquelle elle se laissa tomber maladroitement. Les ouvriers quittaient la pièce les uns après les autres.

— Tenez, Luiz ! Voici vos plans, intervint Hank en désignant un rouleau de papier tombé à terre.

Il se tourna vers Amanda.

— Puis-je vous laisser un instant seule, le temps d'appeler la police ?

— Pas question, je ne vous quitte pas.

— Qu'a-t-il fait, cette fois ?

— Il a cassé mon bol Bjørn Wiinblad. Une pièce unique, répondit-elle en s'agrippant à la ceinture de Hank en tirant la chaise sur ses roulettes. Il a ensuite lancé sur moi le chat Kosta Boda, qui doit être en miettes également. Oh, Hank, c'est terrible !

— Il aurait pu vous tuer, répliqua celui-ci d'une voix grave. Je vais commencer par appeler une ambulance, avant de contacter la police.

— Assurez-vous que les infirmiers passent par le couloir de service ! s'écria-t-elle, effrayée. Pas question qu'ils pénètrent dans la boutique avec une civière.

Elle laissa s'écouler un léger battement avant de conclure :

— Et je ne veux pas voir ce sergent Jones.

— Moi non plus, approuva Hank en décrochant le combiné.

L'appel fut transmis directement au domicile de Carmine qui assurait la permanence, prenant la relève d'Abe Goldberg retenu à Hartford.

— Capitaine Delmonico.

— Dieu soit loué, je ne tombe pas sur un lampiste! Capitaine, il est hors de question qu'on nous envoie à nouveau cet imbécile alcoolique de sergent Jones! s'emporta une voix à l'autre bout du fil. Nous avons besoin d'un inspecteur au centre commercial de Busquash, mais de grâce, pas lui! Nous avons reçu la visite du même vandale que les deux fois précédentes, à ceci près que Mlle Warburton a été blessée, cette fois. Il faut attraper ce salopard de toute urgence, et je vois mal ce que le sergent Jones serait capable d'attraper, à part la grippe.

Carmine attendit la fin de ce déluge verbal pour s'enquérir:

— Je vous demanderai votre nom.

— Hank Murray, gérant du centre commercial de Busquash. Je suis également un ami personnel de Mlle Warburton dont la boutique, le Nounours de Verre, a été vandalisée à trois reprises. La première fois, la somme de cinquante mille dollars a également été dérobée à la Third Holloman Bank. Le sergent Jones, chargé de l'enquête, n'a absolument rien fait.

Le mieux était encore de se rendre sur place. Si l'auteur d'un vol de cinquante mille dollars n'était pas poursuivi, la brigade criminelle était dans de beaux draps. *Pourquoi Corey ne m'a-t-il rien dit? Pourquoi n'a-t-il pas rédigé de rapport? Que se passe-t-il avec Morty Jones? En temps normal, j'enverrais Corey sur place, mais j'ai l'impression qu'on a dépassé ce stade.*

— Tu dois vraiment sortir? s'inquiéta Desdemona dans l'entrée. Si Julian se réveille et qu'il s'aperçoit de ton absence, tu peux être certain qu'il va se lever.

— À minuit moins le quart? Il ne se réveillera pas, ma chère femme.

— Pas sûr.

— Essaye de voir la vie en rose, au lieu de la peindre en noir, conseilla-t-il en l'embrassant. Si jamais il se réveille, dis-lui que je reviens dans cinq minutes, armé d'une baguette.

— Carmine !

— Jamais il ne se réveillera, Desdemona. Va te coucher.

Vivement que Prunella Balducci s'installe à la maison, pensa Carmine en démarrant la Fairlane. *Comment ai-je pu me montrer aussi aveugle à la naissance de Julian ? Desdemona avait de grandes idées plein la tête, mais aucune expérience. Aujourd'hui, elle se retrouve aux prises avec un gamin au caractère affirmé qui profite de sa fatigue pour la faire tourner en bourrique : Julian, le futur avocat.*

Carmine s'attendait au pire en arrivant au centre commercial. Heureusement que cet Hank Murray n'avait pas appelé Silvestri. Le capitaine n'avait nulle intention de protéger Morty, mais il entretenait encore l'espoir de lui remettre les idées en place. « Imbécile alcoolique » : la description ne manquait pas de charme. Si Morty buvait pendant le service, c'était nouveau. Cela remontait sans doute au jour où Ava lui avait révélé que ses gosses n'étaient pas de lui. Ce type les adorait, bien plus que sa nymphomane égoïste de femme. Pour quelle raison couchait-elle exclusivement avec des flics ? En tout cas, si des inconnus voyaient que Morty buvait, Corey s'en était forcément aperçu. Et il ne levait pas le petit doigt.

Amanda Warburton, malgré sa peur et sa hanche douloureuse, s'avéra tout à fait capable de raconter sa mésaventure.

— J'ai vu rouge en entendant un bruit de verre brisé. Il venait de réduire en miettes mon bol Bjørn Wiinblad et s'apprêtait à jeter par terre un vase Kosta Boda en forme de chat. Il l'a lancé sur moi en m'apercevant.

Carmine tâta le sol du pied et constata que la moquette noire était très épaisse.

— Je suis étonné que votre bol se soit cassé.

— Il y a du béton sous la moquette. Il aurait pu résister s'il n'était tombé de si haut.

— Vous connaissez bien votre marchandise, mademoiselle Warburton.

— Le verre représente toute ma vie.

— Cet idiot de sergent Jones voulait absolument que les coupables soient des potaches du lycée Taft, intervint Hank Murray, très en colère. Tout le monde pensait l'inverse, y compris les deux agents en uniformes dépêchés sur place. Des types très bien, soit dit en passant. Lors du deuxième incident, Mlle Warburton et moi avons compris que nous ne tirerions rien de ce Jones quand nous avons vu qu'il restait campé sur ses positions. Et il puait l'alcool !

— Je reprends l'enquête en main, monsieur Murray, le rassura Carmine d'une voix calme. Pour quelle raison le sergent Jones penchait-il pour un méfait commis par des lycéens ?

— Ce n'est pas la première fois qu'ils commettent des actes de vandalisme, apparemment.

— À part les problèmes au Nounours de Verre et le cambriolage de la Third Holloman Bank, le centre commercial a-t-il été récemment victime d'une « vague de criminalité », pour reprendre une formule chère à la presse ? Pickpockets, voleurs de sacs à main, bandes organisées ?

— Vous le sauriez si c'était le cas, capitaine.

— Je parlais d'incidents mineurs qui n'auraient pas été signalés à la police. Je suppose que vous disposez d'une société de sécurité privée.

— Pas encore, répondit Hank, le front barré d'un pli. Mais, après bientôt trois ans et les demandes répétées des commerçants, la société Shortland Security commence à travailler chez nous demain. Il aura fallu un cambriolage et trois actes de vandalisme pour que les propriétaires du centre acceptent enfin.

— Je vois. Autre question, mademoiselle Warburton : pourquoi avoir été surprise que le vandale casse votre bol ?

Hank Murray répondit à sa place.

— Tout simplement parce qu'il avait veillé à ne rien abîmer lors de ses visites précédentes. Ce qui était pour le moins étrange.

La conversation fut interrompue par l'arrivée de deux infirmiers.

— Les spécialistes de l'identité judiciaire viendront à la première heure demain matin, promit Carmine avant que les ambulanciers n'emmènent Amanda Warburton. Si jamais on vous laisse sortir de l'hôpital ce soir, ne revenez pas ici. Personne ne touche à rien, c'est compris ? Quant à vous, monsieur Murray, je vous verrai demain matin à 10 heures au sujet du cambriolage de la banque.

Carmine n'aurait pas su dire si Murray, aux petits soins avec Amanda à qui il promettait d'aller nourrir ses animaux domestiques, l'avait entendu. Ce type-là avait le béguin.

Avant de repartir, peu après 1 heure du matin, il tira un agenda de sa poche, décrocha le téléphone de la boutique et composa un numéro. Une voix endormie lui répondit.

— Mademoiselle MacIntosh ? Soyez au labo de Paul Bachman demain matin à 8 heures précises. Vous l'accompagnerez au Nounours de Verre, une boutique de la galerie commerçante de Busquash vandalisée cette nuit. Je vous demanderai d'enquêter pendant que Paul se charge de relever les indices. Renseignez-vous auprès des autres commerçants et essayez de savoir si le vandale agit seul, ou bien s'ils sont plusieurs. Intéressez-vous plus particulièrement à un magasin d'articles amérindiens situé à trois boutiques de là. Les ouvriers qui y travaillaient ont peut-être remarqué un détail anormal. Examinez attentivement les marchandises du Nounours de Verre, je veux savoir à quel type de clientèle nous avons affaire. Vous me rendrez votre rapport dans la journée.

Helen ne put s'empêcher de poser la question :

— Est-ce en rapport avec le Dodo?

— Pas du tout.

Ne comptez pas retravailler de sitôt sur l'enquête du Dodo, mademoiselle MacIntosh. Et quand bien même vous seriez une stagiaire modèle au lieu d'une emmerdeuse de première, je serais bien en peine de vous confier la moindre mission, car cette enquête est au point mort.

Lundi 7 octobre

Carmine entama sa journée par une visite au cadastre, un dédale de salles au dernier étage de l'immeuble réservé aux services municipaux.

À défaut de pouvoir consulter les comptes bancaires de Kurt von Fahlendorf, il entendait vérifier ce que chuchotait la rumeur au sujet de la fortune de l'Allemand en vérifiant la valeur foncière de sa propriété. Contrairement à ses craintes, le 6 Curzon Close n'appartenait pas à une holding obscure; Fahlendorf le possédait en pleine propriété. Un terrain d'un demi-hectare en plein cœur de Carew, accueillant une maison ancienne dont l'entretien devait s'avérer coûteux, à en juger par les tuiles de bois taillées à la main et les bardeaux utilisés lors de la rénovation. Deux des six propriétés de Curzon Close étaient donc occupées par des Gentlemen Marcheurs, Mason Novak résidant au numéro 4. Quant à Dave Feinman, il vivait au coin de la rue, la première maison de Spruce Street. Simple coïncidence?

— Ebenezer Curzon possédait une ferme de vingt hectares à Carew, lui expliqua la responsable du cadastre, ravie de trouver un interlocuteur aussi attentif. Le terrain a été vendu par petits bouts, à l'exception du bâtiment de ferme lui-même que Curzon a perdu en 1930, en pleine Dépression. La maison a été revendue à plusieurs reprises depuis, et je regrette qu'elle se trouve à présent entre les mains d'un étranger.

La femme tapota d'un doigt boudiné le plan du 5 Curzon Close.

— Celle-ci, heureusement, a récemment été acquise par de vrais Yankees, Robert et Gordon Warburton.

— Warburton, vous dites?

— Oui, ils ont acheté la propriété il y a huit mois.

— Afin d'y résider, ou bien s'agit-il d'un investissement?

— Je l'ignore, capitaine.

Elle se pencha au-dessus du comptoir d'un air de conspiratrice.

— En revanche, je peux vous dire que les couteaux sont sortis lorsqu'ils ont entrepris de repeindre la maison.

Intrigué, il s'approcha à son tour.

— Les couteaux, vous dites? Crachez le morceau, Aggie.

— Figurez-vous qu'ils ont voulu repeindre la façade en noir et blanc, avec des rayures. Je suis allée vérifier sur place, je ne voulais pas rater ça. De vraies zébrures, capitaine. Vous vous en doutez, la municipalité s'en est mêlée en voyant affluer les protestations. À deux pas de Busquash, où les décorations de Noël sont interdites à l'extérieur! Carew dépend de la ville d'Holloman. Aucune ordonnance municipale ne régit en principe la couleur des façades, mais les élus ont jugé que ça n'autorisait pas pour autant les propriétaires à repeindre ainsi leur maison. Les frères Warburton, furieux, ont voulu porter l'affaire devant les tribunaux, mais les avocats sont impuissants face aux ordonnances municipales. Je vous laisse imaginer le tableau si le dossier passait devant le juge Thwaites... Les Warburton ont argué du fait que la loi était infiniment plus permissive en Californie, ce à quoi on leur a répondu qu'ils n'avaient qu'à y retourner.

— J'imagine que la Nouvelle-Angleterre doit être un choc pour eux après la côte Ouest. Pas vrai, Aggie?

Je me demande bien pourquoi je n'en ai pas entendu parler.

— C'est arrivé au moment de l'assassinat de Martin Luther King. Vous aviez du pain sur la planche avec les émeutes raciales.

— Sûrement, reconnut-il en adressant un sourire charmeur à son interlocutrice avant de s'éclipser.

Il avait tout juste le temps d'y passer avant de rejoindre le centre commercial de Busquash.

En rangeant la Fairlane le long du trottoir, Carmine se prit à imaginer le 5 Curzon Close avec une façade zébrée. Quelle idée ! La maison se dressait sur un terrain de deux mille mètres carrés, et des parterres soigneusement entretenus apportaient la preuve que les deux frères aimaient les jardins anglais. Les plates-bandes, recouvertes de copeaux d'écorce en prévision de l'hiver, offriraient un spectacle grandiose au mois de mai. Le capitaine voyait mal un tel jardin s'accommoder de rayures noires et blanches. La porte d'entrée, laquée de rouge, apportait à la façade sa seule tache de couleur. Carmine en conclut que Robert et Gordon Warburton étaient d'aimables plaisantins qui avaient dû irriter plus d'un puritain local.

Il descendit de voiture et remonta l'allée pavée conduisant à la porte rouge. Il se trouvait à mi-chemin lorsque le battant s'écarta, laissant passer deux personnages. Carmine se figea, les inconnus l'imitèrent, et tous s'observèrent.

Les deux hommes avaient une trentaine d'années et l'allure absolument identique : même chevelure épaisse et fluide, bien coupée, dont la couleur châtain trahissait d'anciens enfants blonds. Des traits réguliers, un regard vert empreint de curiosité. Même taille et même silhouette mince, épaules et hanches étroites, pieds écartés à la façon de danseurs étoiles. Même polo, même pantalon de sport, mêmes mocassins. Si l'un n'avait pas été habillé en noir et l'autre en blanc, personne n'aurait pu les distinguer, fait rare à un âge où la similitude finit généralement par s'estomper.

Carmine exhiba son badge.

— Je suis Robert Warburton, se présenta le jumeau noir. Vous nous reconnaîtrez toujours à la couleur. Robbie porte des tenues sombres, Gordie des vêtements clairs.

Les jumeaux étaient légèrement efféminés. Carmine se demanda un instant si cette tendance se serait exprimée de façon plus marquée s'il n'avait pas été flic.

— Êtes-vous apparentés à Mlle Amanda Warburton? demanda-t-il à brûle-pourpoint.

Ils sursautèrent dans un même élan.

— Oui, acquiesça Robert, improvisé porte-parole du duo.

— C'est curieux, elle n'a pas évoqué votre existence hier soir. Elle avait pourtant besoin de la présence de proches.

— Rien de surprenant, pouffa Robert. Elle n'est pas au courant de notre présence à Carew.

— Cela vous ennuierait de m'expliquer pourquoi?

Robert et Gordon haussèrent les épaules d'un même mouvement.

— Vous savez ce que c'est que la famille, capitaine. Amanda appartient à la génération de notre père, même si la différence d'âge n'est pas si grande entre nous. Je trouve ça dommage, d'autant que nous sommes les trois seuls survivants du clan. C'est même ce qui nous a poussés à acheter une maison près de chez elle.

— Sauf que vous ne le lui avez pas dit.

Les jumeaux ouvrirent de grands yeux sans rien trouver à répondre.

— Je vous serais reconnaissant de l'avertir de votre présence ici, poursuivit Carmine. Elle est victime de persécutions de la part d'un inconnu. Son magasin de verrerie a été vandalisé à trois reprises en l'espace d'une semaine, elle a même été blessée hier soir. Nous avons du mal à comprendre les raisons d'un tel harcèlement, d'où ma présence ici.

— Waouh ! gémit Gordie.

— Vous voulez dire que vous nous soupçonnez ? demanda sèchement Robbie.

— Oui. Vous vous trouviez à Holloman ces jours-ci ?

— Eh bien, oui, reconnut Robert le noir.

— Disposez-vous d'un emploi, messieurs ?

Les visages des jumeaux s'illuminèrent.

— Les Marx Brothers sont-ils célèbres ? Olivia de Havilland est-elle la sœur de Joan Fontaine ? Nous sommes des vedettes de cinéma ! annonça fièrement Gordie.

— Heureux de constater que vous avez une langue, monsieur. Cela vous ennuierait de poursuivre cette conversation à l'intérieur ?

— La demeure d'un citoyen californien est son royaume, répliqua Robert. Désolé, capitaine, nous préférons rester ici.

— Pourquoi ? Que cachez-vous donc à l'intérieur ? Des cadavres ? Des dodos empaillés ?

La référence au volatile n'échappa pas aux jumeaux, qui préférèrent ne pas relever.

— Quel que soit le contenu de cette maison, ne comptez pas y pénétrer sans mandat, riposta Robert, le menton agressif, aussitôt imité par son frère. Les habitants de Nouvelle-Angleterre ont du mal à accorder leur confiance, je ne vois pas pourquoi les Californiens devraient se comporter autrement.

— Je m'inquiète au sujet de Mlle Warburton, reprit Carmine que cet échange amusait grandement. J'ose espérer que vous l'avertirez de votre présence ici, aujourd'hui ou demain.

— Notre carrière cinématographique ne vous intéresse donc pas ? s'étonna Gordie, vexé.

— Je ne vais pas au cinéma, rétorqua solennellement Carmine. Nous disposons de trois troupes de théâtre rien qu'à Holloman, et la Compagnie shakespearienne américaine est installée à Stratford, tout à côté.

— Beurk ! s'étouffa Gordie. Le théâtre n'est pas de l'art.

— Le cinéma n'en est pas non plus, riposta Carmine.

— Nous sommes jumeaux et acteurs, reprit Robbie le noir. Nous manions l'épée, nous pratiquons l'équitation, nous dansons, nous chantons. Le téléphone n'arrête pas de sonner depuis la sortie de *La Valse des vampires jumeaux* au printemps dernier. Nous avons l'âge, le sexe et le look requis. Sans être au niveau de Cary Grant, nous vivons confortablement.

— Et c'est uniquement la pointe de l'iceberg ! ajouta Gordie d'une voix aiguë.

— Tais-toi ! lui ordonna son frère.

— Comment peut-on être vedette de cinéma et vivre dans le Connecticut ?

— Posez la question à Paul Newman et Kirk Douglas, répondit Gordie.

— Nous possédons deux autres maisons, capitaine, expliqua Robert, qui avait manifestement l'habitude d'assurer le service après vente lorsque son frère se hasardait à des remarques indiscrètes. Une à San Diego que nous louons, une autre à Hollywood Hills qui nous sert de résidence lorsque nous sommes sur la côte Ouest. La Californie pour le boulot, le Connecticut pour le repos.

— L'un ou l'autre d'entre vous tient-il un journal ?

— Nous le rédigeons ensemble, répondirent-ils de concert.

— J'aurais dû m'en douter. Je vous demanderai de m'apporter ce bel ouvrage demain matin à 9 heures. Assurez-vous qu'il remonte jusqu'au début du mois de mars.

— Pourquoi? Qu'avez-vous à nous reprocher? s'enquit Robbie.

— J'ai besoin de votre aide dans le cadre d'une enquête. Nous avons un violeur en liberté dans les rues de Carew.

Il les salua d'un hochement de tête et rebroussa chemin sous leur regard horrifié.

Hank Murray attendait son visiteur dans son bureau.

— Un cappuccino? Un grand crème? proposa-t-il à Carmine en l'installant dans un fauteuil de cuir vert. Ursula va nous servir.

— Un cappuccino.

— Une viennoiserie?

— Ce ne serait pas de refus, monsieur Murray.

Cinq minutes plus tard, la secrétaire entrait dans la pièce, tenant à la main un plateau sur lequel reposait un chausson aux pommes, le péché mignon du capitaine Delmonico.

— Parlez-moi de ce cambriolage, commença ce dernier.

— C'est l'œuvre d'un employé, capitaine. Le voleur possédait les clés. Il est passé par l'entrée de service et n'a pas eu besoin de forcer la serrure de la pièce réservée au caissier.

— Vous possédez la clé de cette pièce, monsieur?

— Seigneur, non! J'ai celle du couloir de service, bien évidemment, mais pas celles des agences bancaires du centre commercial.

— Le sergent Jones vous a-t-il posé la question?

— Euh... non. À vrai dire, je n'étais pas avec lui lorsqu'il s'est rendu sur place.

Encore faudrait-il qu'il se soit déplacé, pensa Carmine en descendant à l'étage inférieur par l'escalier. Éviter les ascenseurs constituait pour lui l'une des parades contre la cuisine un peu trop riche de Desdemona.

Il pénétra dans l'agence bancaire en empruntant l'entrée du public. Une jolie petite agence, au sol et aux murs recouverts de marbre veiné de rose, de blanc, de vert et de gris. Les guichetiers attendaient le client derrière un comptoir du même marbre, un signal d'alarme installé à hauteur du genou droit. Seuls deux des cinq guichets étaient ouverts et aucun client ne faisait la queue.

Son badge doré lui permit de franchir la barrière électrique aménagée dans le comptoir et de se faire conduire jusqu'au grand bureau du fond où trônait le directeur, l'air lugubre.

— Ravi de vous voir, capitaine, l'accueillit Percy Lambert, un personnage grand et maigre, le cheveu rare, dont le visage trahissait des problèmes de digestion.

Carmine s'installa en face de son hôte en affichant un visage grave.

— Je suppose que la somme volée était la réserve d'argent liquide du lendemain? Répondez-moi comme si je n'étais au courant de rien, c'est ma technique de questionnement habituelle. À force de répéter les mêmes mots, la mémoire se réveille parfois, expliqua-t-il d'une voix douce.

— En effet, il s'agissait de la réserve du lendemain. Une telle somme suffit en temps ordinaire, et j'ai toujours la possibilité d'en obtenir davantage en m'adressant à l'agence principale de Cromwell Street, expliqua Lambert.

— Cela vous arrive souvent?

— Non, car je connais les jours de fortes demandes: les veilles de week-ends fériés, par exemple. Pour les week-ends ordinaires, je prends mes précautions, les autres agences étant fermées. Celle-ci a un statut particulier du fait de sa présence dans une galerie commerçante. La Fourth National possède également une agence dans ce centre, et nous nous arrangeons entre nous pour ouvrir un week-end sur deux. Les veilles de fêtes, nous répondons tous deux présents.

— Je vois. L'argent dérobé présentait-il des caractéristiques particulières? Des numéros de série qui se suivent, par exemple? S'agissait-il de billets neufs ou étaient-ils usagés?

Le visage du directeur s'allongea plus encore.

— Aucun marquage d'aucune sorte. Le rêve pour un cambrioleur.

— Montrez-moi les lieux.

La partie arrière de l'agence était séparée de l'espace ouvert au public par une cage joliment décorée, munie de barreaux dorés le long desquels grimpaient des guirlandes en relief. La cage elle-même mesurait trois mètres sur trois, le mur du fond occupé par une série de coffres à chiffres, équipés de poignées croisées. Une console horizontale courait le long des barreaux, la porte s'ouvrant sur la gauche.

— Nous avons immédiatement procédé au changement de la serrure, expliqua Lambert en faisant jouer le pêne à plusieurs reprises, et nous allons y ajouter un verrou à combinaison dont le code sera changé quotidiennement.

— Vous disposez d'une assurance, bien évidemment.

— Oui, oui.

Carmine se glissa péniblement à l'intérieur de la cage derrière Lambert, se promettant de se peser le jour même dans la salle de sport du commissariat.

— Nous ne disposons pas de coffres pour la clientèle, ni de salle blindée pour les fortes sommes d'argent, poursuivit Lambert. Je me serais plus volontiers attendu à un hold-up qu'à un cambriolage.

— Vous n'avez jamais été victime d'attaque à main armée?

— Jamais. Pas même une tentative.

— Le sergent Jones est-il repassé vous voir?

— Non. Je lui avais d'ailleurs déclaré le lendemain des faits qu'il avait peu de chances de découvrir le coupable. J'ai beau me creuser la cervelle, capitaine, je ne vois pas quand j'aurais pu oublier les clés de la cage, et encore moins les égarer.

— Vous les conservez en permanence sur vous?

— Non, c'est impossible, elles sont trop grosses. En outre, il y a sur le même trousseau les clés des guichetiers et celles des coffres que vous apercevez près du mur.

— Elles se trouvent donc dans un tiroir de votre bureau, et tout le monde le sait.

— Pas tout à fait. Je les range dans un coffre près de ma table de travail. Je suis le seul à connaître la combinaison du coffre en question.

— Dans ce cas, vous avez pris toutes les précautions nécessaires, monsieur Lambert. En ouvrant l'œil, vous repérerez peut-être quelqu'un qui en sait un peu trop sur les clés de cette agence, et sur la combinaison de votre coffre. Avez-vous été satisfait du sergent Jones? ajouta Carmine, d'un air indifférent.

— Aurais-je des raisons de ne pas l'être, capitaine?

— Simple question de routine. J'attends de vous une réponse franche.

— Eh bien, il s'est montré courtois et semblait connaître son affaire. Un reproche toutefois: il avait l'haleine chargée d'alcool, mais il s'en est excusé en m'expliquant que sa femme venait de le quitter et qu'il s'était laissé aller.

— Je vous remercie de votre compréhension, monsieur. Je ne manquerai pas de vous tenir informé, précisa Carmine en prenant congé.

Qui pouvait bien être le coupable? Murray semblait un candidat tout désigné, surtout depuis qu'il avait fait part à Carmine des tergiversations des propriétaires du centre en matière de sécurité. S'il n'y avait eu que les attaques contre Amanda Warburton, Hank aurait fait un suspect de choix, les actes de vandalisme lui fournissant un alibi rêvé pour s'attirer les bonnes grâces de cette femme séduisante. Il joignait l'utile à l'agréable en approchant Amanda, tout en passant un contrat avec Shortland Security. Il ne faisait aucun doute aux yeux de Carmine que le cambriolage et les attaques contre la boutique étaient le fait d'un seul et même malfaiteur. Le vandale, quel qu'il soit, n'avait initialement prévu qu'un passage au Nounours de Verre. L'idée des ordures était plus imaginative que les attaques suivantes. Les jumeaux? Non, ils étaient trop bêcheurs pour vandaliser quoi que ce soit. Mais alors, qui?

Un coup d'œil à sa montre indiqua à Carmine que les enquêteurs dépêchés par ses soins au Nounours de Verre se trouvaient encore à l'œuvre. Autant aller voir s'ils n'avaient rien découvert de neuf.

— L'équipe de nettoyage s'est chargée de détruire les indices que j'aurais éventuellement pu relever, lui expliqua Paul qui remballait le matériel déployé dans l'arrière-boutique d'Amanda. Ils ont usé et abusé des produits de nettoyage et des désodorisants; quant à la moquette, ils ont bien failli avoir sa peau à grand coup de shampooing. Le vandale avait apparemment laissé la boutique dans un état effrayant. M. Murray m'a confirmé qu'il avait fait appel à la société Whistle Clean.

Carmine fit la grimace, sachant que l'entreprise était spécialisée dans les cas désespérés.

— Ne te fais pas de bile, Paul. Cette pauvre femme avait besoin de ça pour se remonter le moral. Sinon, comment s'est comportée notre nymphette préférée, cette chère Helen MacIntosh?

Le visage rond de Paul s'éclaira d'une lueur amusée.

— Elle portait un tailleur qui aurait convenu à une bonne sœur, mais elle s'est bien débrouillée, Carmine.

Elle a fait le tour des commerçants, carnet et crayon en main, en charmant les hommes tout en sachant séduire les femmes. J'ai l'impression que le pétard que tu lui as accroché au derrière a produit son effet.

Elle les rejoignit à cet instant et déglutit péniblement en découvrant Carmine. Après avoir esquissé un salut militaire, elle se reprit et se mit au garde-à-vous.

— Repos, lui ordonna le policier. Alors, mademoiselle MacIntosh ? Qu'avez-vous découvert ?

— Pas de quoi remplir un rapport, capitaine, si ce n'est un détail intéressant que j'aurais aimé vous montrer, répondit-elle en se dirigeant vers la boutique.

Carmine la suivit en adressant un petit salut à Paul qui repartait. Elle s'approcha de la vitrine dans laquelle trônait l'ours de verre dans toute sa majesté.

— Avez-vous vu ses yeux ? Ils renferment des étoiles d'un bleu aussi profond que celui du Pacifique.

Carmine scruta longuement le regard de l'animal.

— Euh... magnifiques, en effet, balbutia-t-il. C'est tout ?

— Oui, capitaine.

Elle paraissait réellement impressionnée.

— Cet animal est une pure merveille, enchaîna-t-elle. Les ours sont rarement représentés avec une queue, mais celui-ci en possède une. Si vous l'examinez attentivement, vous remarquerez la signature du sculpteur : Lorenzo Della Fiori. L'un des grands maîtres du verre, le meilleur de son temps. Maître verrier à Venise, mais à Burano, et non à Murano. Il est mort assassiné il y a dix ans, à l'âge de trente-quatre ans. Le monde a perdu un génie ce jour-là.

Carmine ouvrit des yeux ronds.

— Comment savez-vous tout cela, mademoiselle MacIntosh ?

Elle baissa les yeux, affichant la mine modeste qu'elle devait affectionner lorsqu'elle s'adressait à un auditoire masculin.

— J'ai suivi des cours d'histoire de l'art à la pension de jeunes filles Procter, capitaine. On nous y enseignait la peinture, la littérature et la musique comme nulle part ailleurs. La théorie de Mlle Procter en matière d'éducation s'appuyait sur le fait que ses élèves feraient toutes de beaux mariages et qu'elles auraient tout le loisir de s'intéresser aux arts. Il faut bien s'occuper, dans une école privée de ce genre, une fois qu'on vous a donné des cours de maintien et enseigné les bonnes manières.

Carmine s'efforça de conserver son calme.

— Vous dites que cet ours vaut une fortune?

— Et même plusieurs fortunes. Observez bien ses yeux. Ce sont d'énormes billes, de couleur bleuet. Elles sont légèrement opaques sans être vitreuses. Vous ne trouvez pas cette opalescence extraordinaire?

— Si, reconnut-il, curieux de savoir où elle souhaitait en venir.

— Ce sont ces étoiles à six branches qui rendent les yeux si hypnotiques. Regardez, elles donnent l'impression d'être enfoncées profondément dans le verre, mais vous obtiendriez le même résultat si vous pouviez retourner la bille. Les étoiles semblent littéralement flotter dans l'espace. Quelle splendeur! s'écria-t-elle.

— J'imagine qu'il n'a pas dû être aisé d'insérer ces étoiles à l'intérieur du verre.

— C'est bien le plus curieux! réagit Helen, au comble de l'excitation. Personne n'a fabriqué ces yeux, capitaine. Il s'agit de saphirs étoilés.

— Seigneur! s'exclama Carmine en reculant instinctivement. À combien se chiffre une telle œuvre d'art?

— Il faut bien comprendre que de telles gemmes sont rarissimes, expliqua la jeune femme. Les saphirs étoilés sont habituellement d'un bleu-gris qui leur ôte une bonne part de leur valeur. La couleur idéale du saphir est le bleuet, comme les yeux de cet ours. Ils ont donc une valeur inestimable. S'il faut donner un chiffre pour une telle merveille, je dirais plusieurs dizaines de millions. Il s'agit d'une pièce de musée, et la seule façon d'établir sa valeur serait de la vendre aux enchères.

Carmine afficha un petit sourire.

— Mlle Procter vous enseignait également la gemmologie ?

— Voyons, capitaine ! C'est le b.a.-ba de l'éducation à la pension Procter. Citez-moi une seule jeune fille de bonne famille qui n'emporte pas une loupe de bijoutier dans son sac à main au cas où un soupirant lui offrirait un diamant.

— En effet, acquiesça Carmine en souriant. Nous nous trouvons donc en présence d'un trésor digne d'un musée exposé à la vue de tous dans une vitrine, et d'un vandale en liberté. Il a dû avoir un choc en apprenant la signature du contrat avec Shortland Security. Ce sont des as, et voler l'ours de verre est désormais impossible.

— Vous croyez que le type en avait après cet ours ?

— On dirait bien.

— Quand j'ai posé la question à M. Murray, il m'a répondu que Mlle Warburton serait de retour à la boutique cet après-midi. Elle ne souffre que de blessures superficielles.

— Combien d'objets ont finalement été cassés lors de la dernière attaque ?

— Un seul. Un bol des verreries d'Orrefors dessiné par un certain Bjørn Wiinblad. Les livres de comptes indiquent un prix de vente de mille dollars.

— Le vase n'a pas été abîmé ?

— Non, capitaine. Heureusement, car il s'agit d'une pièce aussi charmante que farfelue. L'art du verre est un univers extrêmement particulier. Aucune autre matière ne se prête autant à des créations originales, assura Helen.

— Étrange affaire, reprit Carmine. Essayez de vous mettre dans les petits papiers de Mlle Warburton tout en poursuivant l'enquête, et renseignez-vous sur elle. Il serait intéressant de savoir comment elle a pu entrer en possession de cet ours de verre. Il me faut également un rapport complet sur Robert et Gordon Warburton. Je veux tout savoir sur eux depuis leur naissance, et même avant.

L'expression obstinée de Carmine Delmonico indiqua à la jeune femme qu'elle devait renoncer à enquêter sur le Dodo.

— Très bien, capitaine, répondit-elle en affichant sa bonne volonté. Je m'en charge.

La chance sourit à Carmine. Il se garait sur le parking réservé aux services municipaux lorsqu'il vit arriver Morty Jones. Il attendit que celui-ci passe à hauteur de sa Fairlane banalisée – une excentricité tolérée par le préfet – pour l'intercepter. Morty sursauta en voyant son capitaine ouvrir la porte côté passager et lui adresser un signe en disant simplement :

— Monte.

Dans l'impossibilité de se défiler, le sergent obtempéra.

— Tu peux fumer si tu veux, précisa Carmine en examinant son passager de la tête aux pieds.

Le doute n'était plus permis, Morty buvait. Ce n'était pas tant son haleine qui le trahissait que ses mains agitées de tremblements et ses yeux chassieux. Vingt ans plus tôt, il était l'un des éléments les plus prometteurs du service. Danny Marciano, loin d'être un dinosaure à l'époque, avait consacré autant d'énergie à le former qu'il l'avait fait par la suite avec Nick Jefferson, le poussant à suivre des cours du soir à West Holloman tout en le mettant entre les mains de Virgil Simms, un coéquipier de rêve.

Les filles étaient folles de lui et une brillante carrière l'attendait dans la police. Joli garçon, grand, racé, Morty cultivait une gravité naturelle dont il disait en plaisantant qu'elle lui venait de lointains ancêtres gallois. Il avait passé son examen de sergent haut la main et s'était empressé, fraîchement marié et diplômé, de demander sa mutation à la brigade criminelle. Cette décision, tout comme la femme qu'il avait choisie, avait fait tiquer le capitaine Marciano, mais Morty s'était entêté, Ava l'ayant convaincu qu'une carrière d'inspecteur l'attendait. Il aurait fait n'importe quoi pour cette femme dont tous ses amis savaient qu'elle était une traînée. Mais comment le lui dire?

Il était déjà père d'un petit garçon, Bobby, lorsqu'il était entré à la Criminelle. Cette nomination l'avait tant comblé qu'il avait réussi à se satisfaire du lieutenant sous les ordres duquel il avait été nommé, Larry Pisano. Pourtant, il aurait pu mieux tomber. Vieillissant, aigri depuis que le poste de capitaine lui était passé sous le nez au profit de Carmine Delmonico, Pisano avait deux buts dans l'existence: sa retraite qu'il attendait avec impatience, et mettre des bâtons dans les roues de son rival. Entre autres stratagèmes, il s'était chargé de briser les illusions de Morty Jones en le mettant au courant des relations extraconjugales d'Ava. Le flic enthousiaste des débuts avait alors progressivement perdu sa bonne humeur et, plus grave aux yeux de Carmine, sa conscience professionnelle, jusqu'à négliger son travail.

— Je sais que tu traverses une mauvaise passe, Morty, commença-t-il sur un ton bienveillant, mais tu dois arrêter de boire.

— Je ne bois qu'en dehors du service, Carmine.

— Mon cul, oui. Depuis quelque temps, tu lèves le coude si régulièrement que le patron du Shamrock Bar a décidé de graver ton nom sur un tabouret de bar. Le Shamrock, nom de Dieu! Un bar de flics! C'est comme si tu dévalais des montagnes russes dans un wagonnet sans frein. Si tu ne décides pas d'arrêter, tu finiras en miettes, Morty! Je suis au courant de ton engueulade avec Ava, mais pense à tes gosses. Tu as des devoirs vis-à-vis d'eux. Que crois-tu qu'il se passera si le préfet découvre que tu bois ? Tu te retrouveras sans rien, sans retraite ni références pour obtenir un nouveau boulot. Tu es sous contrat, au cas où tu l'aurais oublié.

— Je ne bois pas pendant le service, s'entêta Morty.

— Tu en as parlé avec Corey ?

— Non, il a suffisamment de problèmes comme ça.

— Alors, parle-moi ! Je veux que tu redeviennes le flic que tu étais avant ! Réfugie-toi dans le boulot en oubliant tes problèmes personnels. C'est le meilleur moyen, Morty ! Tu peux y arriver. L'alcool ne t'aide pas à réfléchir, bien au contraire. Arrêter de boire doit devenir ta priorité absolue. Arrête, je t'en prie ! Si j'allais voir John Silvestri, tu serais viré dans l'heure. Mais j'ai choisi de ne pas lui en parler parce que je sais que tu peux t'en sortir. Delia t'a trouvé quelqu'un de bien pour gérer ta vie domestique, le temps de te battre contre tes démons. Bats-toi, bon sang !

Morty fondit en larmes avant de se confier à Carmine qui écouta son histoire, le cœur serré : l'annonce que ses gosses n'étaient pas de lui, les coups donnés à sa femme, l'absence d'Ava qui le minait… Ses gosses pleuraient, lui-même pleurait…

— Tu as entendu ce que je t'ai dit, Morty ? Tu devrais aller voir le Dr Corning, lui conseilla Carmine. Tu as besoin d'aide.

— Le psy du service ? Pas question !

— Tu vas pourtant y aller, et je vais en parler à Corey. Le Dr Corning est un type bien.

Pour toute réponse, Morty ouvrit la portière et quitta précipitamment la voiture.

Corey se trouvait dans son bureau, en pleine discussion houleuse avec Buzz Genovese.

— On reprendra plus tard, déclara-t-il en voyant le visage sombre de Carmine.

Buzz adressa un sourire à celui-ci et s'éclipsa. Le capitaine s'assit face à son lieutenant. Ce n'était pas le moment de le toiser en restant debout.

— Que veux-tu ? demanda ce dernier avec agressivité.

— Sors-moi un formulaire 1313, répliqua Carmine.

— Quoi ?

— Tu m'as entendu, Cor.

— Mais pourquoi, bon Dieu ?

— Tu devrais plutôt me demander pour qui, mais tu connais déjà la réponse : Morty Jones. Il est plus que temps de l'envoyer consulter le Dr Corning.

Au sein du service, tout le monde s'amusait du fait que le juif Abe Goldberg avait des allures de patricien anglo-saxon alors que le très Anglo-Saxon Corey Marshall ressemblait à un juif. Et le temps accentuait encore cette impression. Ce dernier avait perdu du poids depuis que Maureen se passionnait pour les régimes et son visage s'était allongé, mettant en valeur son nez courbé. L'ombre de barbe qui ne le quittait jamais semblait dessinée au bouchon brûlé. Sous l'effet de la colère, ses yeux lancèrent des éclairs.

— Tu racontes n'importe quoi, Carmine ! Morty va très bien !

— Arrête un peu. Tu es aveugle ou quoi ? Tu as perdu l'odorat ? Morty boit pendant le service et il s'est mis dans un sacré pétrin, répondit calmement Carmine. Si je m'en suis aperçu, tu t'en es forcément rendu compte, puisqu'il travaille sous tes ordres.

— Exactement, et c'est mon affaire ! s'énerva Corey. Je n'ai pas besoin que mon chef de service s'en mêle. Morty ira bien dès qu'Ava sera rentrée au bercail, pas besoin de psychiatre pour ça.

— Je ne crois pas qu'Ava reviendra un jour. Elle va demander le divorce et nous devons agir avant qu'elle le fasse. Sors-moi ce formulaire, Corey. C'est un ordre.

— Il faudrait que je sois d'accord, et ce n'est pas le cas. À mon avis, Morty est fichu si on l'envoie chez un psy.

Carmine leva les bras au ciel.

— Seigneur! Qu'avez-vous tous contre les psychiatres? Le Dr Corning a empêché une bonne demi-douzaine de flics de perdre leur job, ou pire. Le taux de criminalité n'arrête pas de grimper dans le pays, ce qui fait baisser mécaniquement la proportion de flics qui se suicident, mais c'est un effet d'optique, tu le sais très bien. Je suis convaincu que Morty souffre d'une grave dépression. Il a besoin de médicaments, pas de whisky.

— Je m'occuperai personnellement de son problème d'alcool, Carmine, riposta Corey, mais je refuse de signer ce formulaire.

Son supérieur se leva et quitta la pièce. C'était vrai, il avait peut-être eu tort de parler de suicide en évoquant le cas de Morty, mais pourquoi donc les gens détestaient-ils autant les psychiatres?

Delia regagna le bureau en fin d'après-midi.

— J'en ai terminé avec les interrogatoires, annonça-t-elle. Hormis les jumeaux qui doivent venir ici demain matin. Souhaitez-vous que je m'en charge?

— Vous êtes la bienvenue si vous voulez assister à l'entretien, mais je me ferai un plaisir de les interroger personnellement, répliqua Carmine.

— En attendant, je vais voir quels cadavres je peux trouver dans leurs placards californiens, ajouta Helen d'une voix légère en adressant un signe de la main à Delia.

— Des éléments intéressants? interrogea Carmine en se tournant vers cette dernière.

— Je sais à présent de quoi vit Marcia Boyce, répondit la jeune femme en s'asseyant. Elle dirige une agence de secrétariat de direction sur Cromwell Street. Les filles qu'elle emploie sont spécialisées dans des domaines très pointus : les engins spatiaux, la physique et la chimie organique de très haut vol, les thèses de médecine et de mathématiques. Les secrétaires de chez Boyce coûtent cher, mais vous pouvez être assuré de la qualité du résultat. Elle recrute principalement ses clients à Chubb ou à l'université du Connecticut, comme dans les établissements supérieurs d'autres États. Il est rare qu'une fille reste en poste plus de six mois, car les subventions fédérales ont une durée limitée ; elle retourne alors chez Marcia Boyce. Cela dit, certains Prix Nobel restent fidèles aux secrétaires de l'agence pendant des années.

Delia avala une gorgée de café avant de reprendre, une moue aux lèvres :

— Si Richard Nixon est élu en novembre, les subventions attribuées à la recherche risquent de diminuer. Les présidents du Parti républicain s'intéressent peu aux avancées de la science, sauf dans le domaine de l'armement. La recherche pure risque fort de disparaître si les politicards de Washington refusent de voir que le progrès technique en dépend. D'après Mlle Boyce, tout le monde dépense actuellement l'argent public octroyé par l'administration Johnson comme s'il s'agissait du dernier repas du condamné.

— Tout ça est passionnant, Delia, mais sans rapport avec notre enquête.

— Oh, je suis désolée ! s'excusa-t-elle, les yeux taquins dans leur cadre de mascara. Mlle Boyce s'inquiète sincèrement au sujet de Mlle Warburton, sans voir de solution concrète au problème. Même à l'époque où les habitants de Busquash ont fait tout ce tintouin autour de la construction de cette tour, Mlle Boyce affirme que son amie Amanda n'a jamais fait l'objet de menaces particulières. Elle la croit plutôt « persécutée par une présence maléfique », selon ses propres termes. Elle prétend qu'un sadique la harcèle.

À son avis, le vandale ne s'intéresse pas aux verreries d'Amanda, il lui en veut personnellement.

— Que pense-t-elle de Murray?

— Elle ne croit pas un instant que ce soit lui le coupable.

Delia reposa son mug de mauvais café à regret.

— À vrai dire, Carmine, je vois mal qui d'autre qu'un psychopathe pourrait en vouloir à cette pauvre femme.

— Ce en quoi vous vous trompez, mademoiselle Carstairs, répliqua Carmine, avant de lui dévoiler la valeur de l'ours de verre.

— Vraiment? s'exclama-t-elle. Et c'est Helen qui a découvert tout ça?

— Grâce à l'excellente éducation dispensée par la pension Procter. Du moins le prétend-elle. Helen MacIntosh aime bien chambrer les gens, un trait de caractère qui la rend plutôt sympathique à mes yeux. On peut affirmer sans se tromper que cet ours a une valeur de plusieurs dizaines de millions de dollars.

— Mlle Warburton le sait-elle?

— Apparemment pas. J'ai mis Helen sur l'enquête, histoire de voir comment elle s'en tirerait. Notre chère stagiaire se sentira certainement plus à l'aise dans les affaires de la bourgeoisie locale.

— Ce serait logique, approuva Delia. Nick me manque!

— Il me manque aussi, même si je lui reproche de ne pas se donner davantage de mal avec Helen. Cela dit, Abe affirme que Nick fait des étincelles à Hartford, sans compter qu'il est issu de la diversité.

— Comment voulez-vous qu'un gamin du ghetto d'Argyle Avenue apprécie la fille de MM? Surtout avec le caractère de celle-ci. Elle finira par perdre de son arrogance et de sa supériorité, mais ça ne doit pas être facile pour Nick de la supporter; il a dû travailler dur pour obtenir ce qui tombe tout cru dans le bec d'Helen.

— Je sais bien, Delia.

Les frères Warburton se firent remarquer avant même de pénétrer dans les locaux de la police, le gardien du parking réservé au personnel municipal ayant signalé que deux jumeaux d'allure étrange refusaient de quitter leur Bentley si on les obligeait à se garer dans la rue. Il reçut l'ordre d'accéder à leurs désirs, et les Californiens rejoignirent peu après le bureau de Carmine en affichant un air suffisant.

Vêtus avec beaucoup de recherche pour un jour d'automne aussi frisquet, ils portaient tous deux des imitations fabriquées à Hong Kong de costumes trois-pièces Savile Row. Robert en avait choisi un bleu marine, rehaussé par une cravate de Stanford sur une chemise rayée Turnbull & Asser, Gordon optant pour un costume gris, une chemise de soie blanche et un foulard brodé. Les deux frères traînaient dans leur sillage un fort parfum d'eau de toilette de luxe, les joues satinées par le feu du rasoir. Carmine les soupçonna de s'être brossé les sourcils après les avoir épilés. Deux dandies de première.

— De quelle couleur est votre Bentley? s'enquit-il après les avoir salués.

— Gris étain, répondit Robert, avec des banquettes de cuir blanc.

Carmine leur présenta Delia, puis les invita à le suivre jusqu'à la grande salle d'interrogatoire où il s'installa face à eux avant d'enfiler des lunettes qui lui donnaient un air docte. Les Warburton rédigeaient leur journal dans un grand cahier recouvert de fausse fourrure de zèbre sur laquelle figurait la mention « 1968 » en grosses lettres dorées. Ils consacraient une page à chaque jour qui s'écoulait.

— Laissez-moi vous préciser tout d'abord que l'un de mes meilleurs et plus vieux amis se trouve à Los Angeles. Myron Mendel Mandelbaum, lança-t-il en guise de coup de semonce.

Le missile produisit un effet stupéfiant, les jumeaux affichant simultanément la surprise, le respect, le ravissement, voire un soupçon de calcul. Dans leurs yeux brillaient soudain des étoiles qui n'étaient pas sans rappeler celles d'un certain ours de verre. *Des étoiles plein les yeux, au sens propre*, se dit-il.

— Il m'a confirmé que vous étiez la coqueluche d'Hollywood. Je me suis également entretenu avec votre agent. Celui-ci m'assure que vous êtes arrivés au stade où il vous est possible de choisir parmi les rôles qu'on vous propose à l'écran. Idem pour la publicité à la télévision.

Les Warburton démontrèrent sur-le-champ leurs qualités de comédiens en affichant à la fois fierté et modestie.

— C'est un immense honneur de recevoir l'aval du grand Myron Mendel Mandelbaum, approuva Robert en chassant une larme d'un battement de cils. Un dieu inaccessible qui règne sur une armée de laquais depuis le palais qu'il occupe, tel Zeus sur l'Olympe, au sommet de Mulholland Drive, les myriades de lucioles de l'univers à ses pieds !

— Je l'image plus volontiers noyé dans un nuage de pollution, mais passons, remarqua Carmine. Assez joué. Où étiez-vous le 3 mars dernier ?

Gordon tourna les pages du cahier qu'il tendit à Robert.

— Nous nous trouvions à Holloman.

— Tous les deux ?

Ils lui adressèrent un regard de détresse.

— Nous ne nous quittons *jamais* !

— Le 13 mai ?

— Holloman. Dans l'intervalle, nous avons tourné à L.A. notre plus grand succès, *La Valse des vampires jumeaux*.

— Un succès de série B. Le 25 juin ?

— Holloman.
— Le 12 juillet?
— Nous étions dans l'avion, de retour de L.A.
— Le 3 août?
— En vacances dans le parc de Yosemite.
— Pouvez-vous en apporter la preuve? Des factures, par exemple?
— Bien sûr.
— Le 31 août?
— Nous étions en Alaska, sur le tournage d'une publicité pour un après-rasage.
— Pourquoi l'Alaska?
— La fraîcheur d'un après-rasage *coooooool*, minauda Robert.
— Le 24 septembre?
— Holloman.
— Avez-vous été absents d'Holloman ce mois-là?
— Nous n'avons pas bougé depuis notre retour d'Alaska le premier week-end de septembre, à l'occasion de la fête du Travail. Nous avons décidé de rester dans le Connecticut pour profiter des couleurs de l'automne.
— C'est plutôt en octobre qu'il faut venir ici.
— Nous avons pu nous en apercevoir, merci.
— Pourquoi le parc de Yosemite? Vous ne me faites pas l'impression de jeunes gens attirés par la nature.
— Il ne faut jamais juger trop vite, s'interposa Gordie, ce qui lui valut un regard courroucé de son frère.
— Vous aimez lire? demanda Delia.
— Plus ou moins, répondit Robert.
— Des romans?
— Seulement si on nous en propose une adaptation filmée.
— Si vous vous trouviez dans une pièce contenant un millier d'ouvrages de toutes sortes, insista Delia, quel genre choisiriez-vous?

— Mille livres ? Ce serait une bibliothèque, avec différentes sections. J'irais droit aux bouquins consacrés au cinéma.

— Le violeur de Carew est un lecteur invétéré, expliqua Carmine, déclenchant chez les jumeaux un mélange d'horreur et de terreur.

— Vous ne nous prenez tout de même pas pour des violeurs ! s'écria Robert en ponctuant sa phrase du même petit cri que son frère.

— Sérieusement, non, messieurs. En revanche, je suis curieux de savoir jusqu'à quel point vous êtes semblables. Vous avez beau être aussi homozygotes qu'on peut l'être, vous n'en êtes pas moins deux êtres différents.

Carmine marqua une légère pause avant de poursuivre d'une voix menaçante :

— Il existe forcément de nombreuses différences entre vous, mais vous vous appliquez à les gommer avec un talent rare. Vous êtes des acteurs nés, en dehors même de votre métier. Je veux bien que vous entreteniez des liens invisibles, et même une certaine capacité à lire dans vos pensées respectives, mais vous êtes *deux*. Oubliez votre mimétisme un instant et montrez-moi le vrai Robert et le vrai Gordon. Je peux déjà vous dire ceci : Robert réfléchit avant de parler, alors que Gordon parle avant de réfléchir.

Un double ricanement lui répondit.

— Vous croyez vraiment, capitaine ? l'interrogea Robert. Cette histoire de parler et de réfléchir dépend peut-être de notre façon de nous habiller. Qui sait si celui qui s'habille en clair, qu'il s'agisse de Robbie ou de Gordie, n'est pas celui qui parle avant de réfléchir ? Les couleurs possèdent un pouvoir sur les êtres, ce n'est pas à vous que je l'apprendrai. Qui sait ce qui s'est passé le jour où la municipalité d'Holloman nous a interdit d'équilibrer la façade de notre maison entre les forces de l'ombre et celles de la lumière ?

— Oh, assez de conneries! s'emporta Carmine, excédé. Vous n'avez peut-être rien à voir avec le Dodo, mais vous formez une belle paire de coucous!

Amanda boitait légèrement, du fait de sa hanche meurtrie, lorsqu'elle retourna au Nounours de Verre. Elle avait absolument tenu à s'y rendre en voiture, en compagnie de Frankie et de Winston. Hank l'attendait devant la place de parking qui lui était réservée, prêt à l'aider à monter les escaliers.

— Heureusement que j'ai une autre pièce signée Bjørn Wiinblad en réserve. Un vase, et non un bol, annonça-t-elle en désignant de gros cartons empilés contre le mur de l'arrière-boutique. Si vous pouviez le sortir de son carton et me le donner, je vous en serais très reconnaissante.

Lorsque Hank quitta le magasin quelques minutes plus tard, le vase avait trouvé sa place, le chat Kosta Boda était de retour sur son présentoir et les deux animaux domestiques de la propriétaire étaient sagement allongés en vitrine. Le gérant s'éclipsa avec un geste de la main, après avoir promis à Amanda de venir chez elle ce soir-là avec un repas chinois. Pourquoi ne pouvait-elle se résoudre à tomber amoureuse de lui? Marcia avait raison, il représentait un parti idéal pour une femme seule, mais elle ne parvenait pas à éprouver un autre sentiment que de l'amitié à son endroit.

La matinée s'écoula paisiblement, marquée par la vente de plusieurs séries de verres à vin à des clientes aux goûts très divers; l'une d'elles s'était enthousiasmée pour des verres en cristal soufflé d'une finesse incroyable, une autre avait fixé son choix sur du verre caboche Waterford, une troisième sur des verres Murano à liseré d'or.

Amanda s'aperçut, en sentant gronder son estomac, qu'elle avait oublié de prendre de quoi grignoter. Elle n'avait d'ailleurs rien à la maison, faute d'avoir trouvé la force d'aller faire les courses. Qu'importe, cela ferait le plus grand bien à sa ligne de sauter un repas.

Au même instant, la porte de la boutique s'ouvrit en carillonnant. Elle leva les yeux et découvrit une grande et belle jeune femme, vêtue d'un tailleur bordeaux, s'avancer vers elle, les bras chargés.

— Pourriez-vous me dégager un peu d'espace sur le comptoir? demanda-t-elle en zigzaguant adroitement entre les tables et les présentoirs.

— Bien sûr, acquiesça Amanda, surprise.

— Parfait, répondit la jeune femme à l'abondante chevelure carotte.

Elle déposa sur le comptoir plusieurs sachets de papier brun et une thermos.

— J'imagine qu'on doit pouvoir acheter à manger dans ce centre commercial, mais je n'en étais pas certaine, alors j'ai préféré prendre tout ce qu'il fallait chez Malvolio's, y compris le café. Auriez-vous des assiettes, ou bien préférez-vous que l'on teste vos plats en verre?

Amanda ne savait plus si elle devait rire ou reculer d'horreur. Le chat et le chien décidèrent à sa place en se précipitant d'un bond vers la visiteuse.

— Je suis Helen MacIntosh, de la brigade criminelle d'Holloman, s'expliqua cette dernière. Je viens vous mettre sur la sellette. J'espère que vous aimez les sandwichs au rosbif, au moins.

— Non seulement j'aime ça, mais j'ai faim et j'avais oublié de me munir d'un déjeuner, répondit Amanda en se levant. Je vais chercher des assiettes, des mugs et des couverts.

Le déjeuner s'avéra délicieux, et Helen si avenante qu'Amanda en arrivait à redouter que cette jeune femme solaire aille irradier quelque autre lieu, une fois leur entretien achevé.

L'interrogatoire, mené sur le ton de la conversation, s'étendit sur plusieurs heures, rythmé par les interruptions des clients auxquels Helen faisait croire qu'elle était une employée.

— J'ai un message pour vous de la part du capitaine Delmonico, déclara-t-elle, une fois les reliefs du repas écartés, profitant d'un répit entre deux acheteurs.

— Il est très différent du sergent Jones, remarqua Amanda.

— Autant comparer une flûte de Veuve Cliquot à de l'alcool de camphre. Il souhaitait vous avertir que vos neveux, Robert et Gordon, vivent à Carew depuis plus de huit mois.

L'annonce fit l'effet d'un choc.

— Impossible !

— C'est pourtant vrai.

— Pourquoi ne m'ont-ils rien dit ? Pourquoi ne sont-ils jamais passés me voir ?

— Le capitaine pense que c'est dans leur nature. Chaque jour qui s'écoule sans que vous vous doutiez de leur présence ici est une façon pour eux de rire à vos dépens. Il estime que ce n'est pas plus méchant que ça, et qu'ils n'ont rien à voir avec le vandale.

— Auriez-vous leur numéro de téléphone ?

— Bien sûr. Je vous le laisserai en partant. Votre boutique est magnifique. Tous mes problèmes de cadeaux de Noël sont résolus. Cette urne, là-bas, avec ces plumes de paon dessinées dans le verre ! C'est si rare d'obtenir des teintes métalliques irisées avec du verre. Mon père va l'adorer ! Il l'installera sur la colonne qui se trouve dans son bureau.

Amanda rougit brusquement.

— C'est-à-dire... cette urne coûte très cher, Helen. Il s'agit d'une pièce unique signée Antonio Glauber, précisa-t-elle d'une petite voix.

— Très cher ? s'inquiéta Helen.

— Quinze mille dollars.

— C'est *tout* ? J'avais peur que vous me disiez cent mille. Vous pouvez lui coller une étiquette rouge.

Amanda ouvrit des yeux aussi ronds que ceux de son ours de verre.

— Je... vous êtes... vous pouvez vraiment vous le permettre, Helen?

— Je reçois une rente annuelle d'un million de dollars, la rassura la jeune femme avec désinvolture. Je n'ai pas l'habitude de jeter l'argent par les fenêtres, mais il est tellement difficile de trouver des cadeaux susceptibles de plaire à des parents qui ont tout ce qu'ils veulent... Cette urne est de toute beauté. Mon père sera ravi.

— Elle est à vendre, bien évidemment, mais j'avoue que je n'espérais pas la voir partir un jour, réagit Amanda d'une voix rauque. On s'attache aux pièces uniques. D'un autre côté, les affaires marchent si fort depuis mon installation ici que je pourrai m'autoriser un petit voyage, l'été prochain, histoire de me réapprovisionner.

— Pourquoi ne mettez-vous pas un prix à votre ours de verre? C'est une pièce de musée.

— Jamais je ne le vendrai.

— Personne ne pourrait l'acheter, de toute façon. Pour quelle somme est-il assuré?

— Deux cent cinquante mille dollars.

Helen écarquilla ses yeux bleus.

— Mais... c'est ridicule! Il vaut infiniment plus!

— Il vaut ce que je veux, Helen. Si je l'assurais pour un montant supérieur, il finirait dans un coffre et personne ne pourrait jamais l'admirer. Lorenzo ne l'a pas conçu pour qu'il reste caché. Il l'a fait spécialement pour moi, c'est une pièce unique dont je ne me séparerai jamais.

Helen jugea préférable de ne pas insister, sentant qu'elle abordait un sujet sensible. Le mieux était encore de se mettre à quatre pattes et de jouer avec Winston et Frankie. Son enquête était loin d'être terminée. Pas question de perdre sa meilleure source d'information sur les jumeaux. Il lui suffisait de passer voir Amanda deux fois par semaine, à l'heure du déjeuner. Pour une fois qu'elle appréciait sincèrement un témoin!

— Vous trouvez ça normal?

Amanda posait la question à Hank avec lequel elle partageait le repas chinois promis ce soir-là dans son appartement.

— Ils sont là depuis huit mois, et pas un signe de leur part! J'ai appelé Robert et je peux vous dire que je n'ai pas mâché mes mots! Ces deux-là ne changeront jamais. Des gamins narcissiques et égocentriques. Le malheur, Hank, c'est qu'ils sont supérieurement intelligents. Ce n'est pas une simple formule: Robert a le don de jouer avec les mots comme un chat avec une pelote de laine, et Gordon est un grand peintre. Tous les deux possèdent une fibre artistique poussée, mais croyez-vous qu'ils mettent en valeur leur talent? Jamais de la vie! Ils se contentent de traîner dans les studios de cinéma en accumulant les petits boulots. Ça me rend folle! Ils ont assassiné leurs parents, ajouta-t-elle d'une voix rauque.

Hank en laissa retomber les nouilles qu'il tenait à l'extrémité de ses baguettes. Il reposa celles-ci et regarda sa compagne, éberlué.

— Je vous demande pardon?

— Vous m'avez parfaitement entendue! Ils ont poussé leur père du haut d'un escalier lorsqu'ils avaient huit ans avant d'empoisonner leur mère à l'arsenic quand ils ont compris qu'elle ne leur était plus d'aucune utilité.

— Waouh! s'exclama Hank en piochant à nouveau dans son plat de nouilles. J'en déduis qu'ils ont échappé à la justice?

— Oui, soupira-t-elle. Que dois-je faire de mon argent?

Il émit un petit rire étrange.

— J'ai du mal à vous suivre, Amanda. Vous voulez parler de votre héritage?

— Oui. Ces deux cinglés sont mes seuls héritiers, mais à qui léguer mon argent si je les déshérite? La SPA? La fondation contre la cruauté envers les animaux? Un refuge pour les ânes en fin de vie?

— Ou alors un pauvre gérant de centre commercial sans le sou, plaisanta Hank.

Elle poussa un cri et serra les mains d'un geste tragique.

— Je m'en doutais! Vous êtes sans le sou, Hank! Vous pouvez m'accorder votre confiance! Dites-moi la vérité.

Il avala péniblement sa bouchée de nouilles, à la façon d'un animal traqué.

— Je donnerais ma vie pour vous, Amanda. Pour ce qu'elle vaut... Mon ex-femme a dû être internée et toutes mes économies y passent. Ce genre d'institution coûte une fortune. Curieusement, les assurances sociales remboursent tout, sauf les troubles mentaux. Comme si le cerveau était inoxydable.

— Mon Dieu, Hank! C'est horrible! Que s'est-il passé?

— Nous avons divorcé... dans la douleur pour elle, pas pour moi. Ses sautes d'humeur m'effrayaient de plus en plus. Un jour, elle est passée à la maison sous un prétexte quelconque. Une photo qu'elle avait oubliée, je crois. D'après les psychiatres, on a tendance à oublier ce dont on devrait justement se souvenir. Quoi qu'il en soit, c'était un simple prétexte de sa part. Elle s'est ruée sur moi avec un couteau et je me suis défendu. Nous avons tous les deux été blessés, et c'était à qui aurait la version la plus convaincante. Ses amis n'ont guère apprécié que les flics aient tendance à me croire davantage qu'elle, et elle avait des amis haut placés. En fin de compte, nous ne sommes pas allés jusqu'au procès car son état mental s'est détérioré, mais j'ai compris. À moins de payer sa pension dans un asile privé, je risquais de me retrouver au tribunal. J'ai opté pour la solution de facilité, je le sais. J'aurais probablement été acquitté, mais comment en avoir la certitude? Il n'y a pas prescription en cas de meurtre, et elle paraît complètement inoffensive aujourd'hui. N'importe quel jury populaire ne verrait en elle qu'une malheureuse victime. Alors je continue à payer.

— Hank! s'écria Amanda en se dandinant. Je savais que vous étiez dans la panade! Acceptez d'aller au procès, Hank, je vous en conjure. Vous serez acquitté. Sans compter qu'il n'y a pas eu meurtre, mais tentative de meurtre.

Il fit le dos rond.

— J'en suis incapable, Amanda. Incapable!

Quel garçon charmant, pensa-t-elle en l'observant. *Il est timide, ça risque de se voir au moment du procès. S'il y a procès... Les amis de sa femme prennent un malin plaisir à se venger de lui en le maintenant dans la misère.*

— J'aimerais pouvoir vous aider, soupira-t-elle.

— C'est inutile. Lisa finira par mourir, et mes ennuis avec. Elle souffre d'insuffisance rénale.

— Accepteriez-vous que je vous prête de l'argent? suggéra-t-elle. Je pourrais vous aider à payer les frais d'internement.

Il prit les mains d'Amanda dans les siennes, les yeux brillants.

— Je vous remercie, Amanda, mais c'est impossible. Je ne suis pas quelqu'un de fort, mais je ne peux pas vous laisser m'aider.

— Je gagne bien ma vie et j'ai deux millions d'économies, avoua-t-elle d'une voix chaleureuse. Je ne suis pas amoureuse de vous, mais je vous considère comme un ami. Nous en reparlerons dans six mois. Si jamais elle tombe gravement malade, vous devrez assumer de lourdes dépenses. N'hésitez pas à vous adresser à moi, d'accord?

Hank Murray, ragaillardi, serra les doigts d'Amanda.

— D'accord, opina-t-il avec une ébauche de sourire.

Puis il porta les mains d'Amanda à ses lèvres.

1968

Mardi 15 octobre - lundi 4 novembre

Mardi 15 octobre

Mince, élégante et jolie, Prunella Balducci approchait de la trentaine. Elle avait sonné à la porte des Delmonico en début d'après-midi et Desdemona ne savait comment réagir en l'absence de Carmine. Comment une jeune femme aussi belle pouvait-elle gagner sa vie en s'occupant d'une famille à problèmes?

Gênée, Desdemona la conduisit dans la tourelle surmontée d'un belvédère où se trouvait sa chambre.

— Oh, c'est merveilleux! s'écria Prunella. Vous êtes bien certaine que votre fille ne souhaite pas revenir d'ici Noël?

— Elle est en première année de médecine à Paracelsus et ne tient pas vraiment à ce que ses condisciples sachent qu'elle est de la région, lui expliqua Desdemona.

— J'imagine aussi qu'il lui faut le temps de s'habituer à l'université, après le lycée. Elle a raison. Avec qui partage-t-elle sa chambre?

— Une jeune boursière noire de Chicago, pauvre comme Job. C'est un autre trait de Sophia: le mari de sa mère lui verse une rente importante, mais elle est extrêmement susceptible sur ce point et ne veut pas passer pour une fille de riches. C'est la première année que Paracelsus accepte des filles, il y en a cinquante sur le campus. Mais vous devez savoir que Chubb fait de même?

— Bien sûr. Continuez, madame Delmonico.

— Appelez-moi Desdemona. Cette année, Paracelsus n'a donc pris que des filles en première année et je crois que Sophia est heureuse d'avoir Martina comme camarade de chambre. Elles aiment les mêmes groupes musicaux : les Beatles, les Rolling Stones, Elvis, et beaucoup d'autres dont j'ai oublié les noms. La musique aide visiblement à tisser des liens. Elles se destinent toutes les deux à devenir chirurgiennes, vous savez à quel point c'est un rêve inaccessible. Je soupçonne Sophia de vouloir venir passer Noël ici avec Martina, les billets d'avion pour Chicago coûtent cher.

Elle posa dans un coin de la pièce la valise de la nouvelle gouvernante et lui sourit.

— Une tasse de café avant de réveiller mes petits monstres? Une fois n'est pas coutume, Julian a bien voulu faire la sieste aujourd'hui. Mais je vous préviens : les hostilités débutent dès qu'il ouvre l'œil !

Desdemona ne tarda pas à s'apercevoir que Julian avait trouvé en Prunella une adversaire digne de lui. Conscient de son pouvoir de séduction, il se lança dans une offensive de charme dès son réveil.

— Génial ! s'exclama-t-il. J'ai pas besoin d'aller à l'aviron !

— L'aviron?

— Oui, reconnut Desdemona, désespérée d'avoir oublié cette sortie. Je viens de comprendre, Prunella. Julian a dormi tard exprès pour échapper à cette corvée. En contrepartie, nous aurons toutes les peines du monde à le mettre au lit ce soir.

Elle fusilla du regard son aîné qui posa sur elle des yeux innocents dignes des chérubins de Raphaël.

— L'année dernière, je me suis rendu compte que je me laissais aller physiquement. Je n'arrivais pas à retrouver ma ligne après ma seconde grossesse, jusqu'au jour où Carmine est arrivé à la maison avec un kayak à deux places. Je marchais beaucoup autrefois, mais je n'ai pas la force de porter Julian, ça me casse le dos, et Carmine a pensé que l'aviron me ferait du bien. Il avait raison. Je m'assois à l'arrière du kayak en installant les deux petits à l'avant avec des harnais de sécurité. De toute façon, Julian nage comme un poisson. Il se sert d'une petite pagaie, c'est bon pour ses bras et ses épaules, et Alex reste couché dans un petit berceau. Le problème, c'est que je n'ai pas l'énergie de pratiquer ce sport régulièrement. Ce matin, j'ai effectivement menacé Julian de l'emmener s'il n'était pas sage.

— Dois-je comprendre que tu n'as pas été sage, Julian ? demanda Prunella.

— Je ne suis jamais sage, répliqua gravement le petit garçon.

— Dans ce cas, Desdemona, pas question de sauter la séance d'aviron. Je sais que vous n'en avez pas l'envie, mais l'exercice et l'air frais vous feront le plus grand bien, décida Prunella.

— Oh oui, maman, va te promener en bateau, supplia Julian d'une voix d'ange. Je n'aurai qu'à rester m'amuser ici avec Prunella.

— Non, non, Julian. Tu vas partir en bateau avec maman pendant qu'Alex reste ici avec moi.

Le garçonnet planta fermement ses pieds dans le sol.

— Je veux pas y aller, alors j'irai pas !

— Ce n'est pas une bonne raison, réagit Prunella.

Elle saisit l'enfant d'une main et se tourna vers sa mère, au bord des larmes.

— Allez, Julian ! Au kayak avec maman ! Aujourd'hui, personne n'y échappe.

Les cris et les coups de pied n'y firent rien. Soulagée de voir Prunella prendre le relais, Desdemona gagna le petit hangar à bateau. En apercevant le kayak, son fils passa à l'affrontement physique et envoya un coup de pied dans le tibia de Prunella. L'instant suivant, il se retrouvait les fesses par terre sous le rire moqueur de la gouvernante.

— Relève-toi, Julian, lui conseilla-t-elle. Tu as l'air bête, comme ça.

— Maman ! Elle m'a fait un croche-pied !

— Tu l'as bien mérité, répliqua celle-ci, la gorge nouée.

Résister devenait brusquement plus facile du fait de la présence d'une autre adulte, habituée à gérer les humeurs des enfants récalcitrants. Prunella avait réussi à blesser Julian dans sa dignité ; son ego mettrait plus longtemps à s'en remettre que son postérieur.

Desdemona mit l'embarcation à l'eau en un temps record, assistée par un Julian très zélé qui n'avait aucune envie de voir une étrangère se moquer à nouveau de lui.

Ce soir-là, baigné et en pyjama, il avait définitivement compris que Prunella ne serait jamais dupe de ses comédies. Elle lui avait annoncé que maman ne se sentait pas bien et qu'elle prenait le relais jusqu'à Noël puisqu'il refusait de se montrer coopératif. L'ennui, c'est que l'enfant ne détestait pas sa nouvelle gouvernante, loin de là. Son regard pétillant donnait envie de s'attirer ses faveurs, contrairement à celui de maman qui restait invariablement terne et fatigué. Comment avait-il pu ne pas voir qu'elle était malade ? Il était pourtant suffisamment âgé pour se souvenir de l'époque où sa mère était joyeuse et attentive.

— C'est pas l'heure d'aller au lit, remarqua-t-il après avoir dûment dîné à 18 heures.

— Pourquoi donc ?

— Parce que j'ai pas sommeil.

— Très bien ! Dans ce cas, tu n'auras qu'à exercer ton imagination quand tu seras couché. Je serai là pour t'écouter.

— M'écouter comment?

— Écouter ton imagination, gros bêta! Tout le monde a une imagination, il te suffit de la chercher dans ta tête quand tu seras au lit. Quand tu l'auras trouvée, je t'aiderai à t'en servir.

— J'ai déjà fait de l'exercice!

— Je ne te parle pas d'exercice physique, Julian, mais d'utiliser ton cerveau.

Ce garçon se savait beau et en jouait habilement afin de s'attirer les bonnes grâces de son entourage, ou bien excuser ses écarts. Logiquement, il aurait dû avoir les yeux foncés qui allaient avec ses boucles noires, ses sourcils fins et ses cils incroyablement longs, la peau mate et la carrure héritées de son père. Au lieu de quoi la nature lui avait octroyé des yeux couleur thé au lait, bordés d'une fine ligne noire, qui lui donnaient un regard perçant, presque envoûtant. *Sa mère et moi allons devoir inculquer un minimum d'humilité à ce petit démon*, se dit intérieurement Prunella, *sinon il risque fort de se transformer en terreur à l'école et de mal tourner. La première leçon a porté: il a à présent conscience que sa mère est malade. Reste à voir l'étendue de son imagination.*

— À quoi ça ressemble, l'imagination? demanda-t-il, curieux.

— À tout ce que tu veux. Tu le sauras quand tu l'auras trouvée. Rien de plus ennuyeux que de rester allongé dans son lit sans bouger, pas vrai? C'est un peu comme se retrouver dans un désert de sable. Quand tu auras trouvé ton imagination, tu n'auras plus jamais peur d'aller au lit, même les soirs où tu n'auras pas sommeil.

— Je veux quand même savoir à quoi ça ressemble.

— Ça chasse le désert et ça met tout ce que tu veux à la place. Tu vois apparaître un sous-marin à la place du sable, par exemple. C'est ça, l'imagination. Demain, suggéra Prunella qui se laissait emporter par l'enthousiasme, nous regarderons ensemble des livres d'images où pourrait bien se cacher ton imagination. Les livres sont comme les bûches qu'on pose sur le feu en hiver quand il neige dehors : ça sert à alimenter l'imagination. Je sens que tu vas les adorer, Julian.

C'est incroyable, pensa Desdemona qui assistait à la conversation en témoin muet. *Elle n'a pas encore ouvert ses valises qu'elle l'a déjà apprivoisé.*

En rentrant chez lui ce soir-là à 18 h 30, Carmine reçut de sa femme un long baiser reconnaissant tandis que son fils aîné harcelait Prunella afin qu'elle l'emmène se coucher. La jeune femme lui demanda de souhaiter bonne nuit à ses parents en les embrassant, puis elle le prit par la main et le conduisit dans sa chambre.

— Deuxième étape : un petit tour jusqu'à l'arrivée du marchand de sable. Non, Julian. Plus tu m'embêtes, plus longtemps nous marcherons.

— Waouh ! s'étonna Carmine en suivant Desdemona dans la cuisine. Le Dr Santini m'avait prévenu qu'elle ne faisait pas de quartier, mais à ce point ! Julian a déjà mangé ?

— Oui, Prunella insiste pour que les enfants dînent à 18 heures, alors je donne la tétée à Alex pendant que son frère mange du poisson ou de la viande avec trois sortes de légumes. Je lui ai toujours donné à manger ce dont il a besoin, c'est déjà ça. Prunella m'a félicitée. Mes légumes ne sont jamais trop cuits, ni la viande trop saignante. Elle me dit que la viande trop saignante dégoûte les enfants des protéines.

— Et nous ?

— Nous dînons à 19 h 30. Prunella prétend que Julian dormira à poings fermés, mais j'attends de le voir pour le croire. Elle nous a forcés à effectuer un petit tour en kayak, mais il n'est pas fatigué.

— On verra bien. Qu'y a-t-il au menu?

— Boulettes de viande à la suédoise et risotto aux champignons, avec une salade.

— Prunella ne voudra plus jamais repartir. À propos, je t'ai dit que je t'aimais, aujourd'hui?

Un sourire éclaira le visage éteint de sa femme.

— Tu me le dis tous les soirs au moment de passer à table. Moi aussi, je t'aime. Et merci pour Prunella.

Tandis qu'elle s'activait à la préparation du repas, Carmine lui plaqua un baiser sur la joue et gagna la chambre d'Alex.

Le petit dernier dormait paisiblement dans son berceau. Au moment où son père se penchait pour l'embrasser et respirer son odeur inimitable de bébé propre, deux bras potelés lui caressèrent le visage et deux yeux embrumés de sommeil se posèrent sur lui. Un sourire de papa suffit à le rendormir. Les deux fils de Carmine avaient des yeux curieux, mais ceux d'Alexandre James Delmonico étaient plus inhabituels encore que ceux de son frère : deux billes d'un gris argenté, aux iris cerclés de noir, qui transperçaient ceux qu'elles observaient.

Quelques instants plus tard, le père de famille rejoignait le petit salon adjacent à la cuisine où ils avaient l'habitude de se détendre avant le dîner en buvant un verre. *Je suis un homme comblé*, pensa-t-il en saisissant le whisky que Desdemona lui tendait.

L'attente n'avait que trop duré. À l'aide de ses outils de cambrioleur, *Didus ineptus* s'introduisit dans l'appartement qu'occupait Melantha Green au premier étage de l'immeuble et posa autour de lui un regard familier. Ce n'était pas la première fois qu'il visitait les lieux. Melantha était une fille rangée – *Didus ineptus* détestait les souillons – qui vivait seule, estimant que sa ceinture noire de judo lui garantissait la meilleure des protections. Quand la plupart des femmes de son âge collectionnaient les verrous, Melantha se contentait d'une serrure ordinaire.

Le Dodo avait décidé de changer de méthode, cette fois. Tout en conservant le principe d'un bâillon de gros scotch, il avait troqué la corde contre des menottes et des chaînes. Un choix de circonstance puisque Melantha était noire. Sa première femme noire, et sa propre initiation aux chaînes qui n'étaient pas sans rappeler celles qui entravaient les ancêtres de sa victime, à l'époque de la traite négrière. Mais ce n'était pas la raison qui l'avait poussé à les adopter, car il n'y avait pas pensé jusque-là.

Faute de trouver ce qu'il cherchait dans la chambre à coucher, le violeur dénicha dans le salon une table pliante qu'il porta près du lit afin d'y aligner ses outils. Il glissa sous l'oreiller un pistolet de calibre .22 muni d'un silencieux et regagna le salon, armé du rouleau de scotch, des menottes et des chaînes. Il entama alors une métamorphose minutieuse, passant de son rôle de citoyen sans histoire à celui de *Didus ineptus.* Il plia soigneusement ses vêtements et les posa sur ses tennis, retira ses derniers effets personnels et s'appliqua sur tout le corps une couche de maquillage de la couleur exacte de son épiderme en se regardant dans la glace en pied fixée sur la porte de la chambre. Il enfila ensuite des gants de chirurgien et s'appliqua à essuyer ses empreintes de tout ce qu'il avait touché depuis son arrivée.

À 17h45, fin prêt, le visage dissimulé sous la cagoule de soie noire, il se posta derrière la porte d'entrée. Sa victime pratiquait le judo à haut niveau, il ne devait en aucun cas lui laisser l'occasion d'utiliser sa masse corporelle pour le déséquilibrer. Elle arriva à 17h55. Il la bâillonna et la menotta en une poignée de secondes avant de l'étourdir d'un coup de poing au menton. Il la porta, à moitié consciente, sur le siège des toilettes où il l'installa avant de baisser sa culotte, surpris de lui découvrir des dessous de dentelle rouge. Elle poussa un grognement.

— Pisse, Melantha, lui ordonna-t-il. On ne bougera pas d'ici tant que tu n'auras pas fait pipi.

Elle lui obéit, le corps amorphe. N'avait-elle pas cru entendre à la radio que le Dodo n'ouvrait jamais la bouche ? Pourquoi lui avait-il parlé ?

L'idée de se munir de chaînes lui était venue lorsqu'il avait découvert le lit, lors de sa première visite : il était en cuivre, muni de solides barreaux. Il profita de l'étourdissement de sa victime pour attacher les menottes à la tête du lit.

— L'heure de ta manucure.

Il lui enveloppa les pieds de chaussettes, lui coupa ras les ongles des mains et récupéra les rognures avant d'aller au salon sélectionner un livre parmi les centaines d'ouvrages alignés sur les rayonnages. Melantha effectuait sa dernière année de médecine à Chubb. Voilà ! Exactement ce qu'il cherchait pour sa collection. Il rapporta le livre dans la chambre, tira une chaise à lui et s'y installa.

Au premier gémissement, il s'approcha de la jeune femme.

— Alors, on se réveille ? lui demanda-t-il en la giflant.

Les yeux embrumés de sa victime s'éclaircirent et elle eut un haut-le-corps.

— Eh oui, je suis bien *Didus ineptus*, avoua-t-il. Je t'ai préparé un petit programme.

Elle se trouvait dans l'impossibilité de crier ou de répondre, du fait du bâillon de scotch, mais il avait déjà répondu à la question qu'elle se posait en lui faisant entendre le son de sa voix : *Didus ineptus* avait décidé de la tuer.

Il la viola des heures durant, vaginalement et analement, avec le pénis et le poing, l'étranglant à plusieurs reprises, la pinçant, la frappant, la cognant, occupant les moments de répit entre deux viols en lisant, assis sur une chaise.

— Je n'ai rien d'un pervers, lui assura-t-il. Je me sers uniquement de mon corps.

Malgré les étranglements successifs, Melantha s'efforçait de rassembler ses pensées. Tout à sa tâche, son violeur faillit ne pas remarquer la lueur qui s'allumait dans les yeux de sa victime. À demi allongée sur le ventre, il la prépara pour le dernier viol. Il la retourna, ainsi que le lui permettait la longueur des chaînes, et retira sa cagoule, frustré de consommer un instant aussi précieux les yeux dissimulés derrière de simples fentes. Il voulait qu'elle le regarde en mourant. Il prit le temps d'enfiler un préservatif, au cas où il ne parviendrait pas à se contrôler. Enfoncé dans son ventre, le regard rivé sur celui de Melantha, il regarda s'évanouir lentement la vie de sa victime jusqu'à se trouver en présence d'une coquille vide. Cette salope lui avait échappé, le privant de son orgasme.

Il se releva et jeta la capote intacte sur la petite table. Au même instant, la serrure de la porte d'entrée émit un léger claquement sous le poids d'une clé. Le Dodo glissa la main sous l'oreiller et récupéra le pistolet.

— Melantha? Tu es là, chérie? s'éleva une voix d'homme.

L'intrus atteignait le milieu du salon lorsqu'il fut abattu d'une balle dans la gorge. Il s'écroula et mourut dans un gargouillement humide, ce qui n'empêcha pas le Dodo de s'approcher et de lui tirer une balle entre les deux yeux.

Cette formalité accomplie, il détacha les chaînes de la jeune femme, les rangea dans son sac à dos et fourra dans une poche le livre qu'il emportait en souvenir. Le sac était plus lourd qu'à l'accoutumée, mais le jeu en valait la chandelle. Il avait bien failli jouir en elle ; et il avait beau savoir qu'il jouirait tout à l'heure en tenant son livre fétiche, il éprouvait une certaine déception.

Il était 4 heures du matin lorsque *Didus ineptus* émergea du bâtiment sans un bruit. Il rampa à travers la pelouse du jardinet jusqu'à l'abri de la barrière en bois le long de laquelle poussaient de jeunes pins. Il attendit suffisamment longtemps pour être sûr de n'avoir pas été repéré, puis il contourna la maison à quatre pattes, se releva, traversa la rue en courant et disparut dans l'ombre des érables. Sur Persimmon Street, où était garée sa voiture, il s'installa derrière le volant et se débarrassa de son sac à dos en le posant au pied de la banquette arrière, sans démarrer. Il était plus prudent d'attendre que le trafic reprenne avant de s'éloigner. Dans l'ensemble, la nuit s'était bien passée. Il s'était toujours demandé ce qu'il ferait si jamais il se trouvait nez à nez avec un intrus. Il connaissait désormais la réponse. Rien de plus facile.

Mercredi 16 octobre

Les corps ne furent découverts qu'à midi, lorsqu'une amie de Melantha finit par s'inquiéter de son absence à l'hôpital où elle était censée éplucher un dossier médical en présence du Dr Baumgarten.

C'est ainsi qu'Helen se trouva à nouveau affectée à l'enquête sur le Dodo.

— N'allez pas crier victoire, lui conseilla Carmine d'une voix glaciale. J'ai besoin de main-d'œuvre et vous êtes au courant des détails de l'affaire. Cela dit, ne vous avisez pas de me jouer le même tour qu'au lieutenant Goldberg, sinon je vous mets à la porte dans la seconde qui suit en veillant à expliquer pourquoi à votre père.

Elle ne répondit rien, jugeant préférable de rapporter ce qu'elle avait appris à Delia. Elle devait son retour en grâce à l'absence de Nick dont la femme était gravement malade, et préférait ne pas penser à l'accueil qu'il lui réserverait à son retour.

Accompagné des deux femmes, Carmine se rendit à Spruce Street, au cœur de Carew. Des victimes *noires* ? Un développement pour le moins inattendu.

Helen accusa le coup en découvrant la scène de crime, tout en s'appliquant à dissimuler son trouble. Elle avait heureusement l'estomac bien accroché, contrairement à l'un des flics en uniforme qui s'était précipité dehors afin de vomir.

— Dites-moi ce que vous voyez, Helen, lui ordonna Carmine.

— Un homme de race noire, entre vingt-cinq et trente ans, abattu d'une balle dans la gorge et achevé d'une autre dans le crâne. Si le meurtrier avait tiré sa première balle en pleine tête, il n'aurait pas eu besoin de viser la victime à la gorge. Il s'agit d'un excellent tireur puisqu'il a réussi à atteindre la victime à la gorge d'une distance de cinq mètres. Très certainement dans le but de le réduire au silence. Il a administré le coup de grâce debout au-dessus de sa victime, ainsi que l'indique le point d'entrée du projectile, frontal et non en biais. Je pencherais pour l'hypothèse d'un petit ami disposant d'une clé. Je ne me hasarderai pas à deviner l'heure du décès. Nous sommes arrivés avant le légiste ?

— Pas de beaucoup, lui répondit la voix de Patrick O'Donnell depuis l'entrée de l'appartement.

Ce dernier commença par prendre la température du foie avant de procéder à l'examen des blessures.

— Je dirais qu'il est mort vers 2 heures. Pas plus tôt, et pas beaucoup plus tard, mon cher cousin.

Il fouilla les poches du mort et tendit un portefeuille à Carmine avant de se rendre dans la chambre à coucher.

— Un certain Dr Michael Tolbin, interne en chirurgie, d'après sa carte de bibliothèque, lut Carmine. Mon Dieu, quel gâchis ! Comme si ce pays pouvait se payer le luxe de perdre deux jeunes médecins.

Il suivit le légiste dans la chambre, les deux femmes dans son sillage.

La scène qui attendait Helen se révéla pire que la première. Le corps de Melantha, allongé en croix sur le dos, était couvert d'ecchymoses violacées. Les méchantes marques qu'elle portait au niveau des poignets étaient trop larges et régulières pour avoir été provoquées par des cordes. De son visage bleu, tout congestionné, s'échappait une langue boursouflée au-dessus de laquelle flottaient des yeux écarquillés, trop sombres pour que l'on puisse en distinguer l'iris.

— Elle se sera battue jusqu'au bout pour la plus petite bouffée d'air, commenta Helen d'une voix rauque.

— C'est le moins qu'on puisse dire, approuva O'Donnell. Elle est morte approximativement à la même heure que le jeune homme du salon. Le décès est intervenu à quelques minutes d'intervalle, je dirais. Elle était retenue aux montants du lit à l'aide de menottes et probablement de chaînes, mais ses jambes étaient libres. Un lit sadomaso par excellence. Je ne prétends pas que c'est le cas, je dis simplement que cela convenait parfaitement aux projets du Dodo. Melantha estimait probablement que c'était un meuble pittoresque, elle possède d'ailleurs d'autres objets en cuivre. Pieds entourés de chaussettes, ongles coupés, la signature du violeur. On assiste à une montée en puissance : il est venu ici la nuit dernière avec l'intention de tuer. Il peut très bien avoir parlé à sa victime, il ne portait peut-être même pas de cagoule. Avez-vous remarqué s'il manquait un livre dans la bibliothèque ?

— Impossible à dire, répondit Delia en revenant du salon. Les rayonnages débordent de bouquins. Quel gâchis ! Tant d'efforts pour en arriver là, à l'aube de leur carrière ! Melantha devait passer son doctorat dans six mois, elle rédigeait une thèse sur la méningite à méningocoque. Elle avait vingt-cinq ans. Elle a mené toutes ses études à Chubb, ce qui signifie qu'elle était l'une des étudiantes les plus brillantes du pays.

— Nous sommes aujourd'hui mercredi, le Dodo reste fidèle à son cycle de trois semaines. Quelle mort horrible, murmura Helen.

Elle poussa un soupir interminable, proche du sanglot.

— C'est bon, lâcha-t-elle enfin. Je suis très en colère, c'est tout.

— Delia, je vous demanderai de bien vouloir rester ici après l'évacuation des corps. Vous passerez l'appartement au peigne fin, décida Carmine. Faites-vous aider par Helen.

Le capitaine reparti, Delia se tourna vers la stagiaire.

— Décris-moi ce que tu vois.

— Sur le corps de la fille? Des traces de maquillage, ici. Là aussi.

Elle fronça les sourcils.

— Je me demande comment il fait pour ne pas en laisser davantage derrière lui s'il se passe du fond de teint sur tout le corps.

Elle poursuivit en rougissant:

— Je veux dire, puisqu'il a des relations sexuelles avec elle, peau contre peau. Même en cas de viol, le sexe implique un contact physique prolongé. Il est nu, elle est nue. Dans ce cas, comment se fait-il qu'on ne découvre pas plus de maquillage?

— Il a nettoyé son corps à l'aide de xylène, expliqua le légiste en rangeant ses instruments. Un agent nettoyant très efficace pour tous les dérivés gras; cela nous indique également qu'il a une peau sensible. Il n'est probablement pas d'origine méditerranéenne. Vous vous demandez pourquoi il n'utilise pas d'alcool s'il a une peau délicate? Parce que ce n'est pas un excellent dissolvant et que notre homme est prudent. Cela dit, il n'est ni chimiste ni pharmacien. Il n'a administré aucune drogue à la victime précédente, et je suis prêt à parier qu'il en est de même avec Melantha. Il joue sur l'effet de surprise, la force brutale et des techniques *naturelles*, si je puis dire, faute d'un terme plus adéquat. Nous avons affaire à un grave psychopathe, mais il ne se sert pas d'instruments de torture métalliques. Uniquement les doigts, les poings, les pieds. Je le soupçonne d'éprouver le plus grand mépris pour les autres violeurs qu'il considère comme des malades mentaux, et de penser qu'il est tout à fait normal lui-même. La cordelette dont il se sert pour étrangler ses victimes correspond à sa conception de la normalité, et je ne serais pas surpris qu'elle soit fabriquée à l'aide de cheveux humains.

— Les siens? demanda Delia.

— Plus probablement ceux de sa mère, conclut O'Donnell en prenant congé, sa mallette à la main.

— Pourquoi a-t-il appelé le capitaine «mon cher cousin»? s'étonna Helen.

— Leurs mères sont sœurs, expliqua Delia.

— Je ne savais pas! Vous croyez que mon père est au courant?

— Aucune idée, répondit l'enquêtrice en haussant les épaules.

Les deux femmes poursuivirent leur tâche en silence après s'être partagé la chambre à coucher. Le sol était recouvert de l'une de ces moquettes sur lesquelles s'imprime la moindre trace, et Helen procéda à son examen attentif.

— Venez voir, Delia.

— Ce sont les empreintes d'un objet muni de quatre pieds, conclut celle-ci.

— C'est exactement ce que je pensais. Ne me dites pas qu'il a apporté sa propre table! s'exclama Helen, incrédule.

— Je dirais plutôt qu'il en a pris une dans une autre pièce de l'appartement. Les solutions les plus simples sont souvent les meilleures.

Helen rougit à nouveau, d'humiliation cette fois. La bouche pincée, elle quitta la pièce et se mit en quête d'un meuble dont les pieds auraient pu marquer la moquette de la chambre. Elle finit par découvrir la table pliante reléguée dans une niche, près de la fenêtre du salon.

— Bingo !

En la dépliant, les deux femmes découvrirent plusieurs marques et quelques taches sur la feutrine verte qui la recouvrait. Une légère odeur de xylène s'en échappait et des restes de produit de maquillage maculaient la feutrine.

— Paul en aura suffisamment pour déterminer quel fond de teint il utilise, déclara Delia d'un air triomphant.

— Vous avez vu ça ? l'interrompit Helen en désignant une tache transparente.

Elle approcha le nez.

— Du lubrifiant de préservatif, à votre avis ?

— Il me semble, mais on ne distingue pas de trace de sperme. Son fusil s'est enrayé.

Delia repliait le plateau de la table lorsqu'elle se ravisa.

— Emportons-la avec nous, décida-t-elle. Que reste-t-il à fouiller ? Il faut que nous ayons terminé avant l'arrivée des types chargés de relever les empreintes.

L'appartement avait apparemment révélé tous ses secrets.

— Où se cachait-il lorsqu'elle est entrée ? s'enquit Helen.

— À côté de la porte, probablement. Il s'était dissimulé derrière un fauteuil chez Maggie Drummond, mais le salon de Melantha Green ne disposait d'aucune cachette. Il lui aura sauté dessus à l'instant où elle franchissait le seuil.

— Vous croyez à la fiabilité de ces cycles de trois semaines, Delia ? Vous y croyez *vraiment* ?

— Tu devrais poser la question lors de la prochaine séance de *brainstorming* du capitaine.

— Je doute que je sois invitée, s'écria Helen. C'est maintenant qu'il faut faire du *brainstorming*, Delia. Pourquoi toujours attendre que les mecs nous montrent l'exemple ? Il est évident que cette fille n'avait pas mis les pieds dans une fête depuis un an, voire plus. En plus de ses études, elle entretenait une relation régulière avec un interne qui ne devait pas avoir le temps de s'amuser plus qu'elle. Je les imagine plus volontiers se rencontrer à l'hôpital que chez Mark Sugarman. Nick se trompe sur ce point, mais tout le monde le suit parce que c'est un mec.

Delia observait sa stagiaire, le front barré d'un pli.

— Réfléchis à ce que tu dis, Helen. Tu verras que tu t'en prends à Nick parce que le capitaine t'a exclue de l'équipe. Tu es impulsive, impatiente et tu as les dents qui rayent le plancher. On peut difficilement en vouloir au capitaine de te remettre à ta place. Tu en fais trop, ma petite. Tu connais le dicton : celui qui ne sait pas s'adapter finit toujours par disparaître.

Un silence accueillit la semonce.

— Je suis désolée, s'excusa la stagiaire, rouge comme une écrevisse.

— J'espère bien.

Soudain, Delia s'emporta.

— J'adore mon patron, mais il se montre parfois d'un égoïsme infernal ! Il est reparti avec la bagnole et nous voici coincées ici !

— Pas du tout, la contra Helen, une note de gaieté dans la voix. J'ai passé un deal avec le flic qui a été pris de malaise. Je lui ai promis de ne souffler mot à personne de sa mésaventure s'il partait chercher ma Lamborghini.

— Tu es une petite futée ! Dis-moi un truc, tout de même : comment comptes-tu rentrer une table pliante dans une Lamborghini ?

— C'est très simple. Figurez-vous que j'ai demandé à mon flic au cœur sensible de rester dans le coin au cas où nous aurions des pièces à conviction de grande taille à emporter.

À 18 heures le même jour, vêtue d'une minijupe plus courte que de raison, ses longues jambes gainées de collants lilas chatoyants, Helen attendait Kurt von Fahlendorf, installée sur un tabouret du bar à vin Buffo's. Jamais les jeunes gens qui la dévoraient des yeux n'auraient pu se douter que cette superbe jeune femme avait passé son après-midi à enquêter sur un double meurtre particulièrement brutal. Une fois n'était pas coutume, c'était elle qui attendait Kurt.

Il dévala les marches moins de deux minutes plus tard et se percha sur le tabouret voisin de celui d'Helen qu'il embrassa sur la joue.

— Désolé de ce retard, s'excusa-t-il. C'est la faute des muons.

— Qui d'autre? plaisanta-t-elle en se penchant pour déposer un baiser sur les lèvres du physicien, à son grand plaisir. Je serais curieuse de savoir s'il existe des particules subatomiques plus mal élevées que les muons.

— Il en existe des centaines. C'est bien l'intérêt de nos recherches, en découvrir de nouvelles, ce que nous faisons constamment. Que bois-tu?

— Un verre du rouge maison que je n'ai pas encore goûté.

— La même chose, demanda-t-il au barman. Tu es diablement belle, Helen.

— C'est vrai? Mon Dieu, je me demande si ça fait de moi une goule.

— Je te serais reconnaissant d'éviter les termes abscons. De quoi s'agit-il?

Elle préféra ignorer la question.

— Tu connais une étudiante en médecine à la peau café au lait qui s'appelle Melantha Green?

Il fronça les sourcils.

— Melantha Green? Je ne vois pas où j'aurais pu la croiser, sinon aux fêtes de Mark... Non, je ne me souviens pas d'elle. Mark invite pourtant des Noirs à ses fêtes, nous ne sommes pas dans le vieux Sud. Je m'en souviendrais si j'avais croisé quelqu'un avec un nom aussi peu courant que Melantha.

— C'est dommage, je cherche à me renseigner sur elle. Elle a été violée et étranglée par le Dodo la nuit dernière.

Elle vit Kurt pâlir en dépit de l'éclairage tamisé. Prude de nature, il ne possédait pas une once de morbidité.

— Oh, la pauvre petite !

— Le Dodo en a vraiment fait sa chose. Tu imagines toute l'énergie et la volonté qu'il faut à une femme noire pour en arriver là, tout ça pour qu'un psychopathe complètement dérangé y mette un terme ? Il lui a passé une corde au cou et l'a étranglée progressivement tout en la violant à plusieurs reprises. Si tu avais vu les marques qu'elle portait sur le corps... Je n'aurais jamais cru que la peau noire puisse marquer autant. C'était horrible !

Kurt, victime d'un haut-le-cœur, posa la main sur sa bouche.

— Helen, je t'en prie ! Je sais que ce genre de drame existe et que tu t'en occupes au quotidien, mais je... je suis incapable d'entendre ça !

— Je suis désolée, je ne voulais pas te mettre mal à l'aise. Mais je suis indignée.

— Finis ton verre. Buffo a débouché un rouge correct, pour une fois. Et changeons de sujet de conversation, je n'ai pas l'estomac suffisamment bien accroché. Comment se portent tes parents ?

— Ces deux-là ne vont *jamais* bien, surtout à quelques semaines de l'élection présidentielle, répondit Helen en éclatant de rire, sa bonne humeur retrouvée. Papa est terrifié à l'idée que Richard Nixon puisse accéder à la Maison Blanche.

— Ce serait si grave que ça ?

Elle observa son visage impassible d'un air amusé, puis elle secoua la tête.

— Un étranger comme toi ne peut pas comprendre, déclara-t-elle.

— Parle-moi de ton père, Helen. Je sais que le poste de président de Chubb est prestigieux, mais sa réputation va au-delà de sa fonction.

Elle haussa les épaules en émettant un bruit de bouche incongru qui agita ses lèvres roses.

— Papa est l'illustration même d'une double réalité : si un poste définit son homme, l'homme peut également définir le poste. Il possède cette qualité que tout le monde attribuait à Kennedy : le charisme. Quels que soient les gens présents dans une pièce, il suffit que mon père paraisse pour éclipser les autres. C'est une qualité innée, ça ne s'apprend pas. Ce à quoi il faut ajouter de *vrais* ancêtres, ce dont peu d'Américains peuvent se targuer. Pas moins de trois de ses aïeuls ont débarqué en Amérique sur le *Mayflower*. De toute façon, il n'aurait jamais pu être nommé président de Chubb s'il n'avait pas eu un ancêtre sur ce bateau. Maman aussi possède un solide pedigree : elle est issue d'une famille fortunée de Cleveland, dans l'Ohio, l'une des patries de la réussite américaine.

Elle marqua une pause, un sourire aux lèvres.

— Voilà ! Tu comprends mieux, Kurt ?

— Oui, je crois. Tu devrais organiser un dîner avec tes parents, Helen. Il est temps que je fasse leur connaissance.

Le cœur de la jeune femme se serra, avant de s'emballer. Pourquoi s'embarrasser de telles convenances ?

— Bien sûr, acquiesça-t-elle en trempant les lèvres dans son verre de vin.

— Tu as le temps de dîner ? Nous pourrions grignoter un morceau ici, ou ailleurs si tu préfères.

— Restons ici, répondit-elle en réprimant un soupir de désespoir.

À quoi bon entretenir cette relation avec Kurt von Fahlendorf s'il menaçait de vomir lorsqu'elle prononçait les mots viol ou meurtre ?

Je ferais mieux de me trouver un flic ou un toubib, décida-t-elle in petto. *Un type heureux que je lui raconte ma journée, capable de me comprendre quand je lui parle de danger, de sang et de mort. Kurt ne s'intéresse qu'aux particules qui se télescopent à la vitesse de la lumière. À tout prendre, ça le rend infiniment plus dangereux que n'importe qui d'autre dans mon entourage, mais il n'en a pas conscience.*

De quoi parle-t-il à présent ? Seigneur, épargnez-moi ce supplice ! Voilà qu'il a décidé de me sonder pour savoir si je préfère les diamants, les rubis, les saphirs ou les émeraudes.

— Écoute-moi bien, Kurt, bondit-elle soudain, ne t'avise pas de m'acheter une bague ! Le jour où j'en voudrai une, je la choisirai moi-même, tu m'entends ? Et je me contenterai de demander au garçon concerné de signer le chèque.

Elle étouffa un petit rire avant de poursuivre :

— Voilà ! C'est dit. Maintenant, jetons un coup d'œil au menu, j'ai une faim de loup.

Grands dieux ! pensa Kurt. *Elle passe l'après-midi dans une ambiance de viol et de meurtres et ça ne lui coupe même pas l'appétit !*

Le repas se chargea de calmer leurs états d'âme respectifs. Buffo's n'était pas l'une des meilleures tables d'Holloman, mais on y servait de la cuisine hongroise fort acceptable. Le propriétaire des lieux, Buffo, avait fui la Hongrie lorsque les Russes avaient écrasé la révolution de 1956, et restait un ardent défenseur des vertus de sa patrie.

L'estomac soulagé par un schnitzel dans le cas de Kurt, et un goulasch dans celui de sa compagne, le couple quitta le restaurant aux alentours de 22 heures, la tête agréablement embrumée par le vin.

— Que fait-on? s'enquit le scientifique. On prend ta Lamborghini et on laisse ma Porsche ici, ou bien le contraire? Allez, prenons ta voiture, Helen chérie. Viens boire un café chez moi.

La façon dont elle secoua la tête lui fit comprendre que son refus était ferme et définitif. Il aurait beau la supplier et multiplier les arguments les mieux tournés, la jeune femme ne souhaitait pas prolonger la soirée. Kurt, beau joueur, pouvait le comprendre: elle avait connu un après-midi mouvementé. Il la regarda sauter dans sa voiture et s'éloigner sur South Green Street dans un long rugissement de moteur. Aucune voiture de sport n'aurait survécu plus de dix minutes dans les rues d'Holloman, mais la Lamborghini d'Helen devait être bénie des dieux.

Les épaules rentrées, Kurt parcourut les quelques dizaines de mètres qui le séparaient de sa Porsche, déverrouilla la portière, mit le contact et s'éloigna après avoir procédé à quelques réglages sur le tableau de bord.

— Tiens! La Porsche du professeur von Fahlendorf, remarqua un flic en uniforme en s'adressant à son coéquipier dans leur voiture de patrouille.

— On le prend en chasse? demanda l'autre.

— Pour quelle raison? Il a l'air de rouler droit, et il n'est pas en excès de vitesse.

Sur cette remarque, ils poursuivirent leur ronde, et furent les dernières personnes à voir Kurt von Fahlendorf, qui ne reparut jamais à son domicile.

Amanda Warburton ne s'en réjouissait guère, mais elle n'avait pas le choix. Ce mercredi soir, elle avait invité ses neveux à dîner.

Le repas se déroula mieux qu'elle ne le craignait. En descendant leur ouvrir la porte du garage souterrain de la tour de Busquash, elle ouvrit des yeux ronds en découvrant une Bentley gris métallisé. Finie l'époque où ils roulaient dans de vieux tacots !

— Elle a dix ans et consomme énormément, lui expliqua Robbie sur le chemin de l'ascenseur, mais quelle importance ! L'essence ne coûte rien et on adore la ligne de ce modèle.

— Ce n'est pas moi qui vous donnerai tort, mes neveux. Je vois que vous avez bon goût.

Les jumeaux s'extasièrent sur son immense appartement.

— En parlant de bon goût, s'autorisa-t-elle en leur faisant visiter sa chambre habillée de bordeaux et de rose, pourquoi cette fixation sur le noir et le blanc ? Vous auriez pu imaginer une combinaison moins tranchée.

— Nous avons souhaité choquer, répondit Gordie en s'asseyant sur un fauteuil depuis lequel il avait tout loisir de contempler la ville illuminée par une lune descendante.

— Explique-toi.

— Dans le milieu du cinéma, l'image joue un rôle de premier plan, intervint Robbie en débouchant une bouteille de vin. Il faut être différent, voire excentrique, à moins de posséder le talent de Paul Newman ou de Rock Hudson.

— En quoi consiste votre talent ? s'enquit-elle en s'activant dans la cuisine. Vous ne m'en voudrez pas, les garçons, mais j'ai acheté le dîner au Sea Foam. Cocktails de crevettes et rosbif.

— Génial ! s'enthousiasmèrent les jumeaux d'une même voix.

Amanda nota qu'ils mangeaient peu, laissant intacte une partie de leur assiette.

— Nous devons surveiller notre ligne, lui confia Gordie.

— Revenons à votre carrière, reprit-elle en servant le café.

Elle l'avait préparé elle-même, mais ses hôtes ne lui firent guère honneur car il ne s'agissait pas de «déca-féiné», une nouveauté qu'elle ne connaissait pas. Amanda commençait à se demander si les habitants de la côte Ouest n'étaient pas victimes de leurs croyances diététiques.

— Tu nous demandais quel talent nous avions, reprit Robbie entre deux gorgées de camomille. Pour l'heure, on s'intéresse surtout à nos talents d'acteurs, mais nous ne limitons pas nos ambitions à jouer la comédie. Il est trop tôt pour en parler, précisa-t-il avec une moue timide en agitant une main molle. Il ne faut jamais tenter le destin. Tout ce que nous pouvons dire, c'est que nous sommes sur le point de voir aboutir un projet très important.

— Vous comptez sur moi pour vous donner de l'argent? s'inquiéta leur tante.

Robbie écarquilla ses yeux en groseilles à maquereau.

— Jamais de la vie, Amanda chérie! Nous avons besoin de millions! Autrement dit, nous avons besoin d'un producteur hollywoodien de premier plan.

— Gordie, tu es certain de ne pas vouloir une tasse de camomille?

Son frère reposa la sienne et se leva.

— Nous allons y aller, Amanda chérie. Ça ne te dérange vraiment pas qu'on ne t'appelle plus Tante Amanda?

Elle émit un petit rire.

— J'aime autant ne pas être votre tante, nous avons presque le même âge.

Tandis que Gordie partait chercher les manteaux, elle se tourna vers son frère.

— Qu'est-ce qui fait palpiter votre cœur?

Il comprit immédiatement la question.

— La richesse. Conduire une Bentley, voyager en première classe, fouler le tapis rouge un soir de première sous les acclamations de la foule.

— La gloire et la célébrité.

— À peu près. Mais notre plus grand rêve serait de devenir les premiers jumeaux à remporter un Oscar.

— Un rêve louable. Je vous souhaite bonne chance.

Les jumeaux repartis, Amanda s'installa face au mur de verre et se perdit dans ses pensées. Que faire de son argent ? À qui léguer sa fortune ? Et l'ours de verre ?

Elle décrocha le téléphone et composa un numéro.

— Je vous réveille, Hank ? Ça vous dirait de passer prendre un café et une part de gâteau ?

Vingt minutes plus tard, il sonnait à sa porte, un large sourire aux lèvres.

— Les jumeaux ne mangent pas de dessert ? demanda-t-il.

— Ils ne mangent presque rien, à part des aliments que je n'avais pas. La côte Ouest est décidément un monde à part ! Pourquoi boire du café si c'est pour en retirer la caféine ? Pourquoi retirer le gras d'un rosbif quand c'est ce qui lui donne tout son goût à la cuisson ? Et à quoi sert de frire deux fois les haricots ? J'ai préféré renoncer.

Elle posa les yeux sur le chat et le chien, installés aux pieds de son visiteur.

— Frankie et Winston sont heureux de vous voir. Robbie et Gordie ont poussé des cris d'orfraie en les apercevant, j'ai dû enfermer ces pauvres bêtes dans la chambre d'amis.

Hank se pencha et souleva péniblement Winston.

— Mon cher, tu as réussi à convaincre Marcia qu'Amanda ne te nourrissait pas assez. Tu as franchi la barre des dix kilos, ma parole !

Ils s'installèrent près de la baie vitrée. Il était minuit passé et un croissant de lune nimbait Busquash d'un halo doré. Les feuilles des arbres brillaient de mille feux, prêtes à s'étioler à l'approche de l'hiver. Un poisson troua la surface de l'eau en dessinant des ronds qui allèrent en s'élargissant. Une âme romantique éprise de feux hivernaux avait allumé sur le rivage un brasier dont la fumée s'échappait vers les étoiles en volutes vaporeuses. Même ici, à plus de cent kilomètres de New York, la voûte céleste se trouvait tamisée par la lueur orangée de millions de réverbères. Certains auraient jugé le spectacle féerique, d'autres l'auraient condamné.

Hank et Amanda détournèrent leurs regards de la baie vitrée, le premier déposa sur la joue de la seconde le tendre baiser habituel, la gratifia d'un sourire et se dirigea vers l'entrée.

— À demain, dit-il en s'éclipsant.

Jeudi 17 octobre

Lorsque Nick reprit son service ce matin-là, au terme de son congé familial, il paraissait épuisé. Imelda avait survécu à un anévrisme d'une artère cérébrale secondaire, et tout indiquait qu'elle était sauvée. Le clan Jefferson avait fait bloc autour de Nick, deux grands-mères s'étaient installées chez lui afin de préparer le retour de la malade et le sergent ne dissimulait pas son impatience.

— Elles ne me laissent même pas faire les courses, se plaignit-il auprès de Carmine.

— Ta présence est plus utile ici.

— Où en est-on avec Helen?

— Delia pense qu'elle a compris la leçon, alors je lui ai demandé de réintégrer l'équipe hier, lorsque le corps de Melantha a été découvert.

— Je comprends, grimaça Nick. Le Dodo s'en prend aux Noires, maintenant?

— Difficile à dire ce qui lui passe par la tête, répondit Carmine d'un air soucieux. Les psychiatres sont perplexes, ils affirment que les coupables n'ont jamais franchi la barrière raciale dans les cas de meurtres en série que l'on connaît. Les médecins sont moins positifs en ce qui concerne les violeurs. À présent que notre cinglé se met à tuer, va savoir dans quelle catégorie le ranger! Jusque-là, toutes ses victimes étaient d'origines différentes mais toutes étaient blanches. À mon avis, la couleur de ses victimes lui importe peu.

— Ce type-là est un taré total !

Une fois Nick mis au courant des dernières avancées de l'enquête, Carmine demanda aux deux femmes de les rejoindre. L'enquêteur ne put s'empêcher de sourire en découvrant une Delia anormalement sage dans un ensemble rouille, bleu marine et noir.

— Je crois avoir deviné la façon dont le Dodo choisit ses victimes à Carew, annonça-t-il.

Tous les regards se tournèrent vers lui.

— Surprends-nous, l'intima Carmine.

— Mark Sugarman donnait régulièrement des fêtes jusqu'au viol de Léonie. Mason Novak n'est pas en reste, la plupart du temps avec le beau Dave dont la propriété est voisine de la sienne, et Fahlendorf les imite parfois. Tous les quatre font partie des Gentlemen Marcheurs, mais ils ne sont pas les seuls à organiser des événements de ce genre.

— Quel rapport avec le Dodo, Nick? demanda Delia.

— Tout d'abord, les langues se délient dans ce genre de cadre. L'alcool coule à flots et on y fume de l'herbe. Les hommes passent en mode séduction, les couples se laissent aller dans les coins et sur les canapés. Il ne s'agit pas d'orgies, personne ne part s'isoler pour faire l'amour, le sexe vient ensuite, quand les couples quittent la fête. Ces rencontres servent avant tout à discuter. Les invités bavardent pendant des heures, on boit du mauvais vin, on grignote, on écoute de la musique très fort, l'occasion de se lâcher au milieu de gens portés par les mêmes envies. C'est fou ce qu'on est capable de raconter sur soi-même sous l'influence de l'alcool ou d'hallucinogènes, même lorsqu'on ne se connaît pas. Le Dodo écume les fêtes de Carew à la recherche de femmes qui lui plaisent. Il n'a qu'à les aborder et leur poser des questions, tout miel, à la façon d'un psychiatre.

L'explication de Nick fut accueillie par un profond silence que Carmine finit par rompre.

— Ta théorie se tient, Nick. Nous savons que le Dodo connaît très bien ses victimes. Rien ne nous dit, en effet, qu'il ne les sonde pas lors de ces fêtes. Cela lui offrirait également la possibilité de voler les clés des proies qui l'intéressent, ou d'en prendre les empreintes. Dix contre un que Sugarman a conservé la liste des invités à ses fêtes. Ce type-là garde tout.

— À mon tour de parier de l'or contre des nèfles : le Dodo est un séducteur.

Une lueur amusée dansa dans les yeux de Carmine.

— Je vous écoute, Delia !

— Il possède un magnétisme animal suffisant pour attirer n'importe quelle femme, se lança-t-elle, rose de plaisir, sans oublier de lancer à Nick un regard reconnaissant. Il coince sa proie, la pousse à lui raconter l'histoire de sa vie, avec tous les détails. Elle lui parle de ses obsessions. Toutes ses victimes ont un caractère anal, selon la classification freudienne. Sans être nécessairement de type obsessif et compulsif, elles s'en approchent. Par exemple, aucune d'entre elles n'accepterait de se servir de toilettes publiques, d'où le besoin du Dodo de les obliger à uriner avant de passer à la suite, puisqu'il sait qu'elles en ont très envie. Ce détail nous renseigne sur sa capacité à leur poser des questions très personnelles lors des fêtes. Il offre l'apparence d'un personnage à la fois masculin et rassurant, ce qui tient de l'exploit.

— Je ne le crois pas très masculin, intervint Helen.

— Tu te trompes, ma chérie, lui expliqua Delia avec beaucoup de patience. Il doit être très masculin, sinon les femmes le trouveraient inquiétant. Il attend probablement que ses proies aient bu ou fumé pour les approcher, sûr qu'elles ont perdu toute inhibition, mais aussi la capacité de se souvenir ensuite de leur rencontre. Crois-moi, Helen, ce type-là est malin.

La discussion fut interrompue par l'arrivée de Patrick O'Donnell.

— Bien joué avec cette table, mesdames, déclara-t-il en s'adressant à Delia et Helen. Elle nous confirme sa technique sans rien nous apporter de neuf, à part le préservatif. Paul essaye en ce moment même d'identifier la couleur exacte de son fond de teint.

— Melantha était-elle droguée? demanda Carmine.

— Je n'ai pas encore tous les résultats, mais on n'a rien découvert dans son sang qui puisse nous aider. Impossible de déterminer le nombre de fois où il l'a violée, on sait simplement qu'il s'est davantage servi de son poing, cette fois. Elle était tuméfiée et déchirée de façon horrible, au niveau de l'anus en particulier. Tout semble indiquer qu'il n'arrive pas à jouir, mais il doit s'agir d'un homme très actif pour parvenir à entretenir autant d'érections.

— Que penses-tu des chaînes, Patsy? demanda Carmine.

— Dans la mesure où il repère les lieux à l'avance, on peut penser que la vue du lit de cuivre l'aura inspiré sans que la présence de menottes et de chaînes trahisse chez lui un changement de mode opératoire. La prochaine fois, il peut très bien se servir à nouveau de corde ordinaire.

— Si je comprends bien, le Dodo ne laisse rien comme indice derrière lui.

— Malheureusement non, mon cher cousin.

La réunion se terminait lorsque le téléphone de Carmine sonna. Il décrocha le combiné et le reposa presque aussitôt.

— Ne partez pas! aboya-t-il à l'intention d'Helen. On a déposé un paquet à votre nom à l'accueil, expliqua-t-il. J'ai demandé à ce qu'on vous le monte. En attendant, où en est votre rapport sur les jumeaux Warburton?

— Toutes mes notes se trouvent dans mon journal, capitaine.

— Allez le chercher, je vous prie.

La jeune femme posa son sac à main sur une chaise, le fouilla et en tira avec une mine triomphante un cahier relié de couleur bleu marine aux armes de la police d'Holloman.

— Le voici, capitaine. Tout est là.

— Parfait, grommela-t-il, surpris, en tournant les pages. À quoi correspondent ces encres de différentes couleurs ?

— Oh ! C'est pour moi, capitaine, s'exclama-t-elle, gênée. Le noir correspond au rappel des faits, le bleu à la description de la scène de crime, je rédige en rouge les faits les plus importants, les indices chimiques ou naturels sont en vert, et le violet me sert à échafauder des hypothèses.

Il posa brièvement sur elle un regard atone.

— Une technique originale, convint-il, mais efficace. Gardez ce cahier pour le saccage du Nounours de Verre, vous n'aurez qu'à en utiliser un autre pour l'enquête sur le Dodo. N'hésitez pas à en réclamer à l'intendance.

— Très bien, capitaine.

Un jeune flic pénétra alors dans la pièce, tenant à la main un paquet à peine plus grand qu'une boîte d'allumettes dont il ne savait s'il devait le donner à Helen ou à son patron. Carmine tendit le menton en direction de la jeune femme.

Elle s'assit en oubliant que son sac se trouvait sur la chaise, se redressa précipitamment, retira le sac et s'installa enfin tout en observant du coin de l'œil Carmine qui feuilletait les pages de son cahier. Constatant qu'il était occupé par sa lecture, elle se décida à ouvrir le mystérieux paquet dans son emballage aux coins délicatement pliés, entouré d'une ficelle attachée d'une main experte, sans l'aide de scotch. En retirant le papier, elle découvrit une boîte d'allumettes en fer-blanc, comme celles dont se servaient les cow-boys que l'on voit au cinéma craquer une allumette sur la semelle de leur botte. Qui avait bien pu...? Elle eut toutes les peines du monde à soulever le couvercle.

Happé par les notes d'Helen, Carmine en oubliait le reste. Quels que soient ses défauts, Mlle Procter avait inculqué le sens de l'écriture à ses élèves, à en juger par la prose d'Helen. Il releva brusquement les yeux en entendant la stagiaire pousser un cri étranglé.

Le visage livide, elle le fixait sans le voir, une feuille de papier dans une main, la boîte ouverte dans l'autre.

Carmine se leva précipitamment, contourna la table qui lui servait de bureau et lui prit la boîte des mains de peur qu'elle ne lui échappe. Il sursauta en découvrant un doigt coupé.

— Qu'est-ce que c'est que ça? aboya-t-il.

Elle lui tendit la feuille sans un mot.

NOUS RETENONS PRISONNIER KURT VON FAHLENDORF. NOUS VOUS JOIGNONS LE PETIT DOIGT DE SA MAIN GAUCHE. DEMANDEZ À SA FAMILLE DE VERSER LA SOMME DE DIX MILLIONS DE DOLLARS SUR LE COMPTE BANCAIRE SUISSE DONT VOUS TROUVEREZ LE NUMÉRO CI-DESSOUS. CETTE SOMME DOIT NOUS ÊTRE VERSÉE AU PLUS TARD LE VENDREDI 15 OCTOBRE À MIDI, HEURE DE GREENWICH, FAUTE DE QUOI KURT VON FAHLENDORF MOURRA.

Carmine déposa lentement la boîte sur son bureau.

— Vous croyez que ce doigt est celui de votre ami?

— Je n'en sais rien, murmura-t-elle.

Le capitaine saisit son téléphone et composa un numéro interne.

— Paul, viens immédiatement dans mon bureau avec de quoi prendre des empreintes.

Il posa son regard sur Helen, qui retrouvait déjà des couleurs. Son regard reprenait toute sa vivacité.

— Vous m'avez bien dit que Kurt disposait d'une carte verte? lui demanda-t-il.

— Oui.

— Dans ce cas, ses empreintes doivent figurer dans les dossiers de l'Immigration à Washington. Nous allons pouvoir vérifier rapidement s'il s'agit ou non de son petit doigt, avant même d'avertir qui que ce soit, qu'il s'agisse de sa famille ou du FBI.

— Capitaine, vous ne trouvez pas étrange que cette lettre ait été envoyée à quelqu'un de la police? Il n'est fait mention nulle part de la moindre interdiction de contacter le FBI. Vous croyez qu'ils s'en fichent?

— Probablement, mais vous avez raison, Helen. Nous avons affaire à d'étranges ravisseurs.

Delia et Nick les rejoignirent peu après. Le temps que Carmine les informe de la situation, Paul arrivait.

— Nick, fais un fac-similé de l'empreinte et envoie-le aux services de l'Immigration, accompagné de son nom et de son numéro de Sécurité sociale.

— Tu as pris un petit-déjeuner, Helen? s'inquiéta Delia.

— Euh... non. Juste un café. Je profite généralement de la pause de 11 heures pour avaler une viennoiserie.

— Dans ce cas, attendons le résultat de l'identification, réagit Delia. Paul est reparti avec la lettre en nous en laissant une photocopie, je propose que nous allions chez Malvolio's parler de la suite. Qu'en pensez-vous, Carmine?

— Excellente idée.

Le petit restaurant était relativement plein, mais ils dénichèrent au fond de la salle un box dans lequel ils pouvaient discuter de l'enquête loin des oreilles indiscrètes. Carmine se plongea dans la lecture de la lettre.

— L'expéditeur s'est servi d'une machine à écrire électrique. Je sais d'avance que Paul ne trouvera aucune empreinte, à part les miennes et les vôtres, Helen. Idem pour le papier d'emballage. Delia?

— Il s'agit probablement d'une Olivetti. La tournure des phrases trahit une personne éduquée, le message est bref, mais il ne manque pas de style. La date est rédigée selon les normes européennes: le jour avant le mois. De plus, combien d'Américains connaissent l'existence du méridien de Greenwich? Si mes souvenirs sont bons, l'Allemagne de l'Ouest devance d'une heure celle de Greenwich, mais je sais aussi que tous les pays ne passent pas à l'heure d'hiver le même jour. L'auteur de la lettre utilise la première personne du pluriel, mais il n'est pas rare que les kidnappeurs agissent en bande. Les rapts réalisés par une personne seule sont souvent le fait de femmes qui enlèvent des enfants dans leur poussette au supermarché.

— J'aimerais surtout savoir pourquoi la demande de rançon vous était adressée, Helen, intervint Carmine en croquant dans une pomme. L'auteur de la lettre stipule que la famille de Kurt n'a pas été avertie et vous demande de vous en charger. Êtes-vous si intime avec Kurt que ses proches soient au courant de votre liaison? Allons, prenez une autre viennoiserie. Vous avez besoin de forces.

— Je ne sais pas ce qu'il a pu dire à ses parents à Munich, se contenta de répondre Helen. Nous sortons ensemble, c'est vrai, mais sans plus. Nous ne sommes pas amants, la plupart des collègues de Kurt le savent. Il a trente-quatre ans et se cherche une femme, pas une maîtresse.

— Reste à savoir si les siens voient votre relation de la même façon, avança Nick.

— C'est probable. Nous avons dîné ensemble hier soir et il multipliait les allusions, cherchant à me faire avouer quel genre de bague de fiançailles j'aimerais. Je lui ai volé dans les plumes en lui disant que, le jour venu, je la choisirais toute seule, en laissant le soin à mon fiancé de payer la note. Il a pris ma remarque au premier degré, comme à son habitude. Il ne lui est pas venu à l'esprit que c'était une façon pour moi de refuser sa proposition.

Les yeux de la jeune femme se remplirent de larmes.

— Je suis dure !

— Il n'y a pas de mal à ça si tu n'as pas l'intention de l'épouser, remarqua Delia.

— On peut donc considérer que la famille de Kurt voit en vous sa future épouse, décida Carmine. Si Delia a raison au sujet de la rançon, cet enlèvement est orchestré par des Allemands.

— Ce que confirme l'existence de ce compte en Suisse, approuva Nick. Des gangsters américains n'agiraient jamais de la sorte. Dix millions de dollars, ce n'est pas une petite somme. Les ravisseurs doivent savoir qu'une banque de ce genre ne nous communiquera aucune information. L'argent des nazis se trouve toujours dans certaines d'entre elles mais elles ne l'avoueront jamais. Je n'ose pas imaginer les intérêts accumulés depuis plus de vingt ans !

— Helen, s'il s'agit effectivement du petit doigt de Kurt, vous allez devoir contacter sa famille. Vous vous y sentez prête ? demanda Carmine. Savez-vous si son père est encore en vie ?

— Oui à vos deux questions. Le Graf est vivant, et je suis prête.

— Graf ? Il s'agit de son prénom ?

— Non, de son titre. L'équivalent d'un baron en Allemagne. Mais ce n'est pas lui que j'appellerai, il est sénile. C'est la sœur de Kurt, Dagmar, qui gère actuellement les affaires du clan.

— Dites-nous ce que vous savez de la famille de Kurt, Helen.

— Les Fahlendorf ont très peu fait parler d'eux à l'époque des nazis. Le Graf se prénomme Erich. Après s'être échappé d'Allemagne de l'Est, il a trouvé le moyen de faire fructifier la fortune de sa femme, qui était italienne. La baronne a financé sa première usine à Munich. Le baron était un chimiste de génie, il a inventé un procédé permettant de teindre les fibres synthétiques. Aujourd'hui, après vingt ans d'existence, les Fahlendorf Farben possèdent une douzaine d'usines disséminées en Allemagne de l'Ouest.

— Comment la baronne a-t-elle pu préserver sa fortune pendant le IIIe Reich? s'étonna Nick.

— Son père l'avait mise à l'abri dans une banque suisse, le lendemain du jour où Mussolini signait avec Hitler le pacte d'Acier. La noblesse milanaise était infiniment plus maligne que Mussolini.

— Vous tenez ce savoir des cours d'histoire de Mlle Procter, Helen? plaisanta Carmine.

— Absolument, capitaine.

— Je ne vois pas le rapport avec Kurt, grommela Nick.

— Helen y arrive, le tempéra son supérieur.

— Kurt a montré très tôt des dons pour les mathématiques, avant de se tourner vers la physique. Dagmar, qui a cinq ans de plus que lui, a suivi les traces du baron en devenant chimiste. Au sortir de l'université, elle est entrée directement chez Fahlendorf Farben en qualité de chercheuse, ce qui a permis à Kurt de se consacrer à sa passion pour la physique des particules. Le baron a fini par l'accepter le jour où on lui a expliqué que son fils était un Prix Nobel en puissance.

— Dois-je en déduire qu'ils sont snobs? s'enquit Nick.

— Épouvantablement snobs, répliqua Helen sans l'ombre d'une hésitation. La vieille noblesse prussienne dans toute sa splendeur, consciente du sang bleu qui coule dans ses veines. Ils sont depuis toujours catholiques et sociaux-démocrates, ce qui leur a valu la désapprobation d'Hitler.

— Dagmar est-elle mariée? intervint Carmine.

— Oui. Le baron et la baronne n'aiment guère leur gendre au prétexte qu'il est roturier. Ils lui reprochent surtout de ne pas être suffisamment agressif dans le domaine des innovations chimiques indispensables à la survie de l'entreprise: les pesticides, les engrais, les plastiques, les huiles de substitutions. Ils se sont connus à Bonn, sur les bancs de l'université. En 1951, un an après leur mariage, Josef a adopté officiellement le nom de Fahlendorf à la suite d'un accord passé avec le baron, qui n'était pas sénile à l'époque. En l'échange de l'abandon de son patronyme, le baron lui accordait un salaire très confortable, sans contrepartie aucune. Kurt déteste Josef à cause de ce qu'il a infligé à sa sœur. Il ne s'agissait pas de maîtresses: Josef a été surpris par Dagmar en train de vendre certains secrets industriels de Fahlendorf Farben à la principale firme concurrente. Elle s'en est heureusement aperçue avant que les précieux documents ne passent à l'ennemi. Josef a aussitôt été relégué dans une usine Fahlendorf minable, mais il continue de toucher son salaire et dispose d'un bureau. Uniquement parce qu'il porte le nom de Fahlendorf, d'après ce que j'ai cru comprendre, et que le vieux baron souhaite le préserver au nom de ses petits-enfants.

— Combien d'enfants ont Dagmar et Josef? demanda Carmine.

— Quatre. Deux garçons, puis deux filles, qui ont de sept à quinze ans. La petite dernière est de loin la plus intelligente. Tous ont été élevés dans le mépris de leur père, expliqua Helen.

— Comment se nommait Josef avant d'adopter le nom de Fahlendorf? voulut savoir Delia.

— Je ne l'ai jamais su. Ils préfèrent faire l'autruche, histoire d'accréditer la rumeur selon laquelle Josef serait un cousin éloigné.

— Vous pourriez le découvrir, Del? insista Carmine.

— En Angleterre, ce serait facile, mais pas en Allemagne.

— Je me demandais si cet enlèvement ne pourrait pas être une affaire de famille.

— Ça ne m'étonnerait pas outre mesure, avoua Helen.

— Tout de même, dix millions de dollars! s'exclama Delia. Tu les crois capables de réunir une telle somme?

— Je n'en ai aucune idée. Comment dois-je leur annoncer?

— Comme le ferait n'importe quel flic, lui conseilla Carmine. Avec bienveillance, mais sans laisser percer votre émotion.

— Vous croyez vraiment qu'ils arriveront à trouver l'argent, capitaine?

— Le coup est très bien monté, remarqua Delia. La plupart des enlèvements tournent mal au moment du dépôt de la rançon, car il est toujours difficile pour les ravisseurs de la récupérer sans être vus. Dans le cas présent, rien de plus simple puisqu'il s'agit d'un compte en Suisse. L'argent ne transite même pas par les États-Unis.

— Une fois la somme déposée sur le compte, nous sommes impuissants, remarqua Nick. Toute cette histoire me déplaît.

Carmine sortit du box et tira son portefeuille de sa poche.

— La note est pour moi.

Helen attendit de retrouver le bureau du capitaine pour briser le silence.

— J'ai pris ma décision, déclara-t-elle. Je vais prendre contact avec Dagmar, sans lui dire que l'enlèvement est peut-être une histoire de famille.

— Sage décision, reconnut Carmine en s'asseyant.

Nick déboula au même moment.

— Le petit doigt est bien celui de Kurt von Fahlendorf. Ils ont procédé à une double vérification.

Le téléphone sonna : Paul Bachman. Carmine brancha le haut-parleur.

— Aucune empreinte sur l'emballage, à part les tiennes et celles d'Helen, confirma le chimiste. Patrick O'Donnell dit que l'amputation du doigt a été pratiquée il y a huit ou neuf heures. Pas de trace de drogue dans le sang, ils l'ont amputé sans l'anesthésier. Pas de cautérisation non plus. Kurt a dû perdre du sang, sans hémorragie majeure. O'Donnell pense qu'ils se sont contentés de lui bander la main après l'opération.

— Ces gens-là ne plaisantent pas, gronda Carmine. Si on ne parvient pas à le retrouver, Kurt est un homme mort. Le versement de la rançon n'y changera rien, ils n'oseront jamais le relâcher.

Il posa sur Helen ses yeux couleur ambre.

— Ne révélez rien de tout cela à Dagmar lors de la conversation que vous aurez avec elle. La famille doit prendre la décision de verser ou non la rançon en étant persuadée que c'est le meilleur moyen de retrouver votre ami vivant. Contentez-vous de leur exposer les faits. À ce stade, nous n'avons aucune certitude.

— Je comprends, acquiesça Helen en regardant fixement la grosse horloge accrochée au mur de la pièce. Il est 9 heures du matin ici, ce qui signifie qu'il est 15 heures à Munich.

Elle tira de son sac son agenda noir.

— J'ai le numéro de Dagmar à son travail, ainsi que son numéro personnel. Kurt me les avait communiqués au cas où il lui arriverait malheur.

Elle laissa échapper un rire amer.

— Il pensait à un accident de ski, ou de voiture.

— Fred a branché ce téléphone sur un magnétophone qui se met en route automatiquement dès qu'on décroche à l'autre bout du fil, expliqua Carmine. Le haut-parleur nous permettra de suivre la conversation. Allez-y, Helen, et ne vous laissez pas intimider par notre présence, ajouta-t-il en lui tendant le combiné.

Dagmar décrocha rapidement. Le numéro de bureau donné par Kurt était donc celui de sa ligne directe.

La première réaction de l'héritière de l'empire Fahlendorf fut l'incrédulité. Voyant que son interlocutrice soupçonnait une plaisanterie, Helen passa le relais à son supérieur.

— Le responsable de la brigade criminelle, le capitaine Carmine Delmonico, vous expliquera lui-même la situation. Vous accepterez sans doute de le croire, puisque c'est un homme !

Elle tendit l'appareil à Carmine en bougonnant tandis que Delia tentait de la calmer en lui tapotant gentiment l'épaule. Après quelques mots du capitaine, Dagmar sembla prendre la mesure de la situation.

— Nous sommes tous très inquiets, du fait de l'importance de la rançon exigée. Vous semble-t-il envisageable de réunir une telle somme ?

— Oui, tout à fait, répondit aussitôt l'Allemande avec son accent germanique. C'est justement le montant du fonds destiné à mes enfants. Ma mère a récemment capitalisé ses parts au sein de l'entreprise, pour un montant de dix millions de dollars. Autant se servir de cet argent pour payer la rançon de Kurt, il sera toujours temps d'établir un autre fonds pour les enfants par la suite.

— Je vois, répondit Carmine en réfléchissant à toute allure. Tout d'abord, madame, laissez-moi vous assurer que votre frère a bien été victime d'un enlèvement. Son identité nous a été confirmée par son petit doigt, ainsi que le voulaient les ravisseurs. Je me dois de vous prévenir que les chances de le retrouver vivant ne sont pas très bonnes, mais qu'elles sont réelles. La police d'Holloman va tout mettre en œuvre pour le localiser. Nous ne sommes pas convaincus que les cerveaux de cet enlèvement se trouvent aux États-Unis. Ce kidnapping a très bien pu être mis au point depuis l'Allemagne, auquel cas les ravisseurs se fichent de savoir que la police locale leur court après.

— Voilà bien les Américains ! siffla Dagmar sur un ton glacial. Vous n'êtes jamais responsables de rien !

— Je ne vois pas de quoi nous pourrions être responsables, Frau von Fahlendorf ! riposta Carmine d'une voix tout aussi glaciale. On se sert de nous comme d'un bouc émissaire. Puis-je vous demander le vrai nom de votre mari ?

— Von Fahlendorf.

— Non, avant qu'il n'adopte votre patronyme.

— Cela ne regarde personne en dehors de lui.

— Pour quelqu'un dont le frère est en danger de mort, je m'étonne que vous ayez de telles pudeurs, madame.

— Arrêtez de m'appeler madame à tout bout de champ ! Donnez-moi le nom de la banque et le numéro de compte.

Carmine secoua la tête énergiquement.

— Je suis désolé, madame. Pas question de vous transmettre ces informations avant l'heure prévue pour le transfert de la rançon.

Sur ces mots, il raccrocha.

— Quelle guigne ! s'exclama Nick. Le lendemain du jour où le Dodo se met à tuer, un prof de Chubb est enlevé. Nous allons manquer d'effectifs, patron.

— Cruellement, acquiesça Carmine, la mine sombre. Je vais aller trouver le préfet, mais traitons d'abord les priorités. Partons du principe que Fahlendorf est vivant. Un grand nombre de ravisseurs ne tuent pas immédiatement leurs victimes et se contentent de les enfermer dans une cachette sûre sans leur donner ni eau ni nourriture. On ne tient pas plus de trois jours sans boire, ou trois semaines sans manger, mais ce n'est pas une règle absolue. Si sa prison est suffisamment aérée et bien isolée, la victime peut tenir jusqu'à une semaine sans eau. Il nous faut donc rechercher Kurt en priorité.

Les épaules et le menton rentrés, Carmine resta plongé dans ses pensées pendant trois ou quatre minutes, qui semblèrent une éternité.

— Je ne peux pas m'occuper à la fois du Dodo et de cet enlèvement, soupira-t-il enfin. Dans la mesure où il s'agit d'une nouvelle affaire, je vais confier l'enquête à Corey et son équipe en demandant à Helen d'assurer la liaison entre la famille de Kurt, nos services et le FBI.

Une expression de surprise s'afficha sur les traits de la stagiaire, mais sa mésaventure avec Abe Goldberg lui avait appris à se taire : elle marqua son accord en hochant la tête.

— Si jamais Abe et ses hommes peuvent se libérer, ils se joindront à l'équipe de Corey. Helen, veillez à me tenir informé du moindre développement. Vous dépendez directement de moi et non de Corey. Compris ?

— Oui, capitaine, approuva-t-elle en le regardant droit dans les yeux. À votre avis, le FBI sera-t-il un atout ou un handicap ?

— Ils ne gêneront pas la police d'Holloman, affirma Carmine posément. Si les ravisseurs étaient des criminels professionnels, l'appui du FBI nous serait précieux, mais nous savons qu'il n'en est rien. Je suis prêt à parier qu'il s'agit de citoyens allemands venus spécifiquement sur le territoire américain dans le but d'enlever Kurt. Ils connaissaient l'existence des dix millions de dollars de sa mère. Notre tâche consistera à le retrouver avant le versement de la rançon.

— Croyez-vous vraiment que Dagmar soit impliquée dans ce rapt ? s'enquit Delia.

— Non, mais je ne voudrais pas qu'elle transfère l'argent avant la date fixée par les ravisseurs. Pas question de lui communiquer le nom de la banque et le numéro de compte avant le 25, c'est-à-dire vendredi.

— Le FBI ne risque-t-il pas de les lui donner? demanda Helen.

— Pas quand je leur aurai expliqué mes raisons.

En sortant du bureau de Silvestri, Carmine se rendit chez Corey, deux étages plus bas. Il le trouva seul dans son bureau.

Le lieutenant leva les yeux en découvrant son visiteur, sourit et repoussa le dossier sur lequel il travaillait, un sourire triomphant aux lèvres.

— J'ai bouclé l'enquête sur la cache d'armes du lycée Taft, annonça-t-il fièrement.

— Formidable, Cor. Raconte-moi ça.

— Ce n'était pas aussi grave qu'on le pensait, même si Buzz continue de prétendre le contraire. S'il existe d'autres armes dissimulées ailleurs, nous n'en avons pas trouvé trace. D'après ce que nous avons cru comprendre, un membre des Brigades noires qui craignait une descente de police a confié à son petit frère les armes qu'il dissimulait chez lui. Le gamin les a planquées dans le gymnase de Taft où le proviseur les a découvertes.

— Quelle raison Buzz a-t-il de croire que cette histoire n'est pas aussi simple, Cor?

— Il prétend qu'une scission s'est produite au sein des Brigades noires, à la suite de l'émergence d'un petit groupe de dissidents qui remettent en cause la direction de Wesley Le Clerc et de Mohammed El-Nesr. Le Clerc et El-Nesr affirment que la violence pour la violence est contre-productive, et les dissidents en ont assez d'attendre que sonne l'heure de la révolution. Les armes étaient censées transiter quelques heures seulement dans l'enceinte du lycée. Elles ont été achetées avec l'argent récolté lors d'un hold-up commis dans une banque de Middletown, et il pourrait y en avoir beaucoup plus.

— Nous n'avons pas de preuve?

— Aucune.

— Alors, affaire classée. Cela dit, ouvre tout de même l'œil, d'accord?

— Bien sûr. Sinon, que m'apportes-tu?

— Un enlèvement.

Corey se raidit sur son siège en ouvrant de grands yeux.

— Un *enlèvement*? s'étrangla-t-il.

Le lieutenant écouta avec la plus grande attention l'histoire du professeur Kurt von Fahlendorf avant de réagir.

— Tu crois que ce type pourrait être lui-même mêlé à cette histoire?

— Je ne pense pas. Je pencherais plus volontiers pour son beau-frère, mais nous ne pouvons rien attendre des flics munichois.

Il s'approcha un peu plus de son interlocuteur.

— Je mets Helen MacIntosh sur cette enquête avec toi, parce qu'elle connaît Kurt mieux que quiconque. Elle assurera la liaison entre la famille et l'ensemble des services de police de ce côté-ci de l'Atlantique.

— Il est déjà mort, Carmine.

— C'est aussi mon avis, mais nous devons agir comme s'il était vivant. Autre recommandation, Cor: je veux des rapports en bonne et due forme. C'est un ordre. Cette affaire pourrait très bien se retrouver un jour au civil si la famille accuse l'État ou le comté de négligence. Ne me regarde pas de cette façon-là! Si j'apprends que Morty Jones boit une seule goutte pendant le service, je le vire. Compris?

Corey, contenant sa rage, s'efforça de hocher poliment la tête.

— Compris, Carmine. Sinon, ajouta-t-il en fronçant les sourcils, j'imagine que le FBI va venir piétiner nos plates-bandes ?

— Comme s'il pouvait en être autrement ! Mais je compte sur toi pour coopérer pleinement avec eux. OK ?

— Nous leur transmettrons toutes nos découvertes.

— Bien, approuva Carmine, persuadé que son lieutenant lui mentait. Helen ne tardera pas à te fournir les détails dont tu as besoin, ajouta-t-il avant de quitter la pièce.

Un enlèvement ! pensa le lieutenant. *Ce sont toujours les enquêtes les plus difficiles à résoudre, mais aussi les plus prometteuses. Mais c'est quoi, cette histoire ? Moi, un lieutenant, me laisser briefer par une simple stagiaire ?* D'un autre côté, il connaissait son capitaine. S'il affirmait qu'elle était bien renseignée, c'est qu'elle l'était. Peu désireux d'attendre que la jeune femme daigne venir le voir, il rejoignit le bureau de ses deux sergents.

Buzz était plongé dans la rédaction des feuilles d'heures supplémentaires, une tâche que lui avait confiée Corey lorsqu'il s'était aperçu que son adjoint prenait plaisir à remplir de la paperasse. Ce dernier s'était même montré honoré de cette confiance.

— Où est Morty ? lui demanda Corey.

Buzz Genevose haussa les épaules.

— Va voir du côté des cellules. Virgil Simms a été nommé là-bas, à la suite d'un grand chamboulement voulu par Vasquez. Morty et lui sont amis depuis toujours. Tu veux que je l'appelle ?

— Non, s'empressa de répondre le lieutenant. J'y vais, l'exercice me fera du bien. En attendant, va dans mon bureau attendre la princesse.

Le quartier des cellules et les bureaux attenants se trouvaient au rez-de-chaussée de l'annexe des services municipaux, dont la démolition, programmée depuis dix ans, était constamment repoussée. On y trouvait diverses reliques d'une époque révolue, à l'image des deux énormes baignoires dans lesquelles on plaçait autrefois les fous furieux en attendant l'arrivée des blouses blanches chargées de les conduire à l'asile. Les fiches de tous les ivrognes passés un jour par les cellules de dégrisement étaient classées dans une petite pièce, avec les rapports d'arrestation des criminels les plus divers, des incendiaires aux meurtriers.

En tout, le bâtiment comptait douze cellules de six mètres sur six d'un blanc aveuglant, toutes équipées d'une cuvette de WC et de trois banquettes en bois recouvertes de matelas tachés. Le carrelage de faïence blanche, caractéristique du tournant du XXe siècle, permettait de traquer la saleté aussi sûrement qu'un néon trouant la nuit. En règle générale, les gardiens entassaient leurs pensionnaires à plusieurs par cellule afin de limiter les opérations de nettoyage.

Rien n'avait été prévu pour les femmes, les sergents de permanence voyant rarement débarquer chez eux des représentantes du sexe faible. En cas de besoin, on avait recours à une chambre spartiate, équipée de toilettes protégées par un paravent, d'un lavabo et de trois vrais lits munis de matelas de grosse toile. Pas de miroir, bien évidemment, de peur que les prisonnières ne s'échappent dans la mort en s'aidant d'un éclat de verre tranchant. Les prostituées d'Holloman passaient rarement par là, la clientèle féminine du quartier des cellules se limitant aux femmes qui avaient tué un mari ou un amant, aux mères qui abusaient de leurs enfants.

La quarantaine en ligne de mire, le sergent Virgil Simms était plongé dans une montagne de formulaires lorsque Corey pénétra dans son bureau en soupirant.

— Il cuve? demanda-t-il d'une voix lasse en faisant un signe de tête en direction de la cellule des femmes.

— Je ne crois pas, répondit Simms, ne désirant pas trahir un ami avec lequel il avait fréquenté l'école de police. Sa nouvelle gouvernante lui fait vivre un enfer, ses gamins aussi. Il n'arrive pas à dormir chez lui, alors il se rattrape ici. Désolé, Cor.

— Ce n'est pas ta faute. Merci de ton aide. Mon patron n'est pas très compréhensif.

Il poussa la grille de la cellule des femmes et découvrit Morty étalé de tout son long dans une position laissant penser qu'il était soûl. Il ne sentait pourtant pas l'alcool. Virgil avait peut-être raison.

— Morty ! l'appela son supérieur en le secouant par l'épaule. Morty, réveille-toi. Rase-toi et passe-toi un coup de peigne, on nous a confié une enquête de première. J'ai besoin de tes lumières ! Le capitaine nous a à l'œil, il nous a même fichu une espionne dans les pattes. La princesse Helen. Il l'a chargée de lui rapporter tout ce qui se passait chez nous. Tu devrais repasser chez toi changer de chemise. Tu as l'air d'une loque.

Il regagna ensuite son bureau où Buzz ne tarda pas à le rejoindre, suivi par un Morty presque présentable. Les trois hommes attendaient depuis quelques minutes lorsque Helen pénétra dans la pièce, très agitée.

— Vous êtes en retard, lui fit remarquer Corey, histoire de lui signifier qu'elle n'allait pas faire la loi dans son service.

— Toutes mes excuses, répondit-elle sans juger bon d'indiquer les raisons de cette arrivée tardive.

Elle se lança dans une description précise de l'enlèvement à laquelle Corey lui-même ne trouva rien à redire.

— On m'a demandé de me joindre à l'enquête parce que je connais bien Kurt et que les ravisseurs m'ont choisie comme intermédiaire, mais je suis une simple stagiaire, ajouta-t-elle en conclusion de son exposé.

— Merci, acquiesça Corey. Avant d'aller plus loin, je vous demanderai de m'accompagner en salle d'interrogatoire. Je sais, je sais ! Nos huiles ont décidé de les rebaptiser « salles de conférence », mais leur ancien nom me convient très bien. On va enregistrer tout ce que vous savez de Kurt et de sa famille, puis je demanderai à une secrétaire de transcrire votre témoignage. Les types du FBI ne tarderont pas à nous tomber dessus, je veux pouvoir leur donner du biscuit lorsqu'ils passeront me voir. Buzz et Morty, venez avec moi et n'hésitez pas à poser des questions.

Corey se montra brusque avec Helen. Sans doute lui en voulait-il d'être la fille du président de Chubb et de posséder une fortune personnelle cinq fois supérieure à la rançon exigée par les ravisseurs. Il la mit sur la sellette pendant deux heures, enchaînant les questions sur sa relation avec son petit ami. Quelle bonne idée elle avait eue de ne jamais coucher avec lui ! Corey voulait savoir qui étaient les amis de la victime, ce qu'elle connaissait de ses collègues, les raisons qui avaient poussé le fils d'un grand patron de l'industrie chimique allemande à se passionner pour la physique des particules, ses habitudes, ses couleurs de prédilection, ses goûts musicaux, etc. Elle lui répondait d'une voix calme, veillant à garder les idées claires afin d'éviter les contradictions et les approximations. À son grand étonnement, Corey lui demanda de relire son témoignage et d'y apposer sa signature, et elle s'exécuta avec un léger sourire. De toute évidence, le lieutenant accumulait les munitions avant l'arrivée du FBI, avec l'intention de lancer les Fédéraux sur une vingtaine de pistes différentes.

— La manœuvre est habile, remarqua Helen, mais pas forcément efficace. À propos, vous a-t-on déjà dit que vous étiez un bel enfoiré ?

Pris de court, Corey lui arracha des mains le document signé et quitta la pièce. La jeune femme ne s'étonna pas qu'il parte déjeuner avec ses adjoints en négligeant de l'inviter.

Trouvant Delia seule à une table, elle se glissa sur la banquette en face d'elle et commanda un hamburger avec des frites.

— Je viens de dire à Corey Marshall que c'était un enfoiré de première.

— Et tu ne te trompes pas, approuva Delia qui dégustait un bœuf braisé.

— Il m'a passée sur le gril pendant deux heures avant de me demander de signer le procès-verbal de mon témoignage.

— Tu avais le droit de refuser.

— Je n'en voyais pas l'utilité.

— Carmine a été obligé de forcer la porte de la maison de Kurt, marmonna Delia en mâchant sa purée. Il a trouvé la Porsche verrouillée dans le garage, les clés et le portefeuille de Kurt posés sur la table de l'entrée. Cela prouve qu'il est rentré chez lui.

Elle suivit des yeux Carmine qui arrivait chez Malvolio's et cherchait son lieutenant du regard.

— Il est en train de l'annoncer à Corey, signala-t-elle à son interlocutrice.

Helen posa son biper sur la table.

— Au cas où je recevrais un appel de Munich, expliqua-t-elle.

— Espérons qu'ils n'aient pas la mauvaise idée de te téléphoner en pleine nuit.

— Aucune importance, répondit-elle joyeusement en plantant les dents dans son hamburger. Il suffit que je pose la tête sur l'oreiller pour me rendormir.

Carmine prit place à côté d'elle.

— Kurt a-t-il l'habitude de laisser ses clés et son portefeuille sur la table de l'entrée? demanda-t-il en faisant mine de s'adresser à Delia, pour le bénéfice de ceux qui les observaient.

Helen comprit la manœuvre.

— Oui, capitaine, répondit-elle, une frite à la main. Et il verrouille toujours la Porsche.

— Je vous demanderai de m'accompagner dès que vous aurez terminé de manger. Je voudrais que vous inspectiez la maison de Kurt en vous intéressant plus particulièrement au pavillon d'ami, au cas où quelqu'un y aurait séjourné.

— Comment dois-je justifier mon absence auprès du lieutenant Marshall?

— Je viens de lui en parler.

— Dans ce cas, je vous suis dès que Delia est prête, capitaine.

— Personne n'est venu ici, déclara-t-elle après avoir longuement visité la maison du professeur. Rien n'a changé de place. Kurt semble avoir gardé la tenue qu'il portait hier soir chez Buffo's.

— Quand les Fahlendorf ont-ils décidé de créer ce fonds à destination des enfants? s'enquit Carmine en refermant la porte de la maison.

— Aucune idée. Kurt ne m'en a jamais parlé.

— Trouvez-vous normal qu'il ne l'ait pas fait?

Elle s'immobilisa sur la petite allée.

— Non, pas vraiment, car ce n'est pas quelqu'un de secret. Je ne prétends pas que c'est une pipelette, mais une opération de ce genre n'est pas anodine. En temps ordinaire, je crois qu'il m'en aurait parlé.

— Cela ne peut avoir que deux significations: soit il n'était pas au courant, soit la création de ce fonds est toute récente. Dagmar aurait-elle tendance à court-circuiter son frère sous prétexte qu'il a choisi de mener sa carrière et de vivre à l'étranger?

— Dagmar aime beaucoup Kurt, répondit Helen d'une voix lente, mais je pense qu'au fond d'elle-même elle ne lui pardonne pas d'avoir quitté sa patrie.

J'ai toujours remarqué une certaine tristesse chez lui chaque fois qu'il évoquait sa sœur. Un jour, il m'a expliqué que les siens auraient préféré le voir briguer un prix Nobel de chimie, au lieu de s'intéresser à la physique.

— En aurait-il été capable, à votre avis?

— Non! s'écria-t-elle avec mépris. Il manque trop d'imagination. C'est un mathématicien avant tout. Le monde de la chimie lui est parfaitement étranger.

— Ils auraient mieux fait de dénicher une Prunella Balducci quand Kurt était petit.

— Je vous demande pardon?

— Rien.

— Dites-moi, capitaine, va-t-on lancer des recherches poussées dans l'espoir de retrouver Kurt?

— Tout dépend du FBI. Ce sont eux qui prennent la direction des opérations en cas d'enlèvement.

Carmine et Helen montaient dans la Fairlane lorsque Robert et Gordon Warburton sortirent en courant de chez eux.

— Capitaine, capitaine! le héla Robbie, essoufflé. C'est vrai?

— Qu'est-ce qui est vrai?

— Que Kurt a été enlevé.

— Oui, c'est vrai. L'avez-vous vu hier soir?

— Pas vu, mais entendu, répondit Gordie.

— Qu'avez-vous entendu, Gordon? demanda Carmine.

— J'ai entendu la Porsche rentrer aux alentours d'une heure du matin, ce qui était tard pour un homme tel que lui

— Comment se fait-il que Robert n'ait rien entendu?

— C'est ma chambre qui donne sur la propriété de Kurt. Robbie entend en revanche les allées et venues de Dave Feinman, dont le garage se trouve de son côté.

— Vous êtes certain de n'avoir rien vu, Gordon? insista Carmine.

— Eh bien… J'avoue m'être levé pour regarder quand j'ai entendu grincer les vitesses. Kurt ne fait *jamais* grincer ses vitesses!

— Je confirme, intervint Helen.

— Qu'avez-vous vu précisément? le pressa Carmine.

— J'ai vu sortir de la Porsche un homme et une femme qui s'escrimaient sur la télécommande. On aurait cru qu'ils n'en avaient jamais tenu une entre les mains. Le volet coulissant s'est relevé, ils sont remontés dans la Porsche qu'ils ont rangée dans le garage, et je suis retourné au lit.

— Vous avez pu les voir? demanda avidement Helen.

— Oui, à la lueur du réverbère. La femme avait dans les quarante ans, le type était plus jeune. Elle avait une tenue rouge sombre avec un chapeau recouvert d'une voilette, de sorte que je n'ai pas pu distinguer son visage. Il me semble qu'elle avait les cheveux foncés. Une silhouette avenante, en tout cas. Le type donnait l'impression de lui obéir. Cheveux noirs ondulés, beau gosse, mais ne me demandez pas de vous le désigner lors d'une séance d'identification, j'en serais incapable.

Il émit un petit ricanement.

— C'est ça, les beaux gosses, capitaine, ajouta-t-il.

— Continuez comme ça, Gordon, et je me charge personnellement d'arranger *votre* tête de beau gosse, gronda Carmine.

— Oh là là!

— L'un d'entre vous a-t-il aperçu Kurt mercredi? les coupa Helen.

— Oui, vers 18 h 30. La Porsche était rangée le long du trottoir et il est sorti précipitamment de chez lui, habillé pour un rendez-vous galant, précisa Robbie. Très chic!

— Complètement cinglés, marmonna Carmine en repartant au volant de la Fairlane, Helen à ses côtés. Au début, j'ai cru qu'ils étaient homos, mais je me demande s'ils ne jouent pas les folles exprès.

— Tordus comme des bretzels, vous voulez dire, persifla Helen.

— En attendant, nous rédigeons tous les deux un rapport. Vous transmettrez le vôtre à Corey Marshall qui pourra le communiquer aux Fédéraux.

— Comme vous voulez, capitaine.

— Je voulais vous dire : votre journal est excellent.

Elle rosit de plaisir.

— Vraiment ?

— Oui. J'aime tout particulièrement les encres de couleurs différentes.

— Comme j'ai tendance à écrire beaucoup, les couleurs m'aident à me repérer.

— Je me demande si je ne vais pas adopter le même système.

Helen était écarlate.

L'affaire Kurt von Fahlendorf était pour le moins complexe. Elle impliquait un étranger habitant aux États-Unis dont la famille, dépositaire de la rançon, vivait en Allemagne ; quant aux dix millions de dollars, ils ne transitaient même pas par l'Amérique puisqu'ils étaient versés depuis Munich sur un compte anonyme dans un célèbre établissement bancaire de Zurich auprès duquel la police américaine n'avait aucune possibilité d'intervenir.

— La manœuvre est brillante, confirma Carmine à Desdemona ce soir-là en se couchant.

Depuis quelques jours, sa femme se montrait plus calme, attentive et animée.

— Si tu mets cette nuisette, tu risques fort de te la faire arracher, lui annonça-t-il en se glissant entre les draps.

Elle reposa le vêtement en riant sous cape.

— Voilà ! Je le laisse ici en cas d'urgence. Avoir des enfants a une fâcheuse tendance à empêcher les adultes de se promener tout nus.

Elle prit place dans le lit et s'étira longuement sous le regard concupiscent de son mari, qui roula sur le ventre en grognant et planta ses lèvres dans le cou de Desdemona.

— Carmine, arrête ! Tu me rends folle, quand tu fais ça ! Il faut que je te dise, gémit-elle à mi-voix en lui agrippant la tête afin de le calmer. J'ai compris pourquoi il était dangereux d'avoir un deuxième enfant. Tu avais raison de vouloir attendre un ou deux ans de plus. Prunella m'a expliqué que certaines femmes mettaient du temps à retrouver leur équilibre hormonal, et je crois que c'est mon cas. Je suis... je me sens complètement déprimée depuis la naissance d'Alex. Je ne me suis pas assez occupée de lui, j'étais obnubilée par Julian, et je ne m'en rendais même pas compte. Les discussions que j'ai eues avec Prunella m'ont ouvert les yeux. En temps normal, je suis parfaitement capable de faire face, mais je suis dépassée depuis six mois. Tu sais, mon amour, je me sens nettement mieux. Prunella me soulage énormément avec Julian, elle le remet sur les rails, ce qui me laisse le temps et l'énergie de m'occuper d'Alex comme il faut. Il a besoin que je lui consacre davantage de temps.

Elle laissa échapper un soupir en caressant les cheveux de son mari.

— Notre grand garçon est un drôle de pistolet et je crois comprendre les gens quand ils prétendent qu'être parent, comme la politique, est un art qui ne s'apprend pas à l'école.

— J'ai tout de suite remarqué que tu allais mieux, approuva Carmine en replongeant le nez dans le cou de sa femme.

— Attends ! Je tiens à te remercier de ta compréhension, mais aussi d'avoir trouvé le moyen de me sortir de cette dépression. Je n'aurais jamais pu dénicher une perle comme Prunella toute seule.

— Tu as terminé ?

— Oui.

Enfin libre de ses mouvements, il enroula ses jambes autour de celles de Desdemona qu'il embrassa longuement dans le cou afin d'exciter son désir. Faire l'amour à une femme d'un mètre quatre-vingt-dix était décidément un plaisir unique !

Vendredi 18 octobre

Carmine n'eut guère le loisir de repenser à sa femme lorsque le FBI lui tomba sur le dos, ce matin-là. Le Bureau n'avait pas dépêché Ted Kelly cette fois, puisqu'il ne s'agissait pas d'espionnage, mais un certain Hunter Wyatt aux méthodes et au caractère bien différents. De taille et de constitution moyennes, il se déplaçait avec aisance et présentait des traits studieux. Cette impression de gravité se trouvait accentuée par des lunettes cerclées de fer derrière lesquelles brillaient deux yeux gris qui observaient le monde avec le plus grand scepticisme. Carmine le trouva d'emblée sympathique et l'invita à prendre un café chez Malvolio's.

— Vous aurez suffisamment l'occasion de goûter le mauvais café qu'on fait chez nous, expliqua-t-il à son collègue. Si le Bureau vous octroie des frais de mission comparables aux nôtres, vous constaterez que Malvolio's est encore la meilleure cantine du coin.

— Ça me va très bien. Dites-moi ce que vous savez, répliqua Hunter Wyatt.

Avec un nom pareil[1]*, il a bien fait de se consacrer au maintien de l'ordre*, pensa Carmine en entamant sa présentation.

1. Hunter signifie chasseur, Wyatt est le prénom de l'un des shérifs les plus célèbres de l'Ouest, Wyatt Earp. *(N.d.T.)*

— Dites-moi que mon pressentiment n'est pas le bon, conclut-il quelques minutes plus tard.

— Vous avez malheureusement raison. Premièrement, ce n'est pas une affaire américaine ; l'enlèvement s'est déroulé ici, mais il a été mis au point par des étrangers. Deuxièmement, nos soupçons doivent se porter en priorité sur Herr Josef von Fahlendorf qui a fort bien pu monter le rapt depuis Munich. Troisièmement, nous ne retrouverons pas Kurt von Fahlendorf vivant. Ses ravisseurs vont l'abandonner sans eau et sans nourriture dans une cachette introuvable : un coffre de voiture, une cave ou autre lieu improbable... Ils n'oseront pas le laisser en vie, sachant que c'est un homme d'une intelligence supérieure à la moyenne. Si ce type-là est capable de traquer des particules inconnues dans des labyrinthes inexpugnables, vous pouvez être certain qu'il remarquera la moindre bosse sur un mur, ou même un interstice à l'endroit où se trouvait autrefois une porte. Il est probablement doté d'une ouïe très fine ; allez savoir ce qu'il aura pu entendre depuis sa prison ?

— Vous qui êtes expert en enlèvements, Hunter, quel genre de geôle ont pu lui choisir les Allemands ?

— J'imagine volontiers une cave, à ceci près que ces endroits sont d'ordinaire sonores. Il faudrait donc que celle-ci soit isolée des bruits habituels : une carrière, ou alors une grotte souterraine. Les cartes d'état-major montrent que la région est truffée d'anciennes batteries d'artillerie. L'emplacement idéal pour des Allemands ! Je parierais que notre homme n'a pas quitté le Connecticut, et même Holloman, afin d'éviter à ses ravisseurs d'emprunter les autoroutes. Si Gordon Warburton ne s'est pas trompé en décrivant un homme et une femme, nous disposons d'un duo assez étrange. Pourquoi une femme ? Le jour où nous aurons répondu à cette question, nous tiendrons la clé du mystère.

— Oui, surtout que Kurt n'a pas été drogué. Ils ont dû lui asséner un ou plusieurs coups sur la tête et lui ont coupé le petit doigt pendant qu'il était évanoui. Le temps qu'il revienne à lui, il était enfermé dans sa prison.

— Il aura suffi d'une heure, enchaîna Wyatt. Les deux agents en uniforme qui patrouillaient les rues de la ville l'ont aperçu mercredi à 22 heures. À 23 h 30 au plus tard, il se retrouvait prisonnier, avec un doigt en moins. Reste à comprendre pourquoi ils ne l'ont pas drogué.

— Sans doute sommes-nous en présence d'amateurs, suggéra Carmine. Leur manque d'expérience avec la télécommande du garage confirme qu'il s'agit d'étrangers, tout comme l'absence de drogue. Ils ont jugé préférable de ne pas en apporter d'Allemagne, persuadés à tort que les douaniers américains fouilleraient leurs bagages. Les gens croient toujours que le reste de la planète fonctionne conformément à leurs propres usages. Les douanes allemandes sont extrêmement sévères, surtout avec les individus soupçonnés de contacts avec l'Est.

Hunter Wyatt leva les yeux du carnet sur lequel il prenait des notes.

— Vous avez envie de rejoindre le FBI, capitaine? dit-il en souriant.

— Au risque de perdre le réseau social que ma femme m'envie? Non merci.

— Concentrons nos efforts sur Kurt von Fahlendorf, conclut Wyatt, à nouveau sérieux.

— Corey Marshall vous a-t-il transmis tous les éléments du dossier?

— Oui. C'est un bon flic, à en juger par la façon dont il a interrogé votre stagiaire, sachant de qui elle est la fille. Elle ne manque pas de qualités non plus, elle a joué le jeu à fond. Quel genre de type est ce

Fahlendorf? Un passionné? Une tête d'œuf? Il a des airs de vedette de cinéma.

— C'est vrai, concéda Carmine. D'après Helen MacIntosh, il ne le cultive pas. Tout semble indiquer qu'il ait le profil du scientifique typique et que ce soit effectivement une grosse tête.

— Dans ce cas, nous devrions lancer toutes nos forces dans la bataille afin de lui mettre la main dessus. Si nous le retrouvons vivant, ce sera un témoin précieux.

— S'il se souvient de ses ravisseurs et de ce qui lui est arrivé, le tempéra Carmine.

Le capitaine se rendit directement chez le préfet après avoir confié Hunter Wyatt à Corey et son équipe.

John Silvestri avait trouvé le temps d'organiser deux conférences de presse, se contentant de déclarer aux journalistes que les recherches se concentreraient à Holloman et dans les environs, mais aussi à Munich comme dans certaines grandes villes des États-Unis.

— La presse se passionne pour l'enquête, confirma Silvestri à son visiteur. Une famille richissime, la nationalité de la victime, la possibilité que des Allemands soient à l'origine de l'enlèvement… Tous les éléments sont réunis et je leur en ai donné pour leur argent.

— Vous devriez leur livrer en pâture nos « jumeaux terribles », Robert et Gordon Warburton, se força à sourire Carmine. Ce sont des acteurs nés, ils vont adorer la publicité que leur vaudra leur statut de voisins de la victime.

— Excellente idée, ronronna Silvestri.

— Je suis venu vous parler de l'enquête, John. Hunter Wyatt est d'accord avec moi pour dire que les ravisseurs ont quitté les États-Unis, il a donc décidé d'unir ses équipes à celle d'Holloman pour tenter de retrouver Kurt. Je ne sais pas dans quelle mesure vous souhaitez rendre cette opération publique, mais nous voulons découvrir sa prison avant qu'il ne soit mort de soif. Je vais avoir besoin de tous les uniformes, si Fernando est d'accord, bien évidemment. Nous allons découper le comté en secteurs confiés à des équipes bien précises. Si les Gentlemen Marcheurs acceptent de se joindre à nous, je ne dirai pas non. Le tout est de procéder avec méthode. J'aurais aimé que Fernando pilote l'opération avec Hunter Wyatt. La Criminelle n'est pas en mesure de diriger l'enquête en plus de celles que nous avons sur les bras, à commencer par l'affaire du Dodo.

— Fernando n'y verra aucun inconvénient, affirma le préfet sur un ton indiquant son intention de diriger lui-même l'opération. Je vais tout de suite donner des ordres aux effectifs des comtés voisins.

Voilà pourquoi j'aime John Silvestri, pensa Carmine en quittant le bureau de son chef. *Il ne perd pas de temps en ronds de jambes inutiles, il prend le taureau par les cornes. Il n'y a que lors des conférences de presse qu'il se montre doux comme un agneau.*

En apprenant que des recherches de grande ampleur étaient lancées, Corey Marshall commença par y voir une besogne indigne de son talent, jusqu'à ce que Carmine lui prouve que découvrir la victime serait plus valorisant que d'appréhender les ravisseurs, avançant pour preuve la décision du FBI de prendre part à l'opération. En toute probabilité, souligna Carmine, la découverte de Kurt permettrait d'identifier les ravisseurs, confortablement réfugiés en Allemagne.

Morty Jones a une mine tragique, nota Carmine en quittant le bureau de Corey. Il fit un clin d'œil discret à Helen qui le rejoignit quelques instants plus tard.

— Morty a un problème?

— Un avocat lui a fait porter des papiers hier. Il a gardé l'enveloppe sur lui sans l'ouvrir.

— Les papiers du divorce. Pourquoi diable refuse-t-il de les regarder?

— Honnêtement, je n'en sais rien. Ces trois types me détestent, ils me prennent pour une espionne ou une indic.

— Ignorez-les et tenez-moi au courant.

— Je me sens vraiment dans la peau d'une indic, marmonna-t-elle.

— Vous avez tort. Vous n'en êtes pas une. Je me fais juste du souci au sujet de Morty.

— D'accord.

En quittant le capitaine, elle s'isola habilement aux toilettes, pour que Corey ne se doute pas qu'elle avait parlé au patron. Carmine n'en percevait pas moins sa détresse et son humiliation. *Bien sûr que c'est une indic*, pensa-t-il. *Mais elle agit pour la bonne cause.*

Morty Jones devait bien le reconnaître, Delia lui avait dégotté une gouvernante qui s'occupait de son intérieur bien mieux que ne l'avait jamais fait Ava. Milly venait chez lui tous les jours sauf le week-end, de 8 heures à 17 heures. Elle s'occupait de la lessive et du repassage, préparait le repas du soir, avait trouvé le moyen en quelques jours de laver ou d'envoyer chez le teinturier tous les rideaux, couvertures et couvre-lits de la maisonnée. Les enfants de Morty étaient ravis, d'autant que Milly était dotée d'un caractère enjoué, les interrogeait longuement sur leur journée au retour de l'école et surveillait les devoirs. Et c'était un cordon-bleu.

À ceci près qu'elle était incapable de rendre Morty heureux, car elle n'était pas Ava. Ava la souillon, Ava l'égoïste qui pavoisait du matin au soir en satin, plumes et mules à talons, gratifiant les enfants de baisers mêlés d'excuses pour avoir oublié de leur préparer à déjeuner ou de prévoir des habits propres. Ava, oh, Ava !

Le policier ne savait pas ce que contenait le pli remis la veille en mains propres par un huissier, mais il avait le cœur gros. Si gros qu'il ne trouvait pas la force de l'ouvrir afin d'en examiner le contenu. Il avait passé la soirée du jeudi chez lui à le regarder et l'avait rapporté intact au bureau le lendemain matin. Il savait pourtant bien qu'il lui fallait l'ouvrir !

— Je ne me sens pas bien, Cor, murmura-t-il à son chef, profitant d'un court instant où ils se trouvaient seuls. Il faut que j'ouvre cette enveloppe, mais pas en présence de cette petite pétasse qui passe son temps à nous épier. Ça t'ennuie si je vais voir Virgil ? Il est de service et je serai tranquille là-bas.

— Bien sûr, approuva Corey qui l'écoutait d'une oreille distraite.

On venait d'amener une cargaison d'ivrognes au gardien qui montra du menton la cellule des femmes à Morty en pensant que son copain avait besoin d'une bonne sieste. Le pauvre avait une tête de déterré.

Les documents et les photos qui s'échappèrent de l'enveloppe de papier kraft n'eurent sur ce dernier aucun effet soporifique. Ava l'assignait en divorce pour violence et réclamait la garde des enfants, précisant que Morty n'en était pas le père. Elle réclamait en outre jusqu'à son dernier cent, oubliant que tout ce qu'ils possédaient était à son nom à lui !

Deux séries de clichés en couleurs accompagnaient la requête : les premiers représentaient Ava, entièrement nue, couverte d'hématomes dont les plus marqués se situaient au niveau du ventre et de l'entrejambe ; les secondes photos étaient des gros plans de son visage tuméfié, le nez recouvert de pansements et les lèvres marbrées de coupures. Mon Dieu ! Comment avait-il pu agir de la sorte ? Elle s'était rendue aux urgences avant de s'adresser à un avocat. Elle réclamait les enfants, la maison, ses économies, son salaire ! Au nom des sévices qu'il lui avait fait subir et dont il découvrait l'étendue, en couleurs. À en croire l'assignation, de nombreuses personnes étaient prêtes à témoigner et il existait d'autres photos.

Sa carrière était fichue ; le capitaine Delmonico détestait les types qui battaient leurs femmes, Morty ne serait plus jamais heureux. *Ava, oh Ava ! Pourquoi fallait-il que tu couches à droite et à gauche ? Qui me croira le jour où je dirai que c'est la seule et unique fois où je t'ai frappée, espèce de pute, de salope, de trou à bites ! C'est toi qu'on croira. On croit toujours les femmes. On prétendra que j'ai inventé toutes tes aventures. Ava, oh Ava ! Pourquoi ?*

Il se laissa tomber sur un lit, enfouit son visage dans ses mains et pleura toutes les larmes de son corps.

Virgil Simms glissa un œil dans la pièce, soupira, et reprit sa ronde.

— Inutile d'attendre Morty, annonça Corey. Il est allé s'allonger, il ne se sent pas bien. Le plus tôt nous aurons fouillé le secteur qui nous a été assigné, plus vite Fernando nous donnera le suivant.

— Suis-je autorisée à me servir de ma voiture ? s'enquit Helen.

Corey lui lança un regard méfiant. Cette fille-là lui faisait penser à Maureen, elle avait toujours un truc à réclamer.

— Votre ridicule petite bagnole ritale est reliée au central, au moins ?

— Bien évidemment, rétorqua-t-elle en levant un sourcil d'un air hautain.

— Dans ce cas, d'accord. Mais vous me tenez au courant, c'est compris ? Buzz, tu viens avec moi ou tu prends ta voiture ?

— Je prends la mienne, se hâta de répondre Genovese. Si l'un d'entre nous trouve quoi que ce soit, toute l'équipe en profitera.

— Ça me convient, admit Corey en se levant.

— Lieutenant, ça vous ennuie si je vais voir comment se porte Morty? demanda Helen.

Sale petite peste!

— OK, OK, si ça vous chante... répondit-il sèchement en quittant la pièce.

La jeune femme descendit les escaliers en faisant sonner sur les marches ses souliers d'homme, plus pratiques que discrets, et traversa la cour en direction de l'annexe.

Elle entra et découvrit Virgil Simms derrière la porte vitrée de son antre, en plein travail.

— Salut Virgil, lança-t-elle. Comment va Morty?

— Il a dû finir par s'endormir. Sa femme lui a fait parvenir une assignation en divorce, il est au trente-sixième dessous.

— Pauvre Morty. C'est lui qui vous en a parlé?

— Pas besoin. Les papiers étaient éparpillés sur le lit à côté de lui. Il se portera bien mieux sans cette salope, mais il refuse de l'admettre. Pas uniquement parce qu'il l'aime. Il a une trouille bleue qu'elle lui pique tout son fric. Morty est radin comme pas possible.

Leur conversation fut interrompue par le rugissement d'un calibre .38 dont l'écho résonna du côté des cellules.

Un instant pétrifié, Virgil se leva précipitamment.

— Morty!

Il gagna en un éclair le couloir au bout duquel se trouvait la cellule des femmes, ouvrit la porte à la volée et se figea. Emportée par son élan, Helen s'écrasa contre son dos.

— Mon Dieu!

Elle repoussa Virgil et découvrit le cadavre encore assis sur le bord du lit, prêt à basculer, son arme de service à la main, sa cervelle dessinant un tableau abstrait sur le mur derrière lui.

— Sortez d'ici ! ordonna-t-elle au gardien en l'entraînant dans le couloir avant de refermer la porte derrière eux, tandis que deux flics en uniforme se précipitaient à leur rencontre. Vous, allez monter la garde à l'entrée du bâtiment, ordonna-t-elle au premier. Personne ne pénètre dans l'annexe. Et vous, ajouta-t-elle à l'intention du second, vous gardez cette porte. Ne laissez entrer personne.

Constatant que Virgil Simms était au bord de la syncope, elle l'installa sur son fauteuil de bureau et prit le téléphone.

— Capitainc Delmonico ? Rejoignez-nous immédiatement dans le quartier des cellules, et prenez le capitaine Vasquez en passant. Il y a eu un accident.

Cinq minutes plus tard, Carmine et Fernando dévisageaient avec ahurissement la jeune stagiaire qui semblait avoir pris la tête des opérations.

— Personne n'est entré ou sorti, mais je n'ai pas encore appelé le médecin légiste, expliqua-t-elle, le front couvert de sueur. Le sergent Jones s'est donné la mort avec son arme il y a quelques minutes. Le sergent Simms et moi-même avons entendu la détonation. Il n'y avait plus rien à faire pour le sergent Jones, alors nous avons refermé la porte et nous sommes venus ici afin de vous appeler.

— Nous ? s'étonna Vasquez.

— Oui, capitaine. Nous, insista Helen.

— Pour quelle raison vous trouvez-vous ici, mademoiselle MacIntosh ? demanda Fernando.

— Je m'inquiétais au sujet du sergent Jones, capitaine. Je craignais qu'il ait reçu une assignation de divorce.

— Pourquoi se serait-il trouvé ici ?

— J'ai cru comprendre qu'il était venu voir le sergent Simms, capitaine. C'est ce qu'on m'a indiqué, quand j'ai posé la question.

— Quand Morty est arrivé, j'ai bien cru qu'il allait tomber dans les pommes, capitaine. Alors je lui ai conseillé d'aller s'allonger dans la cellule des femmes, précisa Simms.

— Allons voir, décida Fernando.

Les deux capitaines constatèrent le décès de Morty Jones dont le corps n'avait pas bougé depuis qu'il s'était enfoncé l'arme dans la bouche et qu'il avait appuyé sur la détente. Patrick O'Donnell apparut bientôt sur le seuil.

— Bon sang, Carmine ! Personne n'a rien vu venir ?

— Si, mais son lieutenant n'a rien voulu savoir, rétorqua le capitaine.

Il se pencha sur les documents posés sur le lit, tira un gant de sa poche, l'enfila et saisit l'une des photos d'Ava Jones.

— Ces photos ont été retouchées, observa-t-il au bout de quelques secondes.

— Le pauvre bougre ! réagit Fernando. Il aurait mieux fait de consulter un avocat. Les retouches sont grossières, jamais de telles photos n'auraient convaincu un juge.

— De toute façon, il est trop tard, reprit Carmine. Tu crois qu'il a souffert, Patsy ?

— Je ne pense pas. À en juger par l'orifice de sortie de la balle, le projectile a traversé les structures vitales du tronc cérébral.

Fernando attira le capitaine à l'écart.

— Comment se fait-il qu'on l'ait autorisé à se servir de la cellule des femmes ?

— Aucune idée, répondit Carmine en toute innocence. Je sais uniquement que Morty et Virgil étaient très proches depuis l'école de police. Ils ont également fait équipe pendant plusieurs années. J'ai cru comprendre que Simms avait été affecté ici récemment.

— C'est vrai, mais nous disposons d'une infirmerie. Je voudrais poser la question à Mlle MacIntosh.

Carmine le fixa.

— Pourquoi?

— Elle était présente au moment des faits.

— Sur mon ordre. Je lui ai demandé de surveiller Morty quand j'ai appris qu'on lui avait remis des papiers de divorce. J'ai confié cette tâche à Mlle MacIntosh parce que j'ai besoin de tous les effectifs pour rechercher Kurt von Fahlendorf, Fernando.

Vasquez réfléchit un instant à ce qu'il venait d'entendre, puis il hocha la tête.

— Très bien. Si tu le dis.

— Bien sûr, que je le dis! s'énerva Carmine. Je n'ai pas l'habitude qu'on mette ma parole en doute, et rien ne t'y autorise. Je comprends que tu veuilles faire le ménage, mais garde ton énergie pour ceux qui n'ont pas la conscience tranquille. Nous ne sommes pas en présence d'un cas de corruption, mais d'une tragédie.

En passant devant le bureau de Simms, il adressa un signe de tête à Helen qui se rua à sa poursuite en le voyant s'éloigner à grands pas.

— Vous vous êtes accordés avec Virgil sur une version inattaquable, au moins? Si le capitaine Vasquez soupçonne Morty d'avoir touché à la bouteille...

Elle posa sur lui deux grands yeux d'un bleu limpide.

— Bien sûr, capitaine. Le nouveau capitaine du service des agents en uniforme ne pourrait pas comprendre.

— Bien. À présent, je vous laisse libre de reprendre votre travail.

Pendant ce temps-là, pensa Carmine, *c'est à moi de nettoyer le chantier que ne manquera pas de provoquer le suicide de Morty Jones. Les types comme lui ne rédigent pas de testament. Ce qui signifie que sa salope de femme ne récupérera pas tout. Ses gamins vont hériter au moins de la moitié de la succession et Ava n'est pas inconnue des services sociaux; jamais un juge ne lui accordera la gestion du patrimoine de ses gosses.*

Pourquoi Morty était-il tombé amoureux de cette imbécile nymphomane ?

En cherchant Corey, Carmine apprit que le lieutenant Marshall était en mission, à la recherche de Kurt von Fahlendorf.

— Je n'ai pas pris toutes les précautions nécessaires, annonça-t-il à John Silvestri quelques minutes plus tard.

— Vous avez fait votre possible, Carmine ! Rares sont les flics qui meurent en service commandé, même si leur nombre augmente chaque année, alors qu'ils sont nombreux à se donner la mort. Le travail est difficile, et souvent ingrat. Le divorce est une épreuve, mais c'est pire encore lorsqu'un flic épouse la mauvaise personne. Combien de femmes résistent à la pression lorsque leur mari est flic ? Très peu ! Ma Gloria, la femme de Danny, votre Desdemona, la femme d'Abe… Apparemment Soledad, la femme de Fernando…

— Vous avez raison, John, c'est Ava la responsable de ce drame. Une nana qui baise des flics pour s'amuser !

— Si une débutante comme Helen MacIntosh a vu venir ce drame, Corey aurait dû s'en douter. J'ai l'impression que notre stagiaire fait des progrès.

— Bien plus que je ne le pensais. Le NYPD s'est privé d'une excellente enquêtrice en l'envoyant régler la circulation. Cette fille est très débrouillarde.

Carmine n'alla pas jusqu'à expliquer au préfet que la débrouillardise d'Helen l'amenait à concocter des alibis en or aux sergents qui avaient fait une entorse au règlement en accueillant un vieux copain dans la cellule des femmes.

— En attendant, je vais devoir mettre la main sur Ava, déclara Carmine.

Une applique était fixée au plafond sur la droite de la trappe d'accès à la cave. Une ampoule de faible puissance y brûlait derrière un verre épais protégé par un grillage. La lampe d'origine devait être nettement plus puissante, à en juger par l'épais câble alimentant l'applique que Kurt devinait dans la pénombre.

Il avait faim, et surtout soif. D'après ses calculs, il se trouvait enfermé là depuis plus de douze heures, peut-être même vingt-quatre, sans qu'il puisse en être certain puisque sa montre était cassée. Il se souvenait vaguement avoir dérapé sur Persimmon Street, sortir de sa voiture afin de vérifier qu'il n'avait heurté aucun obstacle, recevoir un choc violent à la tête, et puis plus rien. À son réveil, sa main gauche le lançait terriblement et il avait eu l'horrible surprise de découvrir, sous un pansement de fortune réalisé avec son propre mouchoir, qu'il n'avait plus de petit doigt ! On l'avait amputé ! Retirer le tissu rougi avait suffi à déclencher un nouveau saignement, et il lui avait fallu le remettre en place en se servant de sa main droite et de ses dents, mais le moignon était douloureux et le mouchoir à nouveau humide. Pourquoi lui avoir coupé le doigt ?

Kurt ne disposait d'aucune nourriture, mais un bidon d'eau à moitié plein était posé dans un coin et un seau vide attendait un peu plus loin. Il avait bu avidement, sans réfléchir, allant jusqu'à laisser couler de l'eau sur sa chemise, avant de réaliser qu'il n'en aurait bientôt plus si personne ne venait le réapprovisionner. Il avait mal à la tête et ses yeux lui faisaient mal.

Pas un bruit ne parvenait jusqu'à lui. Pas un souffle de vent, pas de liquide courant dans des canalisations, pas de bruit de voiture, pas de grésillement de câbles à haute tension, pas de marteau-piqueur ou de moteur d'engin de chantier. Rien ! Absolument rien ! Pas même l'ombre d'une vibration. Quant à distinguer quoi que ce soit… C'était tout juste si l'ampoule de l'applique trouait les ténèbres.

Il avait somnolé quelque temps, s'était même endormi. À son réveil, il se leva afin de faire les cent pas. Un effort aussi futile qu'inutile ! À bout de force, il se laissa tomber sur le sol de ciment en se heurtant le coccyx et se mit à pleurer. Les larmes ne l'aidant en rien, il renifla en fouillant ses poches à la recherche de son second mouchoir. Rien. Ils avaient dû le jeter après l'avoir utilisé pour éponger le sang. Un crayon tomba de sa poche, roula brièvement sur le sol et s'immobilisa. Kurt essuya son visage à l'aide du pansement improvisé et devina à la course du crayon que le sol était quasiment plat. À cet endroit, en tout cas.

Il s'occupa un temps à vérifier son hypothèse à l'aide du crayon. La main tendue, il découvrit un mur lisse. Du plâtre brut. La découverte était intéressante. Pourquoi prendre la peine de plâtrer un mur pour ne pas le recouvrir ensuite de papier peint ou de peinture ? Un mystère de plus. Il passa en revue le contenu de ses différentes poches : celles de sa veste, au nombre de trois, la poche de poitrine de sa chemise, les cinq poches de son pantalon. Son portefeuille et ses clés avaient disparu, alors qu'il les avait en montant dans la Porsche après son dîner chez Buffo's. Sa récolte n'avait rien d'engageant : un total de quinze crayons à papier 2B de marque allemande, quatre stylos bille rouges, une gomme Faber-Castell, un carnet à spirale, un couteau suisse, une série de tournevis de bijoutier dans leur boîtier en plastique transparent, et un flacon de correcteur liquide.

Une soif ardente desséchait sa gorge et il éprouvait des difficultés croissantes à saliver, ce qui l'obligeait à serrer les lèvres. Pas besoin d'être médecin pour comprendre qu'une bouche ouverte est plus sèche qu'une bouche fermée. De toute façon, il n'avait personne à qui parler, alors autant ne plus ouvrir la bouche. *Jusqu'à ce que mort s'ensuive*, pensa-t-il en prenant la mesure de l'ironie de sa situation. Car il savait qu'il allait mourir.

Comment passer le temps? La question le tarauda jusqu'à ce qu'il repense à son petit trésor de guerre : les crayons, les stylos, la gomme, le correcteur liquide.

Autant me servir du mur pour y inscrire des formules mathématiques, décida-t-il, tout excité. *Je vais revoir mes équations afin de m'assurer qu'elles ne contiennent pas d'erreurs. Aux collègues qui contestaient mes découvertes, j'ai répondu dans le confort de mon bureau, à l'aide de tableaux noirs aisément effaçables. Comme ça m'est impossible ici, j'écrirai très petit, sans jamais rien effacer; et lorsque mes dernières forces m'auront abandonné, je laisserai derrière moi le résultat de toute une carrière. Il me suffira de tailler les crayons avec le couteau suisse. Je n'aurai peut-être jamais l'occasion d'utiliser la tige permettant de nettoyer les sabots de chevaux, mais au moins la lame m'aura-t-elle bien servi.*

Debout au milieu de la pièce, il scruta sa prison dans ses moindres recoins. Par où commencer? Là-bas, à gauche. Un mur à la fois. Dans son excitation, il se cogna la main contre la paroi en se retournant, déclenchant un nouveau saignement. Balayant la douleur d'un regard courroucé, Kurt von Fahlendorf rejoignit l'angle de la pièce qu'il avait choisi et enchaîna les formules après avoir dessiné au stylo à bille rouge un grand symbole représentant l'infini. C'était décidé : les têtes de chapitre seraient écrites à l'encre rouge, en imitation d'Helen et de son journal multicolore.

— Quand j'ai appris que tu procédais aux recherches tout seul, déclara Desdemona en parcourant les bois avec son mari, je me suis dit que ça ne ferait pas de mal à Julian et Alex de passer quelques jours en compagnie de Prunella. Je n'ai jamais le temps de marcher, alors je t'interdis de me renvoyer à la maison.

Elle atteignit la crête avant lui et resta plantée face au vide, telle une figure de proue majestueuse, sous le regard admiratif de son mari. Essoufflé par sa course, il finit par la rejoindre, les genoux tremblants. *Quelle femme ! Une déesse ! Et elle m'appartient !* pensa-t-il.

— Ça tombe bien, répondit-il, je n'avais pas très envie de me retrouver seul aujourd'hui. Je suppose que tu as appris ce qui est arrivé à Morty Jones ?

— Oui. Netty Marciano m'a téléphoné. John Silvestri aussi. Il prétend que tu as tort de te reprocher sa mort.

— Comment les gens peuvent-ils se retrouver acculés au suicide ?

— Le suicide est la forme ultime d'égoïsme, mon amour, ce n'est pas à toi que je l'apprendrai. Il suffit de voir la situation que Morty laisse derrière lui. Netty me dit qu'il n'a même pas rédigé de testament. Ava et lui auraient dû y pourvoir en se mariant, comme nous. Disparaître est déjà suffisamment compliqué quand il y a des enfants et des biens, c'est encore pire avec une femme intéressée et rancunière. Cela dit, Netty affirme qu'Ava devra trouver ses amants ailleurs qu'à la police d'Holloman. Tout le monde fait bloc contre elle. Quant aux enfants, ils sont coincés au milieu de tout ça, Ava s'intéresse plus à son argent qu'à eux.

— Moi qui pensais que les ragots de Natty se tariraient d'eux-mêmes le jour où Danny prendrait sa retraite ! Tant mieux, après tout. Ce n'est pas la première fois qu'elle nous a été utile.

Il laissa échapper un soupir.

— Je suis comme toi, Desdemona, je suis désolé pour ces gamins. Je me dis parfois que les gens devraient avoir un permis avant d'avoir des enfants. Morty ne méritait pas ça, il ne faisait pas le poids face à cette femme. Je me demande comment je vais pouvoir aborder le problème avec Corey.

Elle s'arrêta, la main sur les yeux. Le soleil avait entamé son déclin.

— C'est une cabane que l'on aperçoit là-bas?

— Oui. On n'y trouvera rien, mais autant ne rien laisser au hasard.

— Va voir Corey et dis-lui franchement ce que tu penses, suggéra-t-elle alors qu'ils accéléraient le pas. Il l'a bien cherché, à mon avis.

— J'ai peur qu'il ne m'en veuille. Desdemona, poste-toi derrière cet arbre, je veux vérifier que la voie est libre.

— Bien sûr qu'il t'en voudra! lui cria-t-elle en le regardant s'éloigner. Tu es un bon patron, et les bons patrons ont aussi l'âme sensible, sous leur carapace. Je souffre de te voir souffrir, je ferais n'importe quoi pour t'aider. En te préparant ton plat préféré, par exemple, plaisanta-t-elle.

— Tu es terrible, chérie! Tu as tort de croire que je ne pense qu'à manger.

— Ce sera le cas, à l'heure du dîner.

Ils examinèrent la cabane. Elle était en piteux état et ne recelait ni cave, ni cachette.

— On se dirige vers North Rock? demanda Desdemona en repartant à la suite de son mari.

— Oui, je voudrais aller voir du côté de la maison abandonnée qui se trouve dans un repli de terrain.

— Tu crois vraiment…?

— Kurt n'y est certainement pas retenu. Si tu étais le ravisseur, tu crois que tu t'en servirais comme prison, sachant que c'est là que tout le monde ira en premier lieu? S'ils ont fixé un délai d'une semaine entre l'enlèvement et le versement de la rançon, c'est qu'ils ont planqué Kurt dans un endroit impossible à découvrir.

— Pourquoi faut-il que les gens soient si démoniaques, et qu'ils aiment autant l'argent? se révolta-t-elle. Je peux à la limite comprendre le Dodo. Il tue à cause de pulsions sexuelles dont il n'a pas la maîtrise. Mais l'argent ? C'est pire que monstrueux, c'est… c'est abject !

— Le meurtre est un acte démoniaque par définition, rétorqua Carmine. Le soleil ne tardera pas à se coucher, mon bel amour. Il est temps d'aller rejoindre nos petits.

« Nous avons entièrement quadrillé la région, Frau von Fahlendorf… C'est encore le meilleur moyen de retrouver votre frère, mais nous avançons à tâtons… N'ayez pas peur, notre police est à la hauteur de la tâche qui l'attend… Oui, madame, c'est exact, mais nous ne maîtrisons pas les propos des journalistes. Les moins scrupuleux profitent de la liberté qui leur est accordée pour inventer des détails dramatiques… Je suis d'accord, il est inutile d'en rajouter dans le cas présent, mais… Je vous remercie, Frau von Fahlendorf… Bonne journée à vous. »

— Pfffff ! souffla Helen en raccrochant. Ces gens-là sont persuadés d'être les seuls capables d'agir correctement. Cette femme est une autocrate de première. Elle est sur la défensive car elle sait que les ravisseurs sont allemands. Je m'en suis bien tirée, capitaine ?

— Très bien, approuva Carmine. Je trouve curieux que le clan Fahlendorf n'ait pas jugé bon de nous envoyer quelqu'un. Après tout, c'est ici qu'est retenu Kurt, où que se cachent les ravisseurs. Cela nous ouvre plusieurs possibilités. La première : Dagmar sait que son frère est déjà mort. La seconde : elle sait qu'ils ne tueront pas Kurt. Je serais curieux de savoir si les ravisseurs sont entrés en contact directement avec elle, sachant qu'elle préférera traiter avec des bandits de chez elle qu'avec les flics d'un pays étranger. Un pays qui lui a volé son cher Kürtchen, par-dessus le marché.

Elle oublie un peu vite que c'est lui qui a choisi d'émigrer ici.

— Je m'étonne aussi que la famille n'ait pas dépêché quelqu'un à Holloman, reprit Delia. Si on le retrouve en vie, le malheureux n'aura personne pour l'accueillir. Je sais que si j'étais enlevée, même mon cinglé de père se précipiterait.

— À mon avis, ils savent qu'il est mort, déclara Nick.

— Ou alors ils n'ont personne à envoyer ici, reprit Delia. Dagmar soupçonne probablement son mari d'être derrière cette histoire. Le baron est sénile, la baronne a distribué sa fortune à ses petits-enfants en prenant sa retraite. Si ça se trouve, elle aussi est gâteuse.

— C'est une explication, approuva Nick.

— Josef a déjà essayé de vendre les secrets industriels de l'entreprise. Dagmar ne peut que le soupçonner, reprit Carmine.

— Ou alors elle le croit innocent, au contraire. Ah, si seulement j'étais à Munich ! se lamenta Helen en se tordant les mains.

— Je suis tout à fait d'accord, Helen, intervint Delia. Comment résoudre une enquête quand on n'a jamais rencontré les suspects ?

— Et le FBI ? demanda Nick. Ils ont sûrement plus de contacts à l'étranger que le service de police d'une petite ville.

— Curieusement non, d'après Hunter Wyatt, répliqua Carmine. Il est pourtant convaincu, comme nous, que les ravisseurs sont allemands.

La porte s'ouvrit, laissant passer Corey et Abe.

Le premier avait l'air hagard. Personne à la Criminelle n'en était surpris, sachant qu'il devrait affronter une enquête interne en raison de la mort de Morty Jones. Tout avait été mis en suspens tant que se poursuivaient les recherches, mais chaque seconde qui s'écoulait le rapprochait d'une échéance qu'il redoutait.

— Rien de neuf? demanda-t-il.

— Rien.

Abe Goldberg avait sa mine des jours sombres, ce qui était mauvais signe. Spécialiste des portes dérobées et des conduits d'aération cachés, il faisait figure de spécialiste des cachettes introuvables dans l'équipe de Carmine. Ce dernier lui avait d'ailleurs confié la zone située à l'ouest et au sud du port d'Holloman, au-delà de l'aéroport, où cohabitaient usines et ateliers avec de vieilles friches industrielles. En dépit des rues qui la traversaient, cette partie de la ville abritait une jungle, coincée entre l'Interstate 95 et la prison locale.

— Pas une saucisse à se mettre sous la dent, comme dirait Delia, grommela Abe. Je poursuis les recherches depuis quatre jours sans l'ombre d'une piste, ce qui est inquiétant. Je ne pense pas qu'il soit retenu là-bas, mais je n'ai pas terminé mes fouilles et je compte bien les poursuivre, Carmine.

— Je te laisse agir. S'il est là, tu le trouveras.

Mardi 22 octobre

Les recherches se poursuivaient sans discontinuer depuis l'aube du vendredi précédent. Desdemona avait pris le relais de Carmine ce jour-là afin que son mari puisse se consacrer à l'affaire du Dodo. Il avait commencé sa journée en se rendant chez le médecin légiste. Patrick O'Donnell se trouvait dans son bureau. Son visage s'illumina lorsque son cousin poussa la porte.

— J'ai préparé du café, annonça-t-il en désignant la cafetière.

— Je viens au sujet de l'autopsie de Melantha Green, expliqua Carmine en s'asseyant après avoir rempli un mug du breuvage chaud. Tu n'avais pas encore les dernières analyses sanguines quand Kurt von Fahlendorf a été enlevé et je n'ai pas eu le temps de te poser la question depuis. Alors ?

— Rien de bien utile, répondit O'Donnell en se servant à son tour. On a retrouvé des amphétamines dans le sang ; je la soupçonne de les avoir prises elle-même pour ne pas céder à la fatigue face à la charge de travail qui l'attendait. Rien d'autre. Le meurtrier l'a anesthésiée de façon beaucoup plus prosaïque en lui envoyant un coup de poing en pleine mâchoire qui l'aura étourdie. Elle était ceinture noire de judo, ce qui explique qu'il ait décidé de la neutraliser en la frappant. Pas assez fort pour provoquer une hémorragie méningée. Elle est morte par asphyxie.

Le légiste avala une gorgée de café avant de poursuivre :

— Le jeune type a été abattu par un excellent tireur. La première balle en pleine gorge, la seconde par excès de zèle. Il s'est servi d'un calibre .22.

— Personne n'a entendu les coups de feu, alors que les voisins du dessous étaient là. Ils ne dormaient pas, la femme souffrait de maux d'estomac, précisa Carmine. Il a donc utilisé un silencieux.

— Très probablement. Le Dodo ne voulait pas tuer le jeune type, son arrivée impromptue l'y aura contraint. Il l'a abattu de deux balles avant de finir de nettoyer Melantha.

— S'est-il servi d'eau et de savon ?

— Non, il s'est contenté de l'essuyer avec du xylène. Mais tu le savais déjà.

— Ton café est meilleur que les nouvelles que tu me fournis, mon cousin, sourit Carmine. Quoi d'autre ?

— Rien de spécial, mais Nick et Delia semblent avoir du nouveau.

— Je les quitte à l'instant !

— Désolé.

— Et merde, grommela Carmine en reposant son mug à moitié plein. En me dépêchant, j'ai une petite chance de les croiser avant qu'ils ne repartent fouiller leur secteur.

Il arriva trop tard, mais Corey s'apprêtait à quitter le parking. Le lieutenant fut tenté de se dégonfler, mais il eut l'intelligence de s'arrêter.

— Tu es dans le pétrin, Cor.

— Je ne vois pas pourquoi.

— Parce que l'un de tes adjoints s'est donné la mort.

— Ce n'est pas ma faute.

— Dans un certain sens, si. Plusieurs personnes avaient remarqué que Morty était dépressif, je t'en avais parlé moi-même. Tu m'as ri au nez.

— Ce n'est pas le moment de régler ça, Carmine. J'ai un secteur de recherche qui m'attend.

— Tu es en train de collectionner les fautes graves, Cor.

— Rien à foutre des fautes graves !

Carmine le regarda s'éloigner, puis il se glissa au volant de la Fairlane et prit la direction de Busquash Bay où Nick et Delia avaient été affectés, près du quartier de Millstone où vivait l'enquêtrice.

Il les découvrit en train de fouiller les rochers au pied des falaises de Busquash et s'arrêta pour les observer à leur insu. Nick avait enfilé un short, un T-shirt et des tennis, mais Delia ne possédait visiblement aucune tenue de sport dans sa garde-robe. Les jambes nues sous sa minijupe remontée, elle ressemblait à un crabe multicolore avec sa tenue vert pomme, orange, cyclamen et bleu outremer.

— Ohé ! leur cria-t-il. C'est l'heure du déjeuner, venez me rejoindre au Lobster Pot. Tu es beau comme un camion, Nick !

Quelques minutes plus tard, les deux sergents s'installaient face à lui dans un box.

— Je me demande bien ce que vous espérez trouver au bord de l'eau, s'étonna-t-il.

— D'anciennes batteries d'artillerie, lui expliqua Delia.

— Elles ont été détruites il y a des années, Del.

— C'est ce que tout le monde imagine. Combien en avons-nous découvertes, Nick?

— Quatre jusqu'ici, à l'est de Carew. Ben et son équipe en ont trouvé neuf à East Holloman, essentiellement sur la pointe. Depuis que les canons ont été retirés, plus personne n'y prête attention.

— J'en apprends tous les jours ! s'écria Carmine.

Nick et Delia, affamés par leur balade, se ruèrent sur leurs sandwichs au crabe. Carmine les laissa dévorer en paix et attendit l'heure du café pour aborder le sujet qui le préoccupait.

— Patsy me dit que vous possédez de nouveaux éléments sur le Dodo.

— Non, sur l'enlèvement, le corrigea Nick en tirant une longue bouffée de la cigarette qu'il venait d'allumer. Dis-lui, Delia.

— On croit avoir découvert l'endroit où les ravisseurs ont capturé Kurt. C'est intéressant, sans plus. Je ne crois pas que ça puisse beaucoup nous aider. On peut vous y conduire, si vous voulez.

Carmine leva la main afin de réclamer l'addition, les yeux brillants. Quelques instants plus tard, Nick et Delia prenaient place dans leur voiture banalisée et Carmine se glissait dans leur sillage. Les deux véhicules prirent la direction de Persimmon Street à vitesse réduite. Arrivés à destination, ils se rangèrent le long du trottoir et descendirent de voiture. Delia désigna alors à son patron le carrefour de Spruce Street, à moins de deux cents mètres de Curzon Close.

— Là, à cette intersection, précisa Nick. Vous voyez ces traces de pneus? J'ai vérifié, ce sont les mêmes Michelin que ceux de la Porsche. Fahlendorf est bon conducteur, il a corrigé sa trajectoire en nous laissant sa signature. Vous voyez, là? Des débris de verre provenant des phares de la Porsche, d'après les gars de l'identité judiciaire. Et là, des traces de sang du même groupe sanguin que celui de Kurt.

— Venez voir ces buissons, enchaîna Delia en attirant Carmine vers la propriété du coin de la rue, bordée d'une haie d'arbres à perruques. Ils se sont jetés sur lui dès qu'il a ouvert sa portière, mais il a dû avoir le temps de se retourner avant de s'évanouir. Un corps est tombé lourdement au milieu des buissons, ici. Nous avons pris des photos.

— Pourquoi ne pas m'en avoir parlé ? demanda Carmine.

— Ces éléments n'apportaient rien à l'enquête, se justifia Delia. Nous avons fait venir les types du labo au cas où ça serait utile un jour, mais vous aviez assez de souci sans qu'on cherche à en rajouter.

— Comment les ravisseurs ont-ils pu enlever quelqu'un en pleine rue à 22 heures ?

— Persimmon et ce côté-ci de Spruce sont relativement protégés des regards par les arbres, suggéra Nick. Il ne leur a fallu que quelques minutes.

— Et l'accident ?

— On pense qu'ils l'ont provoqué. Quelqu'un descend sur la chaussée au moment où arrive la Porsche, Kurt freine et dérape, il descend de voiture et ils l'assomment. Le sang retrouvé lui appartient, qu'il s'agisse du coup reçu à la tête ou de l'amputation de son petit doigt. Allez savoir.

— Beau travail, reconnut Carmine. Ils ont chargé Kurt dans leur véhicule, quelqu'un a pris le volant de la Porsche et leur mission s'achevait deux heures et demie plus tard lorsque deux d'entre eux rangeaient la Porsche dans le garage de Kurt, à 1 heure du matin. Il ne leur restait plus qu'à rejoindre leur véhicule à pied au coin de la rue. Dommage que Gordie Warburton soit retourné se coucher. Je ne sais pas qui sont ces gens, mais ils ne manquent pas d'aplomb.

Il avait suffi qu'il prononce le nom de Gordon Warburton pour que Carmine décide de rendre visite à sa tante Amanda. Elle se trouvait dans sa boutique et semblait en pleine forme.

— Je continue de jouir de ma tranquillité, lui déclara-t-elle.

— Avez-vous demandé à un spécialiste d'expertiser cet ours en verre, mademoiselle Warburton ?

— Non, répondit-elle en riant. Quand bien même il aurait la valeur que vous lui attribuez, capitaine, il fait partie de l'image du magasin, au même titre que Frankie et Winston. Les gens n'ont aucune idée de son prix.

— Comment marchent les affaires ?

— Très bien.

— Et les jumeaux ? Vos relations se sont-elles améliorées ?

— Je m'attendais si peu à les voir ici ! s'exclama-t-elle en adressant un sourire à son visiteur. Pour répondre à votre question, nous sommes en bons termes. Ce ne sont pas les neveux rêvés, mais à présent qu'ils m'ont avoué vivre à Carew, je les trouve charmants. J'ai décidé de leur laisser mon héritage à ma mort, ce qui m'a retiré une épine du pied.

Carmine s'efforça de dissimuler son inquiétude.

— Vous ne leur avez pas dit, j'espère ?

— Non. Ils auront la surprise… dans trente ans.

— Portez-vous bien, mademoiselle.

— J'y veille.

Elle baissa les paupières.

— Hank Murray m'est d'une aide précieuse.

Carmine laissa derrière lui une femme souriante et passa saluer le gérant du centre commercial. Très décontracté, celui-ci était vêtu d'un jean et d'une chemise ouverte sur une poitrine couverte de quelques poils. *Si je me mettais un postiche sur la poitrine*, décida Carmine, *j'en choisirais un plus fourni.*

— Vous partez en pique-nique ?

Hank afficha un petit sourire.

— Non, capitaine. Je participais aux recherches à la suite de l'enlèvement du professeur von Fahlendorf. Le capitaine Vasquez a recruté quelques volontaires pour fouiller les terrains vagues et les maisons inoccupées de Carew. Kurt était un ami, je me suis joint à Mark Sugarman et Mason Novak pour l'occasion.

— Comment va Mlle Warburton?

— Bien, répondit Hank en rougissant. Je la vois quasiment tous les soirs. Nous dînons ensemble avant de jouer aux cartes. Tout comme Marcia Boyce, elle a peu d'amis. C'est le lot des femmes qui travaillent, sans compter qu'Amanda ouvre sa boutique le week-end. Le mardi est un jour creux, nous en profitons pour aller nous promener.

— C'est bien. Avez-vous rencontré les jumeaux?

— Bah! Des poseurs!

— Des poseurs... Le terme est intéressant. Que cachent-ils derrière cette pose, à votre avis?

— Rien de bien bon, capitaine. Je les sens visqueux. Amanda se méfiait d'eux, mais elle semble avoir changé d'avis à leur sujet. Ils ont réussi à l'amadouer.

— Après tout, ils sont apparentés. N'hésitez pas à me contacter si vous avez des soucis, monsieur Murray, ajouta-t-il en prenant congé.

Il ne pouvait guère aller plus loin. Il était temps de reprendre l'enquête sur le Dodo. Mark Sugarman devait se trouver chez lui.

Le dessinateur paraissait fatigué, son travail ne progressait guère.

— Vous avez participé aux recherches? lui demanda Carmine.

— Oui, en plus des tournées des Gentlemen Marcheurs. Si le Dodo frappe toutes les trois semaines, le temps nous est compté. Il devrait se manifester à nouveau aux alentours de l'élection présidentielle. La participation sera importante.

— J'y compte bien.

— C'est un signe, vous croyez?

— Ce n'est pas ce que j'ai voulu dire. Je pense simplement qu'il y aura davantage de gens dans les rues près des bureaux de vote.

— Comment va Maggie Drummond?

— Assez bien. Les consultions de psychiatrie commencent à produire leurs effets sur les victimes.

— À qui le dites-vous ! s'écria le dessinateur. Léonie me refait confiance. Je la retrouve telle qu'elle était. Si seulement elle avait consulté le Dr Meyers plus tôt !

— Mieux vaut tard que jamais, si vous me permettez d'enfoncer une porte ouverte.

Carmine s'approcha de la baie vitrée surplombant Spruce Street.

— À tout hasard, étiez-vous encore debout mercredi dernier aux alentours de 22 h 30 ?

— Il me semble, répondit le dessinateur, intrigué. J'avais invité Léonie à dîner et je l'ai raccompagnée chez elle vers 22 heures. J'ai longuement testé tous ses verrous, mais ça ne m'a pas pris une demi-heure.

— Avez-vous entendu un bruit d'accident au carrefour de Persimmon et de Spruce ?

— Il ne s'agissait pas d'un accident, capitaine. J'ai entendu un crissement de freins et des cris. C'est courant à cette intersection.

— Je vous remercie, sourit Carmine d'un air satisfait.

— Vous pensez retrouver Kurt ?

— C'est notre vœu le plus cher.

Mercredi 23 octobre

Il était 7 heures du matin à Holloman, et c'était le début d'après-midi en Allemagne où se trouvait la correspondante d'Helen.

— Bonjour, Frau von Fahlendorf... Non, j'en ai peur... Vous êtes injuste, madame ! Nous avons mis en œuvre des ressources considérables dans l'espoir de retrouver votre frère, comme vous auriez pu vous en rendre compte si vous, ou l'un des membres de votre famille, étiez venu ici... Non, je ne suis pas désagréable, j'en ai tout simplement assez. Je suis même indignée. Vous comprenez ce mot? Parfait!... Ce soir à minuit, heure de New York, l'agent Hunter Wyatt du FBI vous téléphonera chez vous afin de vous communiquer les coordonnées de la banque suisse ainsi que le numéro de compte, mais je vous supplie de ne pas verser la rançon avant l'heure ! Cela ne changerait rien à ses chances de survie... L'agent Wyatt vous transmettra également un compte rendu d'enquête détaillé... Je vous remercie, madame. Au revoir.

Elle raccrocha le combiné bruyamment.

— Conasse ! gronda-t-elle. Elle a le culot de nous accuser. Nous accuser, nous ! Je lui aurais volontiers tordu le cou.

— Elle est stressée, Helen, la tempéra Carmine. Mais il nous reste deux jours pour les recherches. Un jour et quelques heures, plus exactement. Ce décalage horaire est un vrai problème.

Ils furent rejoints par les deux lieutenants.

— Alors, Corey ? s'enquit Carmine.

— Nous n'avons rien découvert d'autre que des bouses de vache, mais il nous reste à fouiller les étables, les cabanons et les bunkers au-delà de North Rock. Il paraît que le vieux Ray Howarth possède un abri antiatomique.

— Nous en avons trouvé plus d'un, confirma Carmine. Je ne m'étais jamais rendu compte à quel point les gens sont paranoïaques dès qu'il s'agit de la bombe. J'en ai visité un avant-hier avec des tapis persans et la climatisation. Son propriétaire n'avait pas compris qu'en cas d'attaque nucléaire il n'y aurait plus d'électricité.

— Comme mon cinglé de père, ajouta Delia. Si Richard Nixon est élu, il a décidé de s'enterrer dans son abri. Il est persuadé que la première décision de Nixon sera d'appuyer sur le bouton.

Tous levèrent les yeux au ciel.

— Toi, Abe ? reprit Carmine.

— Rien jusqu'à présent. Il me reste à vérifier les abords de la prison.

— Savez-vous si Patrick a découvert quoi que ce soit dans la Porsche ?

— Il n'a rien trouvé. Elle était aussi propre que si elle sortait de chez le concessionnaire, répondit Nick. Il a uniquement récupéré un peu de gravier coincé dans les sculptures des pneus. Du gravier tel qu'on en trouve sur les routes en construction. Aucune trace de goudron.

— Ce qui signifie qu'ils ont emprunté un petit chemin, mais allez savoir lequel. Avec les trois carrières d'Holloman, ce n'est pas le gravier qui manque dans le coin. Sait-on s'il provient de l'une d'elles ?

— Plusieurs agents les ont fouillées, mais ils n'ont pas pensé à prendre des échantillons, expliqua Corey. Ils m'ont posé la question en rentrant et je ne voyais pas l'intérêt de les renvoyer là-bas.

— À quoi ressemble ce gravier? demanda Abe.

— Du granit rose. Il ne vient donc pas d'ici. Plutôt le genre de truc qu'on trouve dans la cour d'un maçon.

— Ouvrez l'œil. Entre parenthèses, Joey Tasco m'a précisé qu'aucune des carrières n'était équipée d'une fosse septique. Ils utilisent des toilettes chimiques, inutile d'y retourner. Autant dépenser notre énergie ailleurs.

En arrivant sur les friches industrielles de West Holloman en compagnie de Liam Connor et Tony Cerutti ce matin-là, Abe Goldberg consacra une bonne heure à la fouille d'une fosse oubliée, au cas où ses collègues auraient négligé de s'en charger. Mais ce n'était pas le cas et Liam, qui commençait à comprendre le fonctionnement de son supérieur, préféra ne rien dire. Tony s'apprêtait à râler lorsque son collègue lui écrasa les orteils.

Les trois hommes s'engagèrent ensuite dans un immense espace rasé au lendemain de la guerre, à l'époque où l'on parlait d'y ériger un établissement pénitentiaire. Un peu plus loin se dressaient les bâtiments de la prison municipale, réservés aux coupables de délits mineurs. Les vrais criminels étaient envoyés dans une prison située au nord de l'État, mais Hartford évoquait régulièrement la possibilité de construire un pénitencier à Holloman, au grand dam de ses habitants.

On aurait pu croire l'endroit réduit en cendres par une bombe atomique, avec ses tas de gravats gigantesques qui dessinaient des collines sur le décor rouge brique des murs de la prison.

— Il faudrait un mini-bulldozer, estima Liam. Et même une pelleteuse. S'il y a quoi que ce soit là-dessous, on n'y accédera jamais, à moins de tout déblayer avec un petit engin.

— Bonne idée, approuva Abe, pris d'un léger tournis. Je contacte le capitaine par radio pour savoir si c'est possible.

Tony Cerutti récupéra une série de plans sur la banquette arrière de leur véhicule.

— Il s'agit du pénitencier tel qu'ils le prévoyaient en 1948, expliqua-t-il en étalant les documents sur le capot du véhicule avant de les lester avec des morceaux de brique.

— Ont-ils seulement entamé les fondations? s'enquit Abe, fasciné par les silhouettes de plusieurs pentagones reliés par des passages couverts. On dirait un Meccano géant, remarqua-t-il en pensant à ses fils qui le mettaient sur la paille à force de collectionner les boîtes de ce jeu de construction.

La radio grésilla. Après avoir pris le message, Abe arbora un air satisfait.

— Nous aurons un petit bull d'ici une heure avec tout ce qu'il faut. En attendant, faisons le tour du terrain. Liam, tu vas jusqu'à la prison côté est, Tony s'occupe du milieu, et je pars vers l'ouest.

— N'oublie pas ton cheval, plaisanta Tony.

Les deux collègues s'éloignèrent pendant qu'Abe, gêné par son mal de tête, s'attardait un instant afin d'examiner les plans. Il se demandait ce qui pouvait bien provoquer chez lui un tel malaise lorsqu'une migraine d'une violence inouïe le fit tomber à genoux.

Kurt s'attaquait au troisième mur après avoir rempli les deux premiers. Dix de ses crayons n'étaient plus que des moignons, mais il lui en restait cinq, les plus longs. Sa bouche était atrocement sèche, ses oreilles bourdonnaient, mais l'enthousiasme suscité par l'idée de résumer les travaux de toute une vie sur les parois de son tombeau demeurait intact. La vie des pharaons se trouvait réduite à quelques images de leurs vies indolentes, entre deux batailles, sans que leurs exploits puissent être comparés à celui de Kurt. Aucun d'entre eux n'aurait pu afficher une existence aussi riche sur le plan intellectuel.

Le seau laissé par ses ravisseurs pour ses besoins, sans être plein, dégageait une odeur pestilentielle, et Kurt avait sacrifié son manteau, malgré le froid, afin de le couvrir et d'empêcher la puanteur de se répandre. On dit souvent que l'homme finit par s'habituer aux odeurs, mais ce n'était pas son cas. La fraîcheur ambiante l'empêchait de se déshydrater davantage, mais Kurt commençait à éprouver des difficultés à se tenir debout. Son dos lui faisait souffrir le martyre et il se voyait contraint de s'allonger de plus en plus souvent, sans sacrifier pour autant son labeur.

Il ressentit le besoin de marquer une pause et, assis par terre, sourit machinalement en examinant son œuvre. Vive le travail ! Comment aurait-il supporté une telle attente s'il n'avait pas eu les capacités intellectuelles de s'occuper ? Comment un gratte-papier aurait-il pu ne pas devenir fou en attendant la mort de la sorte ? Kurt était un catholique convaincu, mais rares sont les croyants capables de se plonger dans la contemplation des jours durant en attendant la mort. Nul ne peut l'accepter, à moins d'être un saint, et Kurt n'en était pas un. La vie moderne n'était d'ailleurs pas conçue pour engendrer de telles personnes, bien au contraire.

Je n'ai jamais causé de tort à cette planète, pensa-t-il. *Même avec mes travaux dans le domaine nucléaire.* Il s'allongea sur le sol, la tête trop lourde pour la maintenir droite, un voile devant les yeux. Ses paupières s'abaissèrent lentement et il s'endormit. Il se réveilla en sursaut, découvrit le troisième mur quasiment vierge, se releva et se replongea dans ses équations. Son corps commençait à le trahir, mais son esprit restait ouvert aux vérités mathématiques.

Si seulement je pouvais entendre quelques notes de Bach une dernière fois, pensa-t-il en s'arrêtant brièvement.

Le violent mal de tête dont souffrait Abe disparut aussi vite qu'il était venu. *Les plans*, se souvint-il. Plusieurs lignes parallèles quittaient l'enceinte du pénitencier en direction d'un carré dont on précisait en petits caractères qu'il s'agissait d'une cuve de rétention destinée au système d'égouts. Nettement plus grande qu'une fosse septique, elle devait avoir la taille d'une cellule de dégrisement. Abe se raidit ; il ressentait sur tout le corps des démangeaisons inhabituelles dont il analysa sans peine la nature. *C'est la première fois de ma carrière que je suis à la recherche d'un être vivant. Le souffle qui l'anime est assez puissant pour m'affecter. Ce terrain n'a jamais accueilli de pénitencier, mais il recèle une véritable prison. Lors de la construction de cette cuve, ils auront tout prévu : une arrivée et un écoulement, un système d'aération. Là ! Sous ces gravats ! Il est là ! Kurt von Fahlendorf est là !*

Abe portait un sifflet accroché autour du cou par une ficelle, et il s'en servit afin d'alerter ses collègues. Liam et Tony le rejoignirent en courant, tandis qu'un gardien posté sur l'un des miradors de la prison municipale toute proche se penchait au-dessus du parapet, intrigué par leur manège.

— Je cherche une cuve de rétention, expliqua Abe. Pas question d'attendre l'arrivée du bulldozer. Commençons par examiner le sol, il doit y avoir du gravier rose près de cette cuve.

L'explication n'était pas limpide, mais Liam et Tony comprirent au quart de tour et les trois hommes s'éparpillèrent dans des directions différentes.

— Ici ! cria Tony en réapparaissant derrière une montagne de débris.

Il venait de découvrir une zone d'une trentaine de mètres sur quinze, recouverte de petits cailloux rosés, au-delà de laquelle s'étendaient de vieilles plaques de béton.

— Ils se sont arrêtés sur le gravier pour ne pas risquer de crever sur ces débris de béton, suggéra Liam. Que fait-on, Abe ?

— Commençons par repérer les conduits d'aération, ordonna Goldberg qui possédait une grande pratique de ce genre de travail. Regardez vos pieds, on ne voit jamais rien de loin. Mon instinct me dit que Fahlendorf est vivant, il faut donc qu'il y ait un conduit d'aération. On devrait le voir. Vous vous souvenez de l'orage de lundi dernier ? Il est possible qu'il ait déplacé certains gravats, alors ouvrez l'œil.

Ce fut Abe qui le découvrit : un trou rond d'une dizaine de centimètres de diamètre, à demi bouché par une trappe qui avait glissé sous l'effet du ruissellement lors de l'orage. Celui qui l'avait mal remise en place n'avait jamais travaillé sur un chantier, et le couvercle avait miraculeusement permis à l'air de circuler à l'intérieur de la cuve.

— Il suffisait d'un interstice, remarqua Abe dont le malaise avait totalement disparu.

Lorsque le petit bulldozer demandé arriva, Tony avait déjà trouvé le temps de courir jusqu'à la prison afin d'avertir Carmine de leur découverte. En l'espace de quelques minutes, le terrain vague grouillait de policiers et d'engins.

— Il est vivant ! s'éleva la voix de Patrick O'Donnell, amplifiée par les parois de la cuve.

Une clameur s'éleva tandis que se multipliaient les embrassades.

— Capitaine, venez voir un peu, déclara Liam d'une voix impressionnée en remontant de la prison de l'Allemand.

Delmonico se glissa sous la trappe qui fermait la cuve, descendit le long de l'échelle et rejoignit un Abe aux anges dans le crépitement des flashes.

— Nom de Dieu ! murmura Carmine en découvrant les centaines d'équations qui tapissaient les parois de la cellule. Qu'est-ce que c'est que ça ?

— À ma connaissance, il s'agit d'une « Théorie du tout », répondit le lieutenant. Tu imagines la quantité de boulot ? Fahlendorf ne pourra pas emporter l'original avec lui, alors on va prendre ces murs en photo. Jamais vu ça !

Jeudi 24 octobre

— Combien de messes avez-vous promises en mon nom, John? demandait Carmine au préfet une heure plus tard.

— Quinze, selon la tradition.

— Je vais y laisser mes deux genoux!

— Moi aussi, tout comme Mme Tesoriero, Dieu la bénisse. Elle a prié nuit et jour. Il faut que la cause soit désespérée pour que je promette des messes en votre nom, Carmine! Mais avec vous et Mme Tesoriero, le succès est toujours au rendez-vous. Un vrai miracle!

— C'est grâce à Abe Goldberg, et je vous rappelle qu'il est juif.

— Ce type-là possède un sixième sens. Comment s'y prend-il?

— Il ne l'explique pas lui-même. Il parle d'intuition.

— Dommage que les flics n'aient pas le droit de toucher de récompense. Sans Abe Goldberg, Fahlendorf serait mort et les dix millions auraient atterri sur un compte en Suisse, déclara Silvestri d'un air satisfait. J'ai tout de même expliqué à sa sœur que rien ne lui interdisait de manifester son appréciation du travail effectué par le lieutenant Goldberg en versant à ses fils une rente d'éducation. Des gamins brillants, à ce qu'on dit.

— Dans ce cas, je vous pardonne. J'assisterai à la messe conformément à la tradition, à genoux comme il se doit.

— Alors, nous serons trois à Saint-Bernard pendant les quinze prochains jours. Oh, ma pauvre arthrite !

— Nous n'attraperons jamais les ravisseurs, reprit Carmine.

— J'en ai bien conscience. Expliquez-moi ce qui vous fait dire qu'il s'agit d'une opération imaginée par des Allemands.

Carmine, les mains jointes entre les cuisses, se pencha en avant.

— Tout était compliqué. Comme les moteurs allemands. Des Américains se seraient contentés d'enfermer leur victime dans un coffre de voiture au lieu de trouver cette vieille cuve. Ces gens-là ont une vision compliquée du monde. Plus c'est complexe, mieux c'est. L'inverse des Américains.

— Je vois ce que vous voulez dire, soupira Silvestri. Dans ce cas, nous n'avons pas une chance sur un milliard de les arrêter.

— L'essentiel était de récupérer Fahlendorf sain et sauf. J'ai quelques petites questions à lui poser, et je compte bien obtenir des réponses.

— Diable ! Vous étiez le pessimisme incarné il y a une minute, Carmine. Qui vous a fait changer d'avis ?

— Personne. Je viens juste de m'apercevoir que je disposais d'une arme de choc, John : l'adorable Helen MacIntosh. Celle que Kurt trouve adorable, tout du moins. Elle dispose d'un million de dollars de revenus annuels, ce n'est pas un petit voyage à Munich qui la mettra sur la paille. Je sais que le professeur veut l'épouser. Et si je réussissais à la convaincre de lui proposer de la présenter à sa famille ?

— Quel comploteur vous faites !

— Elle n'a aucune envie de convoler avec lui, mais elle acceptera pour deux raisons. La première tient à sa froideur typiquement MacIntosh : cela ne la gênera pas outre mesure de rompre avec son fiancé à son retour de

Munich. La seconde : son désir irrépressible de mener sa propre enquête. Trois ou quatre jours à Munich pourraient lui permettre de démasquer les ravisseurs. Elle peut même éviter toute cette mascarade en mettant son ami dans la confidence. Je le vois mal refuser de coopérer, étant donné les circonstances.

— De plus en plus machiavélique !

— Je ne vous le fais pas dire. Réfléchissez-y, John. Nous avons été roulés dans la farine par deux salopards et les recherches ont coûté une petite fortune dont nous ne reverrons jamais la couleur. Les Fahlendorf ont sans doute économisé des millions, pas nous.

— Allez-y, Carmine. Allez-y.

— Qu'en pensez-vous, Helen? demanda le capitaine à la stagiaire. J'ai bien conscience que vous devrez financer vous-même le voyage, mais ne trouvez-vous pas que le jeu en vaudrait la chandelle?

— Je monterais les marches de la Trinité des Monts sur les genoux pour confondre les ravisseurs de Kurt, répondit-elle, les yeux brillants. Je suis certaine qu'il acceptera de coopérer. Il a été déçu de voir qu'aucun membre de sa famille n'avait effectué le déplacement, mais Dagmar a réussi à l'amadouer avec de belles paroles, au point qu'il évoque la possibilité de retourner chez lui voir les siens.

— Dans ce cas, je vous confie l'enquête. Si vous n'arrivez pas à la résoudre, personne d'autre n'y parviendra.

Carmine lui indiqua une chaise.

— Asseyez-vous donc. Nous allons devoir nous organiser. En attendant, j'aimerais recueillir votre avis sur cette affaire.

— L'enlèvement était très bien préparé. Les ravisseurs savaient que les autorités de Washington relèvent les empreintes des titulaires de la carte verte et ils connaissaient suffisamment bien les lieux pour savoir où trouver les plans de ce pénitencier. Ils connaissaient le montant du fonds réservé aux petits-enfants, comme la date de son versement. Et s'ils ont accordé une semaine à la famille pour réunir la rançon, c'était pour paraître crédibles aux yeux du FBI. Ils auraient pu obtenir le versement sur l'heure s'ils l'avaient exigé, mais il s'agissait de détourner les soupçons de la piste allemande. Ils ont visiblement glané au cinéma et à la télévision ce qu'ils savent du fonctionnement de la police américaine.

Un pli barra son front.

— Cela dit, je note un certain nombre de bizarreries, capitaine. La trappe du conduit d'aération a été mal refermée, preuve qu'ils n'en connaissaient pas le fonctionnement en cas de forte pluie, ou bien alors que l'un d'entre eux ne souhaitait pas la mort de Kurt. Il aurait tenu plus longtemps avec l'eau dont il disposait s'il n'en avait pas renversé une partie. Était-ce une forme de torture, ou bien le signe qu'ils espéraient voir la police le retrouver vivant? L'un des deux ravisseurs est un monstre, le second est nettement plus faible. On ne laisse pas un seau à un condamné. La personne qui l'a déposé connaît Kurt personnellement et voulait lui éviter la honte de rester au milieu de ses excréments. Le plus faible est sous la domination du monstre dont il réprouve la conduite. L'amputation du petit doigt a fort bien pu faire pencher la balance dans l'esprit du faible, d'où la présence de l'eau et du seau. Le monstre n'a pas mesuré les conséquences du geste de son comparse, à moins que le faible ait réagi violemment, comme le font parfois les faibles.

Elle marqua une courte pause.

— Que pensez-vous de mon analyse?

— Elle est excellente, et je suis un vieux briscard, sourit Carmine. Reste à savoir ce qu'en pensera Kurt.

— Quand devrions-nous partir, capitaine?

Carmine fronça les sourcils.

— Nous sommes le 24 et le Dodo devrait se manifester le premier mardi de novembre, jour de l'élection présidentielle, ou bien le lendemain. Le mieux serait que vous partiez avant, à condition qu'il continue de respecter un cycle de trois semaines, ce qui n'est pas certain à présent qu'il tue.

— Auquel cas il pourrait agir dès la semaine prochaine. En partant demain vendredi, nous serons de retour lundi soir au plus tard.

— Vous aurez besoin d'un passeport et d'un visa.

— C'est parfois pratique d'être la fille de mon père. Je les ferai établir dans la journée. Quant à Kurt, il a tout ce qu'il faut.

— Ce qui vous laisse peu de temps pour poursuivre l'enquête avant votre départ, Helen.

— J'aurai assez de cet après-midi.

— Cela signifie que vous ne vous occupez plus du Dodo tant que nous n'avons pas découvert l'identité des ravisseurs.

— Oui, capitaine.

— Dans ce cas, je ne vous retiens pas.

Delmonico reparti, la jeune femme dressa dans sa tête la liste des préparatifs : acheter deux billets pour Munich sur la Lufthansa, et non sur la TWA, et découvrir comment les bourreaux de Kurt avaient pu se procurer les plans du pénitencier. Le mieux était de se débarrasser de l'intendance : elle composa le numéro de son père. Ou plutôt de sa secrétaire. Dix minutes plus tard, tout était réglé, et elle appela Tiffany's en leur demandant d'envoyer à la chère femme une paire de boucles d'oreilles en rubis.

Ensuite, joindre Kurt chez lui, sachant qu'il avait quitté l'hôpital.

— Chéri, roucoula-t-elle, que dirais-tu d'une soirée tranquille chez toi ? J'achète tout ce qu'il faut chez un Chinois en passant.

— Oh, Helen ! J'en rêve !

— 18 heures, avec une bouteille de Moët ?

— Tu es un ange.

Parfait. Son sac en bandoulière, elle gagna les bureaux de l'administration, situés dans le même bâtiment, dans l'espoir de découvrir qui avait pu consulter les fameux plans.

Après avoir fait chou blanc dans trois services, elle trouva ce qu'elle cherchait dans les locaux de la division judiciaire. Les archives des institutions pénales étaient conservées à côté des services de délinquance juvénile et de libération conditionnelle.

En découvrant à l'accueil un employé d'âge indéfinissable à l'air éteint, Helen crut un instant qu'il ne se souviendrait jamais de rien, mais les yeux de son interlocuteur s'illuminèrent en découvrant la ravissante jeune femme qui se tenait devant lui, et la mémoire lui revint soudainement. Une fille aux cheveux carotte ! Voilà qui le changeait des avocats minables et des parents fatigués.

— La dame qui m'a demandé les plans du pénitencier ? Bien sûr que je m'en souviens, inspecteur !

— Qu'avait-elle de particulier ? insista Helen avec un sourire ravageur.

— Eh bien... c'était une grande dame. Elle avait une tenue marron magnifique qui lui allait très bien, avec un chapeau et des gants de la même couleur. Des gants en chevreau et un chapeau de couturier parisien. Beaucoup de classe, le contraire de ce qu'on voit de nos jours, s'anima l'employé. Elle portait des chaussures Charles Jourdan et sa robe sortait de chez Chanel ou Balenciaga.

— Je vois que vous êtes un spécialiste de la mode féminine, monsieur.

— Ma femme adore ça, minauda-t-il. Nous dessinons des vêtements ensemble pour nous amuser.

— Si seulement tous les témoins étaient comme vous ! À quoi ressemblait cette femme ?

— Difficile à dire, à cause de la voilette marron à pompons de fourrure qui lui couvrait la moitié du visage, soupira-t-il. Sinon, elle avait des cheveux châtain coiffés à la perfection.

— Avez-vous remarqué si elle avait un accent ?

— Un accent étranger, oui. Plutôt du nord de l'Europe.

— Un accent allemand, par exemple ?

— Exactement !

— Pourriez-vous l'identifier, en cas de besoin ?

— Avec une telle tenue, n'importe qui la reconnaîtrait.

— Quelle est la femme la mieux habillée au monde, à votre avis ?

Il posa sur Helen un regard ahuri, surpris de tant d'ignorance.

— La duchesse de Windsor, bien sûr. Même si elle ne rajeunit pas.

— Et Audrey Hepburn ?

— Elle ne fait pas le poids face à Son Altesse, affirma-t-il avec ferveur.

Bon, se dit Helen en quittant le bureau. *Les plans ont été récupérés par une amatrice de haute couture possédant un accent allemand, sans qu'on sache à quoi elle ressemble. Les deux enquêtes qui nous préoccupent sont décidément bien différentes. La première est liée au sexe, la seconde à l'argent. Celui-ci n'a pas encore tué puisque Kurt a survécu, mais je suis convaincue que ce n'est que partie remise. Et je ne dois pas oublier l'ours de verre, qui est aussi affaire d'argent. La réalité est toujours trompeuse. Cette Allemande n'est pas une pauvresse, le type des archives s'y connaît, sa tenue coûtait au moins cinq mille dollars. Le salaire annuel d'un technicien de Chubb.*

Elle mit à profit le temps dont elle disposait pour interroger les gardiens postés sur les miradors de la prison. Deux d'entre eux possédaient des informations utiles.

— Deux personnes sont venues prendre des mesures et effectuer des relevés sur le terrain vague il y a quelques semaines, expliqua le premier. Ils sont restés près de la zone gravillonnée, ils y ont passé la journée.

— Vous souvenez-vous de la date?

— C'était la semaine du 16 au 20 septembre.

— Les avez-vous observés à la jumelle?

— Pour quelle raison, inspecteur? C'était de simples géomètres de la municipalité en combinaisons de travail. Un homme et une femme. Les femmes travaillent dans tous les secteurs, aujourd'hui.

— Un petit bulldozer a repoussé les gravats dans ce coin-là, ajouta le second gardien. Le 30 septembre. Je m'en souviens parce que c'était le dernier jour du mois et que ça tombait un lundi. Ma femme travaille à Chubb et elle est mensualisée, au lieu d'être payée toutes les semaines. Vacherie de système!

— C'est vrai que ça fait une différence, surtout quand les mois ont 31 jours. Pour en revenir à ce bulldozer, que faisait-il exactement?

Le type haussa les épaules.

— On s'est dit qu'ils avaient finalement décidé de construire ce fichu pénitencier, même si personne n'en avait entendu parler. Mais on n'a plus jamais revu le bull.

Helen rassembla ses pensées tout en fouillant son sac à la recherche de son cahier. *On sait que les ravisseurs se sont donné beaucoup de mal pour dénicher une cachette sûre, et ils s'y sont pris suffisamment à l'avance pour que personne n'établisse un lien entre le bulldozer, les géomètres, et l'enlèvement de Kurt von Fahlendorf. Ce soir-là, ils auront veillé à arriver tous phares éteints en restant à l'abri des tas de gravats pour ne pas être vus depuis les miradors. Ce ne sont sûrement pas les seuls à profiter de l'isolement de ce terrain, je ne serais pas surprise qu'il serve de refuge aux amoureux en voiture. Kurt ne risquait pas de crier puisqu'il était évanoui et ils ne seront pas restés plus de dix minutes sur place. La prison d'Holloman n'étant pas un établissement de haute sécurité, les gardiens ne se réveillent qu'en cas de vrai problème, d'après le capitaine.*

Une femme faisait partie du binôme de géomètres. «Les femmes exercent tous les métiers, de nos jours», lui avait dit le gardien. *À qui le dites-vous! Regardez-moi.*

Le cahier posé devant elle, sa collection de stylos de toutes les couleurs en place, Helen entama la rédaction de son rapport en laissant une large place aux passages rédigés en violet qui signalaient ses hypothèses.

À 18 heures précises, elle appuyait sur la sonnette de Kurt, armée de plats chinois et d'un jéroboam de champagne. Elle le trouva en bonne forme pour quelqu'un qui avait passé cinq jours dans une prison souterraine, sans nourriture et presque sans eau, avec une blessure à la main qui le faisait souffrir, sans parler du sang qu'il avait perdu. Ses yeux bleu clair pétillaient, ses cheveux dorés brillaient, son teint bronzé n'avait rien perdu de son éclat.

Elle embrassa avec un plaisir évident, à défaut de passion, les lèvres charnues et roses qu'il lui tendait. Helen se demandait souvent pour quelle raison elle n'était pas amoureuse de ce garçon, sans obtenir de réponse à son interrogation. Il était vrai qu'elle n'avait jamais connu un tel sentiment, pas plus qu'elle n'avait connu le plaisir: plutôt mourir que se masturber, telle était la devise des enfants de MM. L'autosatisfaction sexuelle était non seulement honteuse, elle était inutile. La jeune femme restait dans l'attente du jour où elle découvrirait le mystère de l'orgasme, mais rien ne pressait.

— Sors-moi un seau à glace, en espérant que la bouteille ne soit pas trop grande, ordonna-t-elle en se dégageant de l'étreinte de Kurt. Tu as faim? Tu préfères manger maintenant, ou bien réchauffer les plats plus tard?

— Plus tard, choisit-il en sortant un seau à glace de grande taille avant de s'attaquer au bouchon du jéroboam. Tu as décidé de nous soûler? Si c'est le cas, je suis cent pour cent d'accord, ma belle Helen. Je regrette l'époque où tu ne t'attachais pas les cheveux! Tout ça à cause de ton travail dans la police... Alors tu vas te soûler pour y remédier.

— Je te ferai boire autant que moi, répliqua-t-elle d'un air de défi.

Il remplit deux coupes et ils trinquèrent.

— Je sais que ce n'est plus la mode, mais je préfère les coupes aux flûtes, observa-t-il en savourant son champagne. Comment vont s'y prendre les gens qui ont un gros nez, même si ce n'est pas notre cas?

— Ma parole! Tu as le sens de l'humour! s'écria-t-elle.

— Tu as l'air étonnée.

— Il faut croire que tu cachais bien ton jeu, répondit-elle en trempant les lèvres dans sa coupe. C'est fou ce que j'aime le champagne! Ta libération méritait bien ça. Tu sais que tu as l'air en forme?

— Je le suis.

— Je serais curieuse de savoir ce qui t'est passé par la tête tout au long de ces presque six jours.

Ce fut tout juste si l'insouciance du physicien s'altéra.

— J'ai réalisé le travail de toute une vie. Je ne pensais qu'à ça et je n'ai pas eu le temps de terminer. Ils m'ont promis une photo des murs de ma cellule. Je ne sais pas comment ils comptent s'y prendre, ils devront coller les photos les unes à côté des autres, comme du papier peint. J'ai l'intention de terminer. J'ai enfin compris à quel point il était essentiel d'enchaîner toutes les étapes mathématiques sur lesquelles je m'appuie pour mes recherches. À présent, je détiens la *preuve* que je ne me suis pas trompé jusqu'ici. Mes résultats étaient éparpillés dans des articles parfois redondants, de sorte qu'il était facile de perdre le fil, expliqua-t-il, emporté par son enthousiasme. J'avais raison, Helen !

— Au moins, je vois quelles sont tes priorités dans la vie.

— Exactement.

— Tu n'as pas pensé à la mort ?

— Si… et non à la fois. Je voulais terminer mon travail avant de mourir. Mes recherches prenaient le pas sur le reste, même si je savais que la mort m'attendait.

— Pas étonnant que tes collègues te vouent une telle admiration.

— Tu exagères, Helen.

— Pas du tout. J'ai eu l'occasion de m'entretenir longuement avec eux, cette semaine, et je peux t'assurer qu'ils admirent profondément ta passion.

Elle laissa sa phrase en suspens en affichant un air surpris.

— Moi qui me posais des questions sur la passion ! C'est donc là qu'elle se cache ! Dans le travail !

— Je ne te suis pas.

— C'est aussi bien. Bois ton champagne, Kurt.

Trois coupes devraient suffire pour ce que j'ai à lui annoncer, décida-t-elle en trinquant.

— Tu as envie de te venger ? demanda-t-elle en retirant ses chaussures, puis les bas qu'elle avait préférés aux collants afin de mieux jouer la carte de la séduction.

— À l'heure qu'il est, dit-il en approchant son verre des orteils de la jeune femme, j'ai surtout envie de sucer des doigts de pied au champagne.

Elle laissa échapper un rire aigu.

— Non, Kurt ! Je suis chatouilleuse !
— Tu peux toujours essayer de m'échapper, j'aime trop ça, marmonna-t-il.
— D'accord, mais seulement cinq minutes.
Le délai écoulé, elle l'attrapa par les oreilles et approcha son visage du sien.
— Aïe !
— Si tu avais les cheveux plus longs, je pourrais épargner tes oreilles. Assieds-toi, Kurt. Je voudrais te parler, c'est important.
Il obtempéra, sa curiosité piquée.
— Très bien, ma charmante Helen.
— Aimerais-tu te venger de ceux qui t'ont enlevé ?
— *Natürlich*. Pas tant pour ce que j'ai enduré qu'à cause de ma famille.
— As-tu pris le temps de te demander qui t'avait kidnappé ?
Il afficha un air surpris.
— Non, pas vraiment. J'étais trop préoccupé par le bon enchaînement de mes formules mathématiques.
— Il se trouve que j'ai ma petite idée sur la question.
La main avec laquelle il s'apprêtait à saisir le jéroboam s'arrêta net.
— Non, j'ai assez bu. Je t'écoute, Helen.
— Le capitaine Delmonico n'est pas un simple flic de petite ville, Kurt. Il s'agit d'un enquêteur brillant, assez pour que je choisisse d'effectuer mon stage au sein de son service. Et il est parvenu aux mêmes conclusions que moi. La première est que tu as été enlevé par des Allemands, et non par des Américains.
Il ouvrit des yeux ébahis.
— Mais… c'est impossible ! Des *Allemands* ?
— Tu n'as aucune compétence particulière dans le domaine criminel, contrairement à Delmonico, ou même à moi. Crois-moi sur parole lorsque je t'affirme que des ravisseurs américains se seraient comportés

très différemment de tes compatriotes. À partir du moment où nous avons affaire à des Allemands, on peut en déduire qu'ils te connaissent personnellement. N'oublions pas qu'ils étaient au courant du fonds de placement que ta mère comptait créer au nom de ses petits-enfants, et qu'ils disposaient des relations nécessaires à l'ouverture d'un compte dans une grande banque suisse. Il ne s'agit pas de menu fretin.

— Josef, prononça Kurt d'une voix rauque.

— Nous n'en avons pas la certitude, faute de pouvoir enquêter en Allemagne. À moins que…

— À moins que quoi? demanda Kurt en dressant l'oreille.

— À moins que tu n'acceptes de participer à une opération qui nous permettra d'identifier les coupables, à défaut de les confondre.

— Tu m'intéresses.

— Tout d'abord, quand dois-tu reprendre ton travail?

— Quand je voudrai, m'a dit le doyen Gulrajani. Je lui ai répondu que je revenais immédiatement. J'ai un mur à finir, précisa-t-il avec une grimace.

— Que dirais-tu de mardi prochain?

— Pourquoi? C'est dans quatre jours.

— Quatre jours au cours desquels nous pourrions prendre l'avion pour Munich où il me serait possible d'enquêter.

La jeune femme ne le quittait pas de ses yeux d'un bleu profond.

— Ta famille sera ravie de te voir, d'autant qu'ils n'ont pas pu envoyer l'un d'eux ici lors de ton enlèvement. Et puis tu parles constamment de moi à Dagmar en lui disant que tu souhaites m'épouser. Je n'ai pas encore accepté, mais il suffit de prétendre que je suis ta fiancée. C'est un bon prétexte. Tu trouveras bien des excuses pour voir les membres de ta famille en tête à tête, ce qui me laissera le temps de fouiner dans les coins sans mettre la puce à l'oreille de la police locale.

Kurt l'avait écoutée avec attention, pesant le pour et le contre. À peine achevait-elle sa phrase que sa décision était prise.

— Ton plan est parfait, reconnut-il en souriant, mais nous sommes pris par le temps. Les vols de demain sont probablement complets.

— J'ai les billets dans mon sac, il restait de la place en première classe.

— En première classe? s'exclama-t-il. Helen, c'est du gâchis.

— Quel avare tu fais! Avec ta fortune, tu peux te l'offrir sans problème.

— C'est un principe, répliqua-t-il sèchement.

— Dans ce cas, tu as de la chance que je t'invite, espèce de grippe-sou! Tu me donnes une bonne raison de ne pas t'épouser.

— Ça ne te gêne pas, puisque tu disposes de ta fortune personnelle.

— Tu veux dire que si nous allions à Paris tu ne m'inviterais pas à la Tour d'Argent?

— Assurément, répondit-il sur un ton pompeux. Paris regorge de restaurants tout aussi bons, et infiniment moins chers.

— Permettez-moi de vous notifier officiellement, mon cher Kurt, que si d'aventure nous devions prendre l'avion ensemble à l'avenir je voyagerais en première, et vous en classe touriste.

— Je ne te comprends pas, Helen.

— Je ne t'en demande pas tant. Peux-tu appeler Dagmar demain matin à la première heure afin de lui annoncer que nous venons passer le week-end?

— Volontiers. Tu sais quoi?

— Oui?

— Ton plan est excellent.

— N'en parle à personne. Pas même à Dagmar.

— J'ai bien compris. Ma sœur est la loyauté personnifiée, mais elle est toujours attachée à Josef. Sinon elle l'aurait renvoyé le jour où elle a découvert qu'il vendait les secrets de l'entreprise.

— Bien. Que dirais-tu de réchauffer ces plats?

— Tu as raison. Toute cette histoire m'a ouvert l'appétit.

— Je vais avoir besoin d'une voiture, précisa-t-elle un peu plus tard dans la soirée, entre deux bouchées.

— Je te prêterai ma Porsche.

— J'aurais dû me douter que tu en avais une autre là-bas!

Vendredi 25 octobre

À présent que Kurt von Fahlendorf s'était envolé pour Munich en compagnie d'Helen MacIntosh, le capitaine Delmonico pouvait se consacrer à d'autres problèmes. L'enquête sur le Dodo figurait à la place d'honneur sur sa liste, mais il ne devait pas oublier Corey Marshall. Pas question de retarder davantage sa petite enquête sur le suicide de Morty Jones, même si la date de l'enquête officielle avait été fixée au 11 novembre, une semaine après l'élection présidentielle. Les souvenirs des témoins avaient tout le temps de s'estomper d'ici là.

Corey n'était pas dans son bureau lorsque Carmine passa la tête à 8 h 05 ce matin-là. Rien de dramatique, même s'il jugeait normal que les lieutenants prennent leur poste avant leurs subordonnés. Et Buzz se trouvait déjà là.

Delia était en plein travail, célébrant le retour de Kurt en endossant une tenue encore plus bigarrée que d'habitude : une robe à fanfreluches à rayures rose bonbon, jaunes et noires, avec un nœud à l'avenant dans les cheveux. Carmine s'était toujours demandé comment elle pouvait taper aussi vite avec des griffes aussi longues. Ses ongles, peints d'un rose agressif, cliquetaient sur le clavier de l'IBM électrique avec la force de quelqu'un ayant appris sur une machine manuelle. Le bruit sourd des doigts et le claquement sec des ongles sur les touches évoquaient la démarche mécanique d'un homme équipé de semelles de plomb et de genoux artificiels. *Quel gâchis de l'envoyer enquêter sur le Dodo*, pensa Carmine en l'observant à la dérobée. *Cette fille est faite pour remplir des formulaires et des tableaux.*

En retournant dans le bureau de son lieutenant à 8h30, Carmine sentit ses intestins se nouer. Sa mission aurait été facilitée si aucune amitié ne l'avait lié à cet homme, mais il l'appréciait et souffrait sincèrement en repensant avec nostalgie au Corey de la grande époque.

Celui-ci entamait sa journée en préparant ses dossiers.

— Quelle enquête comptes-tu me confier? demanda-t-il en voyant son chef pénétrer dans la pièce.

— On verra, une fois que nous aurons parlé de Morty, répondit Carmine en s'asseyant.

Corey fit le dos rond.

— Il n'y a rien de spécial à dire. Il cachait bien sa dépression.

— Arrête, s'il te plaît! Je l'avais remarquée, mon équipe aussi, tout comme celle d'Abe. Comment oses-tu prétendre que tu ne savais rien quand je suis venu moi-même te demander de remplir un formulaire 1313? Quand je t'ai demandé de l'envoyer chez le Dr Corning, tu as refusé en me disant que c'était de ta responsabilité et qu'il n'y avait pas de problème. C'est Helen MacIntosh, une simple stagiaire, qui a pris sur elle de le chercher ce matin-là. Or, c'était ton boulot et tu le sais très bien. Je ne comprends pas pourquoi tu as choisi d'adopter une telle attitude vis-à-vis de Morty. Il était malade.

— On en fait une montagne, riposta Corey d'une voix dure, mais Morty n'allait pas si mal que ça. Il s'est tiré une balle en découvrant les photos d'Ava, c'est tout.

— Tu ne sauveras pas ta peau en enfonçant la tête dans le sable, Cor.

— Que savais-tu de ses problèmes, Carmine? Morty se plaignait d'Ava depuis dix mois, ce n'était pas nouveau. Elle lui a rendu service en le quittant.

— Je vais être contraint de parler du formulaire 1313 lors de l'enquête.

Corey, le souffle coupé, ploya sous le choc.

— Carmine, tu n'as pas le droit ! C'était une simple discussion entre un lieutenant et son supérieur, ça ne regarde que nous.

— Hélas non, puisque l'objet de cette discussion s'est suicidé quelques jours plus tard.

— C'était une discussion *interne*, je te dis ! Tu n'as pas le droit d'en parler. Morty cachait sa dépression et il gérait son problème d'alcool.

— Dans ce cas, pourquoi n'était-il jamais ici ?

— Il se réfugiait dans la cellule des femmes.

— Pour cuver.

— Non ! Pour échapper à la gouvernante que Delia Carstairs lui avait dénichée. Il la détestait !

— À voir ! Netty Marciano affirme que les gamins l'adoraient. Morty avait beau dire à tout bout de champ qu'ils passaient leur temps à réclamer Ava, il affabulait, rétorqua Carmine, bien décidé à montrer à Corey que tout le monde était au courant de la situation de son adjoint.

— Putain, les gens ne respectent donc rien ?

— Tu connais Netty, Cor.

— Il allait retrouver Virgil Simms à l'annexe, reprit le lieutenant, qui ne savait plus comment se débarrasser de son supérieur. Ils étaient copains depuis l'école de police. Rien d'étonnant à ce que Morty soit allé ouvrir ses papiers de divorce là-bas.

— Je vois, déclara Carmine en se levant, au bord de l'implosion.

— Hé ! Tu ne m'as pas dit de quelle affaire je devais m'occuper. Et qui va remplacer Morty ?

— Morty ne sera pas remplacé tant que l'enquête ne sera pas bouclée. En attendant, Buzz et toi devrez vous débrouiller, répliqua Carmine par-dessus son épaule.

Reprenez l'enquête sur la cache d'armes du lycée Taft. On murmure que c'est plus compliqué qu'il n'y paraît. Pour une fois, Corey, fais ton boulot et découvre la vérité.

— C'était écrit, déclara le sergent Simms. Morty portait la poisse. Il aurait pu épouser quelqu'un d'autre, ça n'aurait rien changé. Il avait un faible pour les traînées, sans doute en réaction contre sa mère. Une de ces femmes dures et égoïstes qui ne manqueraient la messe pour rien au monde.

— Que va-t-il advenir des enfants? demanda Carmine.

— Ava les a récupérés et elle est rentrée chez elle, mais la mère de Morty s'est plainte aux services sociaux en disant qu'Ava était une mauvaise mère.

— A-t-elle vraiment envie d'obtenir leur garde?

— Bien sûr que non! Mais je vois mal comment intervenir, capitaine. Ava n'a pas la cote auprès de ma femme.

— Toutes les femmes la détestent. Quant aux gosses, ni la mère ni la grand-mère n'en veut.

— C'est incroyable qu'on ait pu retrouver Kurt von Fahlendorf, remarqua Mark Sugarman en entamant sa ronde avec Bill Mitski.

— Excellente nouvelle, en tout cas, répondit ce dernier. Les flics d'Holloman sont des as.

— Tu crois qu'ils parviendront à coincer le Dodo?

— À mon avis, oui. Il n'agit pas au hasard et chaque nouvelle victime leur donne davantage de chance de réussir.

— Espérons que tu aies raison! souhaita Mark avec ferveur. Nous serions tous plus tranquilles.

— Tu n'as pas l'intention de renoncer à nos rondes? s'inquiéta Bill.

— Non. Ces petites marches sont bonnes pour le cœur et la ligne, plaisanta Mark en tapant sur son ventre.

— Regarde ! s'écria soudain Bill. Qui sont ces deux-là ?

Mark fit la moue.

— Les frères siamois, gronda-t-il.

— Tu as raison, ils pourraient aussi bien être soudés par la hanche. Tu as vu leur démarche ? Ils me dégoûtent !

— Bonsoir, dit poliment Mark en rejoignant Robbie et Gordie Warburton.

— Que la soirée vous soit propice, messieurs, répondit le premier.

Ils s'arrêtèrent quelques instants et Mark leur présenta son compagnon.

— Promenade de santé ? les interrogea Bill en dissimulant sa répulsion.

— Oui, acquiesça Robbie. Quelle douceur, ce soir ! J'adore l'été indien dans cette région. Près de trente degrés la journée et zéro la nuit ! Le crépuscule est encore l'heure la plus agréable pour se promener.

— Vous vous promenez souvent ? s'étonna Mark. Je ne vous vois jamais dans les rues.

Les jumeaux poussèrent un petit rire efféminé.

— Grands dieux, non ! s'exclama Robbie en reprenant sa route, aussitôt imité par son frère. *Ciao !*

Mark et Bill les regardèrent s'éloigner.

— Ils me donnent la chair de poule, avoua le dessinateur.

— Et moi, donc !

— *Ciao !* Pour qui se prend-il ? Noël Coward[1] ?

Les deux hommes reprirent leur ronde.

— Tu sais de quoi j'ai envie ? demanda Bill alors qu'ils tournaient sur Cedar Street où déambulaient de nombreux passants au milieu des voitures.

— Non, de quoi ?

---

1. Acteur, chanteur et dramaturge anglais, célèbre pour son dandysme. *(N.d.T.)*

— D'une fête. Une de tes bonnes vieilles bamboulas, Mark.

Sugarman secoua la tête en laissant échapper un soupir.

— Après la mort de Melantha ? Non, Bill. Son ombre planerait au-dessus de nous comme un fantôme.

— Quand je pense qu'il suffit d'un cinglé pour tout gâcher ! Carew était un quartier si agréable.

— Il le redeviendra le jour où le Dodo sera derrière les barreaux.

Didus ineptus aimait profiter de ses moments de liberté pour savourer à l'avance les aventures qui l'attendaient. Le plan mis au point pour sa prochaine victime occupait une place croissante dans ses pensées, au point d'être tenté de raccourcir le cycle qu'il s'était imposé. Pourquoi ne pas laisser s'écouler deux semaines au lieu de trois ? Et ces idiots qui s'imaginaient que ce délai avait un sens ! Seul l'instinct de survie gouvernait ses actes. L'élection présidentielle coïncidait avec le troisième mardi, et il n'avait nulle envie de partager son heure de gloire avec Hubert Humphrey ou cette hyène de Richard Nixon. Il pouvait s'arranger pour être prêt une semaine plus tôt, histoire de ne partager son triomphe avec personne.

Elle vivait sur Cedar Street. L'opération s'annonçait dangereuse, mais pas impossible. Le tout était de s'en tenir strictement au plan. Sa proie habitait un immeuble de trois étages abritant huit appartements, à côté de la maison des Hochner. L'opération aurait été trop risquée sans ce détail. Le couple passait son temps à appeler la police pour se plaindre des voisins, aussi les flics avaient-ils renoncé à se rendre sur place. Bien évidemment, les Hochner avaient signalé ce manque de zèle au capitaine Vasquez qui avait botté en touche en leur adressant une lettre bien tournée.

La proie du Dodo, Catherine Dos Santos, était une ravissante jeune femme aux airs de madone de Raphaël doublée d'une catholique pratiquante à la vertu irréprochable. Elle vivait au rez-de-chaussée.

Il se la réservait depuis longtemps. D'autres suivraient, mais Catherine occupait une place à part dans son panthéon féminin. Sous sa chevelure d'un noir de jais s'ouvraient deux immenses yeux d'un bleu violacé exceptionnel, surmontés de longs cils, qui conféraient à ses traits une quiétude parfaite. Lors d'une fête, elle lui avait avoué n'avoir jamais été amoureuse et se réserver pour celui qui serait un jour son mari.

Toutes les fenêtres de son appartement étaient protégées de vrais barreaux de prison, en bon acier d'un centimètre de diamètre, solidement fixés aux murs de béton de l'immeuble. Seul un chalumeau aurait permis d'en venir à bout, mais les Hochner auraient hurlé à la première étincelle. Les deux portes de l'appartement étaient tout aussi redoutables. La première, anti-incendie, était munie de deux verrous. Quant à la porte d'entrée, située sur l'arrière, elle était protégée par trois serrures différentes. Mais le Dodo en possédait les clés.

Même les femmes vertueuses ont besoin de soulager leur vessie et Catherine avait eu la mauvaise idée de laisser son sac derrière elle en allant aux toilettes, un soir de fête chez Mark Sugarman où elle avait bu plus que de raison. Et tandis que Dave Feinman se lançait dans une belle imitation du sénateur Strom Thurmond, le Dodo avait réalisé des empreintes des cinq clés découvertes au fond du sac. Il avait ensuite testé les copies en pleine nuit et repéré les trois dont il avait besoin, mais il lui fallait voir comment elle s'y prenait exactement avec ces serrures compliquées. D'où sa présence devant chez elle quelques semaines auparavant, à l'heure où la jeune femme rentrait habituellement chez elle.

Caché derrière une haie, il avait attendu.

L'allée qui longeait l'immeuble était si proche qu'il avait identifié le frottement des collants de Catherine à 18 h 30 précises. Elle avait commencé par la serrure du haut en donnant trois tours de clé à droite, puis deux à gauche, avant de s'attaquer à celle du bas : six tours à gauche, aucun à droite. Ne restait plus que la serrure du milieu, quatre tours à gauche, trois à droite. Son trousseau à la main, elle s'était appuyée de tout son poids contre le battant qui s'était écarté juste assez pour la laisser passer avant de se refermer. Le claquement reconnaissable de deux verrous avait résonné dans la nuit, un en haut, un en bas, puis elle avait verrouillé les trois serrures. Fort Knox s'était refermé. Quelle femme !

Il disposerait de peu de temps pour agir. Il lui fallait pénétrer dans l'appartement avant le retour de Catherine, mais les Hochner prenaient un thé glacé tous les jours sur la terrasse et ne rentraient chez eux qu'à 18 h 15. L'automne aidant, ils avaient toutes les chances de mettre un terme à leur rituel plus tôt, mais il ne pouvait se permettre de prendre un tel risque. Il disposait en tout et pour tout d'un quart d'heure, tout en prévoyant de se tenir prêt dès 18 heures si la chance le servait.

Son cœur battait plus vite, il sentait l'adrénaline monter à la perspective du danger qu'il courait en choisissant sa prochaine victime sur une rue aussi animée que Cedar Street. Une petite voix dans sa tête l'incitait à oublier Catherine, qu'il fit taire avec agacement. Pas question de renoncer ! Il commençait à s'encroûter ! Cette fille représentait un véritable défi, et le Dodo n'avait jamais su résister aux défis. Quels que soient les obstacles, il entendait bien violer et tuer Catherine Dos Santos.

Mardi prochain. Deux semaines après Melantha. Ils ne comptaient pas là-dessus. D'ici à une semaine, Carew grouillerait de flics.

— Je vais avoir besoin de toi, Fernando. Il faut que Carew regorge de flics le soir de l'élection et le jour suivant, indiqua Carmine. Cela fera trois semaines que Melantha a été assassinée, ce sera le jour du Dodo. S'il change ses habitudes, c'est qu'il répond à des pulsions dont personne ne peut connaître la logique, à part Dieu. Il faut impérativement montrer aux habitants que nous sommes là pour les protéger.

— Tu en as parlé au préfet? s'enquit Fernando.

— Pas encore. Je préférais t'en parler d'abord, au cas où tu aurais une meilleure idée.

C'était l'inconvénient de voir un inconnu succéder à Danny Marciano. Carmine ne connaissait pas assez Vasquez pour savoir quels étaient ses réflexes. Son prédécesseur suivait toujours la direction imprimée par Silvestri et Carmine, mais il n'était plus là. Le nouveau finirait par prendre le pli avec le temps, mais il était d'origine latino, pas italienne, ce qui faisait toute la différence. C'était la première fois qu'il occupait un poste aussi important et il cherchait encore ses marques.

— On ne peut pas continuer à laisser ce type violer et assassiner des jeunes femmes, répondit Fernando. J'ai suffisamment consulté les rapports d'enquête pour savoir que vous n'avez rien laissé au hasard, mais nous avons affaire à une ombre. C'est toujours comme ça avec les prédateurs sexuels. Ils ne laissent pas de trace.

— À présent qu'il a commencé à tuer, il ne s'arrêtera plus, prédit Carmine, mais il finira par commettre une erreur. Et c'est bien pour le pousser à la faute que je veux inonder Carew de flics. Es-tu prêt à mettre des agents à ma disposition?

— Autant que je peux, approuva Fernando en levant une belle main carrée, terminée par de longs doigts effilés. Mais j'ai une requête, Carmine.

— Je t'écoute.

— Attendons le mardi de l'élection à midi pour en parler à mes gars. Je ne dis pas qu'il y a des fuites dans mon service, mais autant que le Dodo n'ait pas le temps de se préparer. D'accord?

— Excellente idée. Je n'en parlerai à personne chez moi non plus. Si ce type a décidé de passer à l'action ce soir-là, rien ne lui mettra la puce à l'oreille avant le jour même. Il peut très bien décider de renoncer, mais je doute qu'il soit du genre à abandonner facilement. Moins il aura de temps pour se retourner, moins il aura de chance de déclarer forfait.

— Tu as un plan?

— Pas de quoi rendre jaloux Alexandre le Grand. Le mieux est encore d'avoir un maximum d'hommes sur le terrain, à pied et en voiture.

— Je peux te fournir dix voitures de patrouille et trente binômes d'îlotiers. Davantage serait dangereux, sachant à quel point la situation est explosive cette année. Je dois pouvoir réagir s'il se passe quoi que ce soit ailleurs.

Le discours pessimiste de Fernandez ne semblait pas affecter sa bonne humeur.

— Mais il ne se passera rien, affirma-t-il. Ou alors plus tôt, auquel cas je serai dans l'incapacité de te fournir du renfort.

Carmine tendit la main.

— Merci, Fernando.

— C'est mon service qui te remercie, Carmine, répondit Vasquez en serrant chaleureusement les doigts de son collègue entre les siens. Sans ton sergent Goldberg aux pouvoirs mystérieux, mes hommes n'auraient jamais pu retrouver Kurt von Fahlendorf. Allons voir le préfet.

Helen MacIntosh rêvait de découvrir l'identité des ravisseurs de Fahlendorf, au point d'en oublier le Dodo.

La raison de son désintérêt soudain pour le violeur était simple : la capture de ce dernier rejaillirait sur toute l'équipe de Delmonico, alors qu'Helen pouvait espérer briller seule si elle parvenait à ses fins à Munich.

Le principal inconvénient de cette escapade allemande était Kurt lui-même. Elle avait beau lui avoir expliqué qu'elle feignait seulement d'être sa fiancée, il semblait l'avoir oublié à la minute où ils étaient montés à bord de l'avion et se comportait avec elle en amoureux transi. Un désagrément qu'Helen était prête à surmonter, étant donné l'enjeu.

Le décalage horaire aidant, ils arrivèrent à Munich peu avant minuit. Une énorme Mercedes les attendait, mais aucun membre de la famille n'avait cru bon d'effectuer le déplacement du fait de cet atterrissage tardif, ainsi que l'expliqua le chauffeur en livrée à Kurt dans sa langue natale. Helen, ne parlant pas un mot d'allemand, devait compter sur les talents d'interprète de son « fiancé ». La joie de ce dernier croissait à mesure qu'il se rapprochait des siens, dont l'absence ne semblait pas l'avoir choqué.

La maison que découvrit la jeune femme une heure plus tard était énorme par rapport aux normes américaines et tenait davantage du château que du manoir. Le chauffeur s'étant chargé de ses deux sacs, Kurt l'entraîna dans l'immense entrée où il l'embrassa avant de laisser une domestique la conduire dans ses appartements du premier étage en empruntant le grand escalier de marbre rose. Outre une chambre, elle disposait d'un petit salon, d'une cuisine et d'une salle de bains qu'on aurait pu croire aménagée sur les ordres de Louis II de Bavière, avec ses cygnes, ses dauphins et ses hippocampes de marbre batifolant au milieu des algues et des coquillages.

Helen laissa à la femme de chambre le soin de défaire ses bagages et la chassa gentiment de sa chambre en glissant dans les mains de la fille étonnée un billet de dix dollars. Seule, elle s'installa devant le bureau de son salon privé et entama la rédaction de son journal. Elle avait imité l'exemple de Kurt en dormant dans l'avion et ne se sentait pas fatiguée.

Samedi 26 octobre

Personne ne lui ayant précisé où et quand était servi le petit-déjeuner, elle quitta ses appartements à 7 heures du matin et se mit en quête de la salle à manger. Croisant par hasard le majordome qui parlait fort bien l'anglais, elle s'attira instantanément ses bonnes grâces par sa jeunesse et son charme.

— Vous êtes trop matinale, Fräulein, lui déclara-t-il avec un sourire rayonnant. La femme de chambre vous aurait apporté un café à 8 heures en vous demandant à quel moment vous souhaitiez prendre le petit-déjeuner.

— Je tiens plus de l'alouette que de la chouette, répondit-elle à la grande perplexité du majordome à qui la métaphore échappait manifestement. Je mangerai avec les autres. Puis-je vous demander votre nom?

— Macken, Fräulein.

Elle jeta un rapide coup d'œil au décor doré, bleu et crème qui l'entourait et s'approcha de lui avec un air de conspirateur.

— Retrouvez-moi après le petit-déjeuner, Macken. Vous me ferez visiter les lieux.

— Mais Herr Kurt…

— Je ne voudrais pas le distraire des siens.

Sur les indications du majordome, elle rejoignit la petite pièce dans laquelle se réunissait la famille chaque matin à 7 h 30.

Cinq personnes avaient déjà pris place autour d'une table ronde au centre de laquelle trônait un panier de petits pains frais dont l'arôme eut le même effet sur Helen qu'une truffe sur un chien. Un plateau de fromages, un autre de saucisses finement tranchées et un troisième de salami étaient disposés tout autour, composant un petit-déjeuner aussi surprenant que tentant.

Les hommes se levèrent et Kurt se chargea des présentations, ravi de trouver son Helen debout de si bonne heure.

Elle adressa un sourire à chacun et s'installa devant l'assiette et le petit pot de beurre qui l'attendaient. Elle avala d'un trait sa première tasse de café qu'un domestique remplit avec un empressement comparable à celui dont faisait preuve Minnie chez Malvolio's.

Ses hôtes, aussi beaux que Kurt, étaient tous grands, blonds aux yeux bleus, avec des traits fins d'acteurs de cinéma. Sans être une Fahlendorf à l'origine, la baronne n'en était pas moins blonde, avec des yeux verts qui conféraient à son allure un certain exotisme. Le contraste n'en était que plus grand avec Josef, très noir de cheveux, véritable Adonis aux grands yeux sombres et rêveurs.

— Ravie de vous rencontrer, ma chère, l'accueillit Dagmar. Kurt nous a tant parlé de vous dans ses lettres. Qu'en dites-vous, mère ?

Un sourire félin énigmatique étira les lèvres de la baronne.

— Elle est très belle, en effet, répondit-elle à sa fille avant de se tourner vers Helen. Les Américains sont réputés pour leurs produits cosmétiques. Quelle est la marque de votre teinture de cheveux ?

Helen papillonna des paupières, se hâta d'avaler le petit pain beurré qu'elle avait en bouche et toussa en manquant de s'étouffer. *Seigneur !* pensa-t-elle. *Ces aristos sont si sûrs de leur fortune et du sang bleu qui coule dans leurs veines qu'ils se croient tout permis. À côté d'eux, un citron ferait figure de sucrerie.*

— Je ne me teins pas, madame la baronne, répondit-elle. Il s'agit d'un héritage familial du côté de mon père. Mon frère a les cheveux de la même couleur.

La mère et la fille Fahlendorf échangèrent un regard qui trahissait leur incrédulité.

— En fait, reprit Dagmar en grignotant un petit pain, Fahlendorf Farben envisage de lancer une ligne de cosmétiques sous la marque Domina. Ce qui signifie...

— Je vous remercie, la coupa Helen d'une voix tranchante. J'ai étudié le latin et le grec. Je suis même sortie de l'université de Harvard avec mention très bien, vous en aurez sans doute entendu parler.

— Le père d'Helen est le président de Chubb, une autre grande université, intervint Kurt, gêné.

— Vraiment? C'est formidable, répliqua la baronne.

Cette femme doit posséder un pedigree à faire passer les Fahlendorf pour des cul-terreux, pensa Helen. *Je sens que je vais m'amuser!*

Josef, assis en face d'Helen, lui adressa son sourire le plus charmeur.

— Le petit-déjeuner ne nous laisse guère le temps de parler, s'excusa-t-il en anglais avec un accent plus prononcé que celui des membres de sa belle-famille. J'espère avoir le plaisir d'une vraie conversation à l'heure du dîner.

— Pas tant que moi, minauda Helen, convaincue qu'il était homme à succomber à une telle manœuvre.

Il lui répondit par un sourire, quitta sa chaise, s'inclina et claqua des talons avant de s'éloigner.

— Je vois qu'on fait travailler le gendre à la schlague, ici, plaisanta Helen en croquant dans son petit pain. Quel succulent repas! Rien de sucré, mais pas vraiment léger pour autant. J'adore. Cette saucisse, c'est de la mortadelle?

— Non, du *Kaiserfleisch*, répondit Kurt qui souhaitait à tout prix préserver la paix autour de la table. De la saucisse de veau, moins lourde.

— Un délice, approuva Helen en empilant plusieurs tranches sur un petit pain généreusement beurré. Je vais finir par prendre plusieurs kilos. Plus sérieusement, Kurt : Josef est-il parti travailler ?

— Nous partons tous travailler, la corrigea Dagmar avec froideur. Le dîner est servi à 20 heures, et avant lui l'apéritif, dans le salon rouge, à 19 h 30. Macken vous enverra chercher, vous risqueriez de vous perdre.

— Bonne idée, approuva Helen en entamant son troisième petit pain. Kurt, n'hésite pas à accompagner ta sœur. Je comptais de toute façon me promener en voiture.

Il lui répondit par un sourire et se hâta de rejoindre Dagmar qui s'éclipsait.

Pas très bien habillée, pour une femme aussi fortunée, songea Helen en la regardant s'éloigner. *Ni Chanel ni Balenciaga. À New York, elle se fournirait chez Bloomingdale's plutôt que chez Bergdorf's. Qui est donc cette femme mystérieuse rivalisant d'élégance avec la duchesse de Windsor? La baronne porte des tenues plus adéquates, mais elle est trop vieille. Et bizarre. Il y a un je-ne-sais-quoi chez elle qui me fait penser à un défaut dans l'eau limpide d'une pierre précieuse.*

Macken l'attendait dans la pièce bleue ornée de dorures lorsque Helen le rejoignit à 8 h 15.

— À quoi s'occupe un majordome allemand? lui demanda-t-elle en lui emboîtant le pas dans un couloir lourdement décoré. Mon père dispose d'un majordome à Chubb, mais il est essentiellement chargé de gérer le personnel. Jamais il n'ouvrirait la porte, à moins de traverser l'entrée au moment où quelqu'un sonne, par exemple, et ce n'est pas lui qui nettoie l'argenterie. C'est le boulot des étudiants boursiers sans le sou.

Elle poursuivit son monologue en feignant de ne pas voir que l'homme était épouvanté de tant de familiarité. Arrivée dans la salle de bal, elle jugea l'avoir suffisamment amadoué.

— Vous devez comprendre, Macken, que nous relevons de la même classe sociale ou presque, tous les deux, commença-t-elle d'un air sincère en le dévisageant dans cette pièce qui n'aurait pas détonné dans un palais royal. Je peux même vous avouer que je n'ai pas l'intention d'épouser Kurt von Fahlendorf, de sorte que vous ne trahirez aucun secret en vous confiant à moi. Je suis ici parce que Herr Kurt a beaucoup souffert lors de son enlèvement et qu'il avait besoin d'une présence amicale à ses côtés pendant ce court séjour parmi les siens.

Il posa sur elle un regard intelligent et affectueux trahissant son respect.

— Je comprends, miss Helen.

— Bien! Nous sommes censés reprendre l'avion lundi, mais ne soyez pas surpris si nous repartons dès demain. Kurt n'est pas heureux, ici.

— Je sais. À cause de Herr Josef. Kurt ne peut lui pardonner ce qu'il a fait subir à sa sœur.

— Quel était le nom de famille de Josef, autrefois? demanda-t-elle en veillant à dissimuler sa curiosité. Faisait-il partie de l'aristocratie?

— Pas le moins du monde. Il s'appelait Richter.

— D'où est-il originaire? Il s'exprime en anglais avec un accent différent.

— Je ne sais pas, miss Helen, mais il me semble qu'il vient d'Allemagne de l'Est.

Il balaya la pièce d'un geste ample.

— Cet endroit n'est-il merveilleux?

— Je trouve le cadre un brin hédoniste pour une famille de cinq, répliqua-t-elle sèchement. Je sais bien que les Fahlendorf sont très riches, mais l'entretien d'une telle demeure doit coûter une fortune.

Sa remarque acheva de briser la glace. Le vieil homme l'avait adoptée, il était prêt à lui révéler tous les secrets de la maison, ou presque.

— Vous ne croyez pas si bien dire, miss Helen. Cet endroit est un gouffre, mais le Graf von Fahlendorf refuse de vendre Chant du soir. C'est le nom de cette propriété.

— Qui pourrait bien se transformer en Chant du cygne.

Ils quittèrent la pièce et il leur fallut plusieurs minutes pour rallier l'entrée de la maison.

— Kurt vous manque-t-il? demanda Helen.

— Oui et non. Son travail l'a toujours passionné davantage que l'usine, ou quoi que ce soit d'autre.

— L'usine fonctionne vraiment le samedi?

— Pas la production, mais Herr Josef et Frau Dagmar travaillent dans leur bureau. C'est formidable que vous ayez pu retrouver Kurt avant le versement de la rançon.

— Pourquoi donc?

— Parce qu'il s'agissait de l'argent destiné aux petits-enfants de la baronne, expliqua-t-il en écartant l'un des battants de la porte. Kurt a laissé une carte routière à votre intention dans la voiture, miss Helen. Vous y trouverez aisément Chant du soir, ainsi que l'emplacement de l'usine.

Elle tourna son visage vers le ciel limpide. Le soleil enveloppait le parc du château d'une douce chaleur.

— Quel dommage de devoir travailler dans un bureau par une journée pareille, remarqua-t-elle en riant.

— Herr Josef ne travaille pas toute la journée, la corrigea Macken en descendant galamment le perron avec elle. Il rend visite à sa mère vers midi.

— Vous la connaissez? s'enquit Helen en posant les yeux sur la Porsche noire.

Elle était garée de telle sorte que la porte se trouve à la hauteur de ses genoux lorsqu'elle quittait la dernière marche. Kurt était décidément le roi du détail!

Helen était libre comme l'air. Elle avait tout le temps de se familiariser avec la Porsche, et même de se perdre en chemin, même si se rendre à Munich ne présentait aucune des difficultés rencontrées lors de son séjour en Angleterre, du fait de la conduite à gauche. Sacrée mentalité insulaire.

La circulation était fluide comparée à New York, ou même à Holloman, les Bavarois étant loin de tous posséder des voitures. Helen roulait tranquillement en profitant du paysage, et elle se rangea à 11 h 30 en vue des bureaux des Fahlendorf Farben.

Discrètement garée derrière une petite Ford à quelque distance du bâtiment, elle espérait surprendre Josef lorsqu'il sortirait, mais il suffisait qu'elle ait choisi la mauvaise porte pour perdre toute chance de l'observer. Elle avait craint un moment d'être trop aisément repérable à cause de sa voiture avant de constater que les Porsche étaient nombreuses sur les routes.

À midi pile, il poussait les imposantes portes de verre du siège de la société et traversait l'avenue en direction d'une Mercedes rouge foncé pilotée par une femme. Helen n'avait pas remarqué le véhicule auparavant, sans doute venait-il tout juste d'arriver. Lorsqu'il plongea dans la circulation, la Porsche se coula dans son sillage, à deux voitures de distance.

Respectant la limite de vitesse, la Mercedes rouge quitta l'avenue au bout d'un kilomètre et poursuivit sa route, sa conductrice ne donnant pas l'impression de savoir qu'elle était suivie. Helen se laissa distancer à mesure que la circulation se fluidifiait, sans jamais perdre sa cible de vue. Celle-ci bifurqua à droite, puis à gauche, continuant de s'éloigner du centre-ville sans jamais traverser un quartier pauvre. Elle s'immobilisa une demi-heure plus tard dans une rue cossue, à hauteur d'une maison bourgeoise de deux étages entourée d'un jardin.

Un jeune homme dévala les marches du perron et se dirigea d'un pas vif vers un garage de construction plus récente dont il releva le volet roulant après l'avoir déverrouillé. Beau, les cheveux très noirs, il offrait une ressemblance frappante avec Josef. La Mercedes s'avança dans le garage. Comme personne n'en sortait, Helen en conclut qu'une allée reliait l'arrière de l'édifice à la maison et elle gara la Porsche deux cents mètres plus loin, du même côté de la rue.

Il lui fallait impérativement trouver le moyen d'observer de plus près le jeune homme et la femme, afin de savoir s'il s'agissait de la mystérieuse élégante d'Holloman.

La rue était calme sans être déserte, ainsi qu'elle aurait pu l'être dans un quartier résidentiel d'une ville américaine. Plusieurs personnes promenaient des chiens tenus en laisse et les trottoirs étaient couverts de crottes, rendant toute progression aventureuse. Pénétrer dans le jardin de la maison s'annonçait difficile, les grillages de toutes les propriétés étant surmontés de pointes, sans parler des baies vitrées qui donnaient sur la rue.

Helen remonta celle-ci en se maudissant d'avoir enfilé un jean et un coupe-vent. Elle faisait tache dans ce quartier dont les habitantes étaient habillées de tweed brun ou gris, un chapeau sur la tête. Mais il lui suffirait de dire qu'elle était une fille au pair anglaise au cas où l'on l'accosterait.

— Mausie ! Mausie ! cria-t-elle, feignant de chercher un chien imaginaire.

Une venelle longeait le garage où s'était engouffrée la Mercedes. Helen s'y engagea discrètement et courut jusqu'au jardin où elle découvrit un demi-sous-sol à l'arrière de la maison.

Elle coula un œil en contrebas et découvrit trois personnages assis autour d'une table : Josef, le jeune homme, et une femme d'une quarantaine d'années. Quand bien même elle aurait pu entendre leur conversation, elle aurait été incapable d'en comprendre la teneur, mais la pièce était parfaitement isolée et aucun son ne lui parvenait. À en juger par son élégance, le mobilier de l'appartement en sous-sol avait coûté cher. Sans doute ce lieu servait-il de refuge à Josef lors de ses visites, son caractère caché en disant long sur la discrétion du mari de Dagmar. *Très intéressant...*

La femme était habillée avec goût et recherche : sa robe rouge sombre était l'œuvre d'un couturier français. Tout indiquait qu'il s'agissait de l'inconnue qui s'était procuré les plans du pénitencier. Son joli visage parfaitement maquillé n'était pas sans évoquer celui de Josef. Pouvait-il s'agir de sa sœur ? Dans ce cas, qui était le jeune homme ? Un fils, un neveu ? Âgé de dix-huit ou dix-neuf ans, lui aussi était habillé avec recherche, mais de façon plus décontractée.

Helen hésita à téléphoner à Kurt et Dagmar avant de se résoudre à attendre ce que lui réservait le dîner.

Lorsque la femme en tailleur Dior rouge sombre déposa Josef un peu plus tard à une rue de l'usine, Helen comprit qu'il ne pouvait s'agir de sa sœur en la voyant embrasser fougueusement son passager. Quelques instants plus tard, celui-ci montait dans sa voiture, une BMW de grand luxe. Ainsi donc, il avait une maîtresse. Richter, Richter... Il y avait bien une autre possibilité, le jeune homme étant de quatre ou cinq ans plus âgé que l'aîné de Josef et Dagmar. Et si Josef était déjà marié à cette femme lorsqu'il avait épousé Dagmar ? Les Prussiens au sang bleu risquaient fort de ne pas apprécier une telle entorse à la bienséance.

Helen avait été prévenue que les convives s'habillaient pour le dîner : smoking pour les hommes et robe longue pour les femmes. Refusant de céder à la pression, elle enfila une minirobe orange avec un haut de dentelle, des collants, des chaussures et un sac dorés, et détacha sa chevelure flamboyante, histoire de noyer sous un torrent de couleurs les deux femelles Fahlendorf. *Vous allez voir si je me teins les cheveux ! Je vous attends de pied ferme, espèces de blondes anémiques !*

L'expression de Macken en l'apercevant lui fit comprendre qu'il n'avait rien vu de tel depuis Aphrodite. Quant aux deux valets de pied en livrée vert foncé, ils en restèrent bouche bée jusqu'à ce que Macken les rappelle à leur devoir. Un sourire aux lèvres, Helen pénétra dans un salon cramoisi chargé de dorures où son apparition fit l'effet d'une bombe auprès des trois mâles présents.

La baronne, d'une élégance rare dans un ensemble anthracite moucheté de blanc, s'approcha de son invitée et lui effleura les joues des siennes.

— Ma chère, quelles jambes magnifiques ! Vous avez sans doute pratiqué la danse et la gymnastique.

— La course à pied, en vérité, répondit-elle en faisant traîner chaque syllabe.

Mlle Procter aurait été fière d'elle.

— Pour une fois, nous avons un plan de table parfait, remarqua Dagmar. Trois couples.

Elle portait une robe de douairière en perles d'un bleu particulièrement peu flatteur, étant donné sa blondeur. Probablement fabriquée à Hong Kong, elle lui donnait l'air d'avoir soixante ans.

Le baron, qui ne s'était guère préoccupé d'Helen jusque-là, commença par offrir du sherry ou du Campari à tous les présents avant de parcourir la pièce en compagnie de la jeune Américaine, histoire de lui montrer ses tableaux préférés.

— J'aurais aimé posséder un Delacroix ou un Rossetti, mais les musées semblent en avoir le monopole, soupira-t-il.

— J'avoue avoir de la chance, répliqua Helen avec un sourire moqueur. J'ai toute liberté d'emprunter les toiles qui me plaisent à la collection Chubb. Il est vrai qu'elle est essentiellement consacrée aux impressionnistes. La Fondation Parsons finira bien par nous céder ses Greco, Poussin et autres, mais papa se refuse à construire un musée tant que ça ne sera pas le cas.

C'est tout juste si le baron réagit, complètement perdu, et elle comprit qu'elle gâchait inutilement ses munitions tout en plaignant ce vieillard dominé par sa femme et sa fille. Il ne semblait pas davantage à son aise en présence de Kurt, ce que la jeune femme se promit de noter dans son journal. Le scientifique, tout à ses muons et ses particules, agaçait les siens. La peur de la bombe atomique, indéniablement, les Européens se trouvant en première ligne. Ils avaient longtemps entretenu l'espoir que John Kennedy serait leur sauveur et son assassinat les avait affectés plus encore que les Américains. Quelle ironie pour les Fahlendorf de savoir qu'ils avaient élevé en leur sein un physicien atomiste !

Une gouvernante vieillotte poussa dans le salon quatre enfants qui se déplaçaient d'une démarche mécanique. Helen avait été horrifiée d'apprendre qu'ils ne mangeaient pas avec les adultes, elle qui avait tant appris à la table de son père. Polis et guindés, les deux garçons la saluèrent en inclinant le buste et en claquant des talons tandis que les filles lui faisaient la révérence. Incroyable ! Martin, l'aîné de quinze ans, avait déjà du poil aux jambes, ce qui ne l'empêchait pas de porter culottes courtes et chaussettes hautes. Tout comme lui, son frère Klaus-Maria avait les cheveux foncés, sans être aussi noirs que ceux de leur père. Annelise donnait l'impression de donner du fil à retordre à la gouvernante, mais c'était Ursel, la benjamine, qui avait hérité de l'intelligence familiale et promettait de devenir une brillante chimiste, avait-on longuement expliqué à Helen.

De ses bribes de conversations avec les enfants, elle apprit qu'ils étaient élevés dans la foi catholique. Pourquoi Kurt lui avait-il donné à croire qu'il était luthérien? La réponse était simple : Helen en était si bien persuadée qu'il n'avait jamais cherché à la détromper. *En tant que physicien*, réfléchit-elle, *il connaît pourtant la valeur de l'espace-temps et m'a souvent répété qu'il ne pouvait y avoir de vie après la mort.*

Même sans ses rallonges, la table de la salle à manger était bien trop grande pour six personnes, le baron et la baronne trônant à chaque extrémité. Plus d'un mètre séparait Helen de Dagmar, assise en face de Kurt tandis qu'elle s'opposait à Josef.

— Où avez-vous rencontré votre mari, Dagmar? tenta Helen au moment où les domestiques emportaient les assiettes ayant contenu une mauvaise soupe.

— À l'institut polytechnique de Bonn, répondit celle-ci, semblant juger la question acceptable. Nous faisions tous les deux des études de chimie.

— Avez-vous commencé par suivre un cursus général, en lettres ou en sciences?

— Non, je savais ce que je voulais. Pourquoi perdre mon temps?

— Euh... vous ne pensez pas que la culture générale constitue un atout supplémentaire?

L'Allemande la détailla de la pointe des cheveux aux dentelles dorées de sa robe de son regard glacial méprisant.

— Une perte de temps ridicule. Vous serez une vieille femme avant d'avoir pu vous en apercevoir.

Avec une robe comme la tienne, sans aucun doute, répondirent les yeux d'Helen.

— Je ne considère pas comme du gâchis ce qui peut aiguiser notre curiosité. Prenez mon exemple : en sortant de Harvard, j'ai réglé la circulation dans le Queens et je peux vous assurer que mes études m'ont aidée.

— Le *couineze* ? s'étonna Dagmar.

Helen éclata de rire, puis elle comprit, en voyant les convives se statufier, que l'on ne riait pas à la table des Fahlendorf. Tant pis pour eux.

— Désolée, j'aurais dû préciser : le Queens est l'un des cinq quartiers de New York, et j'y ai effectué mes classes en réglant la circulation pendant deux ans.

— Quel travail extraordinaire ! s'extasia Josef. Vous avez renoncé à ce travail ?

— Oui, pour effectuer un stage à la brigade criminelle d'Holloman, la ville dont je suis originaire.

— Une fonction bien peu féminine, remarqua la baronne qui attendait la fin du repas avec impatience alors que le poisson arrivait tout juste.

— Le travail est ce qu'il est, répliqua Helen en contemplant sans entrain la sole aux lèvres caoutchouteuses qui l'observait de ses yeux globuleux, au centre de son assiette. Les gens ont tort d'attribuer certaines fonctions à tel ou tel sexe. Les femmes sont fort bien armées lorsqu'il s'agit de mener des enquêtes criminelles.

— De quelle façon ? s'enquit Kurt avec un sourire.

— C'est dans la nature des femmes de se montrer indiscrètes, mon chéri.

— J'imagine qu'un tel métier paye mal, intervint le baron en détachant de l'arête un filet de sole qu'il avala goulûment.

— Je ne me soucie pas vraiment d'argent, monsieur le baron. La rente dont je dispose me rapporte un million de dollars par an.

Le temps s'arrêta pour la deuxième fois de la soirée.

— Mais alors... vous êtes immensément riche ! croassa Josef.

— Proportionnellement au reste de ma famille, non, laissa tomber Helen en reposant sa fourchette et son couteau ensemble afin de signifier à ses hôtes que leur poisson était immangeable. Les MacIntosh ont fait fortune il y a plusieurs générations, cet argent a fructifié et il a servi de nobles causes. Mon père est un universitaire de renom. Mes parents nous ont appris, mon frère et moi, à considérer la philanthropie comme une nécessité, et nous nous efforçons d'en faire profiter notre État d'origine et notre pays, pour le meilleur bénéfice de notre nom.

— Ne vous avais-je pas dit qu'Helen était merveilleuse ? s'anima Kurt.

Le baron retourna sa sole afin d'en déguster l'autre moitié, dégoulinante de beurre fondu et de citron.

— Nous ne savons pas qui a bien pu enlever Kurt, déclara-t-il en dégageant l'arête. Nous vous savons gré de l'avoir retrouvé sain et sauf avant le versement de la rançon, Helen, mais le mystère reste opaque.

— Je crois l'avoir résolu, répliqua-t-elle en faisant signe à un domestique de retirer son assiette. Je sais qui a kidnappé Kurt et tenté de voler vos dix millions, monsieur le baron.

— C'est ridicule ! s'exclama Josef. Comment pourriez-vous le savoir ?

— Ça n'a rien de ridicule, Josef. Vous êtes bien placé pour le savoir. J'imagine que votre maîtresse vous coûte cher. Je veux parler de cette femme qui vit avec un jeune homme dans cette grande maison. S'agit-il de votre fils ?

Une chape de plomb s'abattit sur la pièce. Les regards des quatre Fahlendorf étaient tournés vers Josef qui affectait la plus parfaite indifférence.

— C'est une plaisanterie, Helen ? demanda Kurt, le teint cireux.

— Malheureusement non. C'est Josef qui a mis au point ton enlèvement, et qui l'a ensuite fait exécuter par une femme sans scrupule qui est soit sa maîtresse, soit son épouse légitime. Elle a été aidée dans son entreprise, sans grand enthousiasme, par un jeune homme qui ressemble trop à Josef pour ne pas être son fils.

L'accusé se lança dans une longue diatribe en allemand qui se tarit lorsque le baron frappa brutalement la table du plat de la main.

— *Halte die Klapper!* rugit-il. Exprime-toi en anglais, ou alors tais-toi. Tu t'es comporté comme une sangsue depuis le jour où tu as épousé ma fille. J'ai toléré ta présence à cause de Martin, de Klaus-Maria, d'Annelise et d'Ursel…

Il se tut brusquement, les yeux révulsés. Dagmar pleurait bruyamment entre les bras de son frère qui tentait de la calmer, mais le comportement le plus étrange était celui de la baronne qui se grattait frénétiquement le menton et le cou. Le lustre accroché au-dessus de leurs têtes faisait briller d'un éclat étrange les gouttes de sueur qui perlaient sous son maquillage. Helen savait reconnaître une toxicomane lorsqu'elle en voyait une : la baronne se droguait probablement à la morphine.

La jeune femme décida de prendre la situation en mains avec l'aide de Macken. Kurt reçut l'ordre de conduire sa sœur jusqu'à ses appartements tandis que la femme de chambre de la baronne s'occupait de sa maîtresse et lui administrait la piqûre dont elle avait besoin.

— Brunhilde s'en occupe, déclara Macken, apportant la preuve à Helen que le personnel était au courant des secrets de famille. Madame a subi une opération du dos il y a quelques années, elle ne supporte pas la douleur, expliqua-t-il avec le plus grand naturel.

Mon œil, se dit Helen dans son for intérieur.

— Il faut empêcher Josef d'entrer en contact avec cette femme, recommanda-t-elle au majordome. Il faudrait l'enfermer dans l'un des appartements réservés aux amis en veillant à couper le téléphone. La famille décidera du sort qu'elle lui réserve, ainsi qu'à ses complices. Je me tire… Je veux dire, je rentre chez moi.

— C'est absolument ridicule, Helen, s'énerva Josef que deux valets de pied prenaient chacun par un bras. En m'espionnant, vous avez simplement découvert l'existence de ma sœur et de son fils.

— Votre sœur? rit Helen. J'ai assisté au baiser enflammé dont vous l'avez gratifiée cet après-midi.

Kurt les rejoignit, la mine grave. Une courte conversation avec Macken sembla le rassurer.

— Je vais reconduire papa dans sa chambre, expliqua-t-il. Nous déciderons quel sort réserver à Josef dès qu'il aura recouvré ses esprits. Pauvre Dagmar!

— Je rentre à Holloman demain, lui annonça-t-elle.

— Moi aussi, approuva Kurt en soutenant son père.

Le vieil homme se dégagea des mains de son fils en marmonnant des propos incohérents sur la bombe atomique, mais il faillit tomber et finit par se laisser entraîner.

— Vous êtes une perle, Macken, déclara la jeune femme au majordome lorsqu'ils se retrouvèrent seuls dans la salle à manger.

— Je vous remercie, miss Helen.

— Quel métier pratiquait votre père?

Il posa sur elle un regard surpris.

— C'était le majordome du Graf.

— Vous avez des enfants?

— Un fils. Il dirige un service gouvernemental à Bonn.

Dimanche 27 octobre

Dagmar supplia Helen de la laisser rentrer dans sa chambre ce matin-là, alors que la jeune femme bouclait ses valises.

— Je tenais à vous remercier, commença-t-elle avec raideur.

— C'est inutile. Vous aurez sans doute compris que je n'avais pas l'intention d'épouser votre frère. Je l'ai accompagné dans le seul but de démasquer ses ravisseurs.

— Vous m'en voyez soulagée, car vous finiriez par rendre fou mon petit Kurt, murmura-t-elle en regardant machinalement s'activer la jeune Américaine en jean. L'essentiel est que nous puissions épargner le nom de Fahlendorf.

— Je vous reconnais bien là.

— Josef m'a demandé de lui verser deux des dix millions de dollars afin qu'il puisse les donner à son fils. J'ai refusé.

— Puis-je vous donner un conseil?

— Je n'en attends rien de bon, mais je vous écoute.

— La maîtresse de Josef s'habille avec autant de goût et d'élégance que la duchesse de Windsor, alors que vous vous habillez comme la reine mère. Vous vous négligez, Dagmar, et vous avez tort. Trouvez-vous l'un de ces Pygmalions qui traînent autour des femmes riches, prenez votre revanche en apprenant le plaisir pendant que votre concurrente moisira en prison. Je suis prête à parier que vous vous en porterez mieux.

Dagmar ne pouvait que rester muette face à tant d'insolence. Son interlocutrice boucla ses bagages en silence.

— Avez-vous pu noter l'adresse de cette maison sur votre carte ? s'informa Dagmar.

— Oui, répondit Helen, surprise.

— Pourriez-vous me la donner ? La police en aura besoin.

La jeune femme fouilla le cabas qui lui servait de sac à main, en tira la carte routière et désigna l'emplacement de la maison.

— À propos de maison, celle-ci…

— Nous allons la vendre, la coupa Dagmar en se levant. J'espère ne jamais vous revoir, mais je vous remercie.

Les « fiancés » regagnèrent les États-Unis le jour même et se séparèrent sans effusion au pied de la tour Talisman.

— Je suis fatigué, avoua Kurt en lui caressant le menton d'un doigt.

— Plus qu'après ton enlèvement ?

— Infiniment plus. Ma pauvre sœur est inconsolable.

— Passe-lui le bonjour quand tu l'auras au téléphone.

— Je n'y manquerai pas.

Ma salle de bains ne ressemble sans doute pas à celle de Louis II de Bavière, pensa Helen en rentrant chez elle, *mais j'aime autant.*

Lundi 28 octobre

— Une affaire de bigamie? s'écria Carmine. Voilà qui explique tout. Le beau-frère aura voulu rétablir la balance au profit de son fils légitime, jugeant que ses bâtards étaient déjà suffisamment riches comme ça.

— Ce genre de situation absurde ne pouvait survenir que dans un pays coupé en deux comme l'Allemagne, expliqua Helen à son auditoire.

— Ils ne vont pas porter plainte, jugea Nick.

— C'est certain, approuva Delia.

— Leur honneur est en cause et le baron n'est pas homme à supporter un tel affront sans réagir, analysa Helen. La baronne ne vaut guère mieux, sans parler de Dagmar.

— Je laisse volontiers aux Allemands le soin de se dépêtrer de la situation, déclara Carmine en se calant sur son siège. Vous remarquerez pourtant que les Fahlendorf se sont empressés de nous réexpédier Kurt.

— Ils n'ont pas envie de l'impliquer davantage, suggéra Nick.

Mardi 29 octobre

— Tu as lu les journaux du soir? demanda Desdemona à son mari en le voyant rentrer du travail.

— Non, répondit-il en trempant les lèvres dans son verre.

Il était sur les nerfs, car il n'excluait pas que le Dodo frappe à nouveau ce soir-là.

Prunella rejoignit le couple et se laissa tomber sur un fauteuil en soupirant.

— Si seulement Julian pouvait avoir une imagination moins débordante, maintenant qu'il a découvert son existence, sourit-elle. Saviez-vous que les océans étaient peuplés d'hommes poissons?

Desdemona lui tendit un verre de vin rouge et posa les journaux sur les genoux de son mari.

— L'article du *Post* est plus détaillé, mais les deux en parlent.

La nouvelle s'affichait à la une: Josef von Fahlendorf, beau-frère du physicien kidnappé, avait été abattu devant l'usine familiale de Munich.

— Bon Dieu! s'exclama Carmine.

D'après Heinrich Müller, unique témoin des faits, deux hommes descendus d'une Volkswagen avaient tiré sur la victime à l'aide d'armes automatiques. L'homme avait fait preuve d'héroïsme en tentant de venir à son aide au lieu de se cacher, mais Josef était mort dans ses bras quelques minutes plus tard.

Müller, précisant que les agresseurs étaient des Turcs, avait entendu le mourant prononcer à plusieurs reprises le nom de Kurt, ce qui faisait dire au journaliste que l'homme avait été abattu par erreur, à la place de son beau-frère.

— Qu'en penses-tu? s'enquit Desdemona.

— Que cette histoire est aussi trouble que les océans remplis d'hommes poissons de Julian.

— Tu comptes aller voir Helen?

— Certainement pas. Ça attendra demain. En revanche, appelle Delia et dis-lui que j'arrive. J'aime autant ne pas signaler mes mouvements en me servant de ma radio.

— Tu ne dînes pas?

— Je n'en ai pas pour longtemps. Tu me mettras une assiette de côté si tu ne me vois pas revenir tout de suite.

— J'avais prévu de préparer des steaks. Nous t'attendrons. Je constate que Prunella fait honneur à ce vin.

— Un bon chambertin, mais n'en abusez pas.

Au prix d'une demi-heure de trajet entre son domicile et son travail, Delia préférait habiter Millstone où elle disposait d'un grand appartement donnant sur la baie de Busquash. Elle y avait créé un décor rouille, bleu et rose parfaitement unique qu'elle avait saturé de vieux meubles anglais récupérés dans la maison de sa grand-mère à Oxford. Sur les murs s'étalaient des collections entières de photos des clans Carstairs, Silvestri, Cerutti et Cunningham; des lampes à lave faisaient mauvais ménage avec des lampes en porcelaine de Dresde dans une débauche de napperons de dentelle.

Lorsque Carmine la rejoignit, elle avait eu le temps de lire les journaux et d'écouter la radio.

— Qui est le coupable, à votre avis? lui demanda son supérieur.

— Difficile à dire. L'opération a été rondement menée, quel qu'en soit le commanditaire. La présence de cet Heinrich Müller ne doit rien au hasard, en tout cas. Il leur fallait un témoin pour accuser ces Turcs.

— Pourquoi des Turcs?

— Parce qu'ils sont de plus en plus nombreux en Allemagne, expliqua Delia. Leur présence a fait naître une vague de ressentiment chez les ouvriers allemands. Ils font d'excellents boucs émissaires.

— Et Heinrich Müller?

— Vous verrez qu'il obtiendra une promotion inespérée. Je ne doute pas de sa présence sur place, ni de celle de ces Turcs, mais je doute que Josef soit mort en prononçant le nom de Kurt. Encore faudrait-il qu'il en ait eu le temps. Pas besoin d'être très malin pour comprendre qu'il fallait un témoin à la scène, mais Müller ne se posera pas de questions tant qu'il y verra son avantage.

— Qui a monté l'opération, Del?

— Un membre du clan Fahlendorf, reste à savoir lequel. Sans doute pas Kurt, que les siens étaient pressés de voir repartir. Personnellement, je pencherais pour Dagmar.

— La femme bafouée.

— Oui. D'après Helen, Josef était un Apollon avec le charme d'un Cary Grant. N'oubliez pas qu'elle lui avait déjà pardonné un premier coup tordu. Elle devait être persuadée qu'il ne récidiverait jamais. Quand elle a appris qu'il avait failli tuer son petit frère chéri... L'amour face aux liens du sang, conclut Delia en frissonnant. Personnellement, je pencherai toujours pour les liens du sang.

— Moi aussi, probablement. Que va penser la police allemande?

— Que les coupables sont des Turcs. Ceux-là mêmes qui avaient organisé l'enlèvement.

— Dans ce cas, pourquoi avoir tué Josef?

La jeune femme fit la moue.

— Je ne sais pas : vieille coutume ottomane ou vengeance orientale. Les flics allemands seront trop heureux de disposer d'une explication facile, ils éviteront de s'interroger inutilement.

Constatant que le verre de son visiteur était vide, elle lui proposa de le remplir.

— Non merci, je dois rentrer dîner. Rien ne nous dit que le Dodo ne frappera pas ce soir. Autant se coucher tôt.

1968

Mardi 5 novembre
samedi 30 novembre

Mardi 5 novembre

Il avait finalement décidé de ne pas frapper avec une semaine d'avance. Trop facile. Le grand et gros Carmine Delmonico constituait un risque qu'il se savait capable de prendre, à condition que sa victoire soit digne d'une proie aussi bien gardée que Catherine Dos Santos.

Elle lui avait raconté l'histoire de la forteresse qu'elle habitait entre deux fous rires, lovée contre lui sur le canapé de Mark Sugarman.

— Je l'ai appris de la bouche de l'agent immobilier, lui avait-elle confié. Quelle dérision ! Simmons, le promoteur qui a construit l'immeuble, s'était personnellement réservé mon appartement. Il gardait ses économies chez lui, mais il n'avait jamais été cambriolé car personne n'était au courant. À sa mort, il a fallu des heures aux pompiers pour venir à bout de tous ces verrous. Quand ils sont entrés, ils l'ont trouvé sur son lit, entouré de liasses de billets de banque, le corps boursouflé. Quelle horreur !

— Et ça ne te dérange pas de vivre dans un endroit pareil ?

— Au contraire ! Je me sens en sécurité.

Il avait ce soir-là soutiré à la jeune femme tous les détails dont il avait besoin, puis il l'avait raccompagnée jusqu'à sa voiture en parfait gentleman, avait déposé un baiser sur sa main et n'avait jamais cherché à la revoir de peur qu'elle se souvienne de leur conversation. Si elle avait attendu près de son téléphone qu'il veuille bien la rappeler, elle en avait été pour ses frais. À l'époque, il se contentait de dresser la liste de ses futures victimes, bien avant de passer à l'acte pour la première fois avec Shirley Constable, bien maladroitement d'ailleurs.

On apprend avec le temps.

Didus ineptus rangea sa Chevrolet sur son emplacement habituel de Persimmon Street en se félicitant de son génie. Il se garait toujours là, au point que les habitants du quartier reconnaissaient sa voiture. À peine avait-il ouvert sa portière qu'il remarqua la présence d'un important dispositif policier. Des binômes de flics patrouillaient les rues en voiture et à pied, l'arme et les menottes prêtes à jaillir. Il eut brièvement la tentation de renoncer avant de se reprocher sa lâcheté et de se diriger vers Cedar Street. Il boitilla sur le trottoir en traînant la jambe droite, attendit que les flics se soient éloignés et se précipita au milieu des buissons courant le long des jardins, à l'arrière de Cedar Street. Le jour déclinait, cela faisait plus d'un mois qu'on était entré en automne, et les pieds des arbustes étaient plongés dans l'obscurité.

Son cœur battait à tout rompre ; l'instinct du chasseur avait pris le dessus, il était certain de prendre ces imbéciles de flics à leur propre jeu. Protégé par sa tenue de camouflage, il rampa au milieu des buissons jusqu'à une trouée qui lui permit de se mettre en position accroupie. Le plan A étant à l'eau, plus question de profiter des épais fourrés longeant la maison des Hochner. En revanche, une haie de lauriers d'Amérique quasi impénétrable longeait la clôture courant sur l'arrière de l'immeuble de Catherine. Quelques minutes plus tard, il arrivait face à la porte de la jeune femme. Enfin ! Il enfila sa cagoule de ski, ajusta son sac à dos et tira les trois clés de sa poche. Les Hochner, leur thé glacé avalé, venaient de rentrer chez eux et les flics étaient trop bêtes pour avoir pensé à patrouil ler les ruelles perpendiculaires à Persimmon Street. Il n'avait plus qu'à espérer ne pas être aperçu par un voisin depuis les étages au moment où il traverserait la venelle en courant.

Le soleil se cacha derrière le vieux chêne des Hochner, plongeant la ruelle dans la pénombre. Le Dodo scruta une dernière fois les alentours, s'élança et s'aplatit contre la porte de Catherine, puis il engagea les clés l'une après l'autre dans le bon ordre, libéra les trois verrous et imita la jeune femme en donnant un coup d'épaule dans le battant.

HIIII-HOU-HIIII ! WOUH-WOUH-WOUH-WOUH ! HIIII-HOU-HIIII !

Une alarme stridente lui vrilla les tympans. Interdit, le Dodo s'immobilisa trois secondes sur le seuil avant de reprendre ses esprits. D'un bond, il regagna l'abri des buissons bordant le jardin des Hochner et s'aplatit sur le sol en tremblant, de la sueur plein les yeux, les oreilles percées par l'horrible alarme. Cette saleté de fille avait réussi à le piéger ! Lui, *Didus ineptus* !

Vite, le plan C. S'en aller de là le plus vite possible avant que la ruelle grouille de flics. Il se débarrassa de la cagoule, du sac à dos, de la tenue de camouflage, tira de l'une des poches extérieures du sac plusieurs tubes d'aluminium qu'il vissa ensemble, s'assura que son pantalon ne tire-bouchonnait pas et émergea des buissons derrière le jardin des Hochner qui se trouvaient déjà devant la porte de Catherine. Il se coula silencieusement jusqu'à l'entrée de Cedar Street, resta tapi le temps que les flics se soient précipités vers Persimmon Street et s'engagea sur le trottoir en boitant, sa canne à la main. En chemin, une escouade d'agents venus de Cranberry Street le dépassa, lui laissant toute latitude de regagner sa voiture.

Stoppé à deux reprises par des flics, il feignit la surprise, affirma n'avoir vu personne et fut autorisé à reprendre sa route, aidé par sa dégaine de handicapé simplet en pantalon jaune à carreaux et veste rouge.

Putain de salope! Comment avait-il pu se laisser piéger ainsi?

Carmine ouvrit de grands yeux. Qui aurait cru que derrière la forteresse de Catherine Dos Santos se dissimulait un appartement d'une telle beauté? Des rideaux de soie, tendus du sol au plafond, dissimulaient à la vue les barreaux des fenêtres en dessinant des vagues vert sapin et vert pâle. Quant aux fauteuils d'acajou sculpté, ils étaient habillés de couleurs vives.

— Je vais rarement dans le salon, expliqua la jeune femme après avoir éteint l'alarme, dont elle seule possédait le code. Il m'aura observée un jour où je rentrais chez moi, sans remarquer que je débranchais l'alarme en appuyant sur un bouton caché dans le chambranle.

Elle entraîna ses visiteurs au cœur de sa retraite épargnée par la lumière naturelle.

— J'ai eu de la chance de trouver un endroit aussi bien protégé, sans parler des quatre chambres. C'est ici que je peins, précisa-t-elle en faisant pénétrer les enquêteurs dans un atelier.

Un tableau inachevé représentant un bouquet de fleurs séchées attendait sur un chevalet.

— Ici, je fais de la couture et de la broderie, indiqua-t-elle en ouvrant une autre porte.

Une autre Desdemona, pensa Carmine en découvrant une chasuble de prêtre sur un mannequin. *Les vieilles filles ont donc toutes les mêmes manies?*

— Ici, j'enlumine des manuscrits pour mon plus grand plaisir, avoua Catherine. Vous n'imaginez sans doute pas le nombre de gens et d'institutions qui recherchent des personnes capables de réaliser des enluminures.

— Vous vendez vos services?

— Bien sûr, ce qui me permet de mettre de côté de l'argent pour mes vieux jours.

— Vous arrive-t-il de participer à des fêtes, mademoiselle Dos Santos? lui demanda Helen sur le chemin du salon.

— Uniquement celles de Mark Sugarman, mais il n'en a pas organisé depuis plusieurs mois.

— Vous souvenez-vous avoir rencontré quelqu'un de particulier à cette occasion?

Elle s'accorda un temps de réflexion avant de hocher la tête.

— Oui. Un charmant garçon. Nous avons longuement discuté, mais jamais il n'a fait mine de me draguer. Il se prénommait Brett, je ne crois pas avoir su son nom de famille. Il a ri quand je lui ai dit que c'était un nom de vedette de cinéma.

Helen étouffa un soupir de découragement. Aucun Brett ne figurait sur les listes d'invités de Sugarman.

— Croyez-vous qu'il ait pu avoir accès à votre sac à main?

— Uniquement lorsque je me suis rendue aux toilettes, mais je ne me suis pas absentée longtemps.

— Avez-vous croisé ce Brett depuis?

— Non, jamais, ce qui n'a rien de surprenant. Je suis quelqu'un de très solitaire, je me contente de mes activités artistiques.

— Vous ne vous sentez jamais... en prison? s'étonna Helen.

Catherine Dos Santos lui répondit par un rire amusé.

— Grands dieux, non! Je me sens en *sécurité* ! Les femmes seules vivent toutes dans l'angoisse des prédateurs masculins. C'est bien pour cette raison que j'ai emménagé ici, avec toutes ces serrures complexes. Et comme le hululement d'une alarme constitue la meilleure des dissuasions, j'ai acheté celle-ci dans un magasin d'électronique et l'ai installée moi-même.

Elle adressa un sourire réjoui à son interlocutrice.

— J'adore la sirène de mon alarme. On dirait celle d'un sous-marin. Avec les Hochner comme voisins, je n'ai rien à craindre.

— Je vous crois, acquiesça Helen. Même si j'ai du mal à comprendre que l'on puisse aimer vivre aussi recluse.

— Je vous ai vue à la fête de Mark. Où vivez-vous ?

— Dans un duplex, en haut d'une tour sécurisée.

— Tout le monde n'a pas cette chance.

— Si je devais vous adresser un reproche, mademoiselle MacIntosh, remarqua Carmine d'une voix sèche, leur visite terminée, c'est de n'avoir aucune idée de la façon dont vit le reste de l'humanité. Vous parlez sans réfléchir. À l'instant où Mlle Dos Santos nous a expliqué qu'elle mettait de l'argent de côté pour ses vieux jours, vous auriez dû tenir votre langue. Pour quelle raison éprouvez-vous le besoin d'étaler vos millions quand vous savez pertinemment que vous appartenez à une élite très restreinte ? Je ne vous ai jamais entendue dire que vous envisagiez un jour de partager votre fortune avec les plus modestes.

— Je vous demande pardon, capitaine. Je m'en suis voulue à l'instant où j'ai ouvert la bouche, mais il était trop tard. Je vous demande sincèrement pardon.

— Ce n'est pas à moi qu'il faut demander pardon, mais à Mlle Dos Santos. Cela vous ferait le plus grand bien.

— Il est trop tard, se hâta de répondre Helen. Si vous voulez, je peux lui envoyer un petit mot.

— Bonne idée, approuva Carmine, qui bouillait intérieurement.

Il serra les dents tout le chemin du retour. Arrivé dans son bureau, il fit appeler Nick et Delia.

— Comment le Dodo a-t-il réussi à s'enfuir? demanda la stagiaire.

— En parant à toutes les éventualités, répliqua le capitaine. Et les Hochner lui ont facilité la tâche en se précipitant vers l'appartement au lieu de surveiller la ruelle.

— Les agents du quartier ne connaissent qu'eux, affirma Delia.

— Fernando Vasquez a hérité de Danny Marciano un dossier de plaintes épais comme la main. Mais le jour où le Dodo frappe à côté de chez eux, ils le ratent.

Nick désigna le sac à dos posé près de lui sur le bureau de Carmine.

— Génial! s'exclama-t-il. Pendant que l'immeuble grouillait de flics, il se changeait tranquillement dans les buissons. Il sera ressorti quelques instants plus tard en laissant derrière lui le matériel du Dodo, probablement habillé de façon voyante.

Il pointa du doigt des bandes plissées à l'extérieur du sac.

— À quoi lui servaient-elles, Carmine? s'enquit-il.

— Peut-être à y glisser une armature, suggéra Delia.

— Oui, mais pourquoi? insista Nick.

— Quoi qu'il en soit, il est reparti avec ce qui s'y trouvait. Le tissu a conservé la forme de six cylindres d'un mètre cinquante en tout, certains étant plus courts que d'autres.

— Une béquille, s'écria Nick en se souvenant brusquement d'un échange entre deux agents en uniforme.

Tous les regards se tournèrent vers lui.

— Ike Masotti et son coéquipier ont croisé un handicapé qui remontait Cedar Street en direction de Persimmon. Tout près de l'appartement de Catherine. Il s'appuyait sur une béquille et traînait la patte. Il portait un pantalon écossais jaune et un blouson coupe-vent rouge. Ike s'est à peine intéressé à lui, il l'a pris pour un simple d'esprit.

— C'est lui ! s'écria Helen.

— Pour avoir réussi à berner deux flics à quelques mètres du lieu de son forfait, ce type-là est un as, Carmine ! reprit Nick. Vous connaissez Ike Masotti, il est plutôt du genre méfiant. À sa décharge, l'alarme hurlait toujours. Il est probable qu'il aurait fait preuve de davantage de discernement en d'autres circonstances.

Carmine décrocha son téléphone et demanda à son collègue Vasquez combien de ses hommes avaient croisé la route d'un handicapé en tenue criarde.

— Il est malin, conclut Carmine en raccrochant.

— Il nous a glissé entre les doigts, gémit Nick.

— C'est vrai, mais Ike Masotti l'a vu, répliqua son supérieur. Ce type a sans doute cherché à se déguiser dans sa cachette derrière chez les Hochner, mais il n'avait ni le temps ni les moyens de se grimer beaucoup. Il faut impérativement interroger Ike et son coéquipier. De qui s'agit-il ?

— Muley Evans.

— Vous le connaissez ?

— Un gars très vif. Il devrait pouvoir nous fournir un bon portrait-robot.

Il était minuit passé lorsque *Didus ineptus* regagna enfin sa tanière. Il lui avait suffi de retourner le coupe-vent et le pantalon écossais pour adopter une tenue noire banale. Quelle chance que Carew dispose d'autant d'espaces verts ! Il avait évité de regagner la Chevrolet garée sur Persimmon Street, le mieux étant encore de rallier à pied sa *vraie* voiture, ce qui était facile pour un randonneur tel que lui. Lorsqu'il s'était isolé dans un fourré le temps de retourner ses vêtements, il en avait profité pour démonter sa béquille avant d'en essuyer longuement les différentes sections. Pas question de se laisser piéger par ses empreintes si jamais les flics avaient l'intelligence d'opérer un rapprochement entre lui et les tubes métalliques. Il cacha ceux-ci au fond du buisson et ressortit, transformé en citoyen ordinaire. La béquille, sa tenue voyante et son comportement de demeuré lui avaient fourni le moyen de s'échapper cette fois, donc plus question de s'en resservir. La meilleure façon de passer inaperçu était encore de s'habiller en noir.

Il s'enferma dans l'appartement qu'il avait loué à la limite de Carew et de Busquash, puis il se dévêtit, les mains enveloppées dans ses gants de chirurgien. Il replia soigneusement ses vêtements, les dissimula au fond d'une cachette aménagée dans le plafond de l'entrée, à laquelle on accédait par une trappe, et enfila une tenue de randonnée qu'il compléta par un sac à dos préparé pour l'occasion.

Sa voiture se trouvait aux confins de Busquash et de Millstone. Il la rejoignit sans croiser un seul flic, prit le volant et démarra. Si jamais on l'arrêtait, il savait quoi répondre.

Mais personne ne l'arrêta et il rentra enfin chez lui. Affamé, il sortit du congélateur un plat de lasagnes surgelées qu'il mit au four, profitant des quarante minutes de cuisson pour s'octroyer une longue douche salvatrice. Il enfila un pyjama de soie et se servit un verre de bordeaux blanc qu'il dégusta lentement. Il avait frôlé la catastrophe, ce soir. Le tueur qui sommeillait en lui grinçait des dents à l'idée d'avoir laissé échapper Catherine Dos Santos, mais son instinct de survie avait heureusement pris le dessus. Sa liste était loin d'être épuisée, il aurait l'occasion de tuer d'autres proies. Cette salope l'avait piégé, lui échappant à jamais, mais pas question de se venger d'elle pour autant. Il décida de porter un toast.

— À la police d'Holloman ! clama-t-il à voix haute, en souriant. Qu'ils s'épuisent à tendre une souricière devant chez elle en espérant que je vienne me venger !

Mercredi 6 novembre

Le portrait-robot établi par le dessinateur de la police était intéressant car il ne ressemblait à aucun individu connu, ce qui était impossible.

On y découvrait le visage d'un quarantenaire au teint mat avec une chevelure noire et des yeux bruns, un nez crochu et une longue bouche aux lèvres minces.

— Cela signifie qu'il s'est grimé avant l'attaque, en conclut Carmine.

Il se tourna vers Ike Masotti.

— Ce portrait est vraiment ressemblant?

— Désolé de vous décevoir, capitaine, mais c'est son portrait vivant, pour reprendre une expression de ma mère.

— Sans ressemblance aucune avec le type que les Hochner ont repéré à plusieurs reprises.

— C'est vrai, mais les Hochner sont connus pour soupçonner tout le monde. Si ça se trouve, ils ont aperçu un type venu relever les compteurs. Ce portrait est celui de l'homme que j'ai croisé.

— Tu nous aides plus que tu ne l'imagines, Ike. Ce dessin nous donne la mesure du personnage auquel nous avons affaire. Merci infiniment.

Masotti repartit en se grattant la tête.

— Qu'est-ce qui vous fait dire que ce n'est pas le Dodo? demanda Helen. Ou plutôt qu'il s'agit du Dodo déguisé?

— Le Dr Meyers nous a fait une description générale du charmeur qui s'est longuement entretenu avec quatre des victimes, expliqua Carmine. Il a le teint pâle, des cheveux châtain et des yeux brun clair, une bouche charnue et un nez légèrement recourbé.

— Et si l'inconnu des fêtes était déguisé, lui aussi? suggéra Delia. Il est suffisamment malin pour se douter que nous ferions témoigner les participants aux fêtes de Sugarman.

— Il a forcément une silhouette bien charpentée puisqu'il se rend chez ses victimes en tenue de camouflage au-dessus de ses vêtements criards.

— Et sans doute même une tenue supplémentaire, ajouta Carmine. Il ne sera resté que quelques minutes dans son costume de débile léger, puisque personne ne l'a vu s'éloigner au volant d'une voiture. Il connaît probablement tous les espaces verts de Carew, il aura adopté une tenue passe-partout dès qu'il aura eu le champ libre. A-t-on retrouvé sa béquille?

— Non, en dépit de recherches poussées, répondit Nick.

— Reste à savoir s'il l'a abandonnée ou s'il l'a rapportée chez lui en la dissimulant sous ses vêtements, aussi étrange que cela puisse paraître. Son fonctionnement m'échappe! Et comme si ça ne suffisait pas, Sugarman est incapable d'identifier l'inconnu qui charmait ses victimes. Il prétend que jamais aucun intrus ne s'est invité à ses fêtes. Ce qui signifierait... Non, c'est impossible!

— Ce qui signifierait quoi? insista Delia.

— Qu'il se déguisait en cours de route les soirs de fête. Impossible!

— Pas tant que ça, Carmine, le corrigea Delia. Imaginons qu'il repère une proie sur un canapé, à l'écart du mouvement. Il s'enferme dans les toilettes, se déguise, s'assure que la fille n'a pas bougé et lui fait un brin de causette. Lorsque la fille n'est plus là, il lui suffit de retirer son maquillage. Ce n'est pas le culot qui lui manque, comme nous le savons.

— C'est trop ! s'écria Helen.

— Ce type-là doit avoir un ego plus grand que Tokyo, remarqua Nick.

— Nous le savions déjà ! Comment expliquer autrement son comportement ? Cela dit, nous disposons désormais de certains éléments.

— Lesquels ? s'étonna Jefferson.

— À chaque fois que le Dodo se grime, il choisit du châtain ou du brun. Nous avons tous suivi des formations dans ce domaine : enfiler des lentilles bleues quand on a les yeux bruns ne change presque rien à l'apparence d'un suspect, alors que l'inverse n'est pas vrai. J'en déduis que notre violeur a les yeux bleus, gris ou vert clair, et que ses cheveux sont blonds ou châtains. S'il affecte un nez crochu, c'est probablement que le sien est droit.

À mesure qu'il s'enhardissait, Delmonico laissait percer son enthousiasme.

— Il a le teint pâle, et des pommettes saillantes, puisque l'inconnu du portrait-robot a les joues pleines.

— Mon Dieu, Carmine ! s'exclama Delia. Avec toutes ces précisions, vous élargissez le champ des recherches !

— Je le réduis, au contraire. Holloman compte davantage de citoyens au teint foncé que de gens à la peau claire.

— Comment établir la frontière entre les uns et les autres ? insista l'enquêtrice.

— Si l'on prend les Gentlemen Marcheurs, qui sont nombreux à fréquenter les fêtes de Sugarman, nous irions jusqu'à Mason Novak. Il est quasiment roux, avec des yeux brun très clair.

— À l'autre extrémité du spectre, nous avons Kurt von Fahlendorf, qui avait d'autres chats à fouetter récemment avec son enlèvement, déclara Helen.

— Bill Mitski, Arnold Hedberg, Mike Dunston, cita Carmine. Si le Dodo est l'un des Gentlemen Marcheurs, il suffit d'organiser une parade. Les victimes sont suffisamment remises pour être en mesure d'identifier leur assaillant.

— Non, elles sont loin d'en être capables, le contredit Delia. Je suis persuadée que le Dr Meyers vous le confirmera.

— Elle a raison, s'écria Desdemona.

— Moi qui espérais que tu lui donnerais tort, grommela son mari.

— Pas lorsqu'il s'agit de viol.

— C'est bon, je n'insiste pas.

Elle se pencha pour l'embrasser sur le sommet du crâne.

— Et toi, comment te sens-tu, ma Desdemona ?

— Beaucoup mieux. Je n'ai plus de crises de larmes, Julian est en train de se métamorphoser en être humain et Alex est un ange. Aucun rapport avec son frère : il était très mignon quand il avait six mois, mais je devinais déjà son caractère à sa façon de m'observer. Alex passe son temps à baver.

— Il bave ?

— Des litres.

— Je n'avais pas remarqué, s'étonna Carmine.

— Tu ne lui donnes pas le sein. Alex te ressemble beaucoup plus que Julian de ce point de vue. Il adore manger.

— Voilà qui est de bon augure. Je n'aurais pas voulu d'un deuxième fils avocat.

Julian déboula alors dans la pièce, les bras tendus, et se jeta sur les genoux de Carmine.

— Papa ! Papa !

— Salut, mon commandant ! Tout va bien à bord du sous-marin ?

— Le sous-marin ? C'est fini, je vis au Far West, maintenant.

— Avec Buffalo Bill et Wild Bill Hickok, c'est ça ? demanda son père, désireux de préserver Desdemona en évitant de citer des héros de l'Ouest connus pour leurs penchants assassins.

— Pas du tout, je suis Julian Delmonico et je rassemble un troupeau plus vite que n'importe quel autre cow-boy sur le Chisum Trail !

Prunella brandit un énorme livre.

— J'essaye de trouver des histoires qui ne regorgent pas de règlements de comptes, mais ce n'est pas facile. Allez, ajouta-t-elle sur un ton autoritaire, au lit, monsieur Delmonico ! C'est moi le patron du ranch, on m'obéit quand je donne des ordres.

Julian embrassa affectueusement ses parents, puis il laissa échapper un cri aigu.

— C'est pour appeler les vaches ! se justifia-t-il.

— Nous vivons dans un pays peuplé de sauvages, remarqua Carmine lorsqu'il se retrouva seul avec sa femme. Je sais à quel point tu regrettes d'élever tes fils aux États-Unis. C'est pour cette raison que tu es dépressive ?

Les traits de Desdemona s'altérèrent et des larmes troublèrent son regard clair.

— Non, je ne crois pas. Je ne crois vraiment pas.

Il se glissa tant bien que mal dans le fauteuil de sa femme et lui passa un bras autour des épaules.

— Ma chère et tendre, cela fait bientôt trois ans que nous sommes mariés et je serais incapable de me passer de toi, murmura-t-il, la gorge serrée. Je voudrais que tu t'en souviennes chaque fois que tu as le blues.

— C'est bien ça le problème, répondit-elle.

Il se redressa et prit sa tête entre ses mains, pour la regarder droit dans les yeux.

— Dois-je en déduire que tu as déjà pensé à me quitter ?

— Bien sûr que non, idiot ! C'est ton travail qui m'inquiète. Tu as raison de dire que l'Amérique est sauvage. Cet amour des armes à feu ! Tu as même tenu à m'apprendre à tirer, tu te souviens ?

— Simple question de prudence, Desdemona. Je doute que cela te serve un jour, mais on n'est jamais trop prudent.

— Je ne pourrai pas empêcher bien longtemps Julian de s'y intéresser, précisa-t-elle d'une voix désolée.

— Surtout s'il fréquente les Cerutti et les Balducci. Et on ne peut pas l'empêcher de jouer avec des enfants de son âge. Mais ne me dis pas que les petits Anglais ne jouent jamais avec des pistolets en plastique.

— Peut-être, mais combien d'entre eux voient quelqu'un tirer dans leur jardin ?

— Tu es injuste. Ça n'a rien à voir avec le fait d'être élevé en Amérique ou en Angleterre.

— Sauf si leur père est un policier *américain.*

— C'était un mauvais coup du sort.

Desdemona se leva brusquement. Elle gagna la cuisine et Carmine ne commit pas l'erreur de la suivre. *Seigneur, je ne vais tout de même pas perdre une femme pour la deuxième fois parce que je fais ce métier ?*

Lundi 11 novembre

Une fois les résultats des différents États analysés, Richard Nixon accédait à la Maison Blanche et Hubert Humphrey au statut de perdant.

— C'est à cause de son prénom ! gémit Nick, démocrate convaincu. *Hubert !* Il n'avait aucune chance face à un rival prénommé Richard.

— Au moins le Connecticut a-t-il voté démocrate, le consola Delia.

— Inutile de s'attarder sur le passé, intervint Carmine. Le plus grave, c'est que l'enquête sur le Dodo est au point mort.

En dépit des déductions du capitaine, l'enquête n'avait en effet pas avancé d'un pouce en près d'une semaine.

— Je ne sais plus où chercher, avoua-t-il à son équipe. Tout nous ramène à Carew, qu'il s'agisse du Dodo, des Gentlemen Marcheurs ou des victimes. La date choisie pour ses derniers exploits coïncidait avec l'élection présidentielle, ce qui lui a paru prometteur. Son échec achève de nous confondre. De quelle façon son mode opératoire s'en trouvera-t-il perturbé ? On sait qu'il violait une nouvelle victime toutes les trois semaines, mais va-t-il reporter d'un cycle, ce qui nous amène au 26 novembre, ou bien réduira-t-il le délai à deux semaines, voire à une, c'est-à-dire demain ? Si cette dernière solution prévaut, nous sommes dans la mouise, mes chers amis. Jamais le capitaine Vasquez n'acceptera de renvoyer ses équipes à Carew aussi rapidement. Je ne suis même pas certain qu'il soit disposé à récidiver le 26. D'un autre côté, il est quasiment certain que notre homme dispose d'une liste de victimes abondante et qu'il ne manque pas d'idées pour la suite, à en juger par ce qui s'est passé le jour de l'élection. Si une présence policière renforcée suffisait, nous l'aurions attrapé. Mais il est meilleur planificateur que nous, ce qui lui a permis de s'échapper.

— On peut imaginer qu'il aura besoin de se défouler très vite, suggéra Nick.

— C'est vrai, finit par acquiescer Carmine en constatant que personne ne réagissait. Cet échec face à Mlle Dos Santos a dû provoquer chez lui un sentiment de frustration terrible, mais je le crois trop calculateur pour céder à ce genre de pulsion. Il est capable de rentrer dans sa coquille et de ne rien tenter pendant des mois en nous laissant croire qu'il est parti exercer ses talents ailleurs.

— Non, jamais il n'agirait ainsi, objecta Nick.

— Pourquoi?

— Parce qu'il est *chez lui* à Carew. Il vit là depuis longtemps et connaît de vue toutes les femmes susceptibles de l'intéresser, même si seules les habituées des fêtes de Sugarman sont visées. C'est là qu'il recrute ses proies, mais il ne rentrera jamais dans sa coquille, parce que sa coquille, c'est Carew. Il a trop besoin de violer pour rester longtemps inactif. Je pense qu'il s'attaquera à une nouvelle victime le 26.

— Et si on lui en mettait une dans les pattes? proposa Helen. J'habite à Carew, je veux bien lui servir d'appât.

— Merci, réagit Carmine, mais le Dodo choisit exclusivement ses victimes dans une liste préétablie. Nous avons déjà évoqué ce point.

— Dans ce cas, pourquoi ne pas deviner quelles seront ses prochaines victimes? demanda Delia. Il faut bien faire quelque chose, Carmine!

— Le choix est trop large. Il privilégie les femmes qui travaillent, c'est tout, intervint Nick en voyant que son chef gardait le silence. En dehors de ce critère, ses victimes sont toutes différentes sur les plans racial, religieux, et physique.

— Dans ce cas, mettons l'enquête en sommeil, regretta le capitaine. D'après Corey, les Brigades noires s'agitent beaucoup, ces derniers temps. Mais il prétend qu'il ne reste aucune arme au lycée Taft, alors que Buzz pense que ce n'est peut-être pas le cas. J'insiste sur le *peut-être*. Abe et son équipe se chargent du tout-venant, je propose donc que Nick et Delia donnent un coup de main à Corey. Il faut impérativement savoir si cette fameuse cache d'armes existe ou non.

— Corey a de bons contacts au sein des Brigades noires, remarqua Nick. Sur quels éléments s'appuie Buzz?

— Il croit savoir qu'une scission s'est produite au sein du groupe, à l'insu des parents. Je sais que certains brigadistes contestent la position de Mohammed au prétexte qu'il condamne toute violence inutile. Celui-ci a fait le dos rond lorsque s'est exprimée l'opposition de Wesley Le Clerc, ce qui me donne à penser qu'il existe bien une dissidence.

— Y compris au sein du lycée? grimaça Delia.

— Je ne sais pas. À vous d'aider Corey et Buzz à le découvrir.

Carmine, qui portait un pantalon bleu marine, sortit d'un placard sa veste de cérémonie.

— Je dois m'en aller, je ne repasserai pas au bureau aujourd'hui.

— Qu'attendez-vous de moi, capitaine? s'enquit Helen.

— Reprenez à zéro les comptes rendus des entretiens avec les victimes, en commençant par Shirley, afin de voir si nous n'avons négligé aucune piste, lui ordonna-t-il en passant le doigt dans son col. Dieu, que cette veste est inconfortable ! Au besoin, Helen, relisez vos notes.

— Cet uniforme lui va tellement bien, soupira Delia alors qu'il quittait la pièce.

Mercredi 13 novembre

— Merci mille fois ! ricana Corey en voyant Carmine entrer dans son bureau.

— Je te demande pardon ?

Le lieutenant agita un document sous le nez de son supérieur.

— Tu m'as trahi, oui ! Moi qui croyais que ce fichu formulaire 1313 resterait entre nous !

— Comment ça ?

— Quand nous en avons discuté, il y a quelques jours, nous nous étions mis d'accord pour dire que tu avais sorti ce formulaire dans le seul but de savoir ce que je pensais du comportement de Morty. Je te l'ai *dit*, rien ne permettait de croire qu'il était dépressif ou suicidaire. Ce formulaire doit impérativement être signé par les *deux* parties, afin d'éviter tout abus de pouvoir de la part d'un supérieur hiérarchique.

— Je ne comprends pas où tu veux en venir.

Corey agita le document de plus belle.

— Ce formulaire est un blâme, rien d'autre ! s'emporta-t-il, blanc de rage. Veillez à ce qu'aucun de vos subordonnés ne se donne la mort avec son arme de service, lieutenant Marshall ! Ceci est un simple avertissement, mais attention au couperet si ça devait se reproduire !

Il jeta le formulaire sur son bureau.

— Me donner un blâme ! À moi !

— La mort de Morty n'est pas un sujet de plaisanterie, mon vieux. Il s'agit d'une enquête impartiale, rétorqua Carmine.

— Bien sûr !

— Je ne vois toujours pas ce qui te gêne, Corey.

Qu'il la crache, sa Valda, au lieu de la ruminer.

— Silvestri et toi êtes plus respectés que n'importe quels autres flics du Connecticut, y compris au sein de la police d'État. Il vous suffisait de prendre votre téléphone et de tirer quelques ficelles, au lieu de quoi ton *cousin* et toi me collez un blâme.

— Bon sang, tu es devenu complètement parano, ou quoi ? Il s'agissait d'enquêter sur la mort de Morty Jones, pas de te juger pour négligence, s'exclama Carmine, surpris. Cela dit, tu as raison au sujet du formulaire 1313. La commission d'enquête l'aurait effectivement mis de côté en estimant qu'il était le reflet d'un simple désaccord entre toi et moi si tu t'étais comporté différemment lors de ton audition. Mais tu as passé ton temps à leur clamer ton innocence.

— Je n'ai pas été blanchi grâce à toi et Silvestri, en tout cas.

Le capitaine le regarda d'un air ébahi.

— *Blanchi ?* Tu emploies de ces termes ! Personne ne t'accuse, et tu n'as pas été jugé, que je sache. C'est toi qui t'es comporté en coupable, ce qui t'a valu ce blâme. La commission d'enquête a estimé qu'il n'y avait pas de fumée sans feu. Tu leur as parlé pendant plus d'une demi-heure, non pas de Morty, mais de toi, de la pression liée à ta fonction, des bâtons que je te mettais dans les roues, avec la bénédiction de Silvestri. C'est Maureen qui t'a mis ça dans la tête ? Je ne doute pas de ses qualités d'épouse, mais elle ne connaît rien au fonctionnement de la police. Chaque fois qu'elle se mêle de tes affaires, c'est toi qui en fais les frais. Et c'est pire depuis que tu as été nommé lieutenant, Cor, bien pire ! Comme cette accusation ridicule de favoritisme au bénéfice d'Abe. C'est du Maureen tout craché.

— Je t'interdis de mêler ma femme à ça, riposta Corey. C'est l'hôpital qui se fout de l'infirmerie. À en croire la rumeur, c'est ta femme qui pète les plombs, pas la mienne.

— Ma femme est peut-être malade, reconnut Carmine en s'efforçant de rester calme, mais elle ne se mêle pas de mon travail. Je n'en dirais pas autant de la tienne, et je ne suis pas le seul à m'en apercevoir. Tu devrais lui conseiller de mettre la pédale douce.

— Elle prend mes intérêts à cœur, insista Corey.

— Tu méritais ce blâme. Morty avait besoin d'aide et tu as refusé de le voir. Je sais pourquoi : pour les mêmes raisons qui t'empêchent de rédiger des rapports d'enquête dignes de ce nom. Parce que c'est trop compliqué. Personne ne t'a rétrogradé. Ce blâme figurera dans ton dossier et je le regrette, mais ça n'aura aucune incidence sur ta carrière tant que tu ne postuleras pas…

Quel imbécile tu fais, Carmine ! La voilà, la raison ! Maureen a la folie des grandeurs, elle rêve de promotion pour son mari, forcément ailleurs qu'à Holloman. Ce blâme vient tout gâcher et ce n'est ni Silvestri ni moi le coupable, c'est Corey. Elle le savait depuis le début, ce qui ne l'a pas empêchée de lui donner le pire des conseils en lui disant de se justifier auprès de la commission d'enquête.

— Si tu tenais tant que ça à ta réputation, tu aurais pu te poser quelques questions. Tu diras à Maureen que personne n'est parfait.

Le lieutenant avala sa salive.

— Pourquoi venais-tu me voir, Carmine ?

— Je voudrais comprendre pour quelle raison tu mets sur la touche deux enquêteurs aussi intelligents et expérimentés que Delia Carstairs et Nick Jefferson. Depuis deux jours que je les ai affectés à ton service, tu n'as pas daigné les recevoir, encore moins leur confier une mission. Que se passe-t-il?

— Je ne les ai pas reçus et je ne leur ai pas confié de mission, c'est vrai. Ils sont arrivés comme des cheveux sur la soupe, sans ordre écrit de ta part, pas même un coup de téléphone. D'après le capitaine Vasquez, ajouta Corey en brandissant un épais manuel, il suffirait que l'un ou l'autre soit blessé en mission pour que je fasse l'objet de poursuites.

— Je suis surpris de te voir lire ce genre de littérature, répondit son supérieur d'une voix solennelle. Tu diras à Maureen que la fonction de capitaine s'accompagne d'une quantité impressionnante de paperasserie, sans compter les réunions et autres séminaires dont il ne ressort jamais rien. Au sein de la police d'Holloman, elle va de pair avec une veste d'uniforme peu différente d'une camisole. J'avoue avoir oublié de te notifier par écrit l'affectation de Carstairs et Jefferson au sein de ton service. Réparons cette erreur : je vous confie ces deux hommes, lieutenant, à vous de jouer.

— Carstairs est une femme ! protesta Corey.

— Techniquement parlant, toi qui es à cheval sur le règlement, ce sont des *hommes.* Mais peut-être estimes-tu que le règlement devrait avoir un sexe.

— Tu es un connard sarcastique, Carmine.

— Exactement. Et puisque tu estimes que j'ai le chic pour poignarder mes collaborateurs dans le dos, tu devrais savoir, depuis six ans que nous travaillons en étroite collaboration, que j'adore remuer le couteau dans la plaie. Et je commence sur-le-champ en te demandant de veiller dorénavant à ce que ta femme reste en dehors de tout ça.

— Les femmes n'ont pas leur place dans nos discussions.

— Je le sais d'autant mieux que c'est moi qui ai édicté cette règle. Mais les règles sont faites pour être transgressées. C'est le cas aujourd'hui, *ta* femme ayant cru bon de se mêler du quotidien de ce service, avec à la clé un blâme que tu n'aurais jamais dû recevoir. Maureen s'est invitée toute seule dans la conversation, à mon grand déplaisir. Elle ne me concerne en rien, sauf lorsqu'elle se mêle des histoires de la police. Il est grand temps qu'elle s'arrête. C'est compris?

— Dans ce cas, pourquoi n'avoir jamais parlé de sa femme à Morty?

— Arrête un peu, Corey! Les histoires d'Ava ne me regardaient pas.

— Celles de Maureen non plus.

— Si, dans la mesure où elle sème la pagaille dans mon service.

— C'est faux. C'est ce que tu imagines.

— Dans ce cas, n'en parlons plus. Je t'aurai prévenu, et elle aussi.

Il se pencha en avant, menaçant.

— Si tu ne changes pas de comportement, Corey, tu peux être certain que d'autres blâmes suivront. Après un an d'improvisation, tu vas devoir apprendre ce qu'est un *vrai* lieutenant. Tu es devenu négligent, alors que tu ne l'étais pas. J'en suis à me demander dans quelle mesure Abe Goldberg ne m'empêchait pas de voir tes défauts. Il est grand temps de te reprendre, tu m'entends? L'hiver risque d'être chaud.

— Tu n'es tout de même pas assez naïf pour croire qu'il reste des armes au lycée Taft, Carmine? Genovese t'en a parlé directement? Si c'est le cas, ça va être sa fête.

— Personne n'est venu me parler directement, mais le fait même de me poser la question dévoile l'une de tes faiblesses: tu accordes ta confiance uniquement à ceux qui partagent ton avis. La contradiction n'est pas un mal en soi, Corey, elle est la preuve que tes hommes sont capables de réfléchir tout seuls. La confiance n'a rien à voir là-dedans. Buzz Genovese est nouveau dans le métier, il a besoin d'être guidé, et non pas traité par la dérision. À moins que tu ne préfères avoir des stagiaires comme Helen MacIntosh.

Corey afficha une mine horrifiée.

— L'ancien système a fait ses preuves ! se justifia-t-il.

— Arrange-toi comme tu veux, mais évite de déconner.

Carmine fut surpris de découvrir Delia derrière la porte.

— Vous avez des problèmes avec Corey ? lui demanda-t-il.

— Si on peut parler de problème avec quelqu'un qui vous ignore. Croyez-vous qu'il pourrait se passer de moi ?

— Donnez-moi une raison valable et je vous détache de son service.

— Helen.

Un pli barra le front de Delmonico. Son adjointe n'aurait pas su dire pourquoi, mais le regard de son chef trahissait son inquiétude au sujet de la jeune stagiaire.

— Expliquez-vous.

— C'est une gentille fille, mais elle est jeune et manque d'expérience, contrairement à ce qu'elle croit. J'imagine que c'est lié à son éducation. L'ego va de pair avec le pouvoir et l'argent. Vous l'avez remise à sa place à plusieurs reprises, chaque fois qu'elle se montrait arrogante et insensible, ce qu'elle est. C'est juste que les pouces me démangent, comme dirait Shakespeare, ajouta-t-elle en agitant ses ongles rouges. Laissez-moi m'occuper d'elle, je vous en prie !

Trop riche, trop belle, trop jeune...

— Très bien. Vous vous êtes déjà donné le mot avec Desdemona pour me botter les fesses au sujet des victimes du violeur, qui suis-je pour ignorer les conseils divins ? Si vous la croyez capable de provoquer des dégâts par inadvertance, reprenez-la en main, Delia. Et si Corey s'en plaint, dites-lui de s'adresser à moi.

La bouche de la jeune femme dessina un large sourire, révélant des traces de rouge à lèvres sur ses dents. Elle serra furtivement le bras de Carmine et s'éloigna dans l'escalier en martelant les marches de ses talons.

Elle trouva Helen cernée par une pile de dossiers, une expression béate sur le visage.

— Delia ! Je croyais que vous deviez travailler pour Corey ! déclara cette dernière.

— Le patron a changé d'avis, répondit candidement son interlocutrice en s'asseyant.

— Moi qui croyais le voir enfin m'accorder sa confiance !

— Il a confiance en toi, arrête de te comporter en écorchée vive. Tu as tort de croire que le capitaine prend toutes ses décisions en fonction de toi. Il cherche à obtenir le meilleur de tous ceux qui travaillent sous ses ordres, quel que soit leur rang. Entre le moment où il t'a demandé de relire les rapports des anciennes victimes et celui où il m'a ordonné de reprendre l'enquête à tes côtés, il a dû penser que nous ne serions pas trop de deux.

— Au cas où il se passerait quoi?

— À nous de le deviner. Tu me connais suffisamment bien maintenant pour savoir que je ne te volerai pas la vedette si le mérite te revient. Ce n'est pas mon genre.

Alors que c'est le tien, ma petite Helen. Tu détestes jouer les seconds couteaux, ça se lit dans tes yeux. Pourquoi tant d'ambition ?

D'une voix neutre, Delia raconta à la stagiaire l'histoire du Fantôme, qui enlevait et torturait des adolescentes avant de les tuer. Une affaire célèbre dans laquelle Delia avait joué un rôle plus important que ne le laissaient entendre les rapports officiels.

— Vous êtes en train de me dire que la foudre ne tombe jamais deux fois au même endroit, c'est ça?

demanda Helen. J'ai compris le message, ajouta-t-elle avec un sourire. Alors, par quoi commence-t-on?

— Par décider si on prend ma Buick ou ta Lamborghini.

— Vous m'en voudrez si on prend ma voiture?

— Grands dieux, non, ma chérie! Avec tous ces chevaux sous le capot, ce sera une vraie partie de plaisir.

— Où va-t-on?

— Allons montrer à Mark Sugarman les portraits-robots dont nous disposons.

Le dessinateur accueillit les deux enquêtrices avec résignation.

— Vous savez que c'est la *neuvième* fois qu'on vient m'interroger?

— Grands dieux, non, s'exclama Helen en s'appropriant l'expression de Delia. En fait, il ne s'agit pas d'un interrogatoire, mais d'une demande d'aide.

Les deux femmes s'étaient accordées dans la voiture pour que la stagiaire mène la danse : elle étala les portraits sur la table de Sugarman.

— Ils ont été réalisés par le dessinateur de la police, mais il n'a pas votre talent. Accepteriez-vous d'en réaliser d'autres?

Sugarman avait beau être amoureux de Léonie Coustain, comment résister à un regard aussi attachant?

— C'est promis, répondit-il en riant.

— Tout de suite? insista-t-elle.

— D'accord.

Il récupéra un bloc de papier sur une étagère et déposa une poignée de crayons dans un bocal.

— Je suis prêt. J'attends vos instructions.

Helen sélectionna un croquis de face d'un homme très brun au nez crochu.

— Commençons par celui-ci.

Sugarman s'éloigna alors avec le portrait qu'il punaisa à un coin de sa planche à dessin avant de coller une feuille de son bloc en son centre à l'aide de pâte à modeler.

— Mais je ne vois rien, d'ici ! se plaignit la stagiaire.

— C'est voulu. Je vous interdis de vous éloigner du bar. Vous souhaitez une copie améliorée de ce portrait, c'est bien ça ?

— Non, je voudrais que vous le modifiiez en fonction de mes instructions.

— Je vous écoute, Helen.

— Commencez par rétrécir le nez en le redressant. Ensuite, faites-lui une bouche moins grande et plus charnue, des sourcils plus arrondis. Imaginez qu'il a dix kilos de moins et éclaircissez-lui les cheveux.

Fascinées, les deux femmes virent apparaître un nouveau visage sur la feuille vierge. Tout à son travail, Mark ne disait rien. Enfin, il soupira, s'étira et tourna son tabouret dans leur direction.

— Alors ? C'est ce que vous attendiez ?

Personne n'aurait pu deviner que le nouveau portrait était tiré de l'ancien.

— Et flûte ! gronda Helen. J'étais pourtant certaine de le reconnaître.

Mark se retourna vers son œuvre et l'examina attentivement.

— Vous savez quoi, les filles ? Je suis persuadé d'avoir déjà vu ce type quelque part.

Il contempla longuement le visage avant de laisser échapper un soupir.

— Désolé ! Je ne sais plus où je l'ai rencontré.

Helen s'empara du portrait suivant, représentant un personnage plus gros, le crâne couronné de cheveux clairs.

— Pourriez-vous tenter la même expérience avec celui-ci ?

— Volontiers, surtout si ça peut aider Léonie.

Emporté par son élan, il exécuta le croquis en un temps record. Quelques minutes plus tard, les deux femmes sursautaient dans un même mouvement.

— C'est le même homme ! s'écria Helen.

— Aucun doute, approuva Delia.

— Mais je n'arrive toujours pas à savoir qui c'est, mesdemoiselles. Je sais que je le connais, mais impossible de me souvenir où je l'ai vu.

— Lors d'une fête ? suggéra Helen.

— Peut-être. Pourtant, tous ceux qui viennent ici sont des amis.

— Pourrait-il s'agir du mystérieux inconnu qui discute dans un coin avec ses futures victimes ?

— Vous voulez dire... ?

Mark secoua la tête.

— Non, je ne sais pas.

— Passons en revue les Gentlemen Marcheurs les plus séduisants, proposa Helen. Désolée que vous ne soyez pas en mesure de nous aider, Delia.

— Mais si, je peux vous aider ! s'écria la jeune femme en s'accroupissant devant son imposante serviette de cuir. J'ai apporté les photos des Gentlemen susceptibles de nous intéresser, expliqua-t-elle en la vidant dans une pluie de photos. Nous ne serons pas trop de trois.

Elle crut un instant que sa jeune collègue allait se mettre en colère, mais le bon sens prit le dessus et la stagiaire éclata de rire.

— Bien vu, Delia ! Je suis curieuse de savoir lesquels vous aurez choisis comme étant les plus beaux.

La demi-heure qui suivit se révéla très joyeuse, Mark se montrant plus en phase avec les critères de beauté de Delia qu'avec ceux d'Helen. Dans la mesure où il figurait dans le panthéon des deux jeunes femmes, il ne pouvait être accusé de partialité.

— Vous n'avez choisi que des mannequins, Helen, reprocha-t-il à la stagiaire, vexée. Vous ne tenez pas compte du charme ou de la gentillesse, importants chez les hommes comme chez les femmes. Je suis d'accord que Kurt est bel homme, mais son visage manque de personnalité. Un vrai Narcisse.

— Comment pouvez-vous affirmer une telle absurdité? réagit Helen, agacée. Delia aussi l'a choisi. Prétendre qu'il manque de personnalité... c'est ridicule. Un homme apprécié de tous ses collègues, qui pourrait bien remporter un jour le prix Nobel de physique! Vous savez à quel point les gens sont jaloux. Si vous l'aviez vu avec sa mère et sa sœur...

— Ce n'est pas ce que je voulais dire, et je vous accorde qu'il mérite de figurer dans notre sélection, mais pas dans le groupe de tête. Je suis d'accord avec Delia pour lui préférer Mason Novak, suivi d'Arnie Hedberg et de Mike Dunston. Bill Mitski vient également avant Kurt, de même que Greg Pendleton.

— Oh! Allez vous faire voir chez les Grecs! bouda Helen.

— De toute façon, notre inconnu ne fait pas partie des Gentlemen Marcheurs.

— Merde, merde et merde! gronda Helen.

— Nous allons devoir vous quitter, intervint Delia en tendant la main au dessinateur. Merci de votre patience, Mark. Accepteriez-vous de nous confier vos dessins?

— On ferait mieux de les brûler, oui! grommela Helen en quittant la pièce.

— Une vraie gamine gâtée, remarqua Mark en soulevant galamment la serviette de Delia. C'est drôle, ajouta-t-il en appelant l'ascenseur, je trouvais qu'elle faisait des progrès depuis son entrée à la police d'Holloman. Je pensais même qu'elle finirait par devenir quelqu'un de formidable.

— C'est le cas, répliqua Delia en pénétrant dans la cabine, suivie par Mark. Je mets cette rechute sur le compte de sa déception à ne pas briller aussi vite qu'elle l'espérait. Elle n'avait pas imaginé jouer les seconds rôles aussi longtemps. Au bout de dix semaines, elle n'en peut plus.

Mark déposa la serviette dans le coffre de la Lamborghini et regarda la voiture s'éloigner.

— Pauvre Helen! soupira-t-il en regagnant l'immeuble.

Mason Novak en sortait au même instant.

— Ça tombe bien, je te cherchais. On déjeune ensemble?

— En ta qualité de double gagnant du concours de l'homme le plus séduisant, Mason, le modeste onzième que je suis s'estime fort honoré de ta proposition.

— Pardon?

— Attends-moi, je vais chercher une veste. Je t'expliquerai en mangeant. Où va-t-on?

— Comme tu veux.

— Alors je t'invite au Sea Foam. Autant épargner les oreilles indiscrètes avec ce que j'ai à te raconter.

Mason éclata de rire en prenant connaissance des détails.

— Mon Dieu! Je ne sais pas si je dois me réjouir ou trembler de peur.

— Ni l'un ni l'autre.

— Tout dépend du verdict d'Helen MacIntosh.

— Tu lui plais bien, mais elle préfère Kurt.

— Pauvre gars! réagit Mason, compatissant. Je n'aimerais pas me retrouver tout en haut de la liste de cette fille, qu'il s'agisse de figurer la beauté ou le mari idéal. Tu crois qu'il remplit les deux critères?

— Aucune idée, et tu sais quoi?

— Non?

— Je n'ai pas l'intention de lui poser la question.

Mardi 19 novembre

Quelle année détestable! pensa Carmine en regagnant son bureau d'un pas lourd. *Entre Fernando Vasquez, MM, John Silvestri et mes problèmes personnels, je n'ai pas trouvé le temps d'aller sur le terrain autant que j'aurais aimé. Delia et Nick se débrouillent très bien sans moi, mais c'est une piètre consolation, face à un lieutenant rebelle et un violeur en liberté. Sans parler d'un ours de verre d'une valeur inestimable et d'un mystérieux vandale. Ma femme rêve d'élever ses fils dans un monde épargné par la violence, je n'ai pas revu ma fille aînée depuis qu'elle est entrée à l'université et Myron ne vient jamais nous rendre visite.*

— Qu'ai-je fait pour mériter ça? demanda-t-il à Patrick O'Donnell.

Le regard de son cousin se mit à pétiller.

— Rien du tout, mon vieux! Tu traverses une mauvaise passe, rien de plus. Contente-toi d'attendre que le calme succède à la tempête.

— Je m'en ficherais si je n'avais pas le sentiment de laisser échapper un élément crucial, Patsy. Chaque fois que je me plonge dans l'enquête du Dodo, on vient me déranger: Vasquez me soumet une nouvelle idée, John me demande un rapport, ou je ne sais quoi d'autre!

— Je connais ça. J'ai cinquante-sept ans et John veut absolument savoir si je compte prendre ma retraite à soixante ou soixante-cinq ans. Comme si je le savais!

Tout dépend de Ness et de son propre choix. Nous avons le même âge, les enfants sont grands et le boulot est toute notre vie, bon sang! À part ça, comment se porte Desdemona?

— Elle se remet de sa dépression, mais elle est partie en guerre contre le penchant des enfants pour les armes à feu.

— Elle devrait en parler à Ness, le problème se pose à toutes les institutrices. Dans le cas de ta femme, il y a aussi le fossé culturel.

— À qui le dis-tu! Mais c'est moins elle qui me préoccupe en ce moment que mon service. Quand l'un de tes hommes se tire une balle dans la bouche, c'est le signe de problèmes qu'on n'aurait jamais dû laisser aller aussi loin. N'importe quel crétin le sait, sauf Corey, apparemment. Il raterait un éléphant à quinze pas.

Patrick tira une bouteille d'un meuble à classeurs. Le laboratoire disposait d'une machine à glace, d'eau distillée, et des béchers feraient office de verres.

— Le soleil s'est caché depuis belle lurette et notre ami John n'a pas juridiction sur mon royaume, se justifia O'Donnell en en tendant un à son cousin. Ne t'avise pas de refuser.

— Je n'en avais pas l'intention. À la tienne!

— À la tienne. Le problème de Corey, c'est le cancer qui le ronge: ce scorpion de Maureen. J'ai entendu dire qu'il avait reçu un blâme.

— C'est exact. Je suis convaincu que sa femme espérait pour lui un poste de capitaine, un jour. Ce blâme sonne le glas de ses espérances, et tant mieux pour Corey.

— Je suis d'accord. Il s'ennuierait s'il partait ailleurs. D'autres blâmes en perspective?

— Tout dépend de quel côté tu te places dans la guéguerre qui l'oppose à Genovese. Buzz prétend qu'il reste des armes au lycée Taft quand Corey jure le contraire. J'ai affecté Nick et Delia chez lui, mais il a refusé leurs services au prétexte que je ne lui avais pas fait parvenir un ordre d'affectation écrit. Il est persuadé que je me sers d'eux pour l'espionner.

— Il est complètement parano ! Comme si c'était ton genre. Tu es assez grand pour effectuer toi-même les basses besognes, déclara O'Donnell en reposant son bécher. Tu ne feras pas l'économie de te débarrasser de lui, Carmine. Il roule exclusivement pour lui-même et te considère comme un ennemi.

— Tu as raison, il n'a pas l'étoffe d'un chef, mais je ne sais pas comment m'y prendre. Pas question de nous retrouver avec un autre suicide sur les bras.

— Tu en as parlé à John ?

— Vaguement.

— Prends le temps d'en discuter posément avec lui. Si quelqu'un a la solution, c'est bien John Silvestri.

— Je ne sais pas comment il peut réagir, Patsy. J'ai peur qu'il lui mette la tête sur le billot.

— John n'a jamais décapité quiconque sans raison. Il connaît Maureen, comme nous tous. Quelle vachasse, celle-là ! Et puis Corey a dix-sept ans de carrière dans la police d'Holloman à son actif.

— Tu as peut-être raison, approuva Carmine en vidant son verre improvisé. Merci de tes conseils, Patsy.

Le capitaine Delmonico consulta sa montre en sortant de chez son cousin. 18 heures. S'il était trop tard pour prévenir Desdemona de ne pas préparer à dîner, il pouvait encore lui conseiller d'en placer une partie au réfrigérateur. Cela lui déplairait, mais il y avait une urgence.

Elle réagit en parfaite femme de flic, comme à son habitude.

— Aucune importance, mon amour, le rassura-t-elle au téléphone. J'avais préparé du rosbif. Nous en mangerons la moitié avec Prunella ce soir et je me servirai du reste pour préparer une tourte demain. Que préfères-tu ? Au curry ? À l'italienne ? À l'anglaise ? Dans les deux premiers cas, je ferai un risotto, ou de la purée si tu préfères la tourte à l'anglaise.

— Troisième proposition, répondit-il aussitôt. Comment vont les enfants ?

— Ils grandissent à vue d'œil. J'espère qu'ils s'arrêteront avant de franchir la barre des deux mètres !

— Que ça te plaise ou non, ma chérie, nos enfants joueront au basket.

— J'aime autant ça que le football américain ! Réveille-moi quand tu te coucheras, s'il te plaît.

Il composa le numéro de Malvolio's. Luigi décrocha.

— Vous ne rentrez jamais chez vous ? s'étonna Carmine.

— Eh non, je vis dans mon restaurant. De toute façon, je dors à l'étage.

— Depuis combien de temps on se connaît, Luigi ?

— Euh... depuis 1950, Carmine. Dans ces eaux-là.

— Il ne m'aura donc fallu que dix-huit ans pour apprendre que vous viviez au-dessus du restaurant. Des enfants ?

— Quatre garçons, tous à l'armée.

— Et votre femme ?

— Partie avec un marin en 1944.

— Alors vous avez élevé vos enfants tout seul.

— Avec l'aide de la famille.

— Je ne connais même pas votre nom de famille !

— Silvestri. Que puis-je pour vous, capitaine ?

— Pourriez-vous me livrer un pain de viande et un bol de riz au lait d'ici une heure, monsieur Luigi Silvestri ?

— Pas de problème. Mais j'ai de belles crevettes. Ça vous dirait, un cocktail de crevettes ?

— Pourquoi pas ?

Carmine partit chercher les dossiers dont il avait besoin et les posa sur sa table. Le seul moyen de débrouiller l'affaire du Dodo était de tout reprendre à zéro, seul dans son bureau, loin de l'agitation de la journée. Il examina d'un air pensif la masse des documents posés devant lui, puis il se rendit dans le bureau de Stella Pulaski où il récupéra les deux tables pliantes stockées derrière la porte. Satisfait, il classa les dossiers en veillant à laisser suffisamment d'espace entre eux de façon à pouvoir en étaler le contenu au besoin.

Il venait de terminer le tri des différents rapports – agents, enquêteurs, témoins, victimes – lorsque Minnie frappa à la porte, armée de son dîner et d'une énorme thermos de café.

Luigi ne lui avait pas menti : les crevettes étaient excellentes. Il dégusta son repas, assis à son bureau, avant de renvoyer les assiettes sales chez Malvolio's en sollicitant l'un des flics de service à l'accueil. Du temps de Danny Marciano, il lui aurait suffi de demander, mais tout avait changé depuis la prise de fonction de Fernando Vasquez et il lui fallut remplir un formulaire justifiant une telle course. Il aurait aimé en remplir un autre en expliquant qu'il avait besoin d'un agent en uniforme pour cirer ses chaussures, mais il n'avait pas de temps à perdre pour un tel canular.

L'estomac rempli, il se mit au travail, un mug de café à la main.

La police n'avait appris l'existence du Dodo qu'au lendemain du viol de Maggie Drummond, un peu moins de deux mois plus tôt, et Carmine n'avait pas trouvé le temps depuis de s'intéresser à l'enquête dans tous ses détails, en remontant au mois de mars précédent. Tout en épluchant les rapports, il ne pouvait s'empêcher de penser que le violeur était peut-être en train de tuer sa nouvelle proie.

Shirley Constable, la première victime, avait été violée le dimanche 3 mars. Elle avait eu si peur qu'elle ne se souvenait pas avoir vu la moindre pancarte, mais elle avait fini par révéler au Dr Meyers, après plusieurs semaines de thérapie, qu'il ne s'agissait pas de Mason Novak. Le viol de Mercedes Mendes était intervenu dix semaines plus tard, le lundi 13 mai. Après avoir systématiquement nié la présence d'un petit ami dans son existence, Mercedes avait avoué au Dr Meyers qu'elle était lesbienne. Léonie Coustain, la victime suivante, avait été violée le mardi 25 juin, six semaines après Mercedes. Le Dodo prenait progressivement de l'assurance et les intervalles suivants étaient d'approximativement trois semaines : Esther Dubrowski le mardi 16 juillet, Marilyn Smith le mardi 6 août, Nathalie Goldfarb le vendredi 30 août, Maggie Drummond le mardi 24 septembre, Melantha Green le mardi 15 octobre, et enfin la tentative avortée contre Catherine Dos Santos le mardi 5 novembre. Pourquoi avait-il modifié l'échéance de quelques jours fin août, et à nouveau en septembre ? Impossible à dire. Les victimes n'auraient pu être plus différentes les unes des autres sur les plans culturel, familial et social. Deux d'entre elles avaient choisi la virginité pour des raisons religieuses, deux autres étaient lesbiennes, les cinq restantes avaient toutes une vie sexuelle sans coucher à tout-va. L'ambition professionnelle constituait leur unique point commun, signe que le Dodo n'était pas attiré par des femmes occupant des fonctions subalternes. Toutes avaient de fortes personnalités et Carmine en déduisait que le violeur nourrissait une haine tenace à l'endroit des femmes indépendantes et volontaires. Et si l'une d'entre elles l'avait humilié ? La première, par exemple ? Avant le drame, Shirley Constable était connue pour son franc-parler. Elle avait mis le grappin sur Mason Novak, un personnage très convoité qui n'avait pas regardé une fille depuis leur rencontre, mais elle était l'une des deux vierges du lot, refusant d'ouvrir son lit à quiconque avant le mariage.

Il n'était pas difficile de comprendre pourquoi le Dodo s'était mis à tuer après Maggie Drummond, ne supportant pas qu'elle ait refusé de se laisser intimider malgré les outrages qu'il lui avait fait subir.

Catherine Dos Santos avait reconnu n'être pas vierge, mais elle était peu active sexuellement. Sans installer elle-même des barreaux à ses fenêtres, elle s'était réjouie de leur présence le jour où elle avait déniché ce logement. Quant à son système d'alarme, Carmine y voyait le reflet du caractère facétieux de la jeune femme. La sirène de sous-marin avait bien joué son rôle et ce n'était pas grâce à la police, encore moins grâce à cet horrible couple Hochner, qu'elle avait échappé aux griffes du Dodo.

Vers minuit, Carmine parvint à la conclusion que l'une des motivations de *Didus ineptus* était d'anéantir le bonheur de femmes indépendantes qui l'insupportaient. Restait à percer le mystère de ses pulsions sexuelles. Aucune de ses victimes n'avait été mutilée, amputée, brûlée ou torturée, comme c'était souvent le cas dans des affaires semblables. Il se contentait de les frapper, voire d'utiliser une cordelette de cheveux humains tressés dans le cas des deux dernières. Quand bien même il poursuivrait ses attaques, Carmine le voyait mal passer à d'autres formes de torture.

Les spécialistes savent que les violeurs assassins ont tendance à s'en prendre à des prostituées par commodité : qui se soucie de la disparition d'une putain ? Or, le Dodo procédait à l'inverse, en s'en prenant à des femmes très en vue, ce qui ne l'avait pas empêché de préserver son anonymat pendant plus de six mois.

Et si le cas de ce malade n'était pas isolé ? Les commissariats regorgent de photos de jeunes femmes disparues, pour beaucoup jolies, de bonne famille et dotées d'un emploi solide. Qui sait si certaines d'entre elles n'étaient pas victimes de violeurs en série? *Si ça se trouve*, pensa Carmine, *le cas du Dodo représente la pointe de l'iceberg.*

Notre homme connaissait chacune de ses victimes. Reste à savoir pourquoi il leur en veut. Les violer ne lui suffit pas, il éprouve le besoin de les maltraiter physiquement et de les meurtrir moralement à vie. Jusqu'à Maggie Drummond. Depuis, les séances de thérapie avec le Dr Meyers prouvent leur efficacité et les victimes sont en voie de guérison. Mais comme on ne guérit pas les morts, il est passé au meurtre. Qui sera la prochaine sur la liste?

À 1 heure du matin, il décida que les Gentlemen Marcheurs n'avaient pas facilité l'enquête. Les équipes de Novak et celles de Sugarman effectuaient alternativement leurs rondes, mais tous les membres de l'association figuraient sur le planning lors de l'une ou l'autre des attaques du Dodo. Soit ce dernier n'était pas l'un d'eux, soit il n'avait pas respecté le planning des rondes. Il existait un lien entre les viols et les actes de vandalisme perpétrés au Nounours de Verre : Hank Murray, qui vivait à Carew et effectuait régulièrement des rondes. Et puis il y avait les jumeaux Warburton, qui résidaient également à Carew où ils menaient une existence oisive. Des personnages douteux dont la police californienne n'avait jamais eu à se plaindre et qui passaient pour de simples excentriques dans une ville universitaire telle qu'Holloman.

Carmine s'intéressa ensuite au parcours des victimes en s'appuyant notamment sur le journal d'Helen MacIntosh qu'il jugeait à la fois bien informé, intelligent et drôle. En l'espace de neuf semaines, elle avait trouvé le moyen de remplir pas moins de sept cahiers !

Ses codes de couleurs, tout en le faisant sourire, provoquaient son admiration par leur efficacité. Sa description de l'ours de verre tout comme son analyse du refus d'Amanda d'en admettre la valeur étaient remarquables. Carmine apprit avec intérêt que sa jeune stagiaire s'était liée d'amitié avec la gérante du magasin, provoquant la rédaction de quelques paragraphes rédigés à l'encre violette.

Venait ensuite le rappel du passé californien des jumeaux, marqué par la mort de leur père.

« Howard Warburton a fait l'objet d'une autopsie, écrivait-elle à l'encre noire, non pas à cause de sa chute dans un escalier, mais parce que le médecin appelé sur les lieux jugeait la position du corps improbable. L'autopsie a révélé une fracture de la colonne vertébrale au niveau de l'articulation cervicale C2-C3, et aucune autre blessure à part des contusions mineures. Le médecin légiste a également estimé que M. Warburton aurait dû atterrir au pied de l'escalier tête en bas, d'où la qualification de mort suspecte.

« Les jumeaux, âgés de huit ans, ont alors reconnu qu'ils étaient présents au moment de l'accident et qu'ils avaient manipulé leur père dans l'espoir de le ranimer, ce qui expliquerait la position de la tête. En revanche, cela n'explique pas la raison première de la chute, le père n'ayant pas été victime d'un accident cardiaque ou cérébral. Robert a déclaré que la victime avait trébuché, appuyé par Gordon dont la police de San Diego dit qu'il était un véritable perroquet. Au terme d'un interrogatoire poussé, le procureur a clos le dossier. Le drame s'est déroulé en 1945 : l'élite masculine de la nation se trouvait sous les drapeaux, mais pas Howard Warburton, qui était myope et avait les pieds plats. Une caractéristique qui corroborait la thèse d'une chute naturelle. »

Helen avait ajouté à l'encre violette : « Ce sont eux les coupables ! De nos jours, on sait que des enfants sont capables de commettre un meurtre, ce qui était impensable à l'époque. J'en ai parlé à Kurt en veillant à ne pas lui révéler l'identité des personnes concernées et il est de mon avis. Si cela peut vous rassurer, capitaine, j'ai modifié le contexte en parlant d'un seul enfant. J'avoue que j'adore le titiller en lui racontant des horreurs. Désolée!»

Amusé, Carmine reposa le cahier. Elle était incorrigible, c'était vrai, mais personne ne savait mieux que lui à quel point les êtres humains ont besoin d'un confident. Le visage de Desdemona se matérialisa dans son esprit.

Il reprit sa lecture, alternant les passages rédigés en noir, en bleu, en rouge, en vert, sans oublier les phrases violettes qui reflétaient la vision très personnelle et subjective d'Helen à chaque détour de son travail de policière. Elle y glissait ici et là des remarques impertinentes sur son père, ainsi qu'une interprétation pleine de bon sens de la folie douce de sa mère qui affirmait avoir aperçu trois fantômes dans la cheminée du salon de Chubb House. Les spectres, des souliers à boucle d'argent aux pieds et une perruque sur la tête, s'étaient brusquement arrêtés de jouer aux cartes en découvrant avec horreur Angela MacIntosh. «Tu as vu? Un fantôme!», s'était écrié l'un d'eux avant de disparaître avec ses compagnons. «Maman a encore frappé. Sauve qui peut!», avait commenté Helen en rouge avant de repasser la phrase en violet.

À 3 heures du matin, Carmine reposa le dernier cahier, émerveillé par la spontanéité des anecdotes rapportées par Helen sur ses parents, Kurt ou Amanda Warburton. Sans le savoir, la jeune stagiaire lui avait fourni matière à réflexion...

Desdemona ne dormait pas et regardait une chaîne new-yorkaise sur le petit poste de télévision posé sur le bureau de leur chambre. Elle avait tendance à l'insomnie s'il n'était pas rentré lorsqu'elle se couchait, incapable de surmonter la peur irrationnelle qui l'envahissait dans son lit glacé.

— Mission accomplie? lui demanda-t-elle en se redressant.

— Oui. J'avais besoin de remettre tous les éléments de l'enquête en perspective, se justifia-t-il en se débarrassant de ses habits sur une chaise, trop fatigué pour les porter dans le panier à linge.

— Tu sais qui est le coupable?

— Oui, je crois, répondit-il en se glissant entre les draps. Le problème, c'est que je n'ai pas l'ombre d'une preuve.

— J'adore tes cheveux, remarqua-t-elle en passant les doigts dans ses boucles noires. Les miens manquent de consistance.

— Tu n'as pas les bons gènes, ma souris anglaise géante, plaisanta-t-il en l'embrassant dans le cou. J'espère ne pas te décevoir, mon amour, mais je suis trop fatigué, ce soir.

— Moi aussi, tu sais. Je suis heureuse que tu aies fini par trouver l'arbre au milieu de la forêt. Il n'existe vraiment pas de preuve?

— Aucune.

— As-tu décidé de partager tes soupçons avec quelqu'un, en dehors de moi?

— Pas cette fois-ci. Il y a trop de complications, trop de problèmes d'ego sont en jeu..., marmonna-t-il, à moitié endormi.

— J'ai cru comprendre que l'ambiance n'était pas au beau fixe dans ton service. Tu as raison, mon chéri. Garde soigneusement ton secret.

Il souleva péniblement les paupières.

— Je suis content que tu ne craignes rien de cet assassin, Desdemona, bâilla-t-il d'une voix pâteuse.

Elle l'agrippa par les cheveux, violemment cette fois.

— Carmine ! C'est mal de tenter le destin ! Retire ce que tu viens de dire, ou alors croise les doigts. Tout de suite !

— Je croise les doigts, balbutia-t-il en sombrant dans le sommeil.

Desdemona fut ainsi libre de regarder la télévision encore un peu, en attendant de commencer à somnoler. Elle tourna la tête et regarda le visage de son mari à la lueur tremblotante de l'écran. Ses traits s'étaient apaisés. *Quand je pense que je vais devoir le réveiller dans moins de quatre heures… Il sera furieux que je l'aie laissé dormir, mais je m'en fiche. La terre ne s'arrêtera pas de tourner s'il ne s'installe pas devant sa satanée table en Formica à 8 heures du matin. Je passerai un coup de fil à Delia. Heureusement qu'elle est là !*

Mercredi 20 novembre

— J'ai mis au point une nouvelle stratégie, mon cher jumeau, déclara Gordie en brandissant un pinceau dégoulinant de peinture écarlate.

— Dis-moi !

— Il faudrait assister à un carnage si nous voulons vraiment que la couleur du sang soit ressemblante.

Robert leva le nez de sa machine à écrire et laissa échapper un rire aigu.

— Si on continuait à chercher des rimes ?

— Pourquoi pas ? Carnage rime avec... Message, sage, pas sage, passage...

— C'est bon, ça suffit ! Plaisanterie mise à part, Gordie, ton idée me plaît. Une forme de meurtre tout à fait inédite. Pourquoi ne pas continuer ?

— Tu crois que ça plaira à cette chère Amanda ?

— Qui s'en soucie, joli jumeau ? pouffa Robert. Ce n'est que notre tante. Du menu fretin.

— N'oublie pas que nous comptons sur le capitaine Delmonico pour lever un gros poisson, Robbie. Je ne suis pas certain qu'il apprécie le sang.

Son frère jaillit alors de son siège et exécuta une élégante pirouette sur le tapis à motifs noirs et blancs. Il se joignit à lui et ils conclurent leur pantomime par un entrechat.

— Je vois que nous n'avons rien perdu de nos talents de danseurs ! s'écria Gordie. Tiens ! En voici un plus compliqué : aubergine !

— Margarine, mélamine, t'as bonne mine, tu déclines, chapelle Sixtine, vieux blue jean.

Gordie adopta un air roué.

— Et… Dodo?

— Crado, sado, cadeau.

— Quel talent, mon chéri! le félicita-t-il en reprenant son pinceau. Promets-moi qu'on ira jusqu'au bout, Robbie.

— Oui, Gordie. Je te le promets.

— Je ne peux pas, Hank, déclara Amanda avec une tristesse infinie. Je suis désolée. Malgré toute mon estime, je ne vois en vous qu'un ami. J'ai renoncé à l'amour depuis longtemps, les plaies sont trop profondes et trop vives pour cicatriser un jour.

Les yeux remplis de larmes, elle lança à Murray un regard désespéré.

— Essayez de me comprendre! Ça m'est impossible, mais ce n'est pas à cause de vous. J'aurais voulu que nous restions amis, mais j'ai peur de vous offenser.

Hank remercia silencieusement le Ciel de ne pas avoir mis un genou à terre en lui demandant sa main, quelques instants plus tôt. Il avait hésité avant de renoncer in extremis, sachant inconsciemment qu'elle repousserait son offre. Il lâcha les mains d'Amanda, se cala dans son fauteuil en soupirant et s'efforça vaillamment de sourire.

— Non, vous ne m'offensez pas et c'est avec plaisir que nous resterons amis. Oublions tous les deux ce que je vous ai dit ce soir.

Il reprit sa respiration en accentuant son sourire.

— J'ai beaucoup de plaisir à me trouver en votre compagnie, Amanda. Je ne voudrais pour rien au monde renoncer à nos dîners, nos parties de cartes, tous ces moments avec Marcia, ma complicité avec vos animaux… C'est d'accord?

— Bien sûr, Hank ! Ce soir uniquement, accepteriez-vous d'annuler notre dîner ?

— Seigneur, pourquoi ? Le Lobster Pot, Solo's, le Sea Foam, Jerry's... Je vous laisse le choix, énonça-t-il en retrouvant sa voix normale.

— Alors, le Lobster Pot. Pourrez-vous me déposer à la galerie commerçante après le dîner ? J'ai reçu une commande de chez Orrefors juste avant de partir et je voudrais la déballer des cartons. J'ai laissé ma voiture là-bas, je suis rentrée à pied.

— Je vous aiderai.

La vie est curieuse, se dit-il tandis qu'ils prenaient place dans leur box habituel. Il commanda du haddock grillé et son amie choisit du crabe, accompagné d'une salade vinaigrette. La conversation se montra peut-être un peu plus tendue que d'ordinaire, mais Hank fit face avec stoïcisme. Amanda avait bu un verre de vin de plus qu'à l'accoutumée lorsqu'ils prirent la direction du centre commercial.

Il s'en voulait d'avoir mal choisi son heure tout en sachant que, face à l'entêtement de son amie, il n'y aurait jamais eu de moment propice. Il l'idéalisait, c'était vrai, mais il n'existe pas de rêve sans fantasme. Quant à l'espoir, il fait vivre, et Hank avait réussi à se convaincre qu'elle changerait un jour d'avis lorsqu'ils arrivèrent au Nounours de Verre par le couloir de service. *Les femmes changent toujours d'avis lorsqu'un amoureux déclaré s'entête à alimenter leur amitié. Je serai son Cicisbée. La culture est un atout incomparable*, pensa Hank en faisant tourner sa clé dans la serrure.

Il s'effaça afin de la laisser passer.

— Oh, flûte ! s'exclama-t-elle. L'ampoule est morte et je ne sais jamais où se trouvent les autres interrupteurs.

— Je m'en charge, proposa Hank en s'avançant.

Il actionna plusieurs interrupteurs, sans résultat.

— Tiens ! C'est sans doute un fusible.

Le coup qu'il reçut à la tempe lui ouvrit le crâne en deux, à la façon d'une coquille d'œuf, et il n'eut pas le temps de comprendre ce qui lui arrivait. Il était mort avant même de toucher le sol.

Étourdie par un coup nettement moins violent, Amanda rampait à quatre pattes en direction de la boutique lorsque son agresseur, intégralement vêtu de noir, la chevaucha brutalement, agrippa ses cheveux d'une main gantée, lui releva la tête et lui trancha la gorge jusqu'à la moelle épinière dans une giclée sanglante qui arrosa de gouttelettes écarlates les cartons et le mur de l'arrière-boutique. L'assassin s'écarta, le temps qu'elle se vide de son sang, puis il pénétra dans la boutique où l'attendait l'ours de verre sur un diable, protégé par des couvertures. Il saisit les poignées du diable et traversa l'arrière-boutique en évitant la mare de sang avant d'emprunter l'entrée de service. Apercevant les clés de Hank sur la porte, il les attrapa en passant et les glissa dans sa poche. Le couloir était désert, en dépit des mesures de sécurité renforcées, mais l'homme s'assura que son pistolet muni d'un silencieux était aisément accessible en cas de besoin, puis il gagna les ascenseurs. Les portes de l'une des cabines s'écartèrent, il poussa le diable à l'intérieur et appuya sur le bouton du parking souterrain. La chance continuait de le servir : aucun gardien de nuit n'était en vue.

Le pupitre de sécurité du centre commercial se trouvait à l'intérieur du parking. L'assassin tira une feuille de sa poche et composa le code inscrit dessus. Le hurlement d'une sirène se fit entendre trois étages plus haut, mais l'inconnu avait disparu dans le local du concierge avant même qu'apparaissent les gardiens affectés au parking. Il attendit que le bruit de leur course s'éloigne, sortit de sa cachette et poussa le diable jusqu'à la camionnette qui l'attendait à quelques mètres de là. Il chargea le diable à l'aide d'un monte-charge électrique et l'arrima solidement avec des sangles. Quelques instants plus tard, il prenait place derrière le volant et démarrait. Il eut le temps de parcourir plus d'un kilomètre avant que l'un des gardiens ne pense à fouiller le parking et en déduise qu'il s'agissait d'une fausse alerte, une fois de plus.

Jeudi 21 novembre

Personne ne songea à s'inquiéter avant midi de l'absence de Hank Murray, ou du fait que le Nounours de Verre n'avait pas ouvert ses portes ce jour-là. Ne trouvant ni le gérant ni son trousseau de clés, sa secrétaire contacta Carmine Delmonico.

— Je ne sais plus quoi penser, capitaine, déclara-t-elle au téléphone. J'ai un double des clés du Nounours de Verre. Ça vous ennuierait d'envoyer quelqu'un vérifier que tout va bien? Mme Warburton et M. Murray sont très liés, et ils ont disparu tous les deux.

Tous ses hommes étant occupés, Carmine se rendit lui-même au centre commercial en se demandant ce qui pouvait bien provoquer une telle panique chez sa correspondante. *Il est vrai que certaines personnes ont l'intuition du malheur*, pensa-t-il.

Son cœur fit un bond dans sa poitrine en constatant que l'ours de verre avait disparu de la vitrine. Il gagna le couloir de service, enfila des gants de caoutchouc, examina la porte de l'arrière-boutique et constata que la serrure n'avait pas été forcée. Il donna un tour de clé, poussa le battant et fut assailli par l'odeur du sang. Constatant que la lumière ne fonctionnait pas, il recula en marchant sur ses propres traces et fit signe aux deux agents de sécurité qui venaient de le rejoindre.

— Ne bougez pas d'ici et ne touchez surtout à rien, leur ordonna-t-il. J'ai besoin d'un téléphone. Vite!

— Sur la table, capitaine. Là!

— Où se trouvent les fusibles?

— Dans le placard.

Ils étaient tous abaissés. Carmine les releva, puis décrocha le téléphone.

— Stella? Prévenez le Dr O'Donnell que j'ai besoin de toute urgence d'un médecin légiste et des équipes du labo au centre commercial de Busquash. Où sont mes inspecteurs?

— Nick et Delia sont rentrés. Helen se trouve chez le juge.

— Bien. Envoyez-les-moi tout de suite.

Il enclencha l'interrupteur et découvrit Amanda Warburton dans une mare de sang. La malheureuse avait survécu aux trois attaques précédentes, pas à la quatrième, et Hank Murray avait payé son dévouement de sa vie. Quinze gros cartons intacts signalaient l'arrivée récente d'une commande.

La pauvre femme portait encore des traces de terreur sur le visage, preuve de la violence de l'attaque, mais elle n'avait probablement pas eu l'occasion de voir son agresseur. Tout indiquait qu'il l'avait égorgée parderrière alors qu'elle s'enfuyait à quatre pattes. Quant à Hank, il n'avait rien vu venir. Pas une empreinte sanglante, pas un indice permettant de déterminer s'il s'agissait du vandale ou d'un agresseur différent. Carmine penchait toutefois pour la seconde solution, convaincu de connaître l'identité du premier. Il rejoignit l'agent de sécurité dans le couloir.

— Rien à signaler la nuit dernière?

— L'alarme s'est déclenchée dans le magasin d'antiquités Hood's vers 22 h 30. Une fausse alerte. Un petit rigolo s'est amusé à la déclencher depuis le pupitre situé dans le parking.

Patrick O'Donnell s'était déplacé en personne, accompagné de Paul Bachman.

— Alors? demanda Carmine à son cousin.

— Rien. L'assassin a agi avec une brutalité inouïe. Les parois temporales et pariétales du crâne de M. Murray ont été pulvérisées, la boîte crânienne ne tient plus que grâce au cuir chevelu. Mlle Warburton a été quasiment décapitée. Je ne crois pas avoir jamais vu des crimes d'une telle sauvagerie, exécutés en un temps record. Le meurtrier s'est placé derrière elle afin d'éviter de se trouver aspergé. Il s'est servi d'un couteau, et non d'un rasoir.

— Un couteau de chasse?

— Ou alors un poignard de l'armée.

— Il n'a pas abandonné derrière lui l'arme du crime?

— On ne l'a pas encore retrouvée. Tu veux voir l'instrument contondant dont il s'est servi pour Murray?

O'Donnell montra à son cousin un étrange tube de verre d'une cinquantaine de centimètres, évasé d'un côté et fermé par un bulbe de l'autre.

— Normalement, ce genre de récipient mesure un yard, mais celui-ci n'en fait que la moitié. Il s'agit d'une mesure de bière anglaise.

Il pointa du doigt un objet similaire, du double de longueur, accroché au mur.

— Celui-là est un vrai yard. Il est en verre fin alors que celui dont s'est servi l'assassin, purement décoratif, est nettement plus lourd.

Carmine fit la grimace.

— Tu veux dire que les Anglais boivent entièrement le contenu de ce truc-là?

— Les vrais buveurs de bière, en tout cas. Le plus petit des deux récipients est une arme redoutable, le crâne de Murray n'avait aucune chance d'y résister.

— Nous avons affaire à un assassin inventif.

— C'est un objet de décoration très apprécié des Rosbifs qui se sont expatriés ici.

— Le tueur n'avait pas besoin d'en connaître l'utilité pour en deviner la dangerosité, remarqua Carmine.

— Entièrement d'accord ! Je me contentais d'émettre des hypothèses à voix haute, rien de plus. Tu ne crois pas qu'il s'agit d'un Anglais, c'est ça ?

— Crois-moi sur parole, aucun Anglais n'est impliqué dans cette histoire.

Delia les rejoignit sur ces entrefaites.

— Carmine, c'est horrible ! s'écria-t-elle, incapable de dissimuler sa détresse. Pauvre femme ! Elle qui refusait de croire qu'on puisse vouloir dérober son ours de verre.

— Pourquoi la tuer quand il était si facile de voler cet ours sans violence ? s'étonna Nick. Il suffisait de les ligoter et de repartir avec le butin.

— Je me suis posé la même question, approuva Carmine.

— Elle adorait son ours, remarqua la jeune femme.

— Au point de refuser de s'en séparer, quel qu'en soit le prix. Il avait pour elle une grande valeur sentimentale. Quand Helen m'a révélé ce qu'il pouvait valoir sur le marché, j'ai pris contact avec mon collègue de la police de Venise en pensant qu'il pouvait s'agir d'un objet volé. Mais pas du tout. Il lui avait été légué par le maître verrier Lorenzo Della Fiori, qui était son amant. La femme de Della Fiori était d'une jalousie féroce. Le jour où elle les a surpris dans leur nid d'amour, elle a poignardé son mari à quatorze reprises avec un couteau de cuisine. Amanda a également été blessée, mais elle a survécu. L'ours, avec ses yeux si particuliers, avait été fabriqué spécialement à son intention, il voguait déjà vers les États-Unis lorsque le drame est survenu. Les enfants de Della Fiori ont hérité de son argent et de ses biens, à l'exception de cet ours. Cette histoire s'est produite il y a onze ans, alors que la fille aînée du verrier était âgée de neuf ans.

— Mais alors, les enfants sont assez vieux pour avoir décidé de se venger ! s'exclama Nick.

— Non, ils vivent à Venise où ils poursuivent des études, le passé ne les intéresse pas. Avoir une mère en prison n'est pas toujours rose. L'aîné des garçons, prénommé Lorenzo comme son père, est âgé de dix-sept ans et veut devenir le prochain grand maître verrier. À moins qu'on leur lave le cerveau, les enfants ne vivent pas dans le passé et la seule personne capable de se venger d'Amanda se trouve derrière les barreaux.

— D'où cette pauvre femme tenait-elle son argent ? demanda Delia.

— De la vente d'autres chefs-d'œuvre de Lorenzo Della Fiori. Elle en avait acheté un certain nombre à l'époque où ils se fréquentaient, elle a tout revendu après sa mort. Des pièces superbes pour lesquelles elle a obtenu de très bons prix.

— Qu'en est-il des yeux en saphir de l'ours ? insista Delia.

— D'un point de vue juridique, ils font partie de l'œuvre d'art. Mon collègue vénitien n'en connaissait pas l'existence, aucun vol d'une paire de saphirs correspondant à leur description n'a été signalé en Europe, encore moins à Venise. Il pense que les pierres proviennent d'URSS, un marché de première importance pour les pierres précieuses. Si la reine mère anglaise a réussi à se procurer certains bijoux de la famille du tsar pour une bouchée de pain, allez savoir les trafics qui ont pu se dérouler là-bas.

— Un vrai conte de fées, remarqua Nick. Comment la reine mère anglaise a-t-elle su que ces bijoux étaient sur le marché ?

— Ils ont été vendus aux enchères par une grande maison, expliqua Delia. Si je me souviens bien, elle a acheté des perles et des diamants sur sa tirelire personnelle. Quand je pense qu'on peut acheter n'importe où des perles de culture plus belles que les anciennes! conclut-elle en riant sous cape.

— Comment es-tu au courant de ces ragots? s'étonna Nick.

— Ce ne sont pas des ragots, s'offusqua sa collègue.

— À part le vol de l'ours, d'autres indices? reprit Carmine.

— Non, répondirent ses adjoints d'une seule voix.

— Il est aussi rusé et malin que violent, poursuivit Delia. Et la chance l'a bien servi.

— La chance? réagit Nick. Explique-toi.

— Le centre commercial dispose depuis peu d'un vrai service de sécurité, ce qui n'a pas empêché notre homme d'entrer et sortir sans être vu, d'où sa chance. Soit dit en passant, je ne crois pas que l'assassin et le vandale soient la même personne.

— Reste à espérer que la chance finisse par être de notre côté, intervint Carmine. Paul a-t-il retrouvé les clés d'Amanda?

— Oui, elle les avait sur elle, je les ai récupérées, répondit Nick. En revanche, celles de M. Murray ont disparu, de sorte que tous les commerçants du centre vont devoir changer leurs serrures, sans parler de la galerie commerciale elle-même.

— L'assassin ne reviendra pas, affirma Carmine. Il s'est emparé des clés pour nous compliquer la tâche, c'est tout. Nous laisser croire que nous sommes confrontés à un cambrioleur, ce qui n'est pas le cas. Ce type-là est un tueur.

— Qui se charge de prévenir la famille? s'enquit Delia.

— Les jumeaux? Ils attendront, répliqua son supérieur. Je compte bien perquisitionner l'appartement de leur tante sans que ces deux-là me suivent comme des toutous. Ils me hérissent.

— Croyez-vous qu'ils aient pu la tuer? s'enquit Nick au moment où ils montaient dans l'ascenseur.

— Je dirais que c'est possible, mais peu probable.

— Quel lieu magnifique! s'extasia Nick en découvrant le luxueux appartement d'Amanda.

Pour être propriétaire d'un endroit pareil, il fallait qu'elle soit plus riche que je ne le pensais.

Carmine fouillait déjà le bureau, dont aucun tiroir n'était fermé à clé. Il brandit une liasse de documents.

— D'après ces papiers, elle n'a eu recours à aucun prêt pour s'offrir le magasin.

Un miaulement plaintif s'éleva de la salle de bains.

— Ses animaux! s'exclama-t-il. Je les avais complètement oubliés!

Le chien et le chat se terraient dans la baignoire comme s'ils avaient deviné le drame, Winston contre le ventre de Frankie, le museau du chien reposant sur la tête du chat. Leur gamelle d'eau étant vide, Delia s'empressa de la remplir avant de sortir d'un placard de la nourriture en boîte. Les deux bêtes se ruèrent sur leur pâtée. Lorsque Carmine retourna s'asseoir au bureau, les deux bêtes s'installèrent sur ses pieds, sans qu'il soit question de les déloger.

— J'ai trouvé son testament, annonça-t-il à ses adjoints. Tous ses biens vont à ses neveux, sauf l'ours de verre qu'elle lègue à l'université de Chubb, à la condition qu'il soit convenablement exposé. Ce cher MM ne va pas en revenir! Je n'ose pas imaginer sa réaction si nous ne remettons pas la main sur cette merveille.

Un dossier en accordéon révéla l'existence d'un portefeuille d'actions et d'obligations.

— Elle investissait exclusivement dans de grandes sociétés. Robert et Gordon se retrouvent plus riches que prévu, nous pouvons les remonter dans la hiérarchie des suspects. Comme si nous n'en avions pas assez, ricana-t-il.

Il se pencha et le chien en profita pour lui lécher la figure.

— Arrête, Frankie !

À son grand étonnement, l'animal lui obéit. Nick et Delia pouffèrent, ce qui eut le don de l'exaspérer.

— Delia ! aboya-t-il. Au lieu d'admirer la décoration de cet appartement, convoquez-moi Marcia. Et pas pour demain ! Nick, tu retournes en ville et tu demandes à la fourrière de venir chercher ces deux-là.

Les deux enquêteurs quittèrent l'appartement en se renvoyant un petit sourire. Leur chef avait trouvé ses maîtres avec Frankie et Winston.

Marcia n'avait pas perdu sa voix, malgré le choc.

— Ne me demandez pas pourquoi, mais je m'y attendais, déclara-t-elle à Carmine.

Ils s'étaient installés dans le salon, d'où l'embouchure de la Busquash prenait des allures de tableau dans l'encadrement de la baie vitrée.

— Comment pouviez-vous en être persuadée? insista le capitaine en servant une nouvelle tasse de thé à son interlocutrice.

— Ne vous moquez pas de moi, mais il m'arrive de voir certaines personnes enveloppées d'une aura. C'était le cas avec Amanda. Une aura noire bordée de rouge. Rouge sang. Elle s'agrandissait au point d'envahir son visage à la façon d'un linceul, ces derniers temps.

Je déteste ce genre de cinglées, pensa Carmine. *Elles se persuadent après coup d'avoir vu des phénomènes paranormaux. Je suis prêt à parier que cette Mlle Boyce tire les cartes et fait tourner les tables, mais qu'elle ne s'en est jamais vantée auprès de son amie.*

— Vous ne disposez pas d'éléments plus concrets, mademoiselle?

— Hank Murray et moi avions cru comprendre qu'elle hésitait à léguer sa fortune aux jumeaux. Elle s'est finalement décidée parce qu'elle n'avait personne d'autre, mais sans grande conviction.

Elle but une gorgée de thé, puis versa dans sa tasse une généreuse rasade de l'excellent cognac d'Amanda.

— Que pensez-vous de ces jumeaux, mademoiselle ?

— Je les déteste, mais je ne les aurais tout de même pas crus capables de meurtre.

Elle posa les yeux sur le chien et le chat, accrochés aux pieds de Carmine.

— Les pauvres bébés ! Que vont-ils devenir ?

— La fourrière doit passer les prendre, à moins que vous ne souhaitiez vous occuper d'eux.

— C'est *horrible* !

— Vous êtes libre de les adopter.

— C'est impossible. Amanda s'en débrouillait parce qu'elle pouvait les emmener avec elle à la boutique, mais ce n'est pas mon cas. Je ne tiens pas à m'apercevoir, en rentrant chez moi le soir, que Winston a lacéré mes fauteuils et que Frankie a arraché les rideaux.

— Pourquoi ? C'était leur habitude chez Mlle Warburton ?

— Non, ils l'adoraient. Vous ne me croirez peut-être pas, mais Amanda avait appris à Winston à utiliser les toilettes pour soulager *tous* ses besoins. Frankie fait pipi dans le bac à douche, et la grosse commission sur du papier journal. Amanda avait une patience d'ange.

Carmine poursuivit son interrogatoire pendant quelques minutes, ce qui lui permit d'enrichir sa connaissance des auras. Celles des jumeaux étaient aussi changeantes qu'une peau de caméléon, et la sienne, à en croire la vieille fille, était jaune et violet.

Marcia Boyce regagna son appartement d'une démarche hésitante et Carmine attendit un quart d'heure de plus l'arrivée de l'employé de la fourrière. L'homme tenait une cage dans chaque main et portait à la ceinture une canne terminée par un collet. À sa vue, Frankie et Winston battirent en retraite derrière Carmine en manifestant leur mécontentement.

— Personne ne m'avait prévenu qu'il s'agissait d'un pitbull, capitaine! s'écria l'employé de la fourrière, horrifié.

— On dirait, mais ce n'en est pas un. Il est doux comme un agneau.

Le type tira la canne de sa ceinture et Carmine sentit son cœur se serrer en pensant aux indignités subies par les animaux encagés.

— Les chats sont pires que les chiens, même les pitbulls, affirma l'employé en s'approchant de Winston. Ils griffent en plus de mordre.

Dix minutes plus tard, le chat s'était réfugié derrière une crédence et le chien se défendait avec la plus grande vigueur.

— Foutez-moi le camp avec vos instruments de torture, ordonna Carmine. Laissez-moi les cages, je me débrouillerai tout seul.

Amanda Warburton était une femme honorable que l'existence n'avait pas épargnée, et voilà qu'elle mourait prématurément en laissant derrière elle deux animaux qu'elle adorait. La fourrière? Pas question. Autant jeter un innocent en prison au milieu d'une foule de criminels endurcis.

— Du beurre! Grand-mère Cerutti utilisait toujours du beurre, se remémora-t-il à voix haute en se dirigeant vers le réfrigérateur.

Mais celui-ci ne contenait que de la margarine de régime. Jamais Grand-mère Cerutti n'aurait utilisé un tel produit. Il se rendit dans l'épicerie du coin de la rue, tenue par deux Népalais, et acheta une plaquette de beurre mou.

— Viens, Winston, rassura-t-il le chat qui avait quitté sa cachette. Je ne laisserai personne te malmener.

Il le posa sur ses genoux et lui beurra les pattes avant de le placer gentiment dans la cage. Le chien ne fit pas plus de difficultés. À croire que le type de la fourrière n'y connaissait rien!

Quelques instants plus tard, les deux cages se retrouvaient sur la banquette arrière de la Fairlane dans laquelle flottait une odeur de bébé, de policier et de pièces à conviction.

Desdemona poussa un cri en voyant son mari arriver avec deux animaux en cage.

— Ils sont très bien élevés, lui annonça-t-il d'une voix sans réplique. Ils appartenaient à une dame d'une grande gentillesse qui est morte assassinée la nuit dernière. Personne ne voulait d'eux et ils allaient se retrouver à la fourrière. Il est temps que Julian apprenne qu'on ne tire pas impunément la queue d'un chat, et que le chien est un modèle de fidélité. Ils font désormais partie de la famille Delmonico.

Sa femme en restait bouche bée.

— Suis-je autorisée à vous demander leur nom, monseigneur?

Carmine éclata de rire et la serra dans ses bras.

— Le chat s'appelle Winston et fait pipi sur les toilettes. Le chien, c'est Frankie. Lui pisse dans le bac à douche, mais dès qu'on aura installé une chatière, ils préféreront sans doute faire leurs besoins dehors, à moins qu'il y ait une tempête de neige. Je leur ai beurré les pattes, pour qu'ils ne puissent pas rentrer chez eux.

Elle se mit à genoux afin d'ouvrir les cages.

— Comme ils sont choux! Prunella disait justement qu'on devrait récupérer un animal domestique à la fourrière. Elle prétend que les animaux d'âge adulte sont plus faciles. Leur as-tu apporté à manger? Et le chat, il boit du lait?

— Ils boivent de l'eau et de la nourriture en boîte. J'ai rapporté ce qui restait dans le placard de Mlle Warburton. Ça nous coûtera un peu plus cher au moment des courses, mais ces deux-là occuperont les enfants.

Bien joué, se félicita-t-il intérieurement en retournant au bureau. Et il était de si charmante humeur qu'il ne pensa même pas à se plaindre lorsqu'il lui fallut remplir un formulaire afin de justifier le voyage vers la fourrière de l'agent en uniforme auquel il avait confié les cages.

— L'examen du demi-yard de verre avec lequel a été tué Hank Murray n'a rien révélé en dehors de traces de la victime, et de laque à cheveux appartenant à Amanda Warburton, expliqua Patrick O'Donnell. Le tueur s'est contenté de frapper cette dernière pour l'assommer. En revanche, le coup violent qui a tué Murray en provoquant d'importantes hémorragies internes a été asséné par un homme doté d'une grande force physique. À mon avis, il s'attendait à trouver sa proie seule et aura tué son compagnon par nécessité. Il a égorgé Amanda à l'aide d'un couteau de chasse extrêmement aiguisé. La tête et le cou de la victime étaient levés mais pas tendus, car il est difficile d'atteindre les carotides dans cette position. Il a tiré la tête en arrière après avoir tranché la gorge, afin de ne pas être atteint par le jet de sang.

— Sait-on comment il a emporté l'ours de verre?

— Il a agi seul. Paul a passé au peigne fin la boutique et l'arrière-boutique sans trouver de traces d'un complice. Il a relevé des empreintes de chaussures masculines de taille 44 sur la moquette, mais aucune n'est identifiable. Des traces de pneus signalent la présence du diable ayant servi à transporter l'ours, ce qui confirme la force physique du tueur. Il s'est probablement servi d'un engin muni d'un moteur électrique, ce qui a facilité l'opération lorsqu'il a retiré l'ours de la vitrine. Celui-ci se trouvait probablement sur le diable, protégé par des couvertures, lorsque Murray et Mlle Warburton ont surgi vers 22h30. Ce type-là est incroyablement culotté, Carmine, car il y avait des agents de sécurité dans le centre commercial.

— Il a sans doute placé une pancarte dans la vitrine signalant que l'ours avait été emporté pour subir des réparations, suggéra Carmine. Ce qui n'ôte rien à la chance dont il a bénéficié, ainsi que l'a souligné Delia.

— Il n'avait pas encore eu le temps de ressortir avec sa cargaison, reprit O'Donnell. Les indices retrouvés dans l'arrière-boutique montrent qu'il a effectué un détour afin d'éviter la mare de sang. Comment aurait-il réagi s'il était tombé nez à nez avec un gardien de nuit?

— Il l'aurait abattu d'une balle de calibre .22 avec une arme munie d'un silencieux. À moins qu'il ait enfilé un bleu de travail, auquel cas il aurait pu essayer de bluffer le type en lui montrant des documents bidon.

O'Donnell fixa son cousin en croyant discerner dans sa voix une intonation inattendue, mais celui-ci l'observait d'un regard innocent.

— D'autres questions?

— Non, répondit Carmine en jetant un coup d'œil à sa montre. Je dois aller voir les jumeaux Warburton afin de leur annoncer la nouvelle.

— Tu peux me rendre un service?

— Bien sûr, Patsy.

— Avant de les autoriser à pénétrer dans la boutique, pourquoi ne pas envoyer Helen en examiner le contenu? C'est grâce à elle que nous avons découvert la valeur de cet ours, elle semble s'y connaître en objets de verre.

— Excellente idée. Je m'en occupe.

La stagiaire, l'air morose, se trouvait dans le bureau réservé aux inspecteurs.

— Vous auriez dû venir me chercher au lieu de me laisser entre les mains du juge Thwaites ! déclara-t-elle. J'ai tout raté !

— Mademoiselle MacIntosh, vous me rappelez parfois un personnage historique que je n'aime guère : Marie-Antoinette. On ne fait pas toujours ce que l'on veut dans la vie, et ce n'est pas le juge Thwaites qui me contredira. Son temps est plus précieux que le vôtre, mais vous n'avez pas envie de le penser. Cessez de vous plaindre et profitez plutôt de ses lumières. J'ai cru comprendre que vous vous intéressiez beaucoup à Mlle Warburton, vous allez pouvoir lui rendre un dernier service.

— Je ferais n'importe quoi pour elle ! s'écria Helen, imperméable au sermon de son supérieur.

— Je voudrais que vous vous rendiez au centre commercial et que vous examiniez attentivement sa boutique. J'aimerais savoir s'il manque d'autres objets que l'ours.

— Bien, capitaine, dit-elle en se levant. Que font Nick et Delia ?

— Je leur ai demandé de fouiller le bureau et l'appartement de Murray. Contentez-vous de vérifier le contenu de la boutique. Compris ?

— Oui, capitaine, acquiesça-t-elle vivement.

Carmine, en dépit de son flair, n'avait pas pleinement conscience de l'attachement d'Helen pour le Nounours de Verre. Ce lieu était lié à une personne dont elle était devenue l'amie, et rares étaient les vrais amis dans l'univers affectif de la jeune femme qui avait tout de suite discerné chez Amanda une personnalité à la fois douce et forte. Le courant était passé au premier regard entre elles deux.

Elle refoula ses larmes en pénétrant dans la boutique, assaillie par le souvenir d'une femme injustement frappée par le destin.

Les boutiques d'objets de verre, parce que leur éclairage est si particulier, sont probablement les seules à supporter un décor entièrement noir. Les spots du Nounours de Verre mettaient en valeur les objets les plus précieux, les autres brillant de tous leurs feux. Un prisme magnifique reposait sur une fine colonne noire, à côté d'un brumisateur qui libérait un arc-en-ciel de gouttelettes d'eau lorsqu'on l'actionnait. Une pure merveille !

Les yards et demi-yards destinés aux amateurs de bière étaient accrochés à côté de cadres Lalique ou en verre de Murano. Un nécessaire à thé d'une grande finesse trônait au-dessus des verres à vin et l'intérieur de la boutique se reflétait à l'envers dans une boule de cristal de Baccarat. Le spectacle était de toute beauté, et Helen se promit d'acquérir le prisme et la boule de cristal si jamais les jumeaux décidaient de tout vendre avant de fermer la boutique.

Mais elle n'était pas venue là dans le seul but d'admirer le lieu : elle devait à son amie de détecter la moindre anomalie. Elle fit le tour du magasin, à l'affût d'un indice. Elle avait eu le nez fin d'acheter cette urne pour son père et de la lui livrer une semaine plus tôt. Pouvait-il s'agir d'une prémonition ?

Le comptoir renfermait une étagère sur laquelle étaient posés des bijoux et de menus objets : animaux miniatures, boutons de verre, rangées de perles de cristal rondes ou à facettes. Helen esquissa un sourire en se penchant sur les boutons, sans doute parce que certains d'entre eux auraient convenu à une robe de mariée alors que les autres, infiniment plus austères, auraient aisément trouvé leur place sur un blouson de yachtman. Ses préférés étaient de ravissants boutons bleu marine ornés de camées dorés figurant des lions. *Un cadeau de Noël tout trouvé pour Kurt*, se dit-elle avant de découvrir un collier de perles de verre allant du rose pâle au bordeaux. *Exactement ce qu'il me faut pour maman, avec son cou de cygne!*

Elle fit le tour des rayonnages, découvrit une impressionnante collection de presse-papiers et s'aperçut avec stupeur que l'un d'eux coûtait la bagatelle de cinq mille dollars!

Au milieu de la rangée se trouvait un emplacement vide. La compagnie d'assurances exigeait un relevé précis de la marchandise. En fouillant dans les papiers scrupuleusement remplis par Amanda, Helen s'aperçut que la pièce manquante était évaluée à trois cents dollars seulement. La photo de l'objet représentait une boule de verre traversée de minuscules fils de couleur, à la façon d'un plan de métro de grande ville.

Le tueur pouvait-il l'avoir cassée? À moins que cet objet lui ait plu davantage que ses voisins, plus onéreux.

Vendredi 22 novembre

— Rien d'autre n'a disparu, affirma-t-elle à Carmine qui écoutait son rapport ce matin-là.

— Vous pensez qu'il a pu l'emporter ?

— Ou alors il a été vendu en fin de journée et Amanda n'a pas eu le temps de le remplacer, mais mon petit doigt me dit que c'est lui, capitaine. J'ai fouillé la réserve afin de trouver son jumeau et j'ai laissé un reçu sur place, ajouta-t-elle en sortant de son sac une boule de verre. On dirait un plan de métro en trois dimensions.

— Tout à fait, approuva Carmine en soupesant le presse-papiers. Peut-être en avait-il besoin pour retrouver son chemin ?

Elle afficha une mine choquée tout en s'abstenant de lui dire à quel point la plaisanterie lui paraissait déplacée. L'humour de son chef lui échappait parfois. Autant changer de sujet de conversation.

— Comment les jumeaux ont-ils réagi ?

— Comme je le pensais. Cris d'orfraie, hurlements et larmes de crocodile, avec une crise de nerfs de Gordie en prime, que Robbie s'est chargé de calmer en lui renversant un vase de marguerites fanées sur la tête. Et, finalement, leur satisfaction de découvrir qu'ils héritaient de leur tante Amanda. Je leur ai donné le testament, puisqu'elle semble avoir eu la sagesse de ne pas recourir à un avocat. Quand je leur ai parlé de l'ours de verre, ils ont été aussi surpris que chagrinés. Si jamais on le retrouve, il reviendra de droit à l'université de Chubb et je ne serais pas étonné qu'ils se soient précipités chez un homme de loi afin de voir s'il leur était possible de contester ce legs.

— Je témoignerai en faveur de Chubb, sourit Helen. Mais ce n'est pas notre problème dans l'immédiat. Il sera toujours temps de savoir qui en aura la jouissance quand on l'aura retrouvé.

— Exactement.

— Que sont devenus ses animaux, capitaine ?

Une ombre étrange passa sur le visage de celui-ci ; Delia aurait pu préciser à Helen qu'elle trahissait une gêne.

— Euh... eh bien... c'est-à-dire que je les ai ramenés chez moi pour les enfants. On ne trouve pas tous les jours des animaux d'âge adulte aussi bien élevés.

— C'est génial ! Quel soulagement ! Moi qui me creusais la tête en me demandant comment obliger mon père à les adopter ! Vous avez de la chance.

La réaction de la jeune femme rassura Carmine, en particulier après la nuit qu'il avait passée en compagnie d'un chien qui hurlait à la mort et d'un chat qui vomissait. Desdemona avait viré casaque en décidant qu'elle n'en voulait plus, mais Prunella lui avait reproché son intolérance. D'ici deux ou trois jours, le pire derrière eux, les Delmonico se demanderaient comment ils avaient pu vivre aussi longtemps sans Frankie et Winston, avait affirmé Prunella avant de téléphoner au menuisier afin qu'il aménage une chatière dans la porte donnant sur le jardin. Carmine en arrivait à espérer que les animaux profitent de leur liberté retrouvée pour s'évanouir dans la nature. Sans compter qu'il avait été officiellement nommé nettoyeur de vomi félin.

En découvrant que l'héritage d'Amanda, même sans l'ours de verre, se montait à plus de deux millions de dollars, Robert et Gordon Warburton sautèrent de joie. La nouvelle atténua leur déception d'apprendre de la bouche de leur avocat qu'ils n'obtiendraient jamais gain de cause s'ils tentaient de discuter le legs d'une telle œuvre d'art à Chubb.

— Où souhaites-tu vivre à présent, mon cher frère? demanda Gordie. Ici, ou dans l'appartement de rêve d'Amanda?

— Ici, sans aucune hésitation, répliqua Robbie. Le jardin me manquerait trop, sans compter que si notre maison vaut largement cent mille dollars à présent que nous l'avons rénovée, l'appartement nous rapportera dix fois plus. Du liquide à la banque, voilà ce dont nous avons besoin! En vendant l'appartement et en conservant les actions d'Amanda, il nous restera tout l'argent dont nous avons besoin pour nous autoriser des folies. Notre plan est en train de se réaliser. Qui aurait pu se douter que notre tante nous aiderait si gentiment en disparaissant? Nous qui comptions la solliciter... Décidément, nous vivons dans un monde merveilleux!

— La mort nous a toujours réussi, mon frère chéri, approuva Gordie, tout sourire. Pense à maman.

— Merci, mais j'aime autant ne pas y penser.

— J'en ai assez de passer mon temps à dessiner et peindre! s'exclama soudain Gordie.

Son frère se hâta de le réconforter.

— Allons, allons, mon jumeau d'amour. Souviens-toi que tu es le socle sur lequel nous nous appuyons. As-tu vraiment envie de laisser sur notre tombe une maigre épitaphe à la gloire des *Jumeaux de la comédie*?

— Non, concéda Gordie du bout des lèvres. D'un autre côté, j'en ai vraiment assez de peindre et de dessiner.

— Par tous les saints du paradis! s'écria Robbie en caressant les mains de son frère entre les siennes. Écoute-moi bien, mon beau chéri. Impossible de passer à l'étape suivante tant que tu n'auras pas terminé. Je n'exagère pas en te disant que seul ton talent peut nous permettre d'impressionner le capitaine Delmonico ! Si tu ne termines pas ton travail, tout est fichu !

— Il a refusé de nous montrer les photos d'Amanda avec la gorge tranchée, bougonna Gordie.

— Je ne pouvais décemment pas insister, tu le sais bien. Nous avons *besoin* de lui. S'il refuse notre requête, nous ne sommes plus rien. Des ratés, des *has-been*…

— Des gagnants qui auraient tout perdu, le coupa Gordie, venant à son secours.

— Assez de synonymes ! déclara sèchement Robert. Pense à l'immortalité, Gordie ! Grâce à nous, la réalité atteindra de nouveaux sommets !

— La réalité est toujours perfectible, acquiesça celui-ci.

Lundi 25 novembre

L'atmosphère qui régnait dans le bureau de Carmine ce matin-là s'assombrissait à mesure qu'arrivaient les divers membres de sa garde rapprochée. Lorsque Delia, la dernière, posa sa silhouette rose et vert acide sur une chaise, l'air était devenu irrespirable. Tous s'étaient étonnés de ne pas voir Carmine à son poste au cours du week-end, et voilà qu'il brillait une fois de plus par son absence, à quelques heures de la prochaine attaque supposée du Dodo.

Quelle ne fut pas leur surprise de découvrir un capitaine au visage reposé, plein d'entrain, lorsqu'il fit tranquillement son entrée à 8 h 15.

— Ravie de constater que vous avez passé un bon week-end, déclara Delia sur un ton accusateur.

— Excellent, merci. Les deux derniers membres en date de la famille s'adaptent aux circonstances bien mieux que je ne l'imaginais, soupira-t-il en souriant. Desdemona a rendu les armes.

Nick écrasa sa quatrième cigarette de la matinée.

— Si nous savions de quoi vous parlez, Carmine, ça nous aiderait peut-être.

— Ah, désolé ! J'ai recueilli chez moi les deux animaux domestiques de Mlle Warburton jeudi dernier, et la crise à laquelle j'ai eu droit me faisait redouter le pire. Je m'étais trompé. Le chien est tombé amoureux de Desdemona qui possède un cœur d'artichaut, comme vous le savez. Et adore ces petites bêtes, à l'instar de tous les Anglais.

Les yeux de Delia brillèrent d'un éclat nouveau.

— Qu'est-il advenu du chat?

— Il s'est attaché au maître incontesté de la maisonnée, Julian.

Nick alluma sa cinquième cigarette.

— Tout ça est bien joli, Carmine, mais auriez-vous oublié que le Dodo est censé frapper demain?

— Il ne se passera rien, affirma-t-il sur un ton sans réplique.

Tous écarquillèrent les yeux.

— Il ne se passera rien? répéta Delia.

— Non. Il frappera peut-être la semaine prochaine, ou même la semaine suivante, mais pas celle-ci.

— D'où vous vient cette belle assurance? s'étonna Helen.

— Nous célébrons Thanksgiving cette semaine, ce qui ne convient pas à ses projets. Il opère de façon sans cesse plus complexe, et il lui faut une victime dont personne ne soupçonnera la mort pendant plusieurs jours.

— Bien sûr! s'exclama Nick. Tout le monde est invité chez des proches ou des amis à l'occasion de Thanksgiving.

— C'est un élément, mais il lui faudra surtout partager lui-même le dîner chez des amis.

Delia fit un bond.

— Vous savez qui est le Dodo!

— Je crois, oui.

— Alors, qui est-ce? s'écria Helen.

— Je ne peux vous répondre. Tant que je n'aurai pas de preuve, je garderai son identité pour moi.

— C'est ridicule!

— Non, c'est une question d'éthique, Helen, intervint Delia après un silence, sachant d'avance que son chef ne se livrerait pas davantage. Si le Dodo apprend que nous avons découvert son identité, ça modifie la donne en profondeur. Tant qu'il ne dispose pas de preuves tangibles, le capitaine ne peut avoir que des soupçons.

— Je jure de ne rien dire à personne !

— Je m'en doute, mais les murs ont des oreilles, ma chérie.

— La discussion est close, réagit Carmine en prenant une feuille sur son bureau. Le quartier du Hollow est au bord de l'ébullition, la situation est pire que celle d'Argyle Avenue, et personne n'a envie de revivre les événements de l'été dernier. Nous n'aurons pas de neige avant Thanksgiving, ce qui est le signe d'un hiver chaud. Pas question de laisser des bandes de pillards mettre le feu au ghetto. Le capitaine Vasquez propose de prendre des mesures préventives, avec la bénédiction du préfet.

Son regard se posa sur Nick Jefferson.

— Les patrouilles en uniforme sont sur les dents, elles doivent pouvoir réagir au quart de tour en cas d'émeutes. On demande à la Criminelle de recueillir des informations. En clair, cela signifie se renseigner sur Mohammed El-Nesr et les Brigades noires. Sans information, nous n'avons aucune chance d'empêcher le déclenchement des émeutes. J'ai chargé Abe Goldberg de coordonner l'opération, mais je vais avoir besoin de toi, Nick. Abe aimerait que tu infiltres les groupuscules concernés, à condition que tu acceptes de prendre un tel risque.

— Je suis prêt, répondit l'adjoint avec ferveur.

— N'oublie pas que tu as une famille.

— Si nous n'avions pas été servis par la chance et un extincteur de rien du tout, Carmine, la maison de mes parents se serait évanouie en fumée au mois de juillet dernier. Idem au mois d'août, sauf qu'ils avaient six extincteurs. Le magasin de mon oncle a été pillé. Ce ne sont pas ma femme et mes gosses qui me feront hésiter. Je suis prêt.

— Le capitaine Vasquez a engagé un maquilleur de cinéma qui se prétend capable de te donner vingt ans de plus et vingt centimètres de moins. Tu régleras les détails avec Abe.

Il n'avait pas achevé sa phrase que Nick avait déjà quitté la pièce.

— J'aimerais pouvoir imiter son exemple, regretta Delia tout en sachant qu'elle n'avait ni le bon sexe, ni la bonne couleur de peau.

— Tu pourrais te mêler aux filles qui traînent derrière la mairie. Leurs maquereaux sont noirs, comme une majorité de filles, et tu pourrais passer pour métisse si on te maquille correctement. Cela te permettrait de recueillir des informations utiles. À condition d'oublier ton accent anglais.

— Je vais avoir besoin d'un maquereau, répondit-elle, piaffant d'impatience.

— L'une des nouvelles recrues est un Noir d'une quarantaine d'années. Il a la tête de l'emploi.

Elle quitta aussitôt la pièce.

— Et moi? interrogea Helen d'un air déterminé.

— Vous avez un cours d'identité judiciaire de 9 heures à midi et vous êtes censée passer l'après-midi en salle d'autopsie.

— Je veux aller sur le terrain!

Le visage de son capitaine s'assombrit. Il croisa les doigts en lui lançant un regard sévère.

— Pas question de négliger votre formation, Helen, sous peine de torpiller votre carrière. Vous avez beau trouver frustrant de suivre des cours, ils constituent une part cruciale de votre cursus. Vous vous apercevrez un jour que j'ai raison. En attendant, je ne vous demande pas de le comprendre, mais d'obéir aux ordres. Que voulez-vous que je fasse d'une enquêtrice de vingt-cinq ans qui ressemble à Jane Fonda ? Vous avez envie de traîner dans le Hollow ou sur Argyle Avenue déguisée en Noire ? Ne soyez pas idiote ! Vous vous feriez enlever ou violer dans la minute ! Pas par le Dodo, mais par un toxico en manque ou un membre des Brigades noires ! Si je pouvais me servir de vous sur le terrain sans vous mettre en danger, je le ferais, mais ce n'est pas le cas. J'ai bien conscience que votre ambition n'a pas de bornes, mais la prochaine fois que vous passez devant un miroir, regardez-vous : vous avez le profil idéal pour enquêter sur des crimes en col blanc ou infiltrer un réseau de call-girls à mille dollars, pas pour traîner dans un ghetto en ébullition. N'oubliez jamais que les différences de classes sont inscrites dans les gènes, et acceptez vos propres limites sans en reporter la responsabilité sur votre chef.

Bouche bée, elle resta pétrifiée sur son siège, la tête bouillonnante, furieuse de s'être choisi un père de substitution qui aurait pu être le jumeau de MM. Il avait raison, bien sûr, et rien n'aurait pu ébranler sa décision. Elle avait le droit de rêver, à condition que ses rêves n'empiètent pas sur la réalité.

Après s'être accordé quelques instants de répit, histoire de sauver la face, elle quitta la pièce et regagna le bureau qui lui avait été affecté. Elle y mit à jour son journal jusqu'à 8 h 50.

Carmine acheva de mettre de l'ordre dans ses papiers et se rendit dans le bureau de Corey d'un pas pesant, les intestins noués. Pauvre petite ! Il s'en voulait de lui avoir parlé de la sorte, d'autant que ce n'était pas la première fois qu'il la brusquait, ces derniers temps, mais il agissait pour son bien. Helen MacIntosh possédait un caractère bien trempé, elle avait compris qu'il avait raison. Elle se laissait emporter par la passion, l'envie de briller, et un profond besoin de reconnaissance, mais il suffisait de lui mettre les points sur les *i* pour qu'elle redescende sur terre.

Si seulement l'intelligence d'Helen pouvait déteindre sur Corey Marshall, soupira-t-il intérieurement en pénétrant dans le bureau de son lieutenant. Celui-ci envisageait l'existence comme le théâtre de combats sans merci et voyait son chef sous les traits d'un ennemi impitoyable. La lutte était trop inégale pour lui.

Ainsi que le capitaine s'y attendait, son lieutenant se leva précipitamment en le voyant, le visage hargneux, les poings serrés sur le plateau de son bureau, prêt à l'attaque.

— Je sais ce que j'ai à faire et je sais comment parvenir à mes fins ! gronda-t-il. Inutile de me servir un nouveau sermon. Je suis à jour dans mon boulot, j'ai même rempli tous les formulaires de Vasquez ! Tu peux me dire à quoi sert toute cette paperasse ? Ce type-là n'a rien d'un flic, c'est un rond-de-cuir !

Il quitta l'abri de son bureau et se mit à tourner en rond sous le regard impavide de son interlocuteur qui préempta calmement un siège.

— J'aimerais bien comprendre pourquoi tu m'en veux, poursuivit Corey. À part le fait que tu es obsédé par les détails, même s'ils n'ont aucune importance. Tu veux toujours que tout soit en ordre ! Pas étonnant que tu apprécies autant Abe ! Vous êtes pareils ! Deux rois du détail complètement obsessionnels !

Les mots, les phrases, les idées de Maureen. Comment ai-je pu me tromper autant à son sujet ? se demanda Carmine. *J'avais bien conscience qu'Abe et lui étaient différents, mais je ne soupçonnais pas Corey d'une telle paranoïa, ni d'être à ce point sous la coupe de sa femme. Il n'était pas comme ça avant. Il était capable de recevoir des ordres, et sa rivalité avec son collègue était un*

moteur de réussite. Depuis qu'il est passé lieutenant, il hésite constamment entre l'orgueil et le désarroi.

— Si seulement tu me laissais t'aider, déclara-t-il brusquement.

— M'aider à quoi?

— À prendre ton boulot à bras-le-corps.

Corey serra les paupières.

— Il me semble que nous avons déjà eu cette conversation. Je ne sais pas où tu vas chercher tout ça, mais tu te trompes. Que veux-tu?

— Le quartier du Hollow est au bord de l'implosion et j'ai besoin d'être certain que cette histoire de cache d'armes au lycée Taft est réglée.

— Je t'ai transmis un rapport dans ce sens.

— Buzz exprime toujours des doutes.

— Buzz est une vieille femme peureuse. Quand vais-je enfin toucher le remplaçant de Morty? Et qui est-ce?

— Il s'agit de Donny Costello. Je te l'envoie.

Le visage du lieutenant s'assombrit encore davantage.

— Donny? Il est aussi pinailleur que Buzz.

— Tu as grand besoin de pinailleurs autour de toi, mon vieux, parce que tu es loin d'en être un.

— Va te faire foutre, Carmine! Donne des leçons à ta grand-mère si tu veux, mais lâche-moi!

— On voit bien que tu n'as pas connu ma grand-mère Cerutti.

— Va te faire foutre!

— Corey ne comprend pas qu'il faut respecter le règlement.

Il était 17 heures, le même jour, et Carmine se trouvait dans le bureau de John Silvestri.

— Maureen le mène par le bout du nez. Dommage que je ne m'en sois pas aperçu plus tôt. Elle a la folie des grandeurs, pour parler comme un psy.

— C'est fou ce qu'on a tendance à négliger les contingences familiales des gens avec lesquels on travaille. Peut-on imaginer deux femmes plus différentes que Maureen Marshall et Ava Jones ? Toutes les deux sont prêtes à se mettre à genoux, mais pas pour les mêmes raisons.

— J'aimerais pouvoir me débarrasser de Corey.

— Impossible. La catastrophe paraît imminente, mais nous devons agir comme si de rien n'était tant qu'elle ne s'est pas produite.

— Buzz Genovese continue d'affirmer que l'affaire de la cache d'armes du lycée Taft n'est pas terminée. Ça m'inquiète.

— Il vous en a parlé en court-circuitant son supérieur ?

— Qui ça, Buzz ? Jamais de la vie, il est bien trop loyal.

— Qui va remplacer Morty Jones ?

— Donny Costello.

— C'est toujours mieux que si on lui mettait dans les pattes une stagiaire de la trempe d'Helen MacIntosh. Donny ne rechigne pas à remplir des paperasses.

— À propos de paperasse, John, vous ne croyez pas que Fernando devrait mettre la pédale douce ?

— C'est curieux, il a presque votre âge, mais on pourrait croire qu'il a rempli des tonnes de papiers dans tous les services qu'il a traversés. Une question, Carmine : comment pouvez-vous être aussi serein alors que le Dodo est censé frapper demain ?

Le capitaine se leva.

— Vous avez le temps de prendre un verre chez Malvolio's ? Je vous expliquerai ma petite théorie sur Thanksgiving. À propos, vous êtes parent avec Luigi ?

— C'est mon cousin germain, mais pas du côté Cerutti.

— Il m'aura seulement fallu dix-huit ans pour l'apprendre. Tu parles d'un enquêteur !

Carmine ne se doutait pas de la violence avec laquelle Corey et Buzz s'affrontaient au sujet du lycée Taft. Ce dernier s'en était entretenu avec son lieutenant deux semaines plus tôt.

— Laisse-moi finir, avait-il demandé. Tout indique que nous sommes confrontés à une scission au sein des Brigades noires à l'intérieur du lycée. Tu sais comme moi à quel point les militants de la cause noire sont capables de se bouffer le nez entre eux, surtout dans une ville comme Holloman, dont les deux ghettos sont heureusement séparés par un campus universitaire et un quartier d'affaires. Les dirigeants historiques des Brigades noires sont retranchés dans le Hollow et la dissidence s'installe sur Argyle Avenue. Taft est pris entre deux feux.

— Tout ça est bien joli, Buzz, mais qu'as-tu de concret?

— Rien, avait reconnu Buzz. Ce qui ne signifie pas que je me fais des idées. Je te dis qu'il reste des armes dans ce fichu lycée.

Corey avait brandi le rapport qu'il tenait à la main.

— Tes arguments sont aussi minces que ce dossier, Buzz. J'ai des indics fiables au sein des Brigades noires et ils m'affirment que l'histoire de Taft est un épiphénomène.

— Il ne s'agit pas des Brigades noires! Nous avons en face de nous des dissidents nettement plus violents, qui sont décidés à déclencher une révolution en semant la terreur. Ils s'appuient sur les gamins des lycées. Les Brigadistes ne sont même pas au courant de l'existence de ce groupuscule. Mohammed El-Nesr s'est bien gardé d'en parler à ses adeptes.

— Tu t'appuies sur de simples suppositions, Buzz. Pour un peu, j'en rirais.

— Si je comprends bien, tu es prêt à courir le risque de voir Taft s'enflammer?

Rouge de colère, Corey avait lâché son rapport comme s'il lui brûlait les doigts.

— Je t'interdis de dire ça! Quand tu auras des éléments tangibles, je serai ravi de te croire, mais je refuse de me fier à une simple intuition. Tu ne vois donc pas ce qui va se passer? s'était-il énervé, au bord de l'hystérie. Les parents d'élèves n'hésiteront pas à poursuivre la Ville pour diffamation et discrimination! Fous-moi le camp, Buzz! Contente-toi de remplir la mission que je t'ai confiée en arrêtant le responsable de l'attaque à main armée de la Fourth National Bank. C'est autrement plus important que tes élucubrations.

Buzz n'avait plus évoqué le sujet, faute de munitions. Sans donner tort à son supérieur, il n'avait pu se résoudre à laisser survenir une tragédie dont risquaient d'être victimes des gamins.

Son rapport avait rejoint le dossier consacré à la cache d'armes, mais jamais Corey n'en avait soufflé mot lors des réunions hebdomadaires avec Carmine et Abe.

Mardi 26 novembre

Retrouver les responsables du hold-up de la Fourth National Bank avait pris du temps, mais Buzz Genovese était un bon enquêteur, même s'il manquait d'expérience. Tout indiquait que l'attaque était destinée à financer une grosse opération, mais les indics de Corey au sein des Brigades noires n'étaient que des seconds couteaux ; faute d'être en contact avec Mohammed El-Nesr, ils avaient juré le plus sincèrement du monde que les Brigades n'étaient pour rien dans le hold-up. Un butin de soixante-quatorze mille dollars aurait permis d'acheter une belle quantité d'armes à feu, y compris des armes automatiques, mais si Mohammed était innocent, qui d'autre aurait pu commanditer cette opération ? Corey avait oublié de poser la question. Buzz avait quant à lui obtenu une adresse dans le quartier d'Argyle Avenue, par le biais de militants dissidents.

À midi ce jour-là, Buzz, Nick Jefferson et quatre agents avaient pénétré dans l'immeuble du 17 Parkinson Street où ils avaient découvert deux Noirs en train de regarder la rediffusion d'un match des Lakers à la télévision. Aucun des deux suspects n'était armé et la fouille en règle du rez-de-chaussée et des deux étages de la maison n'avait rien donné. L'immeuble abritait trois appartements abandonnés, les murs protégés par des matelas, les fenêtres barricadées. C'était là que vivaient Milo Washington et Durston Parrish. L'indic de

Buzz, dont Nick se portait garant, leur avait pourtant juré que les deux hommes avaient pris la tête des dissidents. Dans ce cas, où se trouvait leur cache d'armes?

Des affiches punaisées aux matelas prônaient la violence, la prise du pouvoir par les Noirs, le massacre des Blancs, le tout émaillé de l'acronyme PBP en lettres capitales.

Buzz, intrigué, se tourna vers Milo Washington dont la silhouette trahissait l'autorité. Très grand, solidement bâti, le teint clair, vêtu d'une tenue branchée, il présentait un beau visage traversé par de grands yeux d'un vert inhabituel qui observaient le policier avec mépris. Il semblait apparemment vexé d'avoir été surpris en train de regarder la rediffusion d'un match de basket.

— Que signifie PBP, Milo? lui demanda Buzz.

— Le Parti du Black Power, répondit fièrement celui-ci en le défiant du regard.

— C'est donc ça! Et toi, t'es qui, mec? s'interposa Nick.

— Le fondateur et dirigeant du PBP.

— Je vois que t'as une grande gueule. Où sont les armes?

— T'aimerais le savoir, pas vrai? T'es qu'une saloperie d'Oncle Tom.

— Cette histoire ne colle pas, confia Buzz à Nick après avoir fouillé la maison sans succès. Avec sa grande gueule, Milo ne nie pas l'existence de ces armes.

— On n'a rien contre lui et son copain, répliqua son collègue. On ne peut tout de même pas les arrêter pour avoir regardé un match à la télé. Il n'y a rien ici.

— Ne te réjouis pas trop vite, Milo, l'avertit Buzz en ressortant de la maison.

À peine dehors, il constata non sans inquiétude que les flics en uniforme, agglutinés autour d'une voiture de patrouille, semblaient mal à l'aise. Quelques instants plus tard, il avait la réponse à son interrogation : tandis

qu'ils fouillaient la maison, une fusillade avait éclaté au lycée Taft. Deux élèves, deux enseignants et un flic de la brigade antiémeute avaient été tués, et on dénombrait trente-trois autres blessés dont deux grièvement. Au moment de la descente de police, l'un des résidents de Parkinson Street s'était précipité au lycée afin d'avertir l'adolescent dirigeant la branche lycéenne du PBP. Le gamin, trop heureux d'afficher sa détermination, avait réuni ses troupes et sorti automatiques et munitions de leur cache avec l'intention de libérer Milo et Durston. L'un des gamins du PBP était un espion à la solde des Brigades noires qui l'avaient chargé de les avertir en cas de problème. Les Brigadistes avaient donc sorti leur propre arsenal et le lycée avait été le théâtre d'une bataille rangée. Il avait fallu l'intervention de la brigade antiémeutes pour y mettre un terme.

Pourquoi Corey Marshall avait-il refusé de le croire ? Buzz tournait en rond dans la cour du lycée, furieux contre lui-même et contre son supérieur. Il *savait* qu'il y avait une cache d'armes au lycée ! S'il avait disposé de preuves, le capitaine Vasquez aurait investi le lycée pendant que Buzz perquisitionnait la maison de Parkinson Street. C'était trop nul ! Corey Marshall aurait dû…

La vue de Carmine Delmonico interrompit le cours de ses pensées. Le visage sombre, le capitaine tournait lui aussi en rond dans la cour. Il s'approcha de lui à grands pas.

— Tu le crois, Buzz? s'écria le capitaine en guise de salut. Deux factions militantes noires rivales ! Deux mille pauvres gamins de toutes les couleurs que Dieu fait ! Merde, merde et remerde ! Comment ont-ils pu croire qu'ils allaient libérer Milo Washington, et comment l'autre faction a-t-elle pu décider de leur barrer la route en plein lycée? Ma femme a raison, tout ça n'arriverait pas s'il n'y avait pas de flingues et de

drogue. Pourquoi faut-il qu'ils se piquent en classe au lieu d'apprendre ?

Les deux hommes arpentèrent la cour côte à côte.

— Je savais bien que j'avais raison, finit par déclarer Buzz, les poings serrés. Je n'ai pas arrêté de dire à Corey qu'il y avait un groupe de dissidents, mais il a refusé de me croire. Je n'avais pas de preuves, mais mon intuition ne me mentait pas. Je me suis laissé embobiner par nos indics à l'intérieur des Brigades noires. Ils m'ont fait croire que la création du PBP était un épiphénomène. En fait, la guerre était déjà dans l'air, Milo semant son poison parmi les rangs des fidèles de Mohammed. J'aurais dû le voir, mais j'ai été aveugle ! Vacherie !

Le silence retomba, que Buzz rompit à nouveau.

— Je me suis cassé le cul à rédiger ce rapport, ça m'a pris plus de quatre heures, mais je n'avais aucun élément concret sur lequel asseoir mon intuition. Rien que des signes, des remarques en passant, des regards, des chuchotements qui s'arrêtaient sur mon passage. Il m'aurait fallu des faits ! Le hold-up de la Fourth National Bank a servi à acheter les armes du PBP, mais pourquoi a-t-il fallu qu'ils planquent leurs armes dans un lycée ? Un *lycée* ?

Il se tut, le temps de recouvrer un semblant de calme.

— De toute façon, il est trop tard. Cinq morts, putain ! Je ne m'en remettrai jamais !

— Mais de quel rapport parles-tu, Buzz ?

— De celui que j'ai consacré à la cache d'armes de Taft. Corey a clos l'enquête il y a un mois, faute de preuves. Je me doutais qu'il y avait anguille sous roche, alors j'ai continué à surveiller les gamins pendant presque deux semaines et j'ai rédigé un second rapport.

Il afficha un air gêné.

— Désolé, capitaine. Je ne voulais pas balancer mon supérieur, d'autant qu'il avait raison : je n'avais pas l'ombre d'une preuve.

— Comment réagir? demanda Carmine, le second rapport de Buzz entre les mains.

Face à lui, le préfet Silvestri et le capitaine Vasquez affichaient des mines circonspectes.

— Si jamais la presse a vent de cette histoire, elle s'en donnera à cœur joie. Des gamins tués dans un lycée! La nouvelle a fait le tour du monde, poursuivit Delmonico. Les rues d'Holloman grouillent de journalistes. Les Brigades noires et les dissidents du PBP sont des groupuscules locaux sans véritable impact au niveau national. Au terme d'une année de violences et d'émeutes, ils ne représentent rien aux yeux des journalistes. Surtout après l'assassinat de Martin Luther King et de Robert Kennedy. Mais si jamais ils apprennent que la police d'Holloman soupçonnait l'existence d'une seconde cache d'armes au lycée Taft et qu'elle n'a rien fait... Cela dit, rien ne prouve que nous n'avons pas été à la hauteur de la tâche. À part ceci.

Il posa les sept feuillets sur la table basse du préfet.

Les trois hommes avaient pris connaissance du rapport qu'un Corey Marshall terrifié avait exhumé du dossier consacré à Taft. Carmine était tenté de se demander si le lieutenant n'aurait pas détruit ce rapport brûlant si son supérieur n'avait pas pénétré dans la pièce à l'instant où il le sortait du dossier.

— Tu m'avais prévenu que l'une de mes enquêtes finirait par me péter entre les doigts, avait déclaré Corey en tendant les feuillets à Carmine.

— Je regrette que ce soit dans des circonstances aussi graves, lieutenant.

— Que va-t-il se passer? avait murmuré celui-ci, pétrifié de peur.

— J'ai conseillé à Corey de ne rien dire à sa femme, expliqua le capitaine au préfet et à son collègue. Et je pense qu'il tiendra compte de mon avis, car jamais il

ne supporterait le savon qu'elle ne manquerait pas de lui passer.

— Tu es malin, Carmine, approuva Vasquez.

— Si j'étais si malin que ça, rien de toute cette histoire ne serait arrivé. Je savais que Corey Marshall était un faible, et j'ai affiché ma propre faiblesse en n'agissant pas.

— C'est toujours facile de s'en vouloir après, rétorqua Fernando en montrant le rapport de sa main élégante. Le sergent Genovese avait-il gardé une copie de ce document dans ses propres archives?

— Pour quelle raison, puisqu'il se trouvait dans le dossier?

— À l'avenir, conseille à tes hommes de garder une trace de leurs écrits. Le monde de demain sera gouverné par les avocats, Carmine, et ils sont aussi impitoyables que les journalistes. Je ne multiplie pas les demandes de formulaires pour rien. Il s'agit avant tout de protéger mes hommes. L'affaire du Dodo m'a empêché de m'occuper de la Criminelle, mais ça viendra.

— J'en déduis que l'existence d'un seul exemplaire de ce rapport est rassurante, réagit Carmine.

— Et même très rassurante. Que se passerait-il si jamais Buzz imitait l'exemple de Morty Jones, poussé par le remords et la dépression? Sans ce rapport, il sera facile de l'accuser d'affabulation, répondit Fernando dont les yeux noirs brillaient.

— Nous n'en arriverons pas là, le rassura Carmine. Cette fois-ci, je compte bien prendre mes précautions. Et vous, John? ajouta-t-il, oppressé. Vous ne dites rien? Fernando semble penser que la meilleure façon de régler le problème est de brûler ces papiers. Qu'en pensez-vous?

— Que les voies de Dieu sont impénétrables, répliqua le préfet. Vous avez agi pour le mieux, dans l'intérêt de la police d'Holloman. À qui revient la faute?

Les points de vue varient. L'entêtement de Corey est-il condamnable parce que cinq personnes sont mortes? Après tout, il aurait fort bien pu avoir raison.

— Si vous aviez lu le rapport de Buzz, John, auriez-vous décidé de mettre un terme à l'enquête réalisée dans l'enceinte du lycée? demanda Carmine.

— Non, répondit sèchement Silvestri.

— Et toi, Fernando?

— J'aurais fouillé Taft de fond en comble, sans me soucier des récriminations des parents et des enseignants.

— C'est une leçon pour l'avenir, soupira Silvestri. Je déclarerai officiellement que le lycée a été fouillé et que les armes retrouvées sur place ont été confisquées. Heureusement pour nous, les gamins concernés sont tous passés entre les mains du juge pour enfants qui s'est empressé de les renvoyer à leurs études. Quant aux caches des Brigades noires et du PBP, elles ont été approvisionnées tout récemment et nous n'en avions pas eu vent. À Holloman comme ailleurs, l'année aura été chargée, question émeutes.

— Vous avez donc décidé de brûler ce rapport, laissa tomber Carmine.

On dirait un père et son fils, pensa-t-il en voyant Vasquez et Silvestri s'approcher de la grande armoire vitrée. Le préfet s'empara d'un plateau d'argent. *Minces dans leur uniforme bleu marine, les yeux et les cheveux noirs… John s'est enfin trouvé un fils spirituel.*

Il observa les deux hommes mettre le feu au rapport et s'assurer que pas un centimètre carré de papier n'échappait aux flammes.

— Je recevrai Buzz demain matin, déclara le préfet tandis que Fernando se débarrassait des cendres dans la salle de bains attenante au bureau. La vérité est aussi bête que triste. Quand le lieutenant Marshall a voulu chercher le rapport, il a constaté sa disparition. Vous trouvez la ficelle un peu grosse, Carmine? À mon sens,

il n'est pas anormal que Corey porte la responsabilité de cette disparition, au moins aux yeux de Buzz.

— Je vous remercie de m'avoir mis dans la confidence, John.

Fernando revint avec le plateau vide et les trois hommes reprirent leur place autour de la petite table.

— Il nous reste une question à régler, reprit Delmonico.

— Corey? lui demanda Silvestri.

— En effet.

— Une question épineuse.

Fernando se cala dans son fauteuil, jugeant qu'il n'avait plus à intervenir. Carmine lui donna raison en ne s'adressant plus qu'au préfet.

— Je crois avoir une solution, John.

Celui-ci se redressa.

— Je vous écoute.

— Le lieutenant Marshall n'est pas à sa place, actuellement. Il se montre réfractaire à toute procédure dans un poste procédurier par définition, sans même parler du fait qu'il se sent acculé à la suite de ce drame. Un type moins compliqué reconnaîtrait ses erreurs, mais lui n'en est pas capable, par manque d'assurance, et parce qu'il vit sous la coupe de sa femme. Il faut donc lui trouver un job d'un grade équivalent, les responsabilités en moins. À défaut de gérer des hommes, il peut aisément gérer des matricules.

Fernando se raidit brusquement sur son siège et son visage se rembrunit en lâchant un « Non! » offusqué.

— Allons, Fernando! Il sera parfait dans ce rôle-là, tu le sais pertinemment. D'ici Noël, la réorganisation des services que tu proposes entrera en vigueur, avec la création d'un troisième poste de lieutenant. Après avoir ballotté Mike Cerutti d'un service à l'autre, tu souhaites le promouvoir au rang de lieutenant en lui confiant la charge des patrouilles motorisées. Tu

es un type logique, tu sais que tu as besoin d'un lieutenant chargé du personnel, un gars qui t'obéisse au doigt et à l'œil. Ce ne sera donc pas Joey Tasco, mais Virgil Simms. Mike et Virgil sont des types bien qui ne risquent pas d'oublier que tu les as fait passer avant nombre de leurs collègues, que leur salaire a grimpé en flèche et qu'ils portent désormais des galons. Mais tu as également besoin d'un lieutenant confirmé, et qui pourrais-tu choisir parmi tes uniformes? Idéalement, il te faudrait recruter en externe, mais tu es trop nouveau à ton poste pour survivre à la révolution de palais que ça déclencherait. Corey Marshall fait partie de la police d'Holloman depuis dix-sept ans, dont onze au sein des uniformes. Tous les anciens le connaissent et l'apprécient. Personne ne remettra en cause sa nomination. En revanche, tu en sais suffisamment sur son compte pour t'assurer sa fidélité. Il devra respecter tes instructions à la lettre, sans aucune marge de manœuvre, et sa femme n'aura pas voix au chapitre. Allons, reconnais-le, c'est le lieutenant qu'il te faut!

— J'avoue n'avoir aucune autre solution à proposer. Tu m'emmerdes, Carmine!

— J'achèverai de vous mettre d'accord, intervint Silvestri.

— Vous me reprochiez d'avoir trop de lieutenants et vous aviez raison, répliqua Delmonico, un petit sourire aux lèvres. À l'avenir, la Criminelle ne disposera plus que d'un seul lieutenant et d'un capitaine. Un souci en moins.

Quelle journée, pensa-t-il en rentrant chez lui. *La fusillade de Taft n'a pas fait que des victimes innocentes, mais le prix à payer est tout de même trop élevé. Je me suis rendu complice de la destruction d'un document qui incriminait l'un de mes hommes. Que se serait-il passé si j'avais refusé, si j'avais insisté pour qu'on le publie ? Tout préfet qu'il est, Silvestri s'est rangé comme moi aux arguments de Vasquez. Le petit nouveau. L'avenir de la police.*

À quoi aurait servi la publication de ce document ? Le dilemme est d'autant plus cruel qu'il n'existe pas de bonne solution. Buzz aurait dû passer au-dessus de son supérieur hiérarchique pour nous faire part de ses soupçons, ce à quoi il se refusait par sens de l'honneur. Je ne peux que lui donner raison. L'honneur est donc sauf, au prix de cinq vies humaines et d'une trentaine de blessés. Je comprends que John ait voulu faire porter le chapeau à Corey, mais sommes-nous innocents pour autant ?

— L'une des pires journées de ma carrière, confirma-t-il à Desdemona en lui narrant les événements de la journée, à l'exception de la destruction du rapport.

— Tout ça à cause des armes à feu ! Les hommes sont brutaux de nature, c'est le propre de leur sexe. On réussit à peine à bannir l'idée de guerre qu'une autre forme de conflit se développe dans nos rues et nos écoles. Quand ce n'est pas un gamin qui se tue à moto en roulant à tombeau ouvert. Quant aux filles, elles sont le plus souvent victimes des hommes.

— Tu as envie qu'on pleure ensemble, Desdemona ?

— Autant pleurer ensemble que séparément, mon amour.

Elle l'entraîna dans le petit salon et s'activa près du bar.

— Je suis allée à la messe avec Maria, déclara-t-elle sur un ton détaché.

Il saisit le verre qu'elle lui tendait.

— Pour quelle raison ?

— Ça ne mange pas de pain, tu ne crois pas ?

— Tu as raison.

1968

Du lundi 2 décembre à la fin de l'année

Lundi 2 décembre

Lorsque Helen demanda au capitaine Delmonico de lui rendre ses anciens cahiers de notes, il refusa.

— Ils sont sous clés et le resteront jusqu'à la fin de votre stage, lui annonça-t-il. Une question avant que vous ne repartiez : pourquoi en avoir montré des extraits à Kurt von Fahlendorf, malgré mes instructions ?

— Je lui ai uniquement montré les passages consacrés à son enlèvement, capitaine. J'espérais qu'il pourrait m'aider, répondit-elle en tordant légèrement le bras à la vérité.

Il haussa un sourcil sans répondre.

— Je reconnais n'avoir pas assez protégé mes cahiers au début, capitaine, mais j'ai appris de mes erreurs depuis. Delia m'a enguirlandée parce que mon arme et mon badge se trouvaient dans mon sac. Et elle avait raison.

Elle émit un rire désinvolte.

— Cela dit, personne ne m'a rien volé.

— Vous avez passé un bon week-end ? s'enquit Carmine.

— Excellent, capitaine. J'ai réussi à éviter le dîner de Thanksgiving chez mes parents.

— Je doute que votre père ait apprécié.

— C'est vrai, mais j'avais une bonne excuse.

Il lui en fallait même une excellente, pensa Delmonico. Le dîner de Thanksgiving chez MM était un véritable événement auquel aucun membre de sa petite famille n'était censé se soustraire. Il avait de plus pris l'habitude de demander aux intendants de l'université de sélectionner à cette occasion cinquante étudiants boursiers n'ayant pas les moyens de rentrer chez eux. L'absence d'Helen n'était sûrement pas passée inaperçue.

— Le Dodo n'a pas frappé la semaine dernière, remarqua-t-elle.

— Et il a obtenu l'effet qu'il souhaitait en nous déstabilisant, approuva Carmine. Vous serez seule ce matin, Helen. Nick et Delia n'ont pas terminé leur mission. J'ai bien conscience que ce n'est pas affriolant, mais je vous demande de répondre au téléphone. Profitez-en pour réviser vos cours. Stella filtre uniquement les appels qui me sont destinés. Tous ceux qui parviennent à mon équipe, comme ceux des lieutenants Marshall et Goldberg et de leurs équipes, arrivent ici. Vous ne risquez pas de vous ennuyer.

Constatant que le capitaine lui souriait, Helen ne put que lui répondre sur le même mode, mais elle eut du mal à dissimuler son agacement en prenant place derrière son bureau. Comment osait-on lui infliger une punition pareille? Si seulement elle était vieille et moche... Pourquoi fallait-il que la nature l'ait affublée d'une chevelure carotte aussi reconnaissable?

Le téléphone se mit en branle.

— Helen MacIntosh. Je prends des messages pour tout le monde.

Un court silence accueillit sa réponse, suivi d'un éclat de rire.

— Helen? Ce n'est pas ta ligne directe?

— Kurt! Je suis désolée, c'est-à-dire que... aucune importance.

— J'essaye de te joindre depuis une semaine.

— Le capitaine m'a accordé un congé. Ils ont monté une opération à laquelle je ne suis pas habilitée à participer, et comme j'avais des affaires personnelles à régler, j'ai décidé d'en profiter.

— Je suis passé à la tour Talisman, sans trouver personne. Comme c'était Thanksgiving, je ne me suis pas fait de bile, jusqu'à ce que ton père m'annonce qu'il ne savait pas où tu étais. Je me suis inquiété!

— Oh, mon pauvre! Je suis sincèrement désolée.

— Au lieu de t'excuser, fais-toi pardonner en m'accompagnant chez Solo's ce soir.

— Formidable! Je te raconterai tout.

— Je passe te prendre à 18h45.

— Euh... non, je ne peux pas. Retrouvons-nous directement là-bas à 19 heures. D'accord?

— Comme tu veux, acquiesça-t-il avant de raccrocher.

Le jeune homme, toujours ponctuel, était le premier. Non seulement il était beau comme un dieu, mais il se comportait en parfait gentleman. Sans même parler de son intelligence.

— As-tu terminé tes équations? lui demanda Helen en acceptant un verre de chambertin.

— Oui, et j'ai également réécrit celles que j'avais rédigées sur les murs de ma prison, répondit-il en ajoutant de l'eau gazeuse à son vin.

— Honnêtement, Kurt, comment peux-tu gâcher un cru d'une telle qualité en le diluant? Quelquefois, j'avoue que je ne te comprends pas.

— Ce vin est trop fort pour moi, Helen chérie. J'entends garder les idées claires, se défendit-il, le regard pétillant. Je suis curieux de savoir ce que tu vas me raconter, par exemple.

— Non, toi d'abord.

— Qui te dit que j'aie quoi que ce soit à raconter?

— Je te connais comme si je t'avais fait.

— *Ach so*... La nouvelle n'est pas vraiment récente, mais tu as le droit de savoir. Josef était effectivement marié à cette dame Richter, ce qui remet en cause son union avec Dagmar.

— Je suis sincèrement désolée pour elle !

— C'est inutile. Personne n'en saura jamais rien. Frau Richter et son fils ont été abattus quelques minutes après le meurtre de Josef. Heureuse coïncidence, tu ne trouves pas ?

Helen éclata de rire.

— C'est comme si tu disais que la présence de Roosevelt, Churchill et Staline à Yalta relevait du plus pur hasard !

— Délicieux ! sourit-il en avalant une bouchée de son cocktail de crevettes. Ravi de constater que tu accueilles la nouvelle avec humour. L'annonce de leur mort ne te choque pas ?

— Non, désolée. Qui les a tués ?

— Des Turcs, probablement.

— Qui sont à cette heure de retour dans leur pays où ils vivront comme des rois jusqu'à leur mort, pouffa-t-elle.

— Je n'en sais rien.

— La police munichoise a-t-elle établi un lien entre Frau Richter et Josef von Fahlendorf ?

— Comment aurait-elle pu ? Mon beau-frère avait veillé à rester discret, et sa femme, qui disposait de tous les documents compromettants, les conservait chez elle dans le tiroir d'un bureau qu'elle ne verrouillait même pas. Tu te rends compte ?

— Très bien, rétorqua Helen qui n'éprouvait décidément aucune pitié vis-à-vis des Richter.

Mais elle n'en compatissait pas moins au malheur des Fahlendorf. Dagmar possédait un défaut propre à nombre de gens dotés d'une intelligence supérieure : si elle était capable de mettre au point des formules révolutionnaires et de diriger une grande entreprise avec un sens affirmé des affaires, elle se montrait incapable de jauger les individus et de gérer sa vie privée. Kurt était-il si différent?

— Serais-tu capable de tomber amoureux de la mauvaise personne? lui demanda-t-elle.

Il leva les yeux de son cocktail de crevettes, un sourire aux lèvres.

— Je te laisse juge.

— Si je le savais, je ne te poserais pas la question.

Il reposa ses couverts et lui prit les mains.

— Helen, Helen! Je suis amoureux de toi depuis la première fois où je t'ai rencontrée à cette fête chez Mark, il y a dix mois.

— N'importe quoi! s'écria-t-elle en se rétractant. Tu *crois* être amoureux de moi, mais ce n'est pas le cas.

— Comme tu veux! renonça-t-il aussitôt en repoussant sa tasse à cocktail vide.

Un geste qui ne relevait sans doute pas de la meilleure éducation, mais Kurt appartenait à cette race d'individus qui sont incapables de contempler une assiette vide.

— Quand Dagmar t'a-t-elle annoncé la nouvelle?

— Le lendemain de notre retour à Holloman.

— Elle a attendu d'être certaine que son cher petit frère ne serait pas inquiété.

— Comment un Fahlendorf pourrait-il être inquiété? réagit-il en ouvrant de grands yeux. Quel rapport entre ma famille et une bande de voyous turcs?

— Combien d'entre eux ont été tués?

— Aucune idée.

— Une autre question, Kurt: à combien se monte ta fortune?

— Elle est suffisante pour satisfaire mes besoins.

— Aussi importante que la mienne?

— Non, Helen, je suis cinq fois moins riche. Je ne dispose que de dix millions.

— Sagement investis?

— Absolument.

Ils entamèrent le plat de résistance sans éprouver le besoin de s'apitoyer davantage sur le sort des Richter ou des Turcs. Dagmar avait réparé les dégâts causés par sa propre incompétence, rien d'autre.

— À toi de me parler de toi, demanda le professeur à la jeune femme à l'heure du café.

Le visage de celle-ci s'éclaira.

— J'ai acheté un nouvel appartement.

— Je croyais que tu te plaisais dans ta tour?

— Je m'y plaisais beaucoup, mais on m'a proposé quelque chose au septième étage de la tour de Busquash, face à l'estuaire, s'empressa-t-elle de préciser. Une pure merveille! Sa propriétaire est morte assassinée et je la connaissais suffisamment bien pour savoir que ses héritiers seraient prêts à me céder son appartement si j'agissais rapidement. Je leur en ai offert 1,2 million et ils ont sauté sur l'occasion. Tu les connais, ce sont les jumeaux Warburton.

Kurt ponctua la fin de cette explication par un hochement de tête.

— C'est un très bel immeuble, j'imagine que la vue doit être magnifique. Mais tout de même, Helen! Cet appartement ne vaut pas le quart de ce que tu l'as payé.

— Je suis d'accord, à ceci près que la construction des tours est désormais interdite sur la péninsule de Busquash. Il aurait trouvé preneur à un million s'il avait été mis aux enchères, et les jumeaux le savaient très bien. Tout le monde est content, c'est le principal.

— Tu as emménagé?

— Hier, enfin. Je voulais acheter de nouveaux meubles, un mélange d'ancien et de moderne.

— Je suis impatient de le visiter.

— Repose ton café et accompagne-moi. Je te préparerai du Blue Mountain de Jamaïque.

Amanda n'aurait pas reconnu son appartement tant Helen l'avait transformé. La moquette et les tissus d'ameublement étaient bleu cobalt, les murs et le plafond vert tendre avec ce qu'il fallait d'antiquités et de toiles sur les murs. L'éclairage était fourni par des lampes Tiffany, un lustre en Murano datant de 1910, et deux esclaves en bronze de près de deux mètres dont les torchères accueillaient les visiteurs dans l'entrée. La nouvelle propriétaire aurait sans doute fait preuve de plus de discrétion si elle avait écouté les conseils de sa mère, décoratrice avertie, mais elle savait ce qu'elle voulait et Angela n'avait pas réussi à la plier à ses goûts, se contentant d'indiquer à sa fille les adresses des meilleurs antiquaires et galeristes de New York.

Kurt détestait le résultat, à l'exception du Matisse et du Renoir qu'elle lui avoua avoir été prêtés par son père.

— Ils font tache au milieu du reste, remarqua le professeur. Ils sont bien trop délicats.

— Je vois ce que tu veux dire, reconnut Helen à regret. De toute façon, je vais devoir les rendre, papa estime qu'ils ne sont pas en sécurité ici. D'un autre côté, qui pourrait se douter de leur présence chez moi ?

— Je suis au courant, à présent, et d'autres le seront bientôt. Tu sais bien que ton père a raison, il existe un marché parallèle pour des œuvres de cet acabit.

— Viens voir la salle de bains, riposta-t-elle en traversant une grande chambre dans laquelle trônait un énorme lit, avant de s'avancer dans une salle d'eau entièrement carrelée de marbre rose norvégien. Tu as vu ? Il y a même un jacuzzi. J'ai tout laissé en l'état, ça me plaisait tel quel.

— Le jacuzzi me séduit assez, sourit-il. Il me plairait encore plus si nous y étions tous les deux sans vêtements.

Elle posa sur lui un regard pensif.

— Je vais y réfléchir. Viens voir la cuisine. Elle est parfaite, j'envisage même de prendre des cours d'art culinaire.

— Les femmes devraient toutes savoir cuisiner.

Elle sursauta.

— Quel cochon phallocrate tu fais, Kurt !

Ses yeux lancèrent des éclairs.

— Je veux bien que l'on fasse référence à mon sexe, mais je refuse de me laisser traiter de cochon !

— Cochon ! Cochon ! Cochon ! chantonna-t-elle.

Il lui tourna le dos et s'éloigna à grands pas. Quelques instants plus tard, elle l'entendait claquer la porte d'entrée.

— Nom de Dieu ! jura-t-elle avec un rire jaune proche de la colère.

Kurt était-il allemand au point de n'avoir aucun humour ? En quoi cochon était-il plus insultant que phallocrate ? Elle hésita un instant à se précipiter et lui demander pardon, mais l'entêtement hérité du clan MacIntosh prit le dessus et elle releva la tête. *Que M. Kurt von Fahlendorf aille se faire foutre !*

Le mieux était encore de profiter toute seule des bulles de son jacuzzi. Non pas qu'elle ait réellement envisagé d'en partager l'usage avec Kurt, ou qui que ce soit d'autre. Delia l'accusait en riant d'être une « vierge professionnelle », ce qu'elle avait accepté de reconnaître. En clair, cela signifiait que, sans être physiquement vierge, elle jouait volontiers les allumeuses, feignant l'indignation lorsqu'un homme se méprenait sur ses intentions.

— Tu finiras par te faire violer, Helen, lui avait annoncé un jour un soupirant frustré.

— Je t'en prie ! s'était-elle exclamée. Ce n'est pas moi la plus coupable des deux !

La jeune femme était victime de cette froideur de sentiments qu'elle reprochait à Kurt. Faute d'avoir jamais désiré physiquement, elle se contentait de simuler le désir en se demandant combien elles étaient dans son cas. Les rares hommes qui l'avaient attirée étaient tous bruns, davantage du genre de Silvestri que de Delmonico, et elle savait déjà quelle serait sa prochaine cible : Fernando Vasquez. Qu'il soit marié et père de famille ne comptait guère à ses yeux. Elle ne se souciait ni de conscience ni d'argent ; la première parce qu'elle en manquait cruellement, le second parce qu'elle en avait trop. Elle attendait Noël pour entamer les manœuvres d'approche avec ce capitaine qu'elle estimait mûr pour une aventure, au prétexte que la rumeur le disait fidèle depuis trop longtemps.

L'occasion était trop belle de se débarrasser de Kurt. Quel membre du clan Fahlendorf avait bien pu engager les sicaires turcs ? Lui ou Dagmar ? La première solution paraissait la plus logique : quel musulman aurait accepté de l'argent d'une femme ? Dagmar était forcément au courant, mais de là à penser qu'elle était passée à l'acte… Helen n'y croyait pas. Kurt aurait fait le nécessaire avant de monter dans l'avion. Restait à comprendre comment il avait pu recruter des tueurs au sein d'une population d'immigrés plutôt paisibles. Ce garçon était décidément un croisement du surhomme de Nietzsche et de Clark Kent, le superman américain.

Satisfaite de son raisonnement, elle s'enfonça dans l'eau du jacuzzi et se laissa bercer vingt minutes durant par les jets et les courants avant de s'envelopper d'un drap de bain, le temps d'exécuter la dernière corvée de la journée : s'occuper de son sac et de son arme de service.

Elle rangea le sac dans le cabinet chinois de bois sombre de l'entrée, afin de ne pas le laisser traîner, ainsi que Delia le lui avait conseillé. Elle avait compris qu'en plus de son pistolet ses précieux cahiers étaient vulnérables.

Quant au Parabellum 9 mm, il quittait chaque soir l'abri de son sac à main depuis plusieurs semaines déjà, Helen ayant pris l'habitude de le glisser sous son oreiller avant de se coucher. Elle retira le cran de sécurité et s'assura que l'arme était chargée, histoire de ne pas perdre de temps au cas où elle serait victime d'une intrusion nocturne. Il lui suffirait d'éjecter la balle du canon le lendemain matin, de la glisser dans le chargeur et de remettre la sécurité. Un accident était si vite arrivé.

Fatiguée par sa journée, elle s'apprêtait à rejoindre son lit lorsqu'un choc au niveau des omoplates la projeta tête la première sur la moquette blanche de la chambre, les bras en arrière. Le drap de bain était tombé lors de l'attaque, mais Helen était trop préoccupée de repousser son agresseur pour se soucier de sa nudité. L'inconnu lui maintenait la tête collée au sol en appuyant de tout son poids sur son dos, c'était tout juste si elle parvenait à respirer. Des anneaux de métal froid se refermèrent autour de ses chevilles, puis autour de ses poignets, l'immobilisant presque complètement.

Il la retourna sur le dos d'un geste brusque. Elle aurait pu appeler à l'aide, mais il était trop tard, il lui fermait la bouche à l'aide de gros scotch. *Triple idiote! Pourquoi n'as-tu pas hurlé?*

Elle n'eut pas besoin de voir son visage pour savoir qu'il s'agissait de Kurt. Étrangement, son inconscient lui avait toujours murmuré dans le creux de l'oreille que c'était lui, le Dodo. En particulier ce soir, pendant le dîner. Le presse-papier... Pourquoi son inconscient ne l'avait-il pas avertie plus tôt? Elle *savait*, mais son esprit refusait de prononcer son nom.

— Tu as un lit digne de Messaline, déclara-t-il d'un air dégoûté. Combien de cochons peuvent y tenir ensemble?

Elle agita la tête dans tous les sens, tambourina des pieds sur la moquette en poussant des rugissements étouffés, son regard étincelant épargné par la peur. *Enlève-moi ce bâillon, laisse-moi parler!*

Il l'obligea à se relever et la propulsa vers le lit à grands coups de pied dans les fesses. Un dernier coup de pied, plus violent que les précédents, l'envoya rouler sur le matelas, les pieds et les mollets dans le vide. Helen avait beau s'évertuer à vouloir se redresser, ses jambes refusaient de lui obéir. Alors il l'attrapa par les chaînes qui emprisonnaient ses chevilles, lui leva les jambes et les disposa comme il l'entendait, en prévision de ses intentions futures. Des larmes jaillirent des yeux de sa victime sans qu'il puisse en deviner la véritable raison : elle pleurait en fait de rage en constatant qu'il l'avait poussée sur le lit du côté opposé à celui où se trouvait l'arme.

Le défi muet qu'elle lui lançait produisit néanmoins son effet, car il arracha le scotch qui la muselait.

— Si jamais tu cries, tu le regretteras, prévint-il.

— Je pleure parce que je ne peux pas te tuer.

La phrase provoqua chez lui une crise d'hilarité.

— Tu es unique, Helen! Je suis ravi de discuter avec toi, tu es vraiment quelqu'un d'intéressant.

— Merci infiniment, cher monsieur, répliqua-t-elle d'une voix moqueuse. Combien de déguisements différents as-tu utilisés, Kurt?

— Je ne les ai pas comptés. J'adore jouer la comédie.

— Pourquoi être passé du viol au meurtre? Pourquoi avoir tué Melantha?

— L'ennui, essentiellement. J'avais besoin d'un peu de piquant.

— Catherine Dos Santos t'aura fourni tout le piquant dont tu pouvais rêver.

— C'est vrai, je ne suis pas passé loin de la catastrophe, mais je m'en suis tiré.

— Tu es complètement fou.

Il fit la grimace.

— Je ne suis pas fou ! Je suis un génie !

— C'est vrai, un génie, mais dans un domaine très limité, répliqua-t-elle, choisissant de le flatter et de l'humilier simultanément. Il n'a rien d'universel, tu n'es rien d'autre qu'un mathématicien animé par la passion des particules élémentaires. Tu ne connaissais même pas le véritable nom scientifique du dodo.

— J'ai choisi son ancienne appellation exprès, se défendit-il sur un ton supérieur. Il s'agit d'un oiseau inepte par excellence, puisque l'espèce s'est éteinte. Quel volatile digne de ce nom s'approcherait d'un être humain affamé en sachant qu'il sera dévoré ? Son nouveau nom scientifique est absolument ridicule. *Didus ineptus* lui convient infiniment mieux, et il me convient à moi.

— Je serais curieuse de savoir pourquoi tu t'es assimilé à cet animal.

L'obliger à parler, par tous les moyens !

— Parce que j'appartiens à une espèce disparue.

— Quelle espèce ?

— Le *Didus ineptus.*

Il ne veut rien lâcher. Quelles que soient ses motivations, elles restent prisonnières de sa folie.

— Parle-moi du dodo.

— Les femmes ont fini par provoquer l'extinction de la race masculine à force de la dominer ! Quel homme est encore maître chez lui, de nos jours ? Même le bunker qui me sert de laboratoire n'échappe pas à l'omniprésence féminine ! Les femmes ont pris le pouvoir !

— Tu dis n'importe quoi, Kurt, et tu le sais ! Tu inventes de mauvaises raisons pour satisfaire ma curiosité, mais ça ne marchera pas. Je veux vraiment savoir pourquoi tu t'es transformé en dodo.

— J'ai toujours su que tu étais intelligente, mais jamais autant que ce soir. Pourquoi gâcher ta vie dans la police ? C'est un métier vulgaire.

— Tu es trop snob pour le comprendre. Je ne *gâche* nullement ma vie, comme tu dis. Ce métier est un tremplin qui pourrait me conduire un jour à la Maison Blanche, si j'en avais envie. Le problème, c'est que je ne suis pas certaine d'en avoir envie. Je sais en revanche que l'affaire du Dodo peut m'apporter la célébrité, me valoir une décoration et l'attention des médias.

Il posa sur elle un regard incrédule.

— Parce que tu t'imagines pouvoir gagner?

Les paupières baissées, elle émit un ricanement.

— Je sais que je vais gagner.

Il caressa les chaînes qui entravaient la jeune femme, déclenchant un tintement métallique sourd.

— Ligotée comme un dodo? Comme un volatile aussi bête que laid? Tu ne peux pas gagner, Helen. D'ici quelques heures, tu feras dodo pour toujours.

Il ponctua sa phrase d'un petit gloussement.

— Comme le pape, je suis infaillible.

Il lui fit alors subir des sévices multiples, pincements, coups et meurtrissures, qu'elle dut endurer sans laisser échapper une plainte, sous peine de se voir bâillonnée. Tout, plutôt que d'être à nouveau muselée! La parole restait sa seule défense.

L'érection de Kurt était impressionnante; il glissa à deux reprises l'extrémité de son sexe contre l'entrée de celui d'Helen avant de reculer à chaque fois en la fusillant du regard, tout en marmonnant des paroles inintelligibles en allemand.

— Tu arrives à bander, mais tu n'arrives pas à rentrer? lui demanda-t-elle.

— Imbécile! Je pourrais si je le voulais. Reste à savoir si j'en ai envie. Je préfère te tâter, je crois.

— Tu parles! ricana-t-elle. C'est infiniment plus dégoûtant.

— Cause toujours, lui glissa-t-il à l'oreille en lui scotchant la bouche. Tu devras te taire chaque fois que je quitterai la pièce. Tu as bien fait de déménager dans cet appartement, personne ne sait que tu vis ici.

D'un geste, il la retourna sur le ventre.

Tout en gigotant furieusement dans l'espoir de se remettre sur le dos, elle fit le point. Elle aurait pu déchirer les gants de caoutchouc de son agresseur à coups de dents, mais non. Il était trop malin pour laisser ses empreintes derrière lui, sans compter qu'il était capable de la tuer dans un accès de rage. Son seul espoir était d'attraper son arme, et de parler. Parler et le faire parler. La parole et le pistolet.

Il regagna la chambre, une part de pizza froide à la main.

— Regardez-moi ça ! Ce malin petit dodo a réussi à se retourner sur le dos ! Aucune importance. Pourquoi les jeunes Américaines s'empêchent-elles de manger ? Leurs réfrigérateurs sont vides. Du fromage blanc, des produits diététiques par-ci, par-là. J'ai cru rêver en découvrant une demi-pizza dans ton frigo, à la limite de la date de péremption. Mon joli discours ne te plaît pas ? Tu sais quoi, Helen ? Tu es une dure à cuire. Chacune de tes réactions me montre que tu ne succomberas pas aisément à la terreur.

Il engloutit le reste de pizza.

— Je te laisse réfléchir tranquillement à la mort. En attendant, je vais aller lire un livre susceptible de m'apprendre des mots et des expressions inconnus. J'adore ça ! Ça m'aide à passer le temps.

Les livres ! Elle le suivit des yeux en le voyant s'éloigner en direction du bureau où les trois mille ouvrages de sa bibliothèque personnelle s'alignaient sur des rayonnages. Il fut de retour peu après avec un livre qu'elle ne reconnaissait pas.

Retire-moi ce scotch !

Il l'arracha et s'installa confortablement dans un fauteuil de velours blanc.

— Quel livre as-tu choisi, Kurt?

— H. Rider Haggard. *Les Mines du roi Salomon.* J'éprouve le plus grand respect pour la littérature victorienne et édouardienne, à condition qu'il s'agisse de romans d'aventure, expliqua-t-il, manifestement ouvert à la discussion. Ils sont bien écrits, avec des histoires aguicheuses. On en trouve toujours d'excellents exemplaires dans les bibliothèques des femmes qui lisent. Les autres ne m'intéressent pas.

— Que feras-tu si tu ne découvres pas un roman de ce genre chez l'une de tes victimes?

Il éclata de rire.

— Impossible. Je prends systématiquement la précaution de visiter leur tanière à plusieurs reprises.

— Ce n'est pas le cas, ce soir.

— Je me suis souvent rendu dans ton appartement de la tour Talisman.

— Mon cadre de vie a changé, Kurt.

Il ouvrit le livre et entama sa lecture, laissant toute latitude à sa victime d'essayer de libérer ses poignets, entravés dans son dos où il ne pouvait les voir. Alors que le violeur avait apporté les chaînes qui liaient les pieds de sa victime, les menottes étaient celles d'Helen. Des menottes dont le préfet Silvestri avait accepté plusieurs paires afin de les tester, le vendeur l'ayant assuré qu'elles se resserraient d'elles-mêmes si le prisonnier tentait de s'en débarrasser. La stagiaire en avait reçu une paire dont elle avait vérifié l'efficacité sur Delia et Nick, qui n'avaient pas tardé à en neutraliser le mécanisme.

Le Dodo l'avait solidement menottée, évitant toutefois de serrer les bracelets au maximum afin de réserver la douleur aux sévices qu'il entendait lui infliger. Mais Helen possédait des poignets fins et une volonté d'acier.

Pourvu que ce fichu bouquin continue de monopoliser son attention!

La chaîne, assez courte, maintenait les mains très proches l'une de l'autre. Elle enferma les doigts de la main droite dans ceux de la main gauche et serra fortement jusqu'à ce que la main prenne la taille du poignet. La douleur était difficilement supportable, mais la manœuvre porta ses fruits : la main droite s'échappa de la menotte. Dégager l'autre main se révéla plus aisé. Ravalant sa souffrance, la jeune femme parvint à pousser ses articulations à travers le bracelet de fer et se retrouva libre de ses mouvements. Il lui restait à s'approcher de l'oreiller sous lequel était dissimulé le pistolet, à un kilomètre de là. Apparemment immobile, elle se déplaçait millimètre par millimètre afin qu'il ne puisse remarquer son manège du coin de l'œil. Il semblait captivé par sa lecture, mais un simple regard suffirait à lui révéler que sa victime avait changé de position.

Kurt était une créature aussi noire et froide que l'espace cosmique. Enfermé dans l'obscurité de son enveloppe humaine, il s'enivrait de la terreur qu'il provoquait chez ses victimes, de la souffrance qu'il leur infligeait. Mais Helen n'avait pas peur de la douleur ou de la mort. Seule l'idée d'échouer la terrorisait.

— Tu as besoin de ces moments de pause pour arriver à bander à nouveau ? lui demanda-t-elle, interrompant sa lecture.

Il releva la tête, trop surpris pour remarquer qu'elle avait bougé, ainsi qu'elle l'espérait.

— Il faut croire que tu ne suffis pas à alimenter mon désir, ricana-t-il.

— As-tu déjà joui, au moins ?

Il afficha une mine horrifiée.

— Tu es répugnante ! Ça ne te regarde pas !

— Allez, avoue ! Es-tu capable de jouir, Kurt ?

Il était trop en colère à présent pour remarquer qu'elle se déplaçait sur le lit.

— Tu es totalement immorale !

Plus que quelques centimètres...

Il jaillit du fauteuil et se rua sur elle, les traits tordus de rage. Profitant de son avantage, elle se redressa sous son regard ébahi, sortit son arme de service de sa cachette sous l'oreiller et l'abattit d'une balle en pleine poitrine. Il recula sous la violence de l'impact et s'étala sur la moquette blanche sans jamais la quitter des yeux tandis qu'une écume rose s'échappait de sa bouche.

— C'est toi qui vas faire dodo, Kurt, lui balança-t-elle en posant les deux pieds par terre, le plus loin possible de la tache rouge qui allait en s'élargissant. Tu peux encore parler ?

Il écarta les lèvres, mais seul un toussotement s'en échappa tandis qu'il battait des mains.

— Tu as peur de mourir, Kurt ?

Le corps du physicien fut secoué d'un tremblement.

— Cet appartement est très bien insonorisé, remarqua-t-elle d'une voix détachée. Personne n'aura entendu la détonation, ou alors les voisins auront cru à un moteur qui a des ratés dans la rue. Je vais appeler la police, mais j'ai bien l'intention de te laisser souffrir un peu en attendant. Que dirais-tu d'une balle dans le ventre ? Ça doit être très douloureux !

Le pistolet releva son horrible gueule noire et aboya.

Le Dodo laissa échapper un hurlement fluide.

— Je ne crois pas avoir touché d'artère majeure, mais je peux me tromper. Espérons pour toi. J'ai dû atteindre le foie ou les intestins.

Les cris de Kurt s'éteignirent à mesure que l'écume rose lui coulait sur le menton et qu'une masse liquide sombre s'échappait de son ventre.

Helen poursuivit son monologue sans bien savoir s'il l'entendait encore. Ce fut seulement en voyant ses yeux s'éteindre qu'elle lui tira une dernière balle dans le cœur.

— Rideau ! murmura-t-elle en se souvenant qu'elle était nue. Pas question que mes collègues me voient dans cette tenue.

Le temps d'enfiler un peignoir en soie dans son dressing, elle gagna le bureau et décrocha son téléphone.

— Capitaine Delmonico ? Helen MacIntosh à l'appareil. Je viens de tuer le Dodo dans mon nouvel appartement de Busquash. Celui d'Amanda Warburton. Vous pouvez vous occuper de tout ?

Lorsque Carmine arriva sur place en compagnie de Delia, il trouva sa stagiaire assise au bord de son lit, loin du corps sans vie de Kurt von Fahlendorf. Elle paraissait calme.

— Que s'est-il passé ? Racontez-moi tout depuis le début, la pressa-t-il en veillant à ne pas se tenir trop près d'elle.

Elle lui fit un exposé clair des événements. Jamais il n'avait entendu de récit aussi explicite de la bouche d'un être humain qui venait d'en tuer un autre.

— Le préfet a eu bien raison de ne pas adopter ces nouvelles menottes, capitaine. J'ai eu la chance que Kurt décide de s'en servir en les dénichant dans mon bureau. J'ai testé mes talents de Houdini pendant qu'il lisait. Mes mains sont beaucoup plus petites que les vôtres, je me suis dégagée en bloquant le mécanisme de resserrement.

— L'ironie du sort, remarqua Carmine.

— Vous saviez que c'était lui le Dodo, reprit-elle sur un ton accusateur.

— Je l'ai deviné à la lecture de vos cahiers. Ce sera le sujet de votre premier examen, lundi matin. Relisez vos notes et trouvez-moi le passage qui l'a trahi.

— Le presse-papier ?

— Exactement. Ce bloc de verre au milieu duquel circulent des fils de couleur évocateurs des particules élémentaires. Je le sais pour en avoir vu des illustrations dans des articles scientifiques.

— Kurt m'en avait montré des photos, mais ça ne m'est revenu que ce soir. Je vais devoir apprendre à mieux exercer ma mémoire. Pourquoi ne pas l'avoir arrêté, capitaine?

— À partir d'aujourd'hui, Helen, appelez-moi Carmine. Je ne pouvais pas l'arrêter sans preuve. Ma plus grande erreur a été de penser que vous ne figuriez pas sur la liste de ses victimes. Vous n'aviez pas le bon profil. Vous étiez trop agressive. Sans compter que vous étiez pour lui une source d'information précieuse. Il a lu vos cahiers jusqu'à ce que je comprenne son manège et que je les fasse mettre sous clé. Mon autre erreur a été de sous-estimer sa folie.

— Le bon profil, Carmine? s'étonna Delia. Nous n'avons jamais pu le déterminer.

— Parce que nous n'avons jamais réussi à comprendre exactement ce qu'il recherchait chez ses victimes. Helen et vous avez cherché longtemps tout en restant dans le flou. Aujourd'hui encore, que savons-nous de ses goûts?

— Presque rien, reconnut la stagiaire. Il s'est trahi ce soir pendant le dîner. Je ne sais pas s'il l'a fait exprès ou non. J'ai bien vu qu'il tiquait lorsque je lui ai dit que je m'étais installée ici. Carew faisait partie de ses critères de sélection.

Cette fille-là est dure comme un caillou, pensa Delia. *Elle finira par craquer tout à l'heure, mais guère plus qu'un vieux soldat rompu au combat. Les criminels feraient bien de l'éviter, dorénavant. Notre Helen est aussi dangereuse que délicate. Je commence à comprendre pourquoi mes collègues masculins la détestent autant.*

— Toi qui es championne de tir, pourquoi ne pas l'avoir abattu d'une balle en pleine tête ? demanda brusquement Delia.

— J'étais mal placée par rapport à lui, répliqua Helen d'une voix mal assurée. Nous étions à la même hauteur, mais il était de côté. Il a sauté au moment où je tirais pour la deuxième fois, et il a pris la balle dans le ventre. J'ai attendu qu'il soit immobile pour viser le cœur.

— Faute de procès, il y aura une enquête interne, l'avertit Carmine. Contentez-vous de relater les faits, inutile de vous inquiéter. Une enquête est systématiquement diligentée lorsqu'un officier de police se sert de son arme de service.

Elle frissonna, les yeux brillants de larmes.

— Je sais ! N'oubliez pas que j'appartiens à la police depuis trois ans.

Ah ! Enfin une réaction normale ! Dieu soit loué. Carmine commençait à s'étonner qu'elle montre un tel sang-froid, oubliant un peu vite qu'elle était la digne fille de MM.

— Nous fouillerons la maison de Kurt plus tard.

— Je n'aurai pas le droit de vous accompagner ? demanda Helen.

— Non. Le préfet a décidé de ne pas vous retirer votre arme et votre badge, mais vous n'avez plus le droit de participer à l'enquête sur le Dodo. Vous pouvez continuer à travailler, *en tant que stagiaire.* Fin janvier, vous pourrez vous mettre en quête d'un vrai poste.

Le visage de la jeune femme s'illumina.

— Capitaine ! Carmine ! C'est formidable !

— Sans vouloir vous flatter, jamais aucun autre stagiaire ne vous arrivera à la cheville. Ce qui rend d'autant plus regrettables les événements de ce soir.

— Vous voulez dire que vous n'avez pas de poste à me proposer dans votre service ?

— J'en ai bien peur, Helen. Nous avons suffisamment de candidats en interne. Où aimeriez-vous aller?

— Je vais y réfléchir.

— Vous avez bizarrement choisi votre moment pour lui parler de son avenir, murmura Delia à son capitaine quelques minutes plus tard, alors qu'ils enfilaient leurs manteaux dans l'entrée.

— Elle a été plus secouée qu'elle ne veut le montrer, répliqua celui-ci. Elle a besoin qu'on lui remonte le moral.

— Je lui ai proposé de rester avec elle, mais elle ne veut pas en entendre parler, reprit Delia. Elle m'a expliqué qu'elle dormirait sur le canapé du salon. Les autres chambres de l'appartement ne sont pas encore aménagées. J'espère qu'elle suivra mon conseil au moment de les décorer.

— Quel conseil? s'étonna Carmine en rabattant les oreilles de sa chapka avant d'affronter le froid.

— Éviter les moquettes blanches.

Le capitaine Delmonico attendit d'avoir regagné son bureau avant de procéder à une corvée dont il aurait pu s'acquitter chez Helen. Il commença par fouiller le sac à main de la jeune femme, confisqué dans le cadre de l'enquête, à la recherche de son carnet d'adresses. Le numéro de Dagmar figurait à la lettre F, pour Fahlendorf. Il jeta un coup d'œil à l'horloge fixée au mur et se hasarda à téléphoner, au cas où l'Allemande se trouverait déjà à son bureau. À moins que les émoluments confortables de Josef aient été purement formels, la charge de travail de Dagmar devait s'être accrue depuis la mort de son mari.

Elle répondit en prononçant son prénom, signe qu'il s'agissait d'une ligne directe.

— Frau von Fahlendorf? Capitaine Delmonico à l'appareil, vous vous souvenez peut-être de moi. Je suis le supérieur hiérarchique d'Helen MacIntosh.

— Oui, capitaine?

— Je crains de vous apporter de mauvaises nouvelles, madame. Votre frère Kurt a trouvé la mort il y a quelques heures.

Un silence épais lui répondit.

— Frau von Fahlendorf?

— Oui, je suis là. Kurt mort? *Kurt?*

Son incrédulité était palpable.

— Mon petit Kürtchen? Mais comment est-ce arrivé?

— Il a été abattu alors qu'il tentait de tuer un officier de police.

— Vous me dites qu'il s'apprêtait à commettre un meurtre?

— Ce n'était pas le premier, madame. Le professeur von Fahlendorf n'était autre que le violeur et assassin connu sous le surnom de Dodo.

Un autre silence, que Carmine ne put rompre cette fois, incapable de trouver les mots justes.

L'Allemande finit par recouvrer sa voix, après une éternité.

— Le Dodo, dites-vous? Êtes-vous sûr que Kurt et ce Dodo forment une seule et même personne?

— J'en suis certain, Frau von Fahlendorf. Absolument certain.

— C'est curieux que mon frère ait choisi le *Didus ineptus* comme surnom!

— Pourquoi curieux?

— Chaque fois qu'il rapportait de mauvaises notes en chimie, notre père le traitait de dodo en lui expliquant que la bêtise de cet animal l'avait conduit à sa propre disparition. Une façon de lui signifier qu'il ne faisait pas honneur à la tradition familiale.

Les problèmes psychiatriques de Kurt sont bien antérieurs à son adolescence, pensa Carmine. *Posons tout de même la question.*

— Quel âge avait-il à l'époque?

— Trois ou quatre ans. Son intelligence ne laissait aucun doute, mais papa lui voyait un avenir de chimiste.

— Rien d'autre, Frau von Fahlendorf ?

— Non, je ne vois pas.

Il s'éclaircit la gorge.

— Euh... au sujet des obsèques, madame. Souhaitez-vous que le corps soit rapatrié ?

— Je m'en charge, capitaine. Je vous demanderai uniquement de vous montrer discret.

Le plus instructif de cette conversation tenait au peu d'étonnement de son interlocutrice. C'est tout juste si elle avait laissé transparaître son chagrin. La sœur de Kurt s'attendait au drame depuis... Depuis son installation en Amérique ? Depuis l'époque où il était un cancre en chimie ? Mais ce n'était pas le plus préoccupant : pourquoi le Dodo s'en était-il pris à Helen ?

Comme toujours, Carmine décida de se confier à Desdemona.

Mardi 3 décembre

Kurt von Fahlendorf conservait les trophées du Dodo dans le petit pavillon réservé aux amis de passage. Celui-ci avait été fouillé au moment de son enlèvement, mais les enquêteurs n'avaient guère prêté attention aux livres des victimes qui s'y trouvaient, tout simplement parce qu'ils n'en connaissaient pas les titres. Au lendemain de sa mort, c'est là qu'on découvrit le presse-papier ainsi que l'ours de verre, exposé devant un drap noir.

— Pourquoi avoir volé cet ours? demanda Delia. Il ne comptait tout de même pas le revendre?

— Son but était d'en priver Helen, lui expliqua Carmine. N'oubliez pas qu'il lisait ses cahiers, dans lesquels elle exprimait son admiration pour ce nounours de verre. Elle tirait une grande fierté d'avoir su détecter la valeur de ses yeux. Kurt avait pu constater à quel point Helen et Amanda étaient devenues amies, et il en était jaloux. Les divagations d'un esprit malade. Au moment du vol de cet ours, c'était tout juste s'il parvenait encore à faire illusion. Son patron, le doyen Gulrajani, m'a appelé à l'aube ce matin afin de m'en parler. Il attribuait les troubles dont souffrait Kurt à son enlèvement, mais il a fini par reconnaître que tout a commencé lorsque la physicienne Jane Trefusis a rejoint leur équipe. Kurt la haïssait.

— Pourquoi avoir assassiné des personnes aussi gentilles et inoffensives que Murray et Amanda?

— Ma théorie est la suivante : il aura confondu Amanda avec Helen et se sera imaginé que Hank Murray était son nouveau petit ami.

— Il sortait régulièrement avec notre stagiaire, intervint Nick, mais l'aimait-il réellement ?

— Je ne pense pas qu'il était capable d'aimer, mais il s'en était persuadé. Sa fixation sur Helen était complexe, il se demandait dans quelle mesure les siens accepteraient qu'il épouse cette Américaine, qui était la seule capable de plaire à sa famille.

— Dans ce cas, qui était le vandale ? insista Nick.

— Hank Murray. Ce ne peut être que lui. Il a inventé ce prétexte pour entamer une relation avec Amanda. Il n'avait rien à lui offrir sur le plan financier, et disposait d'un passé trouble. On ne saura jamais si c'est sa femme qui l'a attaqué la première avec un couteau, ou bien si c'est lui. On sait en revanche qu'il avait très peur d'un procès éventuel.

Robert et Gordon Warburton attendaient devant la maison du physicien lorsque Carmine et ses deux adjoints en sortirent.

— On raconte que Kurt nous fait un gros dodo, commença Robbie en pouffant de rire.

— La plaisanterie est pour le moins éculée, répliqua le capitaine d'une voix lasse.

— C'est vrai ? C'est vraiment vrai ? couina Gordie.

À quoi bon leur cacher la vérité ? Ils l'apprendraient de toute façon par les médias.

— Oui, c'est vrai, répondit-il en hochant la tête.

— Je te l'avais bien dit ! s'écria Gordie. Un méchant ! Un méchant cent pour cent pure laine !

— Pure laine synthétique, tu veux dire ! N'oublie pas ses origines familiales dans le textile, renchérit son frère.

Carmine ne put retenir un sourire.

« Un vilain prof du nom de Kurt
Envoyait de mauvaises ondes courtes
Même Dieu dans son paradis
En prit plein son parapluie
Condamnant Kurt à l'infini », chantonna Robbie.

— C'est sans doute ce qui lui est arrivé, approuva Carmine. Vous improvisez souvent des comptines ?

— Bien sûr, acquiesça Robbie. C'est pour ça qu'elles sont un peu bancales. Aucune importance, aucune importance !

Gordie s'engouffra dans la brèche.

— Capitaine ! Avec Robbie, nous avons imaginé un scénario génial. Même en le protégeant par un copyright, on peut très bien nous le voler. Le problème, c'est que nous ne connaissons pas de grand ponte hollywoodien.

Après avoir trahi une même rouerie, les regards des jumeaux exprimaient une peur identique. Comment faisaient-ils donc ?

— Tais-toi donc, Gordie ! s'énerva son frère. Non pas que le tableau dressé soit inutilement noir, mais il n'éclaire pas vraiment la situation.

— En effet, reconnut Carmine que cet échange commençait à amuser. Éclairez donc ma lanterne, Robert. Si vous êtes Robert…

— Oui, c'est bien moi. Gordie a raison, nous avons toutes les chances qu'on nous pique notre scénario ou qu'on le dénature jusqu'à le rendre méconnaissable.

Il entraîna le policier un peu plus loin, laissant Nick et Delia à l'écart.

— J'ai cru comprendre que Myron Mendel Mandelbaum était votre meilleur ami. Et qu'il y avait une femme entre vous. Nous avons mis les bouchées doubles pour venir à bout de notre Grand Guignol et de son storyboard. Gordie est un dessinateur de génie. De génie !

— Un story-board? demanda Carmine.

— Il s'agit d'une version du film en bande dessinée. Les professionnels du cinéma s'intéressent davantage aux images qu'aux mots. La bande dessinée est une façon simple de permettre à tous les dodos d'Hollywood... je veux dire, tous les idiots d'Hollywood de découvrir un scénario.

Il fit la grimace.

— Pour la psychologie des personnages, c'est une autre histoire, ajouta-t-il.

— Si je comprends bien, vous voulez que je demande à Mandelbaum de vous recevoir. C'est bien ça?

Carmine buvait du petit-lait.

— Exactement! Notre scénario devrait le séduire, mais nous ne savons pas comment le contacter. Je suis certain qu'il nous donnerait son feu vert si nous pouvions lui présenter notre projet en personne. *Saigner à blanc* ne remportera peut-être pas un Oscar, mais il lui rapportera des millions.

— Un argument imparable aux yeux de M. Mandelbaum, répliqua Carmine avec un petit sourire. Me promettez-vous de me ficher la paix si jamais je vous obtiens ce rendez-vous?

Robbie poussa un petit cri en se tordant les mains.

— Si vous acceptez, capitaine, vous ne nous verrez plus jamais.

— Alors je signe des deux mains, déclara celui-ci en regardant sa montre. À cette heure, il devrait se trouver dans son bureau. Puis-je me servir de votre téléphone?

— Les nouveau-nés rotent-ils après la tétée? Mais bien sûr!

Carmine pénétra dans la maison des jumeaux qui gambadaient de joie à ses côtés, mais s'arrêta net en découvrant une tête verdâtre et boursouflée accrochée au mur.

— Je vous présente Arthur de Mortain, s'exclama Gordie. Le premier d'une longue lignée de victimes remontant au roi Arthur et à sa femme Ghislaine, une Française.

— Vous ne jouez pas dans le film ?

— *Dans* le film, capitaine ? Mais nous *sommes* le film ! s'exclama Robbie. Vous avez devant vous les jumeaux Tennyson, un duo de limiers d'exception à la Sherlock !

— J'imagine que l'action se déroule dans les années 1890 ?

— En pleine brume londonienne, sur fond de cimetières sinistres et glacés. Notre Saigneur est un croisement entre la Momie et le monstre de Frankenstein.

— Pourquoi ne pas avoir choisi un héros séduisant à la Gregory Peck ?

La suggestion fut accueillie sans enthousiasme.

— Je t'assure que tu vas adorer les jumeaux Warburton, annonçait Carmine à Myron quelques minutes plus tard. Hollywood dans toute sa splendeur, précisa-t-il en feuilletant les pages de l'album géant qu'il tenait entre les mains. Leur film est résumé en bandes dessinées, ce qui est la coutume, apparemment. Alors ? Je peux leur dire de prendre le premier avion pour la côte Ouest ?

Il raccrocha.

— Il ne vous reste plus qu'à vous envoler pour la Californie, messieurs. M. Mandelbaum vous accorde toute une matinée, suivie d'un déjeuner au Polo Lounge si votre bande dessinée lui plaît.

— Ils m'ont entrepris pour que je leur obtienne un rendez-vous à Hollywood, expliqua-t-il d'un air dégoûté en arrivant dans les locaux de la police.

— Ces deux-là ne perdent pas le nord, constata Nick sur un ton réprobateur. Nos malheureux innocents, riches à millions grâce à cette pauvre Mlle Warburton, vont en plus réussir à vendre leur soupe à Myron Mendel Mandelbaum en personne. Bande d'escrocs !

— Tu as raison, Nick. Mais en les servant, la chance leur permet de ne pas se transformer en criminels.

— Comme les avocats !

— Pourquoi ? Tu as des problèmes avec la justice ?

— Non. Je suis d'accord avec Shakespeare, c'est tout.

— J'imagine qu'il a dû se faire bouffer la laine sur le dos en son temps, remarqua Delia. Par Francis Bacon, probablement.

— Ah non ! s'écria leur capitaine. Ce n'est pas parce que deux de nos enquêtes viennent de se résoudre d'elles-mêmes que nous pouvons nous autoriser à plaisanter. Cette histoire aura laissé trop de cadavres dans son sillage pour…

Il fut interrompu par l'arrivée d'Helen.

— Puis-je me joindre à vous ? demanda-t-elle.

— Bien sûr. Nous n'allons pas tarder à partir déjeuner.

— Qui était le vandale ? Kurt ? s'enquit-elle.

Carmine la mit au courant de sa théorie en évitant de préciser que le Dodo avait cru la tuer en assassinant Amanda.

L'explication terminée, Helen changea de sujet de conversation.

— Mon père a-t-il vu l'ours de verre ?

— Pas encore. Je l'emmène chez Kurt cet après-midi.

— Je n'ai pas le droit de vous accompagner, je suppose ?

— J'ai peur que non.

Elle prit longuement sa respiration.

— Je sais que je ne suis pas censée en parler, Carmine, mais je sens que je vais devenir folle si vous ne répondez pas à ma question. Je vous promets de ne jamais plus évoquer le Dodo en votre présence si vous acceptez.

— La curiosité a tué le chat, Helen.

— La vérité s'est chargée de le ressusciter.

— D'accord. Vous avez droit à une question. Une seule.

— Kurt se trouvait à toutes les fêtes de Carew, mais il ne pouvait s'agir du mystérieux inconnu qui séduisait ses victimes dans un canapé puisqu'il était là, au vu et au su de tous. Qui était donc notre inconnu?

— Aucun d'entre nous ne connaît la réponse.

— Cela signifie-t-il qu'un autre Dodo attend son heure?

— Si c'était le cas, il aurait déjà frappé. Je doute que les femmes d'Holloman se montrent disposées à taire un viol, à l'avenir. Dans leur immense majorité, en tout cas. Les victimes ayant toutes décrit plus ou moins le même homme, on peut en déduire qu'il était invité à ces fêtes. À mon avis, il s'agit d'un psychologue travaillant sur un livre ou une thèse. J'ai cru comprendre que les fêtes avaient repris à Carew et que les Gentlemen Marcheurs ouvraient l'œil. Si notre inconnu refait surface, nous l'arrêterons.

— Même s'il n'a rien à se reprocher? insista Helen.

— Le temps de procéder à son interrogatoire et de le mettre en garde, au besoin. Personne n'a envie de voir le Fils du Dodo hanter les rues de Carew.

— Je n'y avais pas pensé, remarqua la stagiaire en se tournant vers Delia. Vous ne m'aviez pas dit que la foudre ne frappait jamais deux fois au même endroit?

— Tout dépend de la foudre, ma chérie.

— Le Fils du Dodo! J'espère que vous plaisantez!

MM était ébloui.

— C'est le plus bel objet qu'il m'ait été donné de voir, dit-il, hypnotisé par l'ours de verre. Helen a raison de dire que ses yeux sont extraordinaires.

— Et encore, vous ne l'avez pas vu dans la vitrine de la boutique, mis en valeur par un éclairage adéquat, ajouta Carmine. C'était à couper le souffle.

— J'ai entendu dire que vous aviez adopté le chien et le chat.

— Comme nous avons deux petits, j'ai pensé que c'était idéal.

— Jusqu'à ce que l'une des bêtes meure, grogna MM. Quel cirque !

— Vous parlez d'expérience ?

— Je suis passé par là plusieurs fois.

— Où comptez-vous exposer cette splendeur ?

— Les Auberg me tannent depuis longtemps pour construire un musée. Ils le veulent de petite taille. Intime. Faute de savoir où exposer notre Ours bleu – son nom officiel, désormais –, je compte proposer à Horace Auberg de lui offrir un toit. Une seule pièce au centre de laquelle il trônerait, au milieu de quelques autres chefs-d'œuvre exposés dans des niches. J'entends le protéger des assauts du premier fou qui aurait l'idée de le détruire à coups de marteau en prévoyant un périmètre de sécurité de trois mètres tout autour de lui. Le monde regorge de cinglés ! Regardez ce Fahlendorf. Moi qui espérais lui marier ma fille. À qui peut-on accorder sa confiance de nos jours ?

— À qui le dites-vous, approuva Carmine, la mine grave.

— L'Ours bleu ne peut pas rester ici.

— Je vous rassure, il sera enfermé dans un coffre de banque dès cet après-midi. Je vous apporterai les papiers nécessaires et vous le ferez transporter à Chubb quand vous le voudrez.

— Qu'en pensez-vous, Carmine ? l'interrogea MM alors qu'ils quittaient la pièce.

— À quel sujet, monsieur le président ?

— Le musée de l'Ours bleu.

— Vous devriez demander à votre épouse de prendre la direction des opérations. Elle sera plus avisée que moi.

Samedi 7 décembre

— Tu as une maison magnifique, déclara Fernando Vasquez à son collègue, chez qui il dînait ce soir-là. Ces estampes orientales, cette palette de couleurs !

Les deux hommes s'étaient isolés dans le bureau en cuir de Delmonico.

— À l'image des Romains d'autrefois, je m'adapte au décor, répliqua Carmine, un sourire de satisfaction aux lèvres.

Il aurait dû lancer cette invitation à Vasquez et sa femme plus tôt, mais Desdemona n'avait pas été jusqu'à présent en état pour un tel dîner. En ce début de décembre, elle retrouvait enfin ses marques. Soledad et elle étaient restées dans la cuisine, laissant les hommes savourer tranquillement un porto accompagné d'un cigare.

— Maureen Marshall est persuadée que son mari a bénéficié d'une promotion, expliqua Fernando avec un sourire entendu.

— Il doit gagner un peu plus et porte un bel uniforme, ajouta Carmine. Je lui donne six mois avant qu'elle ne trouve le moyen de se plaindre.

— Le tout est de savoir qui est son ennemi.

— Tu veux dire que tu l'attends de pied ferme, c'est ça ?

— En effet. Elle est loin de me connaître aussi bien que vous autres, et je pense que c'était le cœur du problème. Tu sais ce qu'on dit : trop de familiarité est source de mépris. J'ai trop d'hommes sous mes ordres pour devenir leur copain.

— Je comprends ce que tu veux dire, mais n'oublie pas que Corey a porté l'uniforme pendant onze ans. Les plus anciens de tes gars le connaissent très bien.

Fernando laissa échapper un petit rire.

— Je suis assez grand pour gérer Corey. Et sa femme.

Soledad Vasquez était une beauté longiligne dotée d'une colonne vertébrale en acier trempé, et Desdemona avait rapidement compris que cette femme était d'un autre tempérament qu'elle. Dieu merci, au contraire de Fernando, l'ambition n'était pas la caractéristique première de Carmine. Il adorait son travail, même s'il lui pesait parfois. En écoutant cette femme lui raconter leur vie sans artifice, Desdemona suivait l'ascension sociale des Vasquez tout en prenant la mesure du racisme suscité par leurs origines hispaniques. Mais Fernando et Soledad avaient décidé de réussir et d'élever leurs enfants au sein des classes moyennes supérieures.

La blondeur et la taille de la maîtresse de maison fascinaient son invitée.

— Ta peau est aussi blanche que du lait ! s'extasia-t-elle.

— Je n'ai jamais pris le soleil quand j'étais enfant, expliqua Desdemona en souriant. J'ai grandi en Angleterre dans une région pluvieuse, épargnée par le soleil. Quant à ma taille, je la tiens de mes ancêtres vikings.

Les enfants Vasquez, deux filles et un garçon, étaient plus âgés que les deux petits Delmonico, pas assez toutefois pour que cela les empêche de fraterniser. C'était la première fois depuis son installation en Amérique que Desdemona se découvrait une amie en dehors de la famille nombreuse de Carmine. Comme elle, Soledad était une étrangère, et elles se sentaient bien ensemble tout en étant différentes, physiquement et culturellement.

Les Vasquez avaient acheté une maison sur East Circle, tout près de là, avec un ponton et un hangar à bateau.

— Je les trouve très sympathiques, surtout Soledad, confia Desdemona à son mari, leurs invités repartis.

— Bien, répondit-il prudemment. Comment te sens-tu ?

— Je suis à nouveau moi-même, je crois. Non, ne touche pas à la vaisselle. Dorcas viendra tout nettoyer demain matin. J'en serai éternellement reconnaissante à ma tante Margaret, murmura-t-elle en pénétrant sur la pointe des pieds dans la chambre des garçons.

— Tu sais comment utiliser ton héritage ? lui demanda Carmine alors qu'ils regagnaient leur chambre.

— Oui. Je sais que je devrais mettre de l'argent de côté pour les études des enfants, mais j'ai le sentiment que ce sera plus utile d'avoir une aide à la maison. Je suis tellement maniaque !

— Tout ce que tu veux, tant que ça te facilite l'existence. Je vous aime, madame Delmonico.

Elle se lova contre lui.

— Je vous aime aussi, capitaine Delmonico.

— Où en es-tu de ta hantise des armes à feu ?

— Ça va mieux. La fusillade du lycée Taft m'a ouvert les yeux. Les jeunes nations se construisent autour de citoyens venus d'horizons divers, de leur plein gré ou non. Les gens finiront par s'habituer les uns aux autres, mais il leur faudra du temps.

Il la serra contre sa poitrine.

— Tu ne me quitteras pas ?

Elle releva la tête, choquée.

— Carmine ! Comment peux-tu avoir des pensées pareilles ? Mon Dieu, il faut croire que j'étais vraiment dépressive !

Elle se glissa entre les draps.

— Maintenant qu'Alex est sevré, je suis gaie comme un pinson.

La discussion s'arrêta là. La passion, la tendresse, le toucher familier d'un épiderme sont parfois plus parlants que les mots.

À mesure qu'approchait Noël, le sentiment d'insatisfaction qui régnait dans les ghettos faillit provoquer plusieurs émeutes, à l'initiative du Parti du Black Power. La taille de la ville tout comme une gestion intelligente de la crise permirent cependant d'éviter le pire sans que le PBP mette un terme à des escarmouches que les autorités s'appliquèrent à minorer. La police d'Holloman ne chôma vraiment pas ce mois-là.

Ainsi qu'il en va toujours avec les humains, les griefs, les dilemmes et les problèmes individuels prenaient le pas sur le bien commun. Le budget familial passait avant celui de la nation, les intérêts des proches primaient sur ceux de millions d'anonymes.

Carmine acheva l'année dans une confusion inévitable entre le personnel et le professionnel. Desdemona avait repris le commandement de la maisonnée ; finies les crises de désespoir, oubliés les moments où elle se lamentait sur sa médiocrité. Mais pour s'être brûlé les doigts une fois, la femme de Carmine avait définitivement renoncé à sa chère indépendance, à jamais liée au destin des siens. Parfois, pendant les heures d'insomnie, il lui arrivait de regretter cette liberté perdue qu'elle portait à la façon d'un tatouage de jeunesse oublié. De son côté, Carmine vivait avec délice cette période qui voyait ses fils grandir et sa femme changer, conscient que leur besoin de lui n'en était que plus grand.

Ses équipes s'adaptaient aux changements récents, même s'il n'échappait pas à certains agents en uniforme que leurs collègues de la Criminelle fuyaient Corey Marshall comme la peste. Celui-ci porterait longtemps sur ses épaules le fardeau du suicide de Morty Jones et du triste sort de ses enfants, mais il s'avérait pourtant un lieutenant compétent, dans l'ombre de l'autoritaire Fernando Vasquez, la présence à ses côtés de collaborateurs lui épargnant les corvées de paperasse.

La situation d'Helen MacIntosh se trouva résolue d'elle-même. Lorsque Carmine annonça au préfet qu'elle serait prête à voler de ses propres ailes à la fin du mois de janvier, Silvestri acquiesça mollement, prêt à affronter sa hiérarchie de Hartford pour trouver un stagiaire de remplacement. La présence de MM à ses côtés lui laissait envisager une victoire.

Le juge Thwaites porta sur la jeune femme l'avis le plus pertinent en usant de l'adjectif «sauvage» à son propos, lors d'une discussion dans son bureau, à l'occasion d'un pot de Noël.

— Le terme est intéressant, approuva Carmine.

— Aussi sauvage que rusée, et capable d'éviter tous les pièges que l'on pourrait lui tendre, ajouta le juge, le regard brillant, tout en sirotant un bourbon du Kentucky. Elle possède un instinct de tueuse.

— Pour un peu, Doug, vous la feriez passer pour une criminelle, s'étonna Silvestri.

— Elle aurait emprunté la voie du crime si elle avait grandi dans un autre cadre familial. Je suis prêt à parier qu'elle sera élue gouverneur de cet État avant l'âge de quarante-cinq ans.

— Pas nécessairement de cet État, rectifia Carmine. Elle vient d'être recrutée dans un commissariat de Manhattan.

— La vengeance est un plat qui se mange froid, plaisanta le juge avec un petit gloussement. Elle retourne à ses premières amours, dans le rôle qu'elle s'est choisi.

On ne la regardait plus comme avant depuis qu'elle avait tué Kurt von Fahlendorf, et Helen en avait une conscience aiguë lorsqu'elle se trouvait en compagnie des hommes de la Criminelle. Pas tant Abe Goldberg, trop professionnel pour laisser transparaître ses sentiments, et pas du tout Carmine Delmonico, qui savait ce qu'elle avait enduré, sa femme ayant été menacée à deux reprises par un assassin armé. Mais la cause était perdue avec les autres inspecteurs. Nick, Buzz, Liam, Tony et Donny l'observaient avec méfiance, évitant de se retrouver en tête à tête avec elle. Tous se taisaient à son approche. Intérieurement, elle leur vouait le plus grand mépris, les sachant persuadés que la place de la femme se trouvait à la cuisine. Une bande de cochons phallocrates! Heureusement pour elle, elle entretenait de meilleures relations qu'eux avec le capitaine Delmonico, et celui-ci lui assurait sa protection.

Delia restait Delia, une amie loyale, toujours prête à la soutenir, sans toutefois parvenir à comprendre ce qu'elle ressentait, faute d'avoir utilisé son calibre .38 ailleurs qu'à l'exercice. Depuis qu'elle avait été nommée adjointe d'Abe Goldberg, Helen la voyait moins, à son grand regret.

Le changement le plus important que la jeune femme dut affronter se situa au niveau de ses parents. Sa mère parlait de «mauvais karma» et, à l'instar des Beatles, passait des heures entières à s'en entretenir avec son gourou ou son *swami*, quel que fût le terme adéquat. Angela se réjouissait néanmoins d'avoir enfin compris le thème astral de sa fille. Elle lui avait avoué n'en avoir jamais perçu la portée avant de s'apercevoir qu'il définissait la capacité de la concernée à abattre ses ennemis. Son père, champion reconnu de la pensée sociale, en voulait à sa fille depuis qu'il se trouvait en butte aux sarcasmes d'un entourage prompt à lui reprocher d'avoir mis au monde une tueuse, flic de surcroît.

Helen admirait le spectacle de la baie de Busquash à travers la baie vitrée de son nouvel appartement.

Elle n'avait guère hésité avant de prendre la décision d'y rester. Une moquette rouille avait remplacé la précédente. Delia avait raison, elle n'était pas faite pour dormir dans un univers blanc. Ces problèmes de décoration étaient considérés par ses collègues masculins comme du détachement. Il aurait donc fallu qu'elle reste paralysée par la peur ? Pour quelle raison ? N'avait-elle pas gagné ? La « faible femme » qu'elle était avait mis un terme aux méfaits d'un individu qui avait violé, torturé et tué plusieurs victimes ! On aurait dû lui accorder une médaille au lieu de diligenter une enquête, même si elle en était sortie blanchie pour avoir agi en état de légitime défense.

Certaines conséquences du drame l'agaçaient davantage que d'autres, à l'image de l'injonction qu'elle avait reçue de participer aux séances de thérapie de groupe du Dr Meyers. Elle les détestait ! Après avoir furieusement insisté sur le fait que le Dodo ne l'avait pas violée, elle avait été reçue en tête à tête par le médecin qui l'avait adressée au Dr Matthew Worthing, un collègue spécialisé dans les cas difficiles qu'Helen n'avait finalement jamais rencontré.

Quelle expérience incroyable ! Le plaisir de tuer… En fermant les yeux, elle revoyait au ralenti la tache écarlate qui s'étalait sur la poitrine de Kurt, puis celle qui fleurissait sur son ventre et celle, enfin, qui se dessinait à l'emplacement du cœur. De petites fleurs sanglantes dont la corolle s'épanouissait lentement. Kurt, allongé de tout son long sur la moquette immaculée ! Son regard, surtout, dans lequel se reflétaient la surprise, la peur, et l'incrédulité. Et puis il était mort. Pouf. Terminé.

Comment tuer à nouveau ? Plus jamais à Holloman, en tout cas ! Ni même dans le Connecticut. Je devrais pouvoir le faire au moins une fois à Manhattan, peut-être même deux ou trois, avant d'aller ailleurs. Un terrain de chasse de près de dix millions de kilomètres carrés. De quoi réaliser de sérieux progrès. Apprendre à me débarrasser d'un corps pourrait s'avérer utile…

Son regard… En voyant la vie s'éteindre dans ses yeux, elle avait enfin connu l'orgasme. Il lui suffisait d'y repenser pour jouir de plus belle.

SÉLECTION
« FRISSONS DE L'ÉTÉ »

Vengeance à froid
Preston & Child

Un choc pour l'inspecteur Pendergast: Hélène, sa femme, qu'il croyait morte depuis douze ans, est toujours vivante. Des landes écossaises aux bayous de Louisiane, en passant par New York, il n'aura de cesse de la retrouver.

La huitième aventure de l'inspecteur Pendergast signée par le célèbre duo.

ISBN 978-2-8098-0708-0 / 416 p. / 23,95 €

L'Élixir des Templiers
Alfredo Colitto

Italie, 1310. Trois chevaliers du Temple sont retrouvés morts, la cage thoracique ouverte, le cœur transmuté en fer. L'Inquisition est saisie. Un chirurgien mène la contre-enquête…

Romancier à succès, Alfredo Colitto est le traducteur italien de Don Winslow et Joe R. Lansdale.

« Une Bologne médiévale reconstituée avec réalisme, un scénario prenant. Un roman qu'on ne lâche pas! »
La Repubblica

ISBN 978-2-8098-0720-2 / 416 p. / 22 €

Ne tremble pas!
Peter Leonard

Kate McCall vient de perdre son mari. De ce fait, elle hérite de vingt millions de dollars. Un magot qui ne laisse pas insensible un ancien amour de jeunesse, ni ses comparses fort peu recommandables.

Peter Leonard, 57 ans, publicitaire et fils du célèbre Elmore, est le digne héritier du noir humoristique. R. J. Ellory, Michael Connelly, Mo Hayder, Carl Hiaasen… : tous en sont fans.

ISBN 978-2-8098-0653-3 / 272 p. / 21 €

Fleurs sanglantes
Colleen McCullough

Connecticut, 1968. L'inspecteur Delmonico doit résoudre un triple casse-tête: une série d'agressions sexuelles, le saccage d'une boutique d'art et la découverte d'une cache d'armes.

Le troisième roman policier de l'auteur des Oiseaux se cachent pour mourir.

ISBN 978-2-8098-0721-9 / 432 p. / 22 €

Cet ouvrage a été composé
par Atlant'Communication
au Bernard (Vendée)

Achevé d'imprimer sur Roto-Page
par l'Imprimerie Floch à Mayenne
en juin 2012
pour le compte des Éditions de l'Archipel
département éditorial
de la S.A.S. Écriture-Communication

Imprimé en France
N° d'impression : 82658
Dépôt légal : juillet 2012